TERRE DE LIBERTÉ

DU MÊME AUTEUR
CHEZ POCKET

LA BALLADE DE PERN

Les Origines :
1. L'AUBE DES DRAGONS
2. LA CHUTE DES FILS, CHRONIQUES
3. LES DAUPHINS DE PERN
4. L'ŒIL DU DRAGON

L'Épidémie :
1. LA DAME AUX DRAGONS
2. HISTOIRE DE NERILKA

Autres Mondes de Pern :
1. LES RENÉGATS DE PERN

La Grande Guerre des Fils :
1. LE VOL DU DRAGON
2. LA QUÊTE DU DRAGON
3. LE DRAGON BLANC
4. TOUS LES WEYRS DE PERN

Les Harpistes :
1. LE CHANT DU DRAGON
2. LA CHANTEUSE-DRAGON DE PERN
3. LES TAMBOURS DE PERN

LE VOL DE PÉGASE

1. LE GALOP D'ESSAI
2. LE BOND VERS L'INFINI
3. LA ROWANE
4. DAMIA
5. LES ENFANTS DE DAMIA (Rendez-vous ailleurs)
6. L'ORGUEIL DES LYON (Rendez-vous ailleurs)

LA TRANSE DU CRYSTAL

1. LA CHANTEUSE CRYSTAL
2. KILLASHANDRA
3. LA MÉMOIRE DU CRYSTAL

LA TRILOGIE DES FORCES
(avec Elizabeth Ann Scarborough)

1. LES FORCES MAJEURES
2. LES LIGNES DE FORCES
3. LE JEU DES FORCES

LE CYCLE DES PARTENAIRES

1. LE VAISSEAU QUI CHANTAIT

NOUVELLES

LA DAME DE LA HAUTE TOUR

SCIENCE-FICTION

Collection dirigée par Jacques Goimard

ANNE McCAFFREY

LE CYCLE DES HOMMES LIBRES

TERRE DE LIBERTÉ

POCKET

Titre original :
FREEDOM'S LANDING

Traduit de l'américain par Thomas Bauduret

ISBN 2-266-07499-7

CHAPITRE 1

Kristin Bjornsen se demanda si l'été ne *pourrait* pas être la seule saison sur la planète Barevi. Depuis neuf mois qu'elle était là, la température n'avait presque pas changé. Après avoir été capturée et vendue comme esclave, elle avait passé quatre mois dans ce qui semblait être l'unique ville de la planète, et elle venait de se payer cinq mois de liberté relative — bien que de simple survie — après sa fuite dans un coucou volé.

Le tissu de sa tunique sans manches était indestructible, mais il ne la protégerait pas contre le froid. Le décolleté profond frisait l'indécence, et la jupe s'arrêtait à mi-cuisses. Cette tunique ressemblait beaucoup, en fait, à la mini-robe qu'elle portait pour aller au cours en ce beau matin de printemps où les astronefs des Cattenis étaient descendus sur Denver, l'une des cinquante cités de la Terre choisies par les conquérants pour faire leurs premières armes. Une seconde, elle se dirigeait vers le campus de l'université, et la suivante elle faisait partie des milliers de Denverites stupéfaits et terrifiés qui, poussés à coups d'électrofouets, montaient la rampe d'un astronef à côté duquel le *Queen Elizabeth* avait l'air d'un jouet pour baignoire. Une fois passée la gueule béante des soutes, Kris, comme les autres, avait promptement succombé au sommeil sous l'action d'un gaz inodore. Quand elle et ses compagnons prisonniers s'étaient réveillés, ils étaient dans un camp d'esclaves de Barevi, en attendant d'être vendus.

Kris venait de manger une gorupoire, et elle en lança le noyau, gros comme un avocat, dans un buisson d'épineux pourpres qui, instantanément, lança de minuscules flèches dans toutes les directions. Kris éclata de rire. Elle avait parié qu'il faudrait moins de cinq minutes au jeune buisson pour se réarmer. Et elle ne s'était pas trompée. Les plus vieux prenaient plus longtemps à remettre de nouveaux missiles en place. Elle avait de bonnes raisons de se renseigner.

Elle leva distraitement la main au-dessus de sa tête pour cueillir une autre gorupoire. Aucun fruit de la bonne vieille Terre ne pouvait rivaliser avec celui-là. Elle mordit avec appétit dans la chair rougeâtre et ferme, le jus dégoulinant sur son menton et jusque entre ses seins bronzés. Tirant sur la bretelle de la tunique moulante, elle essuya le jus. La tunique était parfaite pour le bronzage, mais en hiver? Devait-elle commencer à ramasser des fruits oléagineux et à faire sécher des gorupoires pour la mauvaise saison? La gorupoire à moitié mangée, elle fronça le nez. Elles avaient un goût délicieux, mais elle en consommait tant qu'elle finissait par s'en lasser et avait envie d'autre chose. En observant les créatures de la forêt, elle avait pu deviner ce qui serait comestible pour elle. Se remémorant son cours de survie, elle avait d'abord testé tous les produits sur sa peau. Elle avait eu deux réactions violentes à certains que les animaux terrestres semblaient dévorer en quantité, mais les aviens l'avaient guidée vers d'autres comestibles. Son séjour à l'unité de préparation culinaire de son « maître » l'avait familiarisée avec beaucoup de plantes locales, mais bien peu poussaient dans la jungle à l'état sauvage. Quand même, il y avait dans la rivière de petits poissons aux écailles jaunes qui lui avaient procuré à la fois protéines et exercice.

Un bourdonnement sourd attira son attention. Elle se leva, veillant à garder son équilibre sur la haute branche. Ecartant le feuillage, elle dirigea les yeux vers le ciel sans nuages. Deux des innombrables lunes orbitant Barevi étaient visibles à l'ouest. Au-dessous, des petits points reflétant la lumière du soleil scintillaient, tour à tour piquant et montant en chandelle.

Les gars se remettent en chasse, se dit-elle et, toujours souriante, elle s'adossa au tronc de l'arbre pour jouir du point de vue. La jungle recelait quelques créatures vraiment grosses, vraiment sauvages, et elle était parvenue à les éviter en grimpant dans les lianes et les arbres, comme une héroïne de la jungle. A force de travail et de transpiration, et grâce à ce qu'elle avait trouvé dans la boîte à outils du coucou, elle avait attaché des lianes aux arbres menant à ses lieux de cueillette favoris et à la rivière. Toutes ses voies d'évasion étaient aériennes.

Avant de quitter sans permission sa « situation », elle s'était documentée sur bien d'autres choses que les comestibles. Elle avait appris assez bien la lingua barevi, langue polyglotte formée de mots de six ou sept langues parlées par les esclaves et utilisée par les « maîtres » pour donner leurs ordres. Elle avait glané des informations sur les envahisseurs de la Terre, les Cattenis. Tout d'abord, ils n'étaient pas originaires de ce monde, mais d'une planète beaucoup plus lourde proche du centre galactique. C'était une des races d'explorateurs-mercenaires employées par une vaste fédération. Ils avaient colonisé Barevi récemment, et s'en servaient comme centre de triage pour le butin rapporté des planètes sans défiance n'appartenant pas à la fédération, et comme centre de repos et de loisirs pour les équipages de leurs immenses astronefs. Après des années passées en apesanteur et sur des planètes de faible gravité, les Cattenis avaient du mal à rentrer sur leur monde natal lourd et déprimant. Pendant son bref asservissement, Kris avait entendu des Cattenis déclarer qu'ils voulaient bien mourir n'importe où dans la galaxie sauf sur Catten. Et leurs « jeux », avait pensé Kris à part elle, étaient assez violents pour qu'ils soient assurés de mourir à la fois jeunes et loin de leur planète natale.

D'énormes prédateurs rôdaient dans les jungles et les forêts vierges de Barevi, et les Cattenis trouvaient que c'était un sport épatant que d'affronter un monstre du genre rhinocéros armé d'une simple lance. Enfin, se rappela Kris avec un sombre sourire, quand ils ne se bagarraient pas entre eux au sujet d'affronts ou d'injures imaginaires. Deux esclaves de ses amis avaient été écrasés sous les corps massifs des Cattenis pendant une bagarre générale.

Depuis qu'elle était dans cette vallée, elle avait assisté à une demi-douzaine de rencontres entre les rhinos et les Cattenis. Habitués à une gravité très supérieure à celle de Barevi, les Cattenis étaient capables d'incroyables manœuvres en fatiguant leur proie pour le coup de grâce. Les pauvres créatures avaient moins de chances de s'en tirer que les taureaux d'une corrida et, au cours de toutes ces chasses, Kris n'avait vu qu'un seul blessé parmi les Cattenis, et encore, il n'avait qu'une écorchure.

A l'approche des coucous, elle réalisa qu'ils ne se comportaient pas comme des chasseurs. Pour commencer, l'un des points lumineux était très loin devant les autres. Et, bon sang ! elle voyait les éclairs crachés par les canons des coucous poursuivants qui tiraient sur le « chef ».

Chassé et chasseurs étaient maintenant dans la vallée. Soudain, un nuage de fumée noire sortit de l'arrière du chassé. Il piqua du nez, plana comme à contrecœur, puis, penché sur l'aile, s'écrasa dans un chaos de rochers le long de la rivière, non loin de sa cachette.

Elle étouffa un cri en voyant une silhouette, moitié sautant, moitié titubant, sortir de l'épave. Elle avait du mal à croire que même un Catteni pût survivre à un choc pareil. Les yeux dilatés, elle le regarda se relever, puis chanceler de rocher en rocher pour s'éloigner de l'épave fumante.

L'appareil explosa dans une gerbe de feu éblouissante. Des fragments sifflèrent dans le sous-bois presque jusqu'à sa retraite, et les imbéciles d'épineux qu'elle venait de désarmer firent pleuvoir leurs fléchettes empoisonnées.

La fumée de l'incendie obscurcit sa vision, et elle perdit de vue le rescapé. Les autres coucous avaient rejoint l'épave et planaient au-dessus d'elle, comme autant d'abeilles monstrueuses, tournant, piquant, essayant de pénétrer la fumée.

La brise déplaça le nuage, et Kris aperçut le pilote qui continuait à s'éloigner du lieu de l'accident. Au-dessus, les abeilles bourdonnaient avec colère, tournant autour de la fumée, se demandant sans doute si leur proie avait sauté avec l'appareil.

En règle générale, les Cattenis ne se chassaient pas entre eux, se dit-elle, s'étonnant d'être à moitié descendue de son perchoir. *Ils se battent comme des Irlandais, oui, mais pourchasser un homme si loin de la ville ? Qu'est-ce qu'il peut bien avoir fait ?*

L'accident s'était produit trop loin pour que Kris ait pu distinguer les traits et la stature du pilote. C'était peut-être un esclave en fuite, comme elle. Si ce n'était pas un Terrien, il pouvait appartenir à l'une des six ou sept races asservies vivant sur Barevi. Quelqu'un d'assez courageux pour voler un coucou ne méritait pas de mourir sous les électrofouets des Cattenis.

Kris descendit la pente, évitant soigneusement les buissons d'épineux, nombreux dans le sous-bois. Un jour, elle s'était amusée à imaginer que ces arbustes étaient les protecteurs des gorupoires, car les deux plantes poussaient toujours proches l'une de l'autre.

En haut de la falaise abrupte surplombant les chutes de la rivière, elle saisit la liane qu'elle avait attachée là pour descendre rapidement. Une fois sur la rive, elle resta sur les roches plates jusqu'au moment où elle arriva aux pierres de gué permettant de traverser à pied sec le bassin d'eau tranquille formé au pied des chutes. Puis elle enfila une ravine, traversa une autre clairière pleine de buissons épineux, et se trouva alors juste au-dessus de l'endroit où elle avait vu le rescapé pour la dernière fois.

Longeant les rochers bruns qui étaient presque de la même couleur que sa peau bronzée, elle continua à avancer et, un coup de vent lui soufflant la fumée noire dans les yeux, elle faillit trébucher sur lui.

— Un Catteni ! s'écria-t-elle avec colère, se penchant pour examiner le blessé inconscient, et reconnaissant l'uniforme gris ardoise, en lambeaux et noir de suie.

Glissant un pied dédaigneux sous son épaule, elle essaya de le retourner. Et échoua. Autant essayer de remuer un rocher. S'agenouillant, elle l'empoigna par ses cheveux gris — chez un Catteni, ce n'était pas un signe de vieillissement : ils avaient tous les cheveux gris — et elle lui tourna la tête vers elle. Peut-être qu'il était mort ?

Non, pas de chance. Il respirait. Une meurtrissure à la tempe lui fournit la raison de son inconscience. Pour un Catteni, il était presque beau. La plupart des Cattenis avaient des traits rudes et quasi bestiaux, mais celui-là avait un nez droit et patricien, bien qu'un peu long, et une bouche large et bien dessinée. Le Catteni auquel elle avait été vendue avait une grosse bouche lippue et, comme beaucoup de ses semblables, commençait à désirer les Terriennes.

Un crépitement tonitruant lui fit tourner la tête en direction de l'épave. Ces imbéciles tiraient dessus, maintenant. Kris baissa les yeux sur le blessé, se demandant ce qu'il avait fait pour provoquer ce zèle vindicatif. Ils faisaient vraiment tout pour s'assurer qu'il était bien mort.

Ces décharges pulvérisèrent tout ce qui restait du coucou, ne laissant plus au feu aucun aliment. Le vent lui souffla une fumée âcre au visage. Le fugitif remua faiblement et tenta de se relever, mais retomba en gémissant. Kris vit les coucous décrire des cercles, se préparant à atterrir sur le plateau.

— Alors, on va passer le lieu du crime au peigne fin, hein ?

C'était totalement illogique, se dit Kris, de secourir un Catteni uniquement parce qu'il était poursuivi par ses compatriotes. Mais... Elle parcourut en sens inverse le chemin qu'il avait fait, au cas où il aurait laissé des traces, restant toujours sur les roches plates. A l'endroit où les pierres cessaient, les cendres de l'incendie s'étaient déposées sur la terre en une couche épaisse, effaçant toutes les empreintes qu'il aurait pu laisser. Après tout, les Cattenis pouvaient tomber sur elle s'ils se livraient à des recherches en règle, pensant que leur proie leur avait échappé.

Quand elle le rejoignit, il s'était relevé, étourdi, ses bras massifs ballant à ses côtés, clignant des yeux. Elle voulut l'aider à marcher, mais autant essayer de déplacer une montagne.

— Viens, Mahomet, dit-elle entre ses dents. Marche sagement jusqu'à la rivière, et je te donnerai un bain. L'eau froide devrait te remettre les idées en place.

Entendant les bruits de voix au loin, elle sursauta nerveusement. Bon sang ! ils n'avaient pas mis longtemps à grimper la falaise, ces Cattenis. Elle avait oublié qu'ils pouvaient faire des sauts prodigieux sur cette planète de faible gravité.

— Ils arrivent. Suis-moi, dit-elle en lingua barevi.

Il grogna, secouant la tête pour retrouver ses esprits. Il se tourna vers elle, ses grands yeux jaunes encore hébétés par le choc. Elle ne s'habituerait jamais à ces pupilles couleur de beurre dans les iris noirs.

— Par ici ! Vite ! dit-elle d'un ton pressant, le tirant par le bras.

S'il ne se décidait pas à remuer ses jambes épaisses comme des troncs d'arbres, elle allait le planter là. Sur Barevi, les bons Samaritains avaient intérêt à ne pas se faire pincer par les Cattenis.

Elle le tira par le bras, et il sembla prendre une décision. Il s'ébranla d'une secousse, son énorme main lui serrant l'épaule comme un étau. Ils atteignirent la rivière avant les poursuivants. Mais Kris grogna, réalisant que, à peine conscient, il n'aurait jamais la force de sauter de pierre en pierre.

Derrière eux, des appels dispersés leur apprirent que les chasseurs se déployaient pour fouiller les alentours. Elle saisit vivement un énorme doigt et le conduisit au pied des chutes.

— Si tu ne flottes pas, tant pis pour toi, marmonna-t-elle sombrement.

Lui lâchant la main, elle passa derrière lui et le poussa dans l'eau d'un coup d'épaule.

Elle plongea, refit surface près de lui et, quand il commença à sombrer, l'empoigna par les cheveux. Dans l'eau, même un Catteni était manœuvrable, heureusement. Faisant appel à toutes ses forces et à tout son talent de nageuse, elle lui passa le bras autour du cou pour lui maintenir la tête hors de l'eau.

Par un pur coup de chance, ils se retrouvèrent dans l'étroit espace entre le rocher et la chute, dont le rideau liquide les dissimulait aux regards. Comme il se débattait, cinq Cattenis surgirent en pleine vue sur la rive. Son

« Mahomet » comprit immédiatement et, cessant de se démener, il se mit à nager debout comme elle.

Maintenant, les Cattenis discutaient entre eux, chacun semblant donner des ordres contradictoires à tous les autres.

« Mahomet » se dégagea de sa prise de cou, fixant ses compatriotes de ses yeux jaunes. Tous deux, ils les observèrent, bougeant aussi peu que possible, tout en sachant que les eaux bouillonnantes des chutes dissimuleraient les légères ondulations qu'ils pourraient provoquer.

Un Catteni, après une discussion animée, traversa le bassin d'un saut fantastique — pour Kris — puis, d'un autre bond prodigieux, descendit le courant, examinant attentivement les deux rives, sautant parfois sans effort par-dessus des rochers gros comme des paquebots. Les trois autres repartirent d'où ils venaient au pas de charge, sans cesser de se quereller.

Au bout de ce qui lui parut une éternité, dans l'eau qui glaçait Kris jusqu'aux os, le rescapé lui toucha l'épaule, lui montrant la rive de la tête. Mais quand elle réalisa qu'il voulait repartir dans la direction d'où il venait, elle secoua la tête avec force, montrant l'autre rive.

— Plus sûr, par ici ! lui cria-t-elle par-dessus le tonnerre des chutes.

Il fronça les sourcils.

— J'ai un coucou pour nous cacher, dit-elle, montrant la direction où elle avait caché son véhicule.

Réalisant ce qu'elle venait de dire, elle demeura interdite.

— Oh, mon Dieu !

Il haussa un sourcil étonné, et elle espéra un instant qu'il n'avait pas saisi ses paroles. Mais il avait compris, et ses yeux jaunes se mirent à briller d'un éclat différent.

On dirait un lion géant, pensa-t-elle, manquant s'étrangler de peur.

— Tu as secouru un Catteni, dit-il d'une voix caverneuse en lingua barevi. Tu n'auras pas à le regretter.

Kris n'en était pas trop sûre quand elle tenta de remonter sur la rive et constata que, engourdie par le froid, elle ne parvenait pas à bouger. Lui, en revanche, sortit de l'eau avec aisance. Il regarda ses gesticulations, fronçant les sourcils d'un air irrité, puis, sans effort apparent, referma la main sur son bras et la tira sur la terre ferme, la soutenant jusqu'à ce qu'elle ait retrouvé son équilibre.

Frissonnante, elle leva les yeux sur lui. Bon sang ! ce qu'il était grand, plus grand qu'aucun des Cattenis qu'elle avait rencontrés jusque-là. Ayant hérité la taille de son père suédois, elle faisait près d'un mètre quatre-vingts pieds nus. Elle dépassait la plupart des Cattenis de plusieurs pouces, mais lui, il devait baisser les yeux pour la regarder. Et il avait les épaules larges comme un rouleau compresseur.

— Où est ce coucou ? demanda-t-il d'un ton bref.

Elle tendit le bras, furieuse de lui obéir sans discuter, furieuse d'être incapable de contrôler ses claquements de dents et les tremblements de son corps. Il lui prit la main, relâchant un peu son emprise en la voyant grimacer.

Remplace simplement « pattes crasseuses » par « pattes de haute gravité », se dit-elle, en un effort pour conserver le moral.

— Il faut que je marche devant à cause des épineux, dit-elle, se plantant devant lui. A moins que leurs flèches ne pénètrent pas le cuir épais des Cattenis ?

A sa stupéfaction, il sourit.

— Si, et c'est peut-être heureux pour toi.

Elle se retourna, réalisant que c'était la première fois qu'elle voyait sourire un Catteni. Elle remarqua aussi qu'il mettait soigneusement ses pas dans les siens. C'était réconfortant de savoir qu'il n'avait pas plus envie qu'elle de déclencher une pluie de fléchettes empoisonnées.

Ils étaient à mi-chemin du coucou volé, quand ils entendirent le rythme saccadé de voix parlant en catteni. « Mahomet » s'accroupit instinctivement, veillant à ne pas toucher les buissons épineux. Il prêta l'oreille et, bien que les mots fussent trop déformés pour que Kris les saisisse, il les comprit manifestement. Ses lèvres s'étirèrent en un sombre sourire, et ses yeux brillèrent d'une lueur qui effraya Kris.

— Ils ont vu un mouvement par ici. Vite ! dit-il à voix basse.

Kris repartit au petit trot, car il n'aurait pas été sage d'aller plus vite sur ce sentier sinueux. Débouchant dans le vallon devant une mer d'épineux, elle s'arrêta.

— Tu es perdue ? demanda-t-il.

— Il faut traverser ces buissons. Regarde-moi. Quand je dirai « go », tu fonces !

Il la regarda, sceptique, ramasser une poignée de cailloux. Visant avec aisance et précision, elle les lança à droite et à gauche, comptant à mesure pour s'assurer qu'elle avait désarmé tous les buissons. Pour plus de sûreté, elle lança encore quelques pierres dans leurs branches. Sans déclencher d'autres averses de fléchettes.

— Go !

Le temps de réaction du Catteni était tellement plus rapide que le sien qu'il était au milieu de la clairière avant qu'elle ait bougé. Elle le rattrapa en courant.

— Nous avons cinq minutes pour traverser avant qu'ils ne réarment.

Il la regarda avec quelque chose comme du respect. Elle le tira par le bras avec impatience, puis elle se mit à zigzaguer entre les buissons, suivant la route d'évasion qu'elle avait soigneusement mémorisée. Quand, sortant du dernier virage, il vit le coucou, le nez enfoncé dans les épineux, il émit ce que Kris interpréta comme un gloussement chez un Catteni.

Elle ouvrit la portière de l'appareil et, d'un geste majestueux, l'invita à entrer. Il fonça droit sur le tableau de bord, qu'il alluma.

— Un demi-réservoir de carburant, marmonna-t-il, vérifiant rapidement les autres cadrans.

Il leva les yeux sur le toit transparent, camouflé par les feuillages, regarda le lit qu'elle s'était fait par terre, les ustensiles qu'elle s'était fabriqués avec les pièces détachées trouvées dans les placards.

— Ainsi, c'est toi qui as volé le véhicule personnel du commandant, dit-il, fixant sur elle un regard pénétrant.

— Au moins, j'ai atterri en un seul morceau, répliqua-t-elle, relevant fièrement le menton.

Il aboya un éclat de rire.

— En tombant comme ça dans des buissons ?

— Je l'ai fait exprès !

— Tu es un prototype d'une nouvelle race ?

— Je suis Terrienne, dit-elle avec une moue hautaine, un peu gâchée par ses tremblements.

— Race à la peau délicate, remarqua-t-il.

Il considéra sa poitrine haletante, les seins palpitant encore de ses efforts sous le décolleté révélateur, et se mit à lui caresser pensivement l'épaule d'un seul doigt. Contact étonnamment léger — et émouvant.

— Douce au toucher, dit-il distraitement. Je n'ai pas encore essayé une Terrienne...

— Et ce n'est pas maintenant que tu vas commencer, répliqua-t-elle, s'éloignant de lui autant que le permettait l'exiguïté de la cabine.

Sur le visage du Catteni, le désir fit place à la contrariété.

— Je commencerai si ça me plaît.

— Je t'ai sauvé la vie !

— Et c'est pourquoi j'ai l'intention de te récompenser comme il faut...

— En me violant ?

Tâtonnant autour d'elle, sa main rencontra un lourd outil métallique. Non que ce « cure-dents » pût faire grand mal à un Catteni, mais elle était bien résolue à essayer. Un Catteni n'était pas du tout le genre d'amant qu'elle envisageait avec plaisir.

— Te violer ?

Sa stupéfaction était comique.

— Tu crois que les Terriennes défaillent de joie à l'idée d'être violées par tes pareils ? dit-elle d'un ton menaçant, resserrant sa main sur l'outil.

— Aucune ne s'est plainte jusqu'à...

Il se tut à des bruits de voix, s'accroupissant à une vitesse incroyable.

L'instant d'après, il lui appliquait son énorme main sur la bouche, et elle se retrouva plaquée contre lui comme une mouche sur du papier collant, l'outil ballottant dans sa main, inutile. Ils n'avaient pas fermé la portière du coucou, et ils entendirent distinctement les *vrrh, vrrh* des épineux déchargeant leurs fléchettes. Il y eut des exclamations écœurées et des jurons. Roulant les yeux, elle ne voyait que le profil du Catteni, et son œil gauche qui luisait d'amusement.

Une voix autoritaire aboya un ordre, et même Kris comprit qu'il pouvait sans doute se traduire par : « Filons d'ici. Rien n'a pu passer par là. » « Mahomet » la déplaça légèrement, laissant retomber sa main, comme pour la défier de crier. Elle le foudroya. Il savait très bien qu'elle avait plus à perdre que lui en criant.

Ils demeurèrent immobiles et muets jusqu'à ce que les bruits de la jungle reprennent, puis il la remit debout et regarda autour de lui.

— Ce véhicule a disparu depuis cinq mois. Pourquoi es-tu restée toute seule si longtemps ? Il y a d'autres fugitifs dans le coin ? dit-il, regardant par la vitre panoramique d'où il voyait autre chose que des branches.

— Non, juste moi.

Elle avait toujours l'outil à la main, et se demandait si elle pourrait frapper assez fort pour l'assommer.

— Pourquoi voulaient-ils t'attraper, ces Cattenis ?

— Oh, fit-il, haussant les épaules avec désinvolture, simple erreur tactique. J'ai été obligé de tuer leur chef de patrouille. Il avait insulté un frère emassi, expliqua-t-il, l'étonnant par ce mot qu'elle entendait pour la première fois. Et comme j'étais sans allié, je me suis retiré...

— Celui qui lutte et qui s'enfuit vit pour lutter un autre jour, c'est ça ?

— Le jour suivant, rectifia-t-il distraitement.

— Le jour suivant ?

— Parfaitement ! D'après la loi cattenie, aucune querelle ne peut être poursuivie au-delà de vingt-quatre heures. Je n'ai qu'à me cacher jusqu'à demain à midi, et je pourrai rentrer, dit-il avec un grand sourire.

— Ils ne t'attendront pas au tournant ?

Il secoua la tête avec véhémence.

— C'est contraire à la Loi. Sinon, les Cattenis auraient vite fait de s'exterminer entre eux.

— Tu veux dire que s'ils ne te trouvent pas avant demain midi, ils doivent renoncer aux poursuites ?

Il acquiesça de la tête.

— Bien que tu aies tué leur chef ?

— C'était en combat régulier, précisa-t-il, étonné.

— Je ne savais pas que les Cattenis étaient réguliers dans ce domaine.

— Bien sûr, dit-il, se hérissant sous l'insulte.

Puis son visage se détendit et il sourit.

— Oh, tu trouves que ce n'est pas régulier que nous ayons envahi ta planète ?

— Exactement.

Il s'assit à califourchon sur le siège du pilote, et posa ses énormes bras musclés sur le dossier, l'air particulièrement amusé par son indignation.

— Ta planète n'avait aucune défense. Elle a été pathétiquement facile à conquérir.

— Vous faites ça souvent ?

— C'est un business très profitable, je t'assure. Comment te nourris-tu ? demanda-t-il.

Et, entendant un grondement curieux dans les environs de son ventre, elle réalisa qu'un estomac de Catteni affamé devait grogner aussi bien que le sien. Curieusement, il lui en parut moins menaçant.

— Il y a des tas de végétaux comestibles dans la forêt, et des poissons dans la rivière.

— Vraiment ?

— J'appartiens à une espèce ingénieuse, dit-elle. Je n'ai pas eu de mal à me nourrir.

Il hocha la tête avec respect.

— Tu as des provisions ici ?

Préférant rester à bonne distance, elle lui montra un panier posé sur le tableau de bord derrière lui.

— Des gorupoires et des racines blanches que j'aime assez.

Il se retourna, fronçant le nez en soupirant.

— Ce n'est pas un régime digne d'un Catteni, habitués comme vous l'êtes aux meilleurs mets de la galaxie, mais ça empêchera au moins ton estomac de grogner. Rien que le bruit pourrait révéler notre position.

Il ne fourra pas la poire entière dans sa bouche, comme elle l'avait vu faire à d'autres Cattenis. La poire dans une main, une racine dans l'autre — elles avaient un goût sucré, rappelant celui de la carotte —, il mangea poliment, alternant les bouchées. La première poire terminée, il se tourna vers elle, haussant un sourcil interrogateur.

— Non, merci. Je venais de manger quand j'ai vu le combat aérien.

— Le combat aérien ?

— Nous savions aussi voyager dans l'espace, dit-elle fièrement, se demandant si des unités du SAC avaient été lancées quand les Cattenis avaient envahi l'espace aérien de la Terre.

— Ah, oui, c'est vrai. Défenses primitives mais équipages courageux.

Remarque décourageante. Ces temps-ci, elle n'apprenait que des choses qu'elle n'avait pas envie de savoir. Un esclave de la région de Chicago lui avait dit que des missiles sol-air avaient été lancés contre les astronefs cattenis. Les chefs nationaux terriens avaient mis du temps à adopter une position défensive, ne sachant qui ou quoi avait pénétré si loin dans leur espace aérien. Ils avaient hésité trop longtemps pour être efficaces. Bill avait son baladeur et il avait écouté les nouvelles jusqu'au moment où il avait été balayé dans l'astronef catteni. En bavardant entre eux, les captifs avaient appris que toutes les villes terriennes n'avaient pas été attaquées et pillées, juste celles qu'il fallait pour que le monde entier reconnaisse la supériorité des envahisseurs. Piètre consolation pour les captifs, mais suffisante pour leur rendre leur fierté.

— On les a tous cloués au sol et on a désarmé la plupart, poursuivit-il d'un ton pratique. Patauds, mais pleins de promesses.

— Merci.

— De quoi ? demanda-t-il, haussant des sourcils étonnés.

— Du compliment pour les sauvages primitifs !

Rejetant la tête en arrière, il s'esclaffa bruyamment.

— Chut ! Il ne faut pas braire comme un âne ! Ils vont t'entendre.

— Et toi, tu parles comme une Cattenie femelle !

— Dois-je prendre ça comme un compliment ?

— Tu peux, dit-il, inclinant la tête, avec une lueur

malicieuse dans l'œil qu'elle n'avait jamais vue chez un homme de sa race.

— Tu n'es pas du tout comme les autres.

— Quels autres ?

— *Tous* les autres Cattenis que j'ai rencontrés et observés.

— Evidemment. Je suis un emassi, dit-il, la main sur le cœur, avec une fierté tranquille.

— Qu'est-ce que c'est ?

— Un rang élevé.

D'un geste dédaigneux de ses doigts poisseux de jus de gorupoire en direction de la cité, il relégua tous les autres Cattenis à un statut inférieur.

— Je commande. Ils obéissent, ajouta-t-il, pour être bien sûr qu'elle avait saisi la distinction.

— Et ceux qui essayaient de te tuer, ils obéissaient ?

— Leur chef de patrouille leur a demandé en mourant de me faire payer sa mort, répondit-il, haussant nonchalamment les épaules.

Puis il fronça les sourcils, baissant les yeux sur le sol comme pour reconsidérer la portée de ses paroles.

— Peu importe. Demain à midi, tout sera terminé. Et maintenant... dit-il, commençant à se lever, ses intentions visibles sur son visage.

Kris n'hésita plus. D'un bond de karaté, elle se jeta sur lui et abattit à deux mains son outil contre sa tempe. Il s'écroula.

L'avait-elle tué ? Horrifiée à l'idée d'avoir supprimé une vie, même celle d'un arrogant Catteni, elle s'agenouilla près de lui, remarquant que du sang rouge coulait de son crâne et lui palpant le cou pour trouver le pouls. S'il avait du sang, il avait aussi des veines, et comme il avait la même forme que la plupart des humanoïdes, le sang devait battre à la jugulaire qui le transportait au cerveau qu'elle venait de tenter d'écraser. Oui, le pouls battait, et ce n'était pas un faible battement, mais une pulsation forte et régulière contre ses doigts. Qui furent bientôt couverts du sang coulant de la blessure.

Pourtant, ça ne faisait pas du tout son affaire. Les insectes piqueurs allaient flairer le sang et chercher sa source. Le coucou deviendrait invivable. Elle pansa d'abord la blessure avec le tissu absorbant qu'elle avait trouvé dans un placard. Puis elle lui lava soigneusement le visage et enduisit la peau grise de jus de gorupoire. Cela neutraliserait l'odeur pour les insectes — petit truc de survie qu'elle avait découvert toute seule.

Une jambe massive s'était prise dans le fauteuil en tombant, le mettant dans une position inconfortable, et tirant le tissu de son pantalon sur ses parties génitales qui ressortaient de façon embarrassante pour lui. Et affectèrent curieusement Kris. Bon, se dit-elle, elle n'avait aucune raison de rabaisser la dignité d'un être vivant, vu qu'elle condamnait elle-même ces indignités. Kris avait le sens du fair-play très développé. Elle l'avait peut-être assommé pour protéger sa vertu, mais, cela fait, elle se sentait obligée de le mettre dans la position la plus confortable possible. Jusqu'à quand resterait-il inconscient ? Et, une fois revenu à lui, qu'est-ce qu'il lui ferait ? Enfin, elle pourrait toujours lui rappeler la règle des Cattenis sur les représailles ! Qui ne s'appliquait sans doute pas aux esclaves ou aux non-Cattenis. Elle fouilla dans les placards, et trouva une bonne corde bien solide, mais pas de chaîne, seul genre de lien qui serait sans doute efficace avec un tel colosse.

Elle s'assit dans le fauteuil du pilote pour réfléchir. La journée avait été fatigante, et elle approchait de son terme. Pourquoi ne pas le ramener d'où il venait ? Avec la nuit qui tombait, il y aurait beaucoup de circulation revenant vers la ville, et au bout de cinq mois, son coucou volé passerait sans doute inaperçu. Pendant combien de temps les Cattenis conservaient-ils les « avis de recherche » ? Vingt-quatre heures ? Peut-être pour les Cattenis emassis, mais pas pour les esclaves en fuite — enfin, si on avait remarqué sa disparition. Elle activa les contrôles, rassurée à l'idée que le réservoir était à moitié plein. Elle ne se rappelait pas où se trouvait l'aiguille de la jauge quand elle avait volé l'appareil, mais ils étaient censés être économiques, et c'est pourquoi il y en avait tant.

Elle connaissait les coordonnées de la ville, à deux

bonnes heures de vol, mais elle aurait sans doute assez de carburant pour revenir. Peu importait. Il fallait se débarrasser de « Mahomet ». Elle le larguerait aux abords de la cité, où un corps inconscient n'éveillerait pas l'attention. Enfin, peut-être pas juste aux abords de la cité, où les esclaves et les marginaux vivaient dans la misère, mais un peu plus loin, dans les espaces réservés aux Cattenis pour leurs exercices militaires et leurs assemblées. Elle en avait regardé un ou deux avec le cuisinier, qui trouvait ces manifestations utiles au maintien de la discipline. Mais la vue d'un seul malheureux mourant sous les électrofouets lui avait suffi, et avait ravivé son désir de fuir le plus loin possible de cette discipline.

Le moteur réchauffé, elle sortit le coucou en marche arrière de ses épineux protecteurs. Elle avait eu de la chance lors de son atterrissage, pas du tout intentionnel ainsi qu'elle l'avait laissé entendre à « Mahomet ». Elle n'avait pas regardé l'altimètre le soir de sa fuite, ni réalisé que la plaine avait fait place à un terrain vallonné. Soudain elle avait senti quelque chose racler sur le ventre du coucou, elle avait paniqué, et l'appareil avait piqué du nez. Elle était au milieu des épineux, sous une averse de fléchettes, mais elle avait pu rectifier son erreur. Et tout avait bien marché. Kris croyait fermement que les choses s'arrangeaient toujours — pourvu qu'on vive assez longtemps pour le voir.

Elle mit le cap au sud-est, mais pas avant d'avoir relevé les coordonnées de sa retraite. Il faudrait qu'elle revienne à la lumière du jour pour ne pas rater le buisson. Les branches se redressèrent dès que le coucou décolla.

Les lumières de la cité la guidèrent plus sûrement que les appareils directionnels. Seul le mouvement d'une aiguille sur un cadran l'informa que c'était un compas. Elle supposait qu'il y avait un pilote automatique, mais elle ne savait pas avec quelle manette l'activer. Elle avait appris à piloter parce qu'elle allait tous les jours au marché avec le cuisinier pour acheter des produits frais, et elle avait observé ses manœuvres. Puis, quand elle avait vu le coucou du commandant, elle n'avait pas résisté à la tentation. D'ailleurs, elle n'avait pas essayé. Comme

Oscar Wilde, elle pouvait résister à tout sauf à la tentation. Pour ce qu'il lui servait maintenant, son cours de littérature anglaise ! C'étaient toutes ses connaissances annexes qui étaient inestimables — comme son cours d'orientation, son cours de survie qui avait tant fait rire sa mère, son cours de karaté, pour la neutralisation de citoyens de planètes à forte gravité. Elle baissa les yeux sur « Mahomet », mais il n'avait pas bougé un muscle. Les saignements avaient apparemment cessé.

La cité avait assez bon air, vue d'en haut, se dit-elle, avec tous les projecteurs illuminant les architectures les plus originales. Non que l'énorme quartier général des Cattenis, en plein centre de la ville, eût mérité un prix d'esthétique. La cité lui sembla bien éclairée, ce soir, mais c'était peut-être parce qu'elle la survolait au lieu d'être au niveau du sol. Mais quand elle approcha des banlieues, il n'y avait pas assez de clarté pour atterrir. Bon, elle allait continuer jusqu'à une aire d'assemblée. Elles étaient entourées d'arbres pour faire de l'ombre aux spectateurs des cérémonies cattenies. Curieusement, elle vit peu de coucous entrer dans la ville venant de sa direction. Enfin, elle venait de la jungle. Mais elle eut l'impression qu'il y avait beaucoup d'appareils de l'armée qui se déployaient à partir du QG.

Il se passait quelque chose, réalisa-t-elle quand elle ouvrit la portière du coucou. Il y avait beaucoup de bruit, de bruit qui paraissait menaçant. Bien sûr, ces murmures lointains paraissaient souvent plus menaçants qu'ils ne l'étaient. Elle allait se dépêcher, larguer « Mahomet » en un clin d'œil et repartir vers sa retraite.

Elle prit la corde trouvée dans le placard et l'attacha aux pieds de « Mahomet ». Puis elle fixa l'autre extrémité à un tronc d'arbre. Le Catteni serait tiré dehors quand elle ferait marche arrière. Les pieds sortirent, puis les jambes, mais les fesses s'accrochèrent au rebord de la portière. Absorbée à faire franchir l'obstacle au postérieur, elle ne remarqua pas que les bruits s'étaient rapprochés. Et les lumières. Même la sombre aire d'assemblée était éclairée. Regardant les voies d'accès qui y convergeaient, elle vit des lumières. Des torches ? Et les grondements étaient décidément intimidants. Que se passait-il à Barevi City ?

Le son lui fit redoubler d'efforts pour sortir Mahomet. Il devait bien peser une demi-tonne car elle ne parvint pas à le bouger. Le bruit venait bien dans sa direction, et aussi le trafic aérien. Elle enjamba le corps inerte, et essaya de soulever le torse pour le pousser dehors. Il ne tomberait que d'un pied et ne se ferait pas grand mal. Grognant, suant, soufflant, s'arc-boutant du pied contre le siège du pilote, elle essaya de remuer Mahomet.

Bruit et lumières surgissaient de l'autre côté de l'aire d'assemblée. Elle ferait mieux de le rentrer et de *filer* ! Elle détacha la corde de ses pieds et allait lui replier les jambes vers l'intérieur quand elle entendit le lourd vrombissement d'un gros avion militaire, et sentit l'air se comprimer au-dessus d'elle. Elle haletait de fatigue et n'eut pas le temps de se couvrir le nez et la bouche avant de respirer l'odeur douceâtre et trop familière qui se répandait autour d'elle. Elle s'effondra sur les pieds de sa victime, se demandant comment elle avait pu être assez bête pour risquer sa liberté en faveur d'un seigneur catteni !

CHAPITRE 2

La puanteur indescriptible de nombreux corps entassés dans un espace exigu, le crépitement reconnaissable d'un électrofouet et un hurlement terrible tirèrent Kris de son cauchemar récurrent. Elle était coincée entre deux corps fiévreux et suants, la joue contre une surface dure et froide, les genoux au menton, dans une posture très inconfortable. Elle s'étonna d'être restée si longtemps inconsciente. Peut-être répugnait-elle à constater qu'elle était dans une cellule cattenie. Qui contenait beaucoup trop de prisonniers. Il faisait noir, mais pas aussi noir que dans la soute de l'astronef qui l'avait amenée sur Barevi. Elle ne savait pas si c'était ou non une bénédiction.

Elle remua avec précautions, car elle avait mal partout, avec des bleus et des écorchures qu'elle sentait sur son visage, sur ses jambes et ses bras nus. Le froid sous sa joue lui faisait du bien.

Mais maintenant que ses yeux étaient ouverts et habitués à la pénombre, elle distingua des mouvements. Elle était dans une salle basse de plafond, et faite pour contenir une foule — elle en voyait à peine les contours. La salle grouillait de monde, mais elle vit deux ouvertures par lesquelles certains corps étaient poussés dans un espace mieux éclairé.

Les électrofouets se remirent à crépiter, et ceux qui l'entouraient se levèrent vivement, suivant l'exemple des rangs qui les précédaient.

Elle se leva aussi en s'appuyant au mur. La personne à

sa droite grogna de douleur. Kris se retrouva en train d'aider la femme, car c'était une Deskie femelle aux membres si minces et déliés qu'elle eut peur de lui briser un os de sa main secourable. *Ils doivent être plus solides qu'ils en ont l'air*, se dit-elle, *ou ils ne supporteraient jamais les traitements que les Cattenis infligent à toutes les races.*

L'électrofouet vibra, dangereusement proche, et elle se baissa — l'un des inconvénients d'être grande. Mais elle avait mis la Deskie debout et soutenait son corps chancelant. Des réflexes automatiques de bonne Samaritaine étaient aussi un désavantage, se dit-elle. *Je ne peux pas aider tout le monde, alors j'aide ceux que je peux.* Elle tint la femme par ses deux épaules squelettiques pour la maintenir debout, s'éloignant du mur et se dirigeant dans la direction indiquée par les Cattenis — les portes.

Ainsi, elle — et « Mahomet » — avaient été pris dans une rafle. Eh bien, il était sans doute libre, vu qu'il était difficile de le confondre avec les individus inférieurs endormis par leur gaz. Comme d'habitude, elle avait mal calculé son coup : elle se retrouvait exactement à l'endroit d'où elle était partie. Enfin, pas exactement, mais assez près pour que ça ne fasse pas de différence. Quand même, si elle s'était évadée une fois, elle pouvait recommencer, se dit-elle, pour se remonter le moral.

Elle était maintenant assez près de la porte pour voir que la salle suivante était pleine de jets d'eau — une de ces douches communautaires dont se servaient les Cattenis pour laver leurs prisonniers. Il y avait une pause à la porte quand un Catteni déshabillait les captifs. Elle serra les dents. Le procédé ne lui plaisait pas, mais elle était passée par là assez souvent depuis sa captivité, et elle était ressortie de l'autre côté, vivante et respirant de l'air pur. N'importe quoi était préférable à la puanteur qu'elle laissait derrière elle.

La déshabiller fut simple. Le Catteni passa son cutter sur le devant de sa tunique qu'il lui ôta en la tirant dans le dos, et la poussa, nue, dans les jets d'eau chaude qui la frappèrent d'en haut, d'en bas, de droite et de gauche, et ce massage lui sembla bon. L'eau sentait le désinfectant, mais c'était sans doute une bonne chose. Elle traversa la salle aussi vite qu'elle put, les yeux fixés dans le vague droit devant elle pour *ne rien voir*. D'ailleurs, la salle était pleine de buée, et il n'y avait pas grand-chose à voir, à part des corps blancs, verts, gris et d'autres couleurs qui traversaient comme elle. Puis elle se trouva dans la salle de séchage, assaillie par des jets d'air presque trop chauds pour sa peau agressée par le désinfectant, mais elle était sèche à la sortie. Une courte pause à la porte, et on lui tendit un baluchon accompagné d'un geste péremptoire l'invitant à circuler. Elle se trouva un coin dans la salle d'habillage et enfila la combinaison. Comment avait-on estimé sa taille, elle n'en savait rien, mais le vêtement lui allait parfaitement. Les boules qui constituaient les chaussures des Cattenis se moulèrent autour de ses pieds et en prirent la forme en quelques instants. Pratique, quand il faut chausser d'innombrables pieds de toutes les tailles et de toutes les formes. Il y avait aussi une mince couverture thermale qu'elle roula et s'attacha sur l'épaule gauche par les cordons.

Une fois habillée, elle se mit dans la file sortant par la porte suivante, où on lui donna une tasse et un paquet d'un empan au carré sur huit centimètres de haut. Comme les autres, elle fourra le paquet derrière la couverture. On la poussa vers l'endroit où des Rugariens tavelés et poilus versaient un liquide fumant dans les tasses, puis elle sortit, Dieu soit loué, à l'air libre, dans une immense aire d'assemblée entourée d'un puissant champ magnétique. Des Cattenis arpentaient une passerelle au-dessus d'eux, faisant crépiter leurs électrofouets dans toutes les directions pour rappeler aux prisonniers qu'ils étaient *surveillés*. Les abords des murs étaient occupés par les premiers arrivés ; elle se fraya un chemin jusqu'au centre, l'autre endroit où l'on était généralement hors de portée des électrofouets. Et elle se mit à boire sa soupe. Elle était chaude, ce qui la réconforta, mais insipide, à l'évidence produite en masse pour les captifs. Elle remarqua que certains avaient ouvert leur paquet, qui contenait des barres nutritives, comme celles qu'on donnait aux esclaves. A la rapidité où ces rations furent englouties, elle se dit que certains n'avaient pas dû manger tous les jours. Et si les Cattenis leur donnaient des rations en avance, elle ferait bien de garder les siennes. Ils ne faisaient rien par charité, toujours tout par opportunisme.

Des bruits métalliques résonnèrent au-dessus de la foule silencieuse quand on ferma les portes par lesquelles ils étaient sortis. Elle se demanda ce qui allait se passer ensuite, mais être lavée et nourrie lui parut de bon augure. On n'encourageait jamais les conversations dans ce genre de situation et, bien qu'elle eût remarqué des représentants de toutes les espèces qu'elle avait vues à Barevi City, personne ne lui avait adressé la parole. Et tous évitaient de rencontrer le regard des autres.

Nouvelle série de bruits métalliques, et les électrofouets se remirent à grésiller. Cette fois, on les conduisit vers huit ouvertures qui, réalisa-t-elle quand elle arriva devant la plus proche, donnaient accès à des rampes. Elle en avait déjà vu une semblable, et elle se mit à trembler. Où les emmenait-on cette fois ?

Un murmure terrifié s'éleva de la foule, et quelques cris de détresse, mais personne ne pouvait reculer : la rampe était étroite et barrée. Des Cattenis parurent avec de courtes électromatraques, pour faire avancer les prisonniers. Ces matraques faisaient plus mal que les fouets, mais les deux pouvaient être mortels.

Poussée sur la rampe par les corps qui se pressaient derrière elle, elle mit sa haute taille à profit pour regarder par-dessus les têtes et plonger son regard dans un gouffre noir. De plus près, elle sentit aussi d'âcres odeurs combinées de métal et de carburant, et réalisa qu'on les entassait dans un véhicule quelconque adjacent à l'aire d'assemblée. Il fallait reconnaître ça aux Cattenis, ils savaient comment faire faire aux plus récalcitrants ce qu'ils voulaient, et les faire aller où ils voulaient. Rien à voir avec Disneyland !

Elle fut arrêtée par une électromatraque qui lui barra le chemin. Elle rentra le ventre pour éviter le contact. Une écoutille se ferma devant elle. La rampe, jusque-là branchée sur une écoutille basse, bourdonna et s'éleva lentement. Une seconde écoutille s'ouvrit, l'électromatraque s'abaissa, et elle entra dans le vaisseau. Elle, et tous ceux émergeant des sept autres écoutilles, traversèrent vivement le compartiment bas de plafond jusqu'au mur du fond. En s'asseyant pour réserver sa place, elle se retourna vers ceux qui continuaient à entrer, et étouffa un cri en voyant « Mahomet » se pencher pour passer la porte basse. Elle n'eut guère de temps pour s'étonner, et encore moins pour s'installer confortablement et fourrer son paquet de rations dans sa combinaison où il serait plus en sûreté. Elle avait du mal à garder les yeux ouverts et une étrange léthargie se répandit dans tous ses membres. Regardant autour d'elle, elle s'aperçut que les autres s'endormaient aussi. Ainsi, la soupe était droguée. Pourquoi n'était-elle pas surprise ? Certains s'effondraient à peine passé le seuil et devaient être poussés hors du chemin. D'autres rampaient un peu plus loin pour s'allonger dans un espace dégagé. *Et on repart pour un tour*, fut sa dernière pensée consciente.

Kris se réveilla, tous les muscles meurtris et endoloris. Elle avait mal à la tête, la bouche sèche, et l'estomac tellement vide qu'elle en avait la nausée. Une fois de plus, elle sentit des corps chauds pressés contre elle. Mais l'air était pur, sans odeurs pestilentielles, et ses poumons l'aspirèrent avec plaisir. Ses paupières étaient collées, et elle dut faire un effort pour les ouvrir. Ce qu'elle vit les lui fit refermer aussitôt, et elle s'exhorta fermement à garder son calme. Elle était couchée dans un champ couvert de corps, devant, derrière, à droite et à gauche. Et elle n'était certainement plus sur Barevi. Pas avec ce ciel couleur lavande.

Une altercation se déroulait sur sa droite — bruyantes voix de mâles, assorties de grognements divers. Avec beaucoup de plaintes et de gémissements en bruit de fond. Elle n'était pas la seule à se réveiller après cette maudite soupe.

Se forçant à remuer, elle se souleva sur un coude, ignorant les protestations de ses muscles raidis. Clignant les yeux pour s'éclaircir la vue, elle tourna lentement la tête vers les bruits de la querelle. Un groupe de mâles se disputaient la possession d'une rangée de caisses, sur lesquelles plusieurs humains avaient grimpé, et le soleil faisait étinceler des couteaux. A leurs pieds, surtout des extrahumains — Turs trapus et difformes, jamais de compagnie agréable, et s'exprimant essentiellement par grognements, Rugariens poilus, et Ilginishs à la peau verte.

On ne leur avait pas donné de couteaux avant le voyage, c'était sûr. Pourquoi donc y en avait-il à l'arrivée ? Pour que les prisonniers s'entre-tuent afin que le butin reste aux survivants ? Supposition improbable. Même venant des Cattenis. A moins qu'il n'y ait pas de Cattenis ici.

Elle s'assit, remarquant que d'autres étaient réveillés autour d'elle, mais hésitaient à bouger. Pas de Cattenis en vue. Pas même « Mahomet », et pourtant, il fallait bien qu'il soit là puisqu'elle l'avait vu monter dans l'astronef.

— Tu n'as que deux mains, cria un homme sur une caisse, joignant le geste à la parole, et répétant sa phrase en lingua barevi. Tu as trois couteaux maintenant. Allez-vous-en. Filez. Caltez ! Foutez le camp ! termina-t-il en anglais.

Des Américains ! Elle sourit, fière de son compatriote. Elle regarda le groupe d'extrahumains s'ébranler lentement, monter la colline, et disparaître. Cela l'amena à une autre découverte. Non seulement le ciel n'était pas d'une couleur normale, mais les arbres de ce champ avaient des formes insolites. Ils n'avaient pas de feuilles, mais des sortes de touffes en forme de goupillons pas tout à fait vertes.

Impossible de dédaigner plus longtemps l'état de dessiccation avancé de sa bouche et de sa gorge, et d'autant moins que son inspection des lieux lui montrait une demi-douzaine de personnes à genoux près de ce qui devait être un ruisseau, dans lequel ils plongeaient leurs tasses puis buvaient. C'est alors qu'elle prit conscience des doigts de sa main gauche crispés sur sa tasse, qui gardait encore des traces de la soupe droguée.

Elle allait la rincer à fond avant de boire. Et elle ne boirait pas trop la première fois, se dit-elle, se remémorant une fois de plus son cours de survie. L'eau ne semblait pas incommoder les buveurs. Et les regarder rendit sa soif insupportable. Il fallait qu'elle s'hydrate la bouche, la gorge et les entrailles.

Elle se leva péniblement, sans lâcher sa tasse, et se cognant contre la personne couchée près d'elle. En retombant, elle amortit sa chute en posant sa main libre sur une hanche osseuse.

— Pardon, dit-elle automatiquement, mais la personne ne frémit même pas.

Elle était froide et raide sous le tissu de la combinaison. Sursautant, elle scruta le visage décharné — un Deski, et, à en juger par les yeux fixes et la bouche béante, une autre victime de la déportation de masse des Cattenis.

— Pauvre diable, murmura-t-elle, prise de frissons.

La tentative suivante réussit, et elle s'éloigna, autant pour fuir le cadavre que pour se rapprocher de l'eau. C'était sa première priorité.

Elle se dirigea droit vers le ruisseau, puis, avisant ce que faisaient certains dans et au bord de l'eau, elle remonta un peu vers l'amont. Elle remarqua que le ruisseau bordait le champ, sortant de derrière les arbres bizarres, cascadant sur des pierres qui ressemblaient à des marches, et disparaissait derrière les arbres à l'autre bout du champ. Le clapotis de l'eau raffermit son pas. Seule une volonté de fer l'empêcha de se jeter à plat ventre et de plonger la tête dans le cours d'eau. L'eau était divinement claire. Le lit rocheux devait filtrer la plupart des impuretés. De plus, si les Cattenis les avaient débarqués à proximité, c'est qu'ils l'avaient testée. Plus bas, aucun de ceux qui en avaient bu ne semblait indisposé, même si la façon dont ils polluaient le courant la dégoûtait. Mais l'eau qui coulait devant elle était pure. Elle s'accroupit et rinça son quart, ajoutant elle-même à la pollution par le film résiduel de soupe. Elle en puisa tout juste assez pour recouvrir le fond du récipient. Elle y trempa d'abord les lèvres pour les humidifier. Puis elle but une gorgée, qu'elle fit tourner dans sa bouche pour hydrater ses muqueuses desséchées. Sa gorge exigea sa part. Elle déglutit lentement, s'efforçant d'avaler goutte à goutte — gouttes qui tombaient jusqu'au fond de son estomac vide, qui en réclama davantage. Maintenant, ses papilles gustatives étaient suffisamment ressuscitées pour apprécier le goût de cette eau, meilleure que toutes les eaux artificielles qu'elle avait jamais bues chez elle à Philadelphie ou dans le Colorado. Pure eau de source de montagne.

Une bruyante altercation éclata plus bas entre les buveurs. Enfin, ça n'avait pas l'air méchant, car ils se jetaient de l'eau au visage. Quelques-uns s'éloignèrent hors de portée, et continuèrent à regarder la bataille en buvant. Elle les imita. Elle n'allait pas s'engager dans un groupe, pas avant d'avoir éclairci quelques détails. Par exemple : où étaient-ils ? Qu'est-ce qu'ils faisaient là ? Y avait-il des Cattenis qui les surveillaient discrètement ? A part des couteaux, qu'y avait-il dans ces caisses et qui en avait pris le contrôle ? Elle avait bien l'intention de se procurer un couteau. Deux, de préférence — dont un à cacher dans sa botte. Ce fameux cours de survie tourné en dérision par sa mère comprenait des instructions pour aiguiser, utiliser et lancer un couteau. Et ceux qui étaient montés sur les caisses *étaient* des humains.

Sa soif un peu étanchée, son estomac se mit à grogner. Elle fouilla dans sa poche, sortit son paquet de rations qu'elle ouvrit avec précautions. Voilà pourquoi on leur avait donné de la nourriture avant le départ. Pour la manger à destination. Avec eau à volonté sur place. Comme elle ne savait pas quand elle aurait d'autres provisions, elle cassa un tiers de barre et le grignota lentement, alternant chaque petite bouchée avec une gorgée d'eau. Quand elle eut fini, elle se sentit beaucoup mieux.

Elle se leva et regarda autour d'elle avec plus d'intérêt. D'autres corps remuaient au milieu des déportés allongés comme des victimes de désastre en longues rangées interminables. Le champ devait faire à peu près un hectare, et il en était couvert. Ici et là, des places vides où les gens s'étaient levés. Mais il y avait plus de places vides qu'elle ne comptait de gens debout. Combien avaient été chassés par les gars des caisses ?

Une dernière fois, elle plongea son quart dans l'eau

claire et but tout en marchant lentement vers les caisses, en contournant les corps. Quand elle put voir ces caisses des deux côtés, elle s'aperçut que beaucoup de déportés étaient allongés à leur base — surtout des Terriens, dont certains étaient des femelles. C'était rassurant.

— Qu'est-ce que vous surveillez là, les gars ? dit-elle, agitant amicalement la main quand elle fut assez près.

Kris était habituée aux réactions provoquées par sa grande et svelte personne. Ça ne fait jamais de mal d'être blonde et assez jolie. Tant que les hommes s'en tinrent aux plaisanteries et allusions rituelles, elle garda son sourire en place, continuant à boire à plusieurs longueurs de sécurité du plus proche.

— Quelqu'un sait où on est ou ce qu'ils vont faire de nous ? dit-elle, adressant ses questions aux hommes debout sur les caisses.

Elle voyait maintenant que la plupart avaient été ouvertes pour examiner leur contenu. Elle vit d'autres articles en plus des couteaux, qui semblaient très nombreux.

— Des couteaux, des hachettes, dit l'un d'eux, trapu, entre trente-cinq et quarante ans, et d'attitude toute militaire.

Il avait deux couteaux passés à sa ceinture, et un dans chaque botte, à en juger sur les bosses que faisait son pantalon à ses chevilles. Sa couverture thermale, bourrée d'autres articles, ballonnait sur sa poitrine.

— Des trousses médicales avec les bandages de base et le truc rouge que les Cats versent sur tout ce qui saigne.

— C'est toi qui commandes ici ?

Il fit un geste de la main, et un autre Terrien sauta à bas de sa caisse, tendant à Kris un couteau par le manche.

— Je peux te montrer comment t'en servir, la belle ? dit-il avec un sourire lubrique.

— Tu veux dire : comme ça, répondit-elle, soupesant un instant le couteau pour l'équilibrer dans sa main, avant de le lancer dans la caisse la plus proche, où il resta fermement planté.

— Ouah ! fit l'homme, reculant d'un bond, tendant les bras comme pour se protéger.

Au-dessus d'elle, elle vit luire un couteau dans la main du militaire.

— Pardonne-moi. Je ne voulais pas t'offenser, frangine.

— Il n'y a rien à pardonner, répliqua-t-elle avec désinvolture, récupérant son couteau et vérifiant la pointe pour s'assurer qu'elle n'était pas cassée. C'est du bon acier.

— Ce n'est pas de l'acier, dit le militaire, s'accroupissant pour se mettre à sa hauteur. C'est un plaisir de voir une femme qui connaît la valeur d'un couteau. Chuck Mitford, ajouta-t-il, lui tendant une main sans couteau.

— Tu étais dans l'armée ? s'enquit-elle.

— Dans les Marines, répliqua-t-il d'un ton ferme, comme font généralement les Marines après une telle question.

— Kris Bjornsen. Où as-tu été capturé ?

— Récemment ? demanda-t-il avec amertume. Ou sur cette bonne vieille Terre ?

— Les deux, dit-elle, se remettant à boire l'eau qui ne s'était pas renversée lors de sa petite démonstration.

— Un imbécile a provoqué une émeute à une assemblée disciplinaire, gronda-t-il.

L'autre eut l'air sur le point d'exploser.

— D'accord, d'accord, il y avait des Terriens dans les pauvres diables qu'ils fouettaient à mort, mais c'était sacrément con d'attaquer des Cattenis même si on avait l'avantage du nombre.

Il émit un grognement écœuré.

— On en a supporté assez, sergent, dit l'autre, incapable de contenir sa rancœur.

Mitford réagit en sergent, pensa Kris, se disant qu'il serait un précieux allié.

— Et regarde le résultat ! aboya-t-il en réponse. Arnie ici présent ne s'est jamais trouvé devant des forces supérieures. Il croit que la bravoure suffit à renverser les dictateurs.

Puis, délaissant Arnie, il poursuivit :

— J'avais quitté mon unité de Lubbock, au Texas, pour une permission quand j'ai été coincé. Je n'ai pas retrouvé trace de ma famille.

Il se tut, pinçant les lèvres.

— Denver, dit Kris. Et toi ? ajouta-t-elle, se tournant vers Arnie.

— Washington, DC.

Elle n'avait rencontré personne de la région de Philadelphie, alors, peut-être que sa famille était toujours en sûreté à la maison. Si l'on peut dire qu'on est en sûreté quand on a des Cattenis pour maîtres.

— Je pourrais avoir une trousse médicale si personne n'en veut ?

— Bien sûr, dit Mitford, marchant sur la rangée de caisses tandis qu'elle suivait au sol, Arnie restant discrètement un pas derrière. Je me suis dit que quelqu'un devait se charger de la distribution d'articles comme ceux-là, commenta-t-il, montrant une caisse de couteaux. A la suivante, il s'accroupit et en sortit une hachette qu'il lui tendit.

— Tiens, autant que tu en aies une aussi. Il n'y a pas de rations, alors, fais durer celles que tu as jusqu'à ce qu'on trouve ce qu'il y a de comestible sur cette maudite planète.

— C'était bien mon intention, dit-elle, prenant la hachette et la passant dans le dos de sa ceinture.

Elle allait déchirer un morceau de sa couverture thermale pour faire des fourreaux au couteau et à la hachette. Mitford lui tendit une trousse compacte, déjà pourvue de son harnais d'épaule.

— Il n'y a pas beaucoup de médicaments. On dirait que les Cats n'en ont pas besoin. C'est des durs !

— Eh ! sergent ! hurla un homme arrivant ventre à terre, et montrant quelque chose dans son dos. Il y a un Catteni ! Il commence à remuer. Allons tuer ce salaud avant qu'il se réveille !

Rugissant aux autres l'ordre de le suivre, Mitford sauta à terre, couteau au poing.

— Une minute, dit Kris, levant les mains. S'il y a un Catteni ici, c'est qu'il est prisonnier comme nous.

— Et alors ? C'est un Cat, et les Cats doivent crever, répliqua Arnie, la contournant.

— Sergent, j'ai vu un Catteni entrer dans ma soute, et c'est un brave type.

— Il n'y a pas de bons Cats ! grogna Mitford, fendant l'air d'un geste furieux.

— Il y en a, rétorqua-t-elle avec autant de véhémence. Et si c'est celui que je crois, ne le tuez pas.

— Tu en demandes trop, ma fille.

— Pas tout de suite, au moins. Sers-toi du bon sens que Dieu t'a donné, Mitford, dit-elle. Si c'est le Catteni que je crois, il saura des tas de choses utiles sur cette planète. A moins qu'il n'y ait des guides touristiques dans ces caisses.

Mitford s'arrêta si brusquement que les trois hommes qui le suivaient le bousculèrent. Etrécissant les yeux, il la foudroya.

— Et comment sais-tu tout ça sur lui, ma fille ?

— Parce que je l'ai vu pourchassé par d'autres Cattenis. Ils l'ont abattu en plein ciel, et ensuite, ils ont fait exploser l'épave de son avion, et ils ont fouillé tous les alentours pour être bien sûrs qu'il avait sauté avec.

— Et alors, comment ça se fait qu'il soit vivant et ici ? s'enquit Arnie.

— Parce que je croyais que c'était un esclave en fuite comme moi, et que je l'ai caché derrière une chute d'eau jusqu'à ce que les chasseurs s'en aillent. Sauf qu'après, on a été repris ensemble, dit Kris. Quand je me suis réveillée en prison, j'ai supposé qu'il avait été relâché. Les Cattenis ne peuvent pas prolonger leurs différends au-delà de vingt-quatre heures.

Mitford hocha la tête en signe d'acquiescement.

— Ils doivent drôlement lui en vouloir pour l'avoir largué ici avec nous. De plus, si vous le tuez, vous ferez le sale boulot des Cats pour eux.

Mitford fronça les sourcils, et elle réalisa l'habileté de ce dernier argument.

— Bon sang ! mon vieux, ils sont sûrs qu'on va le supprimer, non ? Alors, gardons-le un moment pour découvrir ce qu'il sait. Après vous pourrez le tuer.

Elle dit ça d'un ton désinvolte, priant Dieu et tous ses saints que « Mahomet » se révèle assez utile pour qu'ils n'aient plus envie de le supprimer. Elle trouva bizarre d'entretenir ces pensées sur le Catteni, mais il n'était pas comme les autres...

— Sûr que des infos sur l'endroit ne nous feraient pas de mal, acquiesça Mitford à contrecœur, regardant autour de lui en frissonnant. L'endroit est trop aménagé pour une planète sauvage, et j'aimerais mieux savoir *maintenant* ce qui nous attend que tomber à l'improviste sur des monstres avec seulement des couteaux et des hachettes.

Il s'approcha alors de celui qui avait découvert le Catteni. L'homme indiqua la direction, et ils se remirent en marche. C'était bien « Mahomet » et, se penchant, Kris tourna sa lourde tête pour découvrir la blessure qu'elle lui avait faite. Elle était presque cicatrisée.

— Oh-ho ! fit-elle.

— Oh-ho, quoi ? dit Mitford, tandis que les autres entouraient « Mahomet ».

Ils avaient l'air hostile, et la plupart avaient des couteaux.

— Je l'ai assommé ici, dit-elle, montrant la cicatrice. Et c'est cicatrisé. On a mis longtemps pour arriver ici.

— Tuons-le avant qu'il se réveille, grogna Arnie, se penchant, couteau levé.

— *Non !* aboya Mitford.

De saisissement, Arnie se redressa immédiatement.

— C'est pas bête son idée de le garder pour avoir des renseignements. Tu vas peut-être me dire maintenant qu'il parle anglais ?

Il y avait dans les yeux de Mitford une lueur de respect, et elle comprit qu'il l'avait crue la maîtresse du Catteni.

— Assez de lingua barevi pour qu'on le comprenne.

Elle lui jeta au visage le peu d'eau qui restait dans son quart, et il porta la main à sa tête, roulant d'un côté sur l'autre avec raideur. Quand son pied rencontra une jambe, elle le vit se raidir. Il plia le genou et, du même mouvement, se releva avec agilité, les bras légèrement écartés du corps, en alerte et prêt à se défendre malgré les couteaux qui brillaient devant lui.

— Du calme, dit Kris en avançant. Tu me reconnais ?

Il lui jeta un rapide coup d'œil, mais ses yeux revinrent aussitôt sur Mitford. Celui-ci n'avait pas de couteau, mais « Mahomet » l'avait immédiatement reconnu pour le chef. Kris admira sa rapidité de jugement.

— Oui. Tu as volé le coucou du commandant, dit-il en lingua barevi.

— Quoi ? s'exclama Arnie. Salope ! cracha-t-il, la regardant sous le nez.

Il avait l'haleine nauséabonde, mais elle ne recula pas et le toisa de tout son haut, se félicitant une fois de plus de ses quelques pouces supplémentaires qui lui en avaient pourtant fait voir de dures pendant son adolescence.

— J'ai eu l'électrofouet par ta faute, dit Arnie, dénudant son épaule pour lui montrer les lacérations encore rouges et enflées. Avec cinquante autres, à l'assemblée disciplinaire réunie à cause de *toi* ! Elle ne vaut pas mieux que lui. Pas étonnant qu'elle le défende !

Arnie regarda les autres, espérant leur soutien.

— Ça va, Arnie, dit Mitford, se mettant en posture de karaté. On pourra s'occuper de ça plus tard. Pour le moment, voyons ce qu'il sait, ce mec.

La bouche de Kris s'était desséchée, et elle était glacée de peur. Mais elle ne pouvait pas les laisser tuer « Mahomet » de sang-froid. Elle lui devait une fière chandelle, ne serait-ce que parce qu'elle l'avait mis en danger avant la fin des vingt-quatre heures. Elle était sûre que c'était pour ça qu'il se trouvait là avec eux. Sans le savoir, elle avait dit vrai. Les Cattenis lui en voulaient assez pour l'envoyer à une mort certaine.

— Hé ! sergent ! cria quelqu'un de l'autre bout du champ.

Dans l'intervalle, beaucoup de gens s'étaient réveillés et se dirigeaient maintenant vers les caisses. Il fallait des renforts.

— Viens, commanda Mitford à « Mahomet », lui indiquant de la tête qu'il devait les suivre. Toi aussi, dit-il à Kris d'un ton froid.

Kris eut envie de faire à Arnie des excuses à retardement, puis décida que l'effort n'en valait pas la peine. Arnie n'avait pas l'air du genre à pardonner, et peut-être que ses excuses empireraient la situation. Le Catteni n'avait pas bougé, et quand deux hommes balancèrent leurs couteaux vers lui, il les ignora et fit signe à Kris de le précéder. Elle emboîta vivement le pas à Mitford, au milieu des exclamations surprises des autres.

— C'est qu'elle le connaît vachement bien, dit l'un d'un ton salace.

— Elle l'a assommé, non?

— Oui, mais avant ou après, Murph?

— Avant, Murph, dit-elle d'une voix aussi stridente qu'elle put.

Chose assez facile vu qu'elle avait une peur bleue. La situation avait vilainement dégénéré.

— Et ça vaut pour tous ceux qui pourraient avoir les mêmes idées dégueulasses.

Les yeux fixés droit devant elle, elle retourna aux caisses avec autant d'assurance qu'elle put.

Une fois là, Mitford demanda à deux hommes de l'emmener derrière les caisses avec « Mahomet » jusqu'à ce qu'il en ait fini avec les nouveaux réveillés. Il sauta sur son perchoir et, les pouces passés dans sa ceinture, il leur fit son boniment.

— Je suis là pour m'assurer que ces articles sont équitablement distribués. Alors, avancez un par un.

Il répéta le tout en lingua barevi, qu'il parlait couramment, à la surprise de Kris.

Arnie aidait Mitford à la distribution, mais parmi ceux allongés derrière les caisses, quelques curieux s'approchèrent de Kris et « Mahomet ».

— Qu'est-ce qu'il fait là, le Cat?

— Mitford va l'interroger, dit le plus grand, qui avait une bonne tête de plus que Kris et égalait presque la taille de « Mahomet ».

— Bon, Murph, aide Arnie à distribuer le matériel, dit Mitford, sautant au bas de sa caisse. Maintenant, Cat, donne-moi une bonne raison de te garder en vie.

— Qu'est-ce que tu as besoin de savoir? demanda « Mahomet » en barevi, la voix égale, le ton diplomatique.

Kris soupira de soulagement. Dieu merci, il avait assez de bon sens pour réaliser le danger de sa situation.

— Où on est. Qui vit ici. S'il y a des bêtes sauvages. Ce qu'on peut manger sans que ça nous tue. Parce que ça, ça ne durera pas longtemps, dit-il, tapotant la couverture où il avait caché ses rations.

« Mahomet » émit un râle sec, essaya de s'éclaircir la

gorge pour former ses mots. Kris savait qu'il devait être aussi déshydraté que les autres, mais elle n'osait pas demander pour lui la faveur d'un quart d'eau. Elle ne devait pas avoir l'air de lui faire des fleurs, et encore moins de l'aider.

— Donne-moi ton quart, Bass, demanda Mitford, prenant celui d'un des assistants.

— Quoi ? Tu donnes à boire à un Cat ?

— Oui, si ça lui permet de nous dire ce qu'on a besoin de savoir. Donne. Tu n'arrêtes pas de boire depuis une heure.

— On aura tout vu ! dit Bass, mais il tendit quand même son quart. Il s'appelle reviens.

Remerciant Bass de la tête, « Mahomet » tendit son quart à Mitford qui y versa l'eau du donateur récalcitrant. Il but une petite gorgée, qu'il fit tourner dans sa bouche, puis une bonne rasade.

— Je me rappelle certains détails. La planète a été étudiée. Je n'ai pas tout lu.

— Dis-nous ce que tu as lu, dit Mitford.

— Jour plus long. Climat doux. Quelques... — il fronça les sourcils, cherchant le mot — ... espèces qu'il n'y a pas ailleurs. Trois types mortels.

Il but un peu, puis décrivit un grand cercle de son quart, embrassant tout le champ.

— Il faut partir d'ici bientôt. Champ découvert dangereux.

— Alors pourquoi on nous a débarqués là ? demanda Arnie du haut de sa caisse. Pour qu'on se fasse tous tuer ?

— Non, dit « Mahomet », secouant la tête. Pour vivre, et pour combattre ce qui est ici. C'est comme ça que les Cattenis colonisent les planètes — les difficiles.

Il vida son quart, puis, renversant la tête en arrière, il le tapota contre ses dents pour être sûr d'en avoir bu la dernière goutte. Enfin, il s'immobilisa, regardant chacun tour à tour pour revenir finalement à Mitford.

— Pourquoi t'a-t-on embarqué avec nous ? demanda le sergent.

Le Catteni le regarda longuement, fronçant un peu les sourcils.

— Répète ? dit-il, les surprenant en parlant en anglais.

— Tu es ici avec nous, dit Kris, formulant la question autrement. Pourquoi ?

— J'ai tué. Je me suis échappé. J'ai été... repris. Jour pas fini.

Il haussa les épaules.

— Tu as tué un autre Catteni ? demanda Mitford.

Et comme « Mahomet » acquiesçait de la tête, il ajouta :

— Tu as été déporté pour ça ?

— La journée n'était pas finie.

— C'est la règle dont tu parlais ? dit-il à Kris, qui hocha la tête. Pourquoi as-tu tué un Catteni ?

« Mahomet » émit un petit grognement, avec l'air de dire qu'ils n'allaient pas le croire.

— Il a insulté un emassi et tué quatre esclaves vigoureux sans raison.

— Des esclaves ? Comme nous ? fit Mitford, et il se tapota la poitrine du pouce.

« Mahomet » hocha la tête.

— Il est trop malin, ce mec, jeta Arnie d'un ton hargneux. Il raconte n'importe quoi pour sauver sa peau.

— Non, je ne crois pas qu'il ment, dit lentement Mitford. J'ai entendu des rumeurs ce jour-là. Des Cats qui avaient pourchassé un autre capitaine cat qui avait tué leur chef de patrouille.

— Chef de patrouille, répéta « Mahomet », hochant la tête en reconnaissant les mots. J'ai tué. Cat... pas malin...

Soudain, ils entendirent tous un bruit bizarre.

— A terre ! Tous ! Plus bouger ! commanda « Mahomet » d'un ton pressant en se jetant à plat ventre.

— Vous avez entendu ! dit Mitford, gesticulant furieusement à l'adresse des hommes sur les caisses. Descendez, imbéciles. Couchez-vous et ne bougez plus.

Le bruit se fit de plus en plus fort, leur perçant les tympans. Ceux qui étaient à terre se bouchèrent les oreilles. Deux Deskis qui venaient de recevoir leur couteau se blottirent contre les caisses en gémissant.

Une ombre parut à l'ouest, précédant une forme qui survola le champ, tandis que le son se transformait en un glapissement insoutenable. Quoi que ce fût, c'était grand et ça descendit soudain en piqué. Un malheureux poussa un hurlement terrifié qui diminua à mesure que le monstre s'éloignait. Kris vit des bras et des jambes gesticuler, puis tout mouvement cessa. Le bruit bizarre s'interrompit brusquement.

— Nom de... qu'est-ce que c'était ? demanda Arnie.

— Mortel, dit « Mahomet ». Guetteur ? ajouta-t-il, montrant les arbres bordant le champ. Cri d'alarme ?

— Il y en a beaucoup comme ça ? demanda Mitford.

— Je ne sais pas. Un ne suffit pas ? dit-il d'un ton cocasse.

— Ouais, un suffit largement. Murph, tu as du coffre. Toi et Taglioni, allez dans les arbres jouer les sentinelles. Vous avez vu qui la bête a emporté ? cria-t-il à ceux qui, à l'autre bout de la rangée de caisses, avaient une meilleure vue.

— On n'a pas vu. Il avait l'air comme nous.

— Logique. On a plus de viande sur les os que les Deskis, dit Mitford, regardant les créatures filiformes toujours blotties en gémissant contre les caisses. Deskis, vous connaissez ces créatures ? leur dit-il en barevi.

Ils secouèrent la tête, mais ôtèrent les mains dont ils se bouchaient les oreilles.

— Le bruit blesse les oreilles des Deskis, dit « Mahomet », se relevant et s'époussetant. Ils entendent avant tout le monde. Envoie-les monter la garde.

— Bonne idée, Cat, dit Mitford, qui donna des ordres en conséquence.

Les Deskis essayèrent de se défiler, alors Mitford chargea Murph et Taglioni de les escorter.

« Mahomet » émit une brève série de sons, et ils obéirent instantanément.

— Tu parles deski ? demanda Mitford.

— Deski, ilginish, turski, rugash, dit « Mahomet ». Un peu anglais, mais pas beaucoup mots, ajouta-t-il en anglais. Comprendre mieux si toi parler pas vite.

— Eh bien, nous y voilà, dit Mitford, regardant ses alliés, et insistant sur Arnie, toujours récalcitrant et insatisfait. Je crois que tous les non-humains n'ont pas bien reçu mon message.

« Mahomet » hocha la tête.

— Facile dire pas comprendre... aiment pas ordres.

Mitford aboya un éclat de rire.

— Sacrément vrai ! Je crois qu'on va encore te garder en vie un moment.

— Merci, dit « Mahomet », s'inclinant devant Mitford.

— Nom ? Grade ? demanda le sergent au Catteni, ignorant les murmures désapprobateurs saluant sa décision.

Quand les murmures s'amplifièrent, il pivota vers eux avec fureur.

— Ecoutez-moi bien, bande d'imbéciles. Vous m'avez demandé de prendre le commandement, alors ne grognez pas quand je prends une décision. Il faut que quelqu'un s'en charge. Ce gars a plus de valeur pour nous vivant que mort — jusqu'à preuve du contraire. Il a déjà sauvé la peau de certains du monstre volant. Si ça ne vous plaît, pas, je ne vous retiens pas. Compris ?

Les protestations des humains cessèrent, et les genoux de Kris flageolèrent de soulagement. Le stress lui avait une fois de plus desséché la gorge.

— Alors ? dit Mitford, se retournant vers « Mahomet ». Nom ? Grade ?

— Zainal, emassi, dit-il, mais Kris savait que ce n'était pas l'équivalent catteni de capitaine.

— Mitford, sergent. J'ai un grade plus élevé que toi, dit Mitford, avec un tel aplomb que Kris toussa pour dissimuler un éclat de rire.

— Je vais chercher de l'eau, dit-elle à Mitford, s'éloignant sans attendre sa permission.

— Eau, bonne, remarqua Mahomet Zainal d'une voix égale.

— D'accord, mais j'ai d'autres questions à te poser, emassi Zainal.

— Maintenant, Zainal seulement.

Kris sourit en entendant le rectificatif, mais Zainal continua à marcher vers le ruisseau.

— Tu ne devrais pas le laisser partir tout seul comme ça, gémit Arnie, protestataire.

— Comme quoi ? Il a soif. Où veux-tu qu'il aille ?

Maintenant, revenons-en au boulot. Estime-toi heureux que je ne t'aie pas envoyé lui chercher de l'eau.

Ignorant les jurons d'Arnie, il continua :

— Voilà d'autres clients. Finissons la distribution avant que d'autres monstres volants se pointent.

— Je comprends pas pourquoi tu avales tout ce que te dit ce Cat... dit Arnie à Mitford. Et tu laisses cette salope...

— Ça va, Arnie.

Kris but lentement deux tasses d'eau avant de revenir vers les caisses. Zainal — *nom intéressant*, se dit-elle — marchait devant elle, mais prenant la tangente, il se dirigea droit sur Mitford qui regardait le champ encore couvert de corps immobiles. Il avait manœuvré habilement dans une situation difficile, et l'avait tirée d'affaire en même temps. Elle le vit regarder le champ semé de cadavres. Il s'arrêta brièvement pour examiner les plus proches. Elle prêta l'oreille sans vergogne pour écouter ce qu'il disait à Mitford, sa voix grave et caverneuse portant bien.

— Ils sont morts.

— Les Cattenis s'attendent à des pertes ?

— Des pertes ?

— Des gens qui meurent.

— Voyage long, dit Zainal, portant la main à sa cicatrice. Certains trop faibles. Ne sentent rien.

— Je suppose.

— Pas bon rester ici près des morts, ajouta Zainal. Pas seulement danger volant.

— Qu'est-ce que tu sais sur cette planète, exactement ? dit Mitford, légèrement soupçonneux.

Zainal poussa un long soupir. Kris vit une expression de regret sur son visage — au moins, il manifestait ses émotions, contrairement à tous les Cattenis qu'elle connaissait. Bien sûr, c'était un bon moyen de communiquer quand le langage était défaillant.

— Pas assez, dit-il avec un regret visible. Maintenant que suis là aussi.

Mitford eut un bref éclat de rire.

— Maintenant, tu es dans le même bateau, hein ?

— Tu peux répéter ?

Mitford écarta la demande d'un geste désinvolte.

— Bon, alors, il vaut mieux abandonner les morts... je ferais bien de nous compter, juste en cas. La plupart des gobelins sont partis, et je ne peux pas dire que je le regrette. Ils étaient dangereux. Si les Deskis ont l'oreille fine, je pense qu'il vaut mieux les garder. Ils sont bons à quoi d'autre ?

Kris remarqua que Zainal avait écouté attentivement. Il hocha la tête, comme s'il avait compris le sens général.

— Deskis bons pour beaucoup choses. C'est les Turs qu'appeler gobelins ? Turs bons pour travaux pénibles. Détestent tout ce qui est pas tur.

— C'est bien vrai, acquiesça Mitford, acide. Au moins, les Rugs essayent se suivre le train, dit-il, montrant les Rugariens qui s'étaient regroupés et mangeaient leurs rations arrosées d'eau fraîche. Les Ilginishs sont pas mal, mais ils puent.

— Puent ?

Mitford se boucha le nez.

— Ça nous fait un drôle de mélange. Et des gosses.

Il montra une demi-douzaine de jeunes blottis derrière les caisses. Trop absorbée par le sort de Zainal, Kris ne les avait pas remarqués.

— Pas facile à organiser et à déplacer, comme patrouille. Et où aller ? Tu as une idée ?

— Plus sûr dans collines, dit Zainal, montrant ce qu'on pouvait considérer comme le nord.

Le soleil de ce système n'était pas encore à son zénith.

— Tu crois ? C'est de là que venait le monstre volant.

— Endroit dans rochers meilleurs pour rester. Créatures dans... (il tapa la main par terre pour indiquer le sol) ... venir la nuit. Très mauvais, dit-il secouant la tête de droite et de gauche pour renforcer l'avertissement. Pas voir.

— Des trucs qui sortent de la terre la nuit ?

— Vrai.

Il fit un mouvement serpentin de la main, puis rapprocha ses doigts pour mimer une morsure.

— Encore assez de jour pour partir. Trouver place dans rochers.

— Tu ne sais pas s'il y a des grottes — des creux dans les rochers — sur cette planète ?

— Rochers bons pour trous, dit Zainal, donnant un coup de pied dans un caillou ressemblant à du calcaire. Ça me fera revenir d'autres souvenirs.

Il secoua la tête comme pour en déloger quelques-uns.

— De toute façon, j'aimerais mieux m'établir dans une position défendable, dit Mitford, sautant sur une caisse. Ecoutez tous, tonitrua-t-il comme à l'exercice, de sorte que les Deskis se remirent à gémir en se bouchant les oreilles. Cet endroit n'est pas sûr la nuit. On va aller dans les collines et chercher des grottes.

— Tu le crois sur parole ? dit Arnie, le tirant par la jambe de son pantalon. Tu vas écouter un Cat ?

— Je vais écouter n'importe qui ayant un grain de bon sens, et comme le Cat est le seul à savoir quelque chose sur cette planète, je ne vais pas négliger les seules infos que je peux avoir. Mais personne ne te force à faire ce que tu ne veux pas, Arnie. Vous m'entendez ? reprit-il, élevant la voix. Vous d'abord (il montra Bass, Murph et quelques autres allongés derrière les caisses), vous allez me compter les morts. S'il y en a qui respirent encore, mettez-vous par équipes et ramenez-les tous — je dis bien tous — ici. Et on essayera de les ranimer. La nuit, je ne laisserais même pas ma belle-mère ici. Exécution. Toi aussi, Kris. Et emmène le Cat avec toi.

— Si on avait des cantines ou autre chose pour transporter de l'eau... dit Kris.

Zainal tapota une caisse vide. Elles étaient en une espèce de plastique, et assez grandes. Il la renversa pour faire tomber les vestiges d'emballage.

— Je porter, proposa-t-il, et, faisant signe à Kris de le suivre, il se dirigea vers le ruisseau.

— Bonne idée, dit Mitford. Et ça peut servir à autre chose aussi.

Aussitôt, il fit vider par deux Deskis une caisse encore à moitié pleine.

— Hé ! sergent, qu'est-ce qu'on fait des tasses et des couvertures des macchab ? cria Bass. On leur laisse ?

— Prenez-les, cria Mitford en réponse. Ils n'en auront plus besoin. Nous, si.

Tous, même les Deskis, se mirent au travail, et le temps que Zainal revienne avec la caisse pleine d'eau — sans même souffler dans la montée —, le compte était terminé et seuls les morts restaient dans le champ.

Et quand le soleil atteignit son zénith, tous les moribonds avaient été ranimés et informés de la situation. Il y eut une autre attaque aérienne, mais les oreilles des Deskis avaient détecté les trois monstres volants longtemps avant qu'on ne les voie, et tous purent faire le mort. Les créatures, avec le même sifflement assourdissant, n'attrapèrent rien cette fois-là.

Avec des bandes déchirées dans les couvertures, ils confectionnèrent de grossières courroies pour faciliter le transport des caisses, car Mitford ne voulait rien laisser en arrière qui puisse servir ultérieurement. Il ordonna même qu'on dépouille les morts de leurs combinaisons et de leurs chaussures. Cette décision provoqua quelque résistance, mais cette tâche désagréable fut finalement exécutée, et tous les vêtements et souliers rassemblés.

Quand les colonnes furent prêtes à s'ébranler, Kris avait acquis un respect considérable pour Mitford. Elle se félicitait également d'avoir contribué à sauver la vie de Zainal, car il n'avait pas que des informations pour concilier les contestataires. Il avait fait maintenant étalage de sa force, et peu auraient osé s'en prendre à lui, même si, comme Arnie, ils le haïssaient parce qu'il était catteni. Certains des nouveaux ranimés étaient encore faibles, alors Mitford assigna à chacun un « copain » chargé de l'aider, annonçant qu'il en cuirait à ceux qui « perdraient » leur copain ou copine.

— Combien n'ont pas supporté le voyage ? demanda Mitford à Bass, qui avait participé au comptage des morts.

— Quatre-vingt-neuf. Deskis pour la plupart, plus quelques humains âgés et deux gosses. Ce qui fait une perte d'environ dix pour cent, si on part du principe qu'il y avait à peu près cent personnes dans chacune des huit files. Cinq cent quatre-vingt-deux vivants, mais on n'a pas encore eu le temps de les compter par race.

— Oublie les races, grogna Mitford. On est tous logés à la même enseigne. Opération Nouveau Départ.

— Ah vous, les militaires, avec vos opérations ci et ça ! remarqua Bass avec bonhomie.

Mitford haussa des sourcils étonnés.

— C'est bon pour le moral.

— Va pour le nouveau départ. Et la liberté, renchérit-il, coulant un regard en coin à Zainal.

Mitford monta en haut du champ et, poings sur les hanches, demanda le silence d'une voix tonitruante.

— Ecoutez bien. On vide les lieux. Vous, dit-il, montrant un groupe d'humains, formez-vous en colonne par quatre. Nous avons neuf caisses d'eau : répartissez-les le long des colonnes. Ceux qui ont des copains, prévenez si vous avez des problèmes, mais *essayez* de vous en tirer. N'hésitez pas à demander de l'aide au besoin. Bass, tu formeras l'arrière-garde, avec Cumber, Dowdall, Esker, Movi, Tesco et vous trois, dit-il, montrant trois doigts à un groupe de Rugariens et leur faisant signe de rejoindre Bass. On est tous sur le même bateau, ne l'oubliez pas !

— Ouais, sergent. Opération Nouveau Départ, dit Bass, qui, à la réflexion, trouvait manifestement le terme approprié.

Mitford fit signe à Zainal de le rejoindre, et ils se dirigèrent au petit trot vers l'endroit où les colonnes se formaient. Arrivé devant elles, il balança le bras droit en un geste large signifiant : « En avant ! »

— DÉMARRAGE DE L'OPÉRATION NOUVEAU DÉPART ! rugit-il de sa voix de parade qui atteignit toutes les oreilles.

CHAPITRE 3

Kris s'était vu attribuer comme « copine » une rousse frêle, au teint clair qui accompagne souvent les cheveux roux. Patti Sue avait été l'une des dernières à être ranimée. Elle toussait beaucoup, mais elle n'était pas fiévreuse ; alors Kris se dit qu'elle souffrait sans doute d'une réaction allergique à la drogue contenue dans la soupe. Patti Sue passait le plus clair de son temps à s'excuser d'être un fardeau pour elle. Une telle humilité agaçait Kris, qui avait naturellement une attitude positive et pleine d'assurance ; elle s'efforçait de n'être pas trop brutale avec sa « copine ». La seule information que lui avait donnée la jeune fille, c'est qu'elle avait été capturée à Detroit. Chaque fois que Kris cherchait à engager la conversation ou à poser des questions, Patti Sue avait une quinte de toux. La cinquième fois, elle comprit ce que ça signifiait. Elle espérait que Patti Sue survivrait jusqu'à ce qu'ils trouvent un abri.

Elles s'insérèrent dans une colonne, juste derrière la caisse d'eau, portée par deux Rugariens. Il n'y avait que des Rugariens autour d'elles, et d'abord Patti Sue se blottit si étroitement contre Kris qu'elle lui marcha plusieurs fois sur les pieds. Les Rugariens étaient vigoureux, se dit Kris, de sorte que si elle avait besoin d'aide pour Patti, elle l'aurait sous la main. Elle avait aussi remarqué la façon dont quelques humains mâles regardaient la rousse. L'espoir ne meurt jamais, pensa-t-elle avec amusement, mais elle était à peu près sûre que Patti Sue aurait repoussé toute offre d'assistance émanant de mâles.

Elle sentit la montée dans les muscles de ses mollets et de ses cuisses, mais quand ils arrivèrent aux arbres, elle vit qu'ils allaient maintenant descendre, longeant un autre champ. Le panorama lui inspira un sentiment de malaise, mais elle n'en comprit la raison qu'en arrivant au milieu de la descente. Ce nouveau champ était exactement de la même taille que celui où ils avaient été débarqués, bordé des mêmes arbres et adjacent à d'autres champs de même taille. Il était trop *régulier*. Tout était net, tiré au cordeau, bien trop civilisé pour une planète censément non occupée. Sauf que Zainal n'avait pas dit que la planète n'était pas occupée. Il avait dit qu'elle abritait des dangers indigènes, il ne se souvenait pas de quels types, excepté que c'étaient des créatures « mortelles ». Au bas de ce champ coulait un autre ruisseau. Cours d'eau créés à la demande ? Et un autre champ de l'autre côté, identique à tous les autres du voisinage. De toute la planète ? Où étaient les brouteurs ? Les ruminants pour qui ces champs existaient ? Faisaient-ils partie des créatures « mortelles » ?

Relevant les yeux, elle vit des collines dans le lointain. Bon sang ! ils n'étaient pas au bout de leurs peines ! Elle regarda par-dessus son épaule et vit la colonne par quatre serpenter à perte de vue. La sécurité dans le nombre ? Le fait que Mitford soit parvenu à organiser un groupe aussi disparate en disait beaucoup sur ses facultés de commandement. Il faut dire que les électrofouets des Cattenis avaient inculqué à tous un réflexe d'obéissance. Leur vie d'esclaves était encore trop proche pour qu'ils aient déjà recommencé à réfléchir par eux-mêmes. A l'évidence, Mitford comptait là-dessus. Peu importait, si cela permettait de sauver des vies.

Pendant cette longue marche, elle se surprit à en vouloir à Patti Sue de sa fragilité. Elle aurait préféré marcher en tête, avec Mitford et Zainal, voir où elle allait, et même partir en reconnaissance. Elle n'aimait pas suivre docilement le troupeau, elle préférait le précéder. Mais elle avait accepté la responsabilité de Patti Sue, et elle ne s'y déroberait pas.

Quand le soleil déclinant arriva à mi-course de son zénith, Patti Sue s'appuyait de plus en plus lourdement sur elle dans les montées. Les descentes étaient plus faciles, sauf que Patti Sue trébuchait souvent, s'excusant à profusion de la gêne qu'elle imposait à Kris, et lui répétant sans cesse comme elle était gentille de la supporter. Kris devait serrer les dents pour ne pas lui ordonner de la fermer, et d'avancer de son mieux.

Toutes les heures, ils s'arrêtaient cinq minutes pour boire et se reposer, ou autre chose, mais comment Mitford savait qu'une heure s'était écoulée, cela demeurait un mystère pour Kris. Peut-être que sa formation militaire avait développé en lui une horloge intérieure? En tout cas, ce bref répit était bien agréable.

Ces boules malléables dont les Cattenis faisaient leurs chaussures étaient une invention extraordinaire. La chaleur corporelle les avait si bien moulées sur ses pieds longs et fins que, malgré la fatigue de cette marche interminable, elle n'avait pas une seule ampoule ou écorchure. Les muscles de ses jambes protestaient, mais après avoir passé si longtemps à jouer les Eve de la jungle, ce n'était pas étonnant. Les pas avaient maintenant perdu leur élasticité, surtout chez les porteurs d'eau, bien que Mitford veillât à les changer après chaque période de repos.

Puis la consigne passa dans les rangs : ils allaient s'arrêter une heure pour manger. Tant pis pour ceux qui avaient terminé leurs rations. On n'en distribuerait pas d'autres aujourd'hui.

Kris avait mangé un second tiers de barre avant le départ, et termina le troisième, puis mangea la moitié d'une autre ration. Elle en fit manger une entière à Patti Sue, en la lui mettant dans la bouche par petits morceaux. La fatigue de la jeune fille n'était pas feinte. Elle avait les joues creuses et la respiration courte. Kris crut entendre des râles dans ses poumons, mais ce n'était peut-être que l'épuisement provoqué par l'effort après une longue période d'oisiveté. Patti ne pourrait plus aller très loin.

Quand passa l'ordre de se remettre en marche, ils étaient au bord d'une plantation assez dense. Et « plantation » était le mot juste, car la végétation — arbres et autres — était plantée en rangées bien droites. Il y avait plusieurs essences, à en juger par ce qui remplaçait les feuilles sur ce monde, et de tailles différentes ; et ils marchaient sur un humus souple, bien reposant après le sol plus dur des champs, malgré leur couverture herbacée. Elle approuvait le reboisement, mais trouvait bizarre de le voir pratiqué sur une planète censément inhabitée. Même si Zainal n'avait pas vraiment affirmé qu'elle était déserte, se rappela-t-elle.

Kris aida Patti Sue à se relever, et elle était si épuisée qu'elle n'eut pas la force de s'excuser. Kris passa le bras droit de Patti Sue autour de sa taille, lui tint la main et la soutint de l'autre bras, puis, la soulevant par la hanche à chaque pas, avança en la portant à moitié.

Au repos suivant, c'était Kris elle-même qui suait et soufflait. Elle portait avec les siens le quart, les rations et la couverture de Patti Sue pour la décharger. Mais quand ils repartirent, Kris fit tourner ces légers bagages pour les avoir sur la poitrine, et chargea Patti Sue sur son dos. Elle avait les épaules et le dos bien musclés, et c'était plus facile de la porter tout à fait que de la soutenir sur ses pieds.

Maintenant elle avançait plus vite — les porteurs d'eau les avaient distancées depuis un bon moment. Elle sentit quelqu'un lui toucher l'épaule et, tournant la tête, se trouva face à des yeux bleus d'humain. Il avait les cheveux blonds et raides.

— Dis donc, donne-la-moi. Tu ne devrais pas faire ça toute seule.

— Pourquoi pas ? Elle n'est pas lourde, répondit Kris sans ralentir, mais avec un sourire de gratitude à l'étranger.

— Non, dit-il, tendant le bras vers Patti. Tu vas prendre mes affaires, et je vais la porter.

Patti le sentit la toucher, et gémit craintivement, s'accrochant de toutes les forces qui lui restaient au cou de Kris. Kris sortit du rang.

— Je vais te donner nos affaires, d'accord ? Ça me soulagera un peu. Mais je crois que Patti ne veut pas de mâle autour d'elle. Si tu vois ce que je veux dire...

Le jeune homme la regarda, choqué d'entendre insinuer que sa proposition pourrait ne pas avoir que des motifs honorables.

— Elle ne veut pas *me* dire autre chose que son nom et sa ville d'origine, expliqua Kris. Et tu dois avoir entendu dire que les Cattenis avaient du goût pour les Terriennes.

— Bon Dieu ! Je n'avais pas pensé à ça, s'excusa-t-il, rougissant d'embarras. Jay Greene, ajouta-t-il. Denver.

— Moi, c'est Kris Bjornsen, et c'est aussi à Denver que j'ai été capturée.

Elle avait posé Patti par terre, et la jeune fille s'accrochait à ses jambes, gémissant et marmonnant des supplications incohérentes.

— Tout va bien, ma chérie, tout va bien. Je vais te porter. Tu es ma copine, non ?

Elle donna au jeune homme leurs couvertures et ses rations, mais conserva les quarts et les rations de Patti.

— Salut, Patti Sue, dit Jay, se penchant vers elle. Je m'appelle Jay Greene, et je vais te soulever pour te remettre sur le dos de Kris. Ça sera plus facile pour elle. D'accord ?

— Fais-le, c'est tout, Jay, dit Kris, que Patti étrangla à moitié en sautant des mains de Jay sur le dos de Kris.

— Ouah ! fit Greene. Dur.

Kris la secoua pour la mettre dans une position plus confortable, et entendit tous ses os craquer.

— Rentrons dans le rang. Bientôt, on sera la queue qui fait remuer le chien.

— T'en fais pas. Je reste à portée de ta vue.

— Tant que tu as mes rations, tu as intérêt.

La dernière partie de cette marche héroïque était en montée, sur une pente semée de cailloux où Jay dut souvent donner la main à Kris pour l'empêcher de tomber. Kris se concentrait tellement pour ne pas chuter qu'elle ne regardait pas où ils arrivaient. Sur une large corniche — quand elle eut un instant pour jeter un coup d'œil — dominant un fantastique damier de champs entourés d'arbres qui s'étendait à perte de vue dans le crépuscule. Les colonnes aussi s'étiraient devant elle, et il n'y avait pas grand monde derrière, tant elle avait perdu de terrain vers la fin. Les marcheurs s'arrêtaient où ils étaient et se laissaient tomber à terre, trop fatigués pour aller plus loin ou pour s'inquiéter de la dureté de leur future couche.

— Pas terrible pour dresser un camp, dit Greene, regardant autour de lui.

Il repoussa du pied quelques cailloux et ajouta :

— Ce n'est pas pire qu'ailleurs.

Cette fois, Patti était trop épuisée pour avoir encore la force de gémir quand Greene la souleva doucement du dos de Kris, qui soupira de plaisir. Elle se dégagea un coin pour se coucher et s'assit en poussant un « ouf ! » de soulagement. Greene lui rendit les couvertures et les rations puis se balaya un coin de rocher.

— Donne-moi les quarts, et je vais aller nous chercher de l'eau, dit-il, et elle s'exécuta, réalisant qu'elle était crevée !

Elle n'avait même plus l'énergie d'aller se chercher à boire !

Quand il revint, Jay mit et maintint Patti Sue en position assise, pendant que Kris la faisait manger, puis elle lui lava la figure avant de laver la sienne.

— Dis donc, on a un Prométhée dans le groupe, observa Greene, montrant la tête de la colonne.

Kris poussa un cri de surprise et de soulagement. Les torches avançant au bord de la corniche dans leur direction la rassurèrent plus qu'aucune autre chose n'aurait pu le faire. Les larmes lui montèrent aux yeux, alors elle se mordit les lèvres et détourna la tête. Greene devait garder l'impression qu'elle était du genre survivant.

Il fallut longtemps, et la nuit était tombée, avant que les porteurs de torches n'arrivent en queue de la colonne où elle était. Patti Sue dormait, la tête sur la cuisse de Kris. Certains semblaient avoir encore assez d'énergie pour parler ou se plaindre. Les Deskis émettaient leurs bizarres susurrements dans le cercle étroit qu'ils avaient formé. Les Rugariens s'étaient pelotonnés en boules poilues, les couvertures tirées sur les visages. Kris, le cou raide et les muscles du dos endoloris par les efforts de la journée, était trop fatiguée pour dormir. Puis elle sentit les mains de Greene lui faire un massage dont elle lui fut immensément reconnaissante.

Elle somnolait quand la lumière la réveilla. Mitford, Zainal, Taglioni et deux autres qu'elle ne connaissait pas inspectaient la colonne.

— Ça va, Bjornsen ? demanda Mitford, posant légèrement la main sur son épaule.

— Elle a porté sa copine sur son dos la moitié de l'après-midi, dit Greene.

— Tais-toi, protesta Kris. Elle n'est pas lourde.

— Et c'est ta copine, dit Mitford, hochant la tête. Je sais, le coin n'est pas fameux pour passer la nuit...

Derrière lui, Zainal parlait avec un Deski, réveillé par la lumière. C'était un mâle, aux yeux dilatés d'angoisse, qui se calma quand Zainal eut fini de parler.

— ... mais c'est le mieux qu'on peut faire. Zainal et deux autres vont aller en reconnaissance pour voir s'il y a des grottes dans le coin. Mais pour cette nuit, il pense qu'on est en sécurité sur la corniche. Toi, c'est Jay Greene ?

— C'est bien moi.

— Tu peux garder les yeux ouverts un moment ?

— Oui, bien sûr, dit Greene, se levant avec raideur, mais se levant quand même.

— Tu vas monter la garde. Tu réveilleras Bass... tu le connais ? Bon. Tu le réveilleras au coucher de la deuxième lune, dit-il, montrant deux lunes qui se levaient, l'une beaucoup plus grosse et en avance sur son petit compagnon. C'est une planète à cinq lunes. Pratique, à défaut d'autres repères.

Il tourna la tête vers la haute silhouette dégingandée de Bass, qui entrait dans la lumière, le reste de l'arrière-garde regroupé derrière lui.

— Compris ? Greene te réveillera et tu prendras la relève. Cumber, Bass te réveillera et tu seras de garde jusqu'au coucher de la quatrième lune, et après, tu réveilleras Movi. Maintenant, pas de tire-au-flanc et ne mélangez pas vos lunes ! Compris ?

— Nous comprenons et nous obéissons ! confirma Bass, avec un salut oriental de fantaisie.

— Je vous laisse la torche, dit-il, tendant à Greene celle qu'il tenait. Elle ne durera pas toute la nuit, parce que les nuits sont longues sur ce monde, mais c'est mieux que rien.

— Compris !

Mitford commença à revenir sur ses pas. Zainal regarda longuement Kris, puis pivota et suivit le sergent et les autres.

Kris s'enroula dans sa couverture, déplaça Patti pour trouver la position la plus confortable qu'elle put — après avoir enlevé deux cailloux qui lui rentraient dans les côtes. Les Cattenis fabriquaient aussi de bonnes couvertures. Enfin assez reposée, elle s'endormit.

Tandis que Mitford, Zainal, Taglioni et les autres revenaient au début de la colonne d'une démarche lasse, le sergent se félicitait d'avoir conservé en vie le Catteni. Pour commencer, il aimait son style, quand il devait affronter des gens qui n'avaient aucune raison d'aimer sa race. Bien sûr, Mitford savait que le moment psychologique favorable à l'élimination de Zainal était passé quand le Cat s'était relevé dans le champ. C'était un géant, et personne, pas même Mitford, n'aurait osé l'attaquer seul. Des gars comme Arnie, qui avaient goûté trop longtemps à l'électrofouet des Cattenis, pouvaient essayer d'organiser un lynchage s'ils trouvaient le moment propice, mais il y avait des moyens d'éviter les tueries si on connaissait d'avance la victime et l'assassin. Mitford avait déjà désamorcé ce genre de situation. Et puis ce grand gaillard avait tout le temps de sacrées bonnes idées — comme les cinq lunes. Est-ce qu'il distribuait ses connaissances avec parcimonie pour se rendre indispensable, ou faisait-il un numéro savant ? Des années passées dans l'armée avaient appris à Mitford à repérer les menteurs et les simulateurs. Zainal n'était ni l'un ni l'autre, et Mitford savait exactement à quelle catégorie Arnie appartenait.

Toute sa vie, depuis qu'il s'était engagé à seize ans, enthousiaste et mentant sur son âge, Mitford avait vu le soleil régler sa vie, depuis le camp d'entraînement où il avait fait ses classes, jusqu'à ses deux tours de service au

Koweit, en passant par la guerre du Viêtnam, pour finir par sa capture dans un hamac sur la véranda de papa.

Il se demanda distraitement si son ancienne unité avait combattu les Cattenis sur la Terre, mais les nouvelles de l'ancien monde étaient rares et espacées. Raison de plus pour améliorer la vie sur le nouveau monde où ils étaient coincés. Et si pour y parvenir il fallait conserver en vie le Cat qu'ils avaient, Chuck Mitford veillerait à ce qu'il ne lui arrive rien. Il se demanda comment exactement cette grande blonde de Bjornsen avait connu le Cat. Elle n'avait pas menti, mais elle n'avait pas tout dit. Enfin ! Elle avait habilement manœuvré pour conserver le Cat en vie. Elle avait de la classe, celle-là. Et du cœur, à la façon dont elle avait traîné toute la journée cette pauvre fille terrorisée.

Taglioni trébucha et, cette fois, ne repoussa pas la main que tendit Zainal pour le rattraper. Peut-être qu'ils pourraient l'intégrer, mais Mitford en doutait. Il y avait trop de ressentiment envers les Cats pour le moment. Il faudrait qu'il trouve le moyen de se servir du Cat sans qu'il soit tout le temps avec les autres. Facile. Il n'avait qu'à l'envoyer en reconnaissance — ils avaient besoin de connaître le terrain, où qu'ils s'installent définitivement. Et envoyer Bjornsen avec lui, ce qui le débarrasserait de deux problèmes potentiels. Il en aurait assez sans ça. Non qu'il n'ait pas bien commencé, mais bon sang ! comment s'était-il mis dans une situation pareille ? *Mitford*, se sermonna-t-il, *tu ne connais donc pas la première règle de la survie ?* Ne jamais *se porter volontaire !*

— Tu me disais que vous travaillez pour les Eosis ? Les Cattenis ne sont pas les seigneurs ? demanda-t-il à Zainal en barevi.

— Non, ce sont les Eosis. Les emassis prennent les ordres. Les Eosis commandent la galaxie.

La chaîne de commandement n'avait pas l'air de plaire non plus au Cat, se dit Mitford, voyant dans ses mâchoires serrées un signe de résistance, sinon de rébellion.

— « Emassi », ce n'est pas le mot que je connais pour « capitaine », poursuivit Mitford d'un ton neutre.

Le grand Cat baissa les yeux sur lui, et il saisit une lueur dans ses prunelles à la clarté des lunes.

— Emassi est un mot pour capitaine, dit Zainal, retroussant les lèvres. Capitaine spécial. Tu as entendu plus souvent « tudo ». Et aussi « drassi ».

— Ouais. Tudo pour l'armée de terre, et drassi pour l'espace ? Exact ?

Ainsi, comme Mitford l'avait pensé, ce Catteni était quelques crans au-dessus des individus ordinaires qu'il avait rencontrés.

— Alors, qui nous a débarqués ici ? Tudos, drassis, ou emassis ?

— Drassis, sur ordre des Eosis.

Et ça non plus n'avait pas l'air de plaire au Catteni.

— Tu as tué un tudo, puis...

— Comme je te l'ai dit, dit Zainal avec calme, mais avec une nuance d'impatience.

— Juste pour être sûr.

Zainal gloussa.

— Sache que les emassis n'ont pas de raison de mentir.

La première lune était maintenant haut au-dessus des collines et leur brillait en plein visage, éclairant le sentier rocheux de sorte qu'ils ne marchèrent pas par inadvertance sur des corps endormis. Pour un géant pareil, Zainal était très agile. Bien sûr, il avait l'habitude d'une forte gravité, mais ça n'empêchait pas certains Cats d'être sacrément balourds et d'écraser les assistants lors de leurs rixes.

— Maintenant, on va nous laisser nous débrouiller tout seuls pour coloniser la planète ?

— C'est la méthode.

— Quand est-ce que quelqu'un viendra vérifier ?

Zainal continua à marcher en silence, puis leva deux doigts.

— Ça dépend. Si nous survivons, ils débarqueront d'autres prisonniers. Puis ils viendront voir dans six mois-un an. C'est comme ça qu'on fait.

— Tu fais partie du « on » ? demanda Mitford, à qui cette idée ne plut pas.

Le Cat n'était pas dans le même bateau que les humains ; enfin, théoriquement parlant. Mais peut-être que si.

Zainal émit un grognement.

— Moi largué, moi rester. Je ne suis pas contre vous, mais *avec* vous.

— Parfait pour moi, dit-il. (Puis après une courte pause, il ajouta :) Mais tous ne te portent pas dans leur cœur.

Zainal gloussa.

— Ailleurs non plus les gens ne portent pas les emassis dans leur cœur. Je survivrai.

Mitford n'en douta pas un instant. Et il avait bien l'intention d'aider le Catteni à rester en vie. Mitford imaginait facilement plusieurs façons dont Zainal pouvait lui être utile, surtout s'il en voulait à ces seigneurs eosis qui régentaient tout.

— Mais si nous restons en vie, pourquoi débarquer d'autres rebelles ?

— Rebelles ?

— Ouais, rebelles, confirma Mitford. Des gens comme nous qui contestent le gouvernement des Cattenis.

— C'est un bon mot, rebelle, dit Zainal avec un grand sourire. Il me plaît.

— Tu n'aurais pas quelque chose de rebelle en toi, des fois ?

— Peut-être.

Mitford perçut un peu d'irritation dans cette réponse placide, et s'en étonna.

— Il faudra en reparler plus tard, dit Zainal. Tu parles bien le barevi, ajouta-t-il à voix haute.

— Je suis un survivant, emassi. Et apprendre la langue locale est toujours essentiel à la survie. Je connais assez bien cinq-six langues de la Terre pour me faire comprendre partout. Le barevi n'a pas été difficile à ajouter.

— Non, ce n'est pas difficile.

— Langue simple pour gens simples ?

Zainal gloussa. Mais ils ne dirent plus rien, car en arrivant à la tête de la colonne, ils furent terrassés par la fatigue. *Ouais, ça me plaît, ce côté rebelle,* se dit Mitford.

Après avoir vérifié que ses sentinelles ne dormaient pas, Mitford étendit sa couverture par terre avec soulagement.

— S'il te revient encore quelque chose de ce rapport, Zainal, préviens-moi.

— D'accord.

CHAPITRE 4

Le réveil ne fut pas drôle ! Kris avait mal partout, soupçonnant les pierres de s'être déplacées pendant la nuit pour la meurtrir cruellement dans tous les endroits sensibles. Patti était toujours couchée sur elle, et elle dut la déplacer pour se lever. Elle avait besoin de se soulager. Elle descendit la colline jusqu'à un rocher ayant déjà servi à cet usage, mais les utilisateurs précédents avaient eu la courtoisie de jeter de la terre sur leurs déjections. Elle fit de même. A son retour, Greene l'attendait avec des quarts d'eau.

— Bon sang ! ce que je donnerais pour une tasse de café, dit-il, lui souriant par-dessus le rebord de son quart.

— Tu parles d'or, dit Kris, trouvant son sourire sympathique.

Pourquoi fallait-il qu'elle ait été larguée sur cette maudite planète avant d'avoir rencontré l'homme de sa vie ? Elle nota quelques autres détails sur lui. Il était affreusement maigre, il avait les paumes calleuses et des tas d'écorchures et coupures sur les mains.

— C'est vrai que tu as volé le coucou du commandant ?

— Oui, grogna Kris. Mais je ne l'aurais sûrement pas fait si j'avais su quelles représailles exerceraient les Cattenis.

— Ne t'en fais pas pour ça, dit-il, élargissant encore son sourire. On a tous repris courage à l'idée que l'un d'entre nous avait pu faire un truc pareil.

— Sauf ceux qui ont eu de longs rendez-vous avec l'électrofouet.

Elle frissonna, ses muscles dorsaux se crispant de sympathie en réaction. Les deux fois où elle avait été victime de ces flagellations paralysantes lui avaient suffi.

— Les Cats cherchaient tous les prétextes pour nous humilier, dit Greene. On était plus durs à cuire qu'ils ne s'y attendaient, au cas où tu ne le saurais pas. Et ils t'ont... euh... reprise ?

— Non, dit Kris, étirant le mot pour souligner sa contrariété. J'ai mal calculé mon coup. J'ai voulu faire un tour en ville juste au moment où leurs appareils lâchaient des gaz pour maîtriser cette fameuse émeute. Causée par quoi, au fait ?

— Oh, on a essayé d'interrompre une de leurs petites sessions disciplinaires. De fil en aiguille, on s'est déchaînés. Plus de raison, plus de bon sens. On cassait tout ce qui nous tombait sous la main.

Elle hocha la tête, terminant une ration et se léchant les doigts.

La consigne arriva. On repartait.

Patti Sue parvint à rester sur ses pieds toute la matinée, puis elle s'effondra. Elle s'excusa tellement que Kris dut serrer les dents pour ne pas la rembarrer. Mais c'était un peu difficile d'échapper à ses excuses alors qu'elle avait les lèvres collées sur l'oreille de Kris. Greene fit ce qu'il put pour lui éviter ce supplice, bavardant sans arrêt de choses et d'autres, parce que, pendant qu'il parlait, Patti Sue était obligée de se taire. Son copain à lui était un Rugarien qui ne disait pas un mot, s'ébranlant et s'arrêtant en même temps que lui, apparemment indifférent à tout autre stimulus.

— Qu'est-ce que tu faisais sur notre bonne vieille Terre ? demanda Kris pour passer le temps.

— Ahaaa ! Informaticien ! Alors, naturellement, ils m'ont mis à terrasser et balayer sur Barevi. Au moins, ils n'ont pas de préjugés. Tous les grands ont été affectés aux travaux durs.

Il releva la manche de sa combinaison, et gonfla un biceps qu'il lui fit admirer.

— En fait, c'est mieux qu'une vie solitaire devant un écran d'ordinateur. Je n'ai jamais été aussi en forme.

Il regarda d'un œil critique le corps frêle de Patti.

— Tu es sûre... commença-t-il pour la troisième fois depuis le déjeuner.

— Je suis sûre.

Patti Sue soit s'était endormie, soit était tombée dans un état comateux. La seule chose qui rassurait Kris, c'est que sa peau était fraîche, et pas fiévreuse. Elle continua à avancer, en se disant quand même que la prochaine fois qu'on assignerait des copains, elle demanderait à choisir.

L'après-midi se transforma en longue bataille pour rester debout et mettre un pied devant l'autre. Ils durent escalader trois falaises... Kris espérait que Mitford avait eu des rapports favorables de sa patrouille de reconnaissance, parce qu'elle n'avait aucune envie de redescendre la dernière. Ils avaient dû faire un hamac d'une couverture pour hisser Patti Sue au sommet. Kris finit l'ascension avec les mollets écorchés et le bout des doigts en sang. Les articles qui manquaient dans les caisses de survie des Cattenis étaient légion. Gants, pitons, cordes, piolets, sacs à dos, tablettes de chocolat faisaient partie de ceux dont elle rêvait. Du fil et des aiguilles ! Des pansements.

Il y eut trois chutes, et une jambe cassée. Les Deskis, malgré leur apparence fragile, avaient grimpé ces falaises comme des mouches. Ce talent pouvait être utile, se dit-elle, s'étonnant d'être capable de penser à autre chose qu'à continuer à marcher.

Quand son courage commença à flancher et à faire place au désespoir, la tête de la colonne fit savoir qu'ils étaient arrivés à destination.

Parce qu'ils en avaient une ? Cela l'étonna et la revigora.

Quand était-elle arrivée là ? Elle ne le savait pas. Un, elle avait trébuché et avait dû se retenir à la paroi rocheuse pour ne pas tomber. Elle avait jeté un coup d'œil, bref mais terrifiant, dans le précipice où elle avait failli s'abîmer. Deux, elle était trop épuisée pour apprécier le fait qu'elle pouvait maintenant s'arrêter de marcher.

— Je vais la prendre, dit une voix de mâle, et son dos fut soulagé du poids de Patti.

Quelqu'un la prit par le bras, l'éloigna de la falaise, et lui courba la tête pour lui faire franchir une ouverture basse. A quelques mètres de l'entrée, l'obscurité fut soudain éclaircie par — surprise ! — des feux. Ils n'avaient pas l'*odeur* des feux, mais leur clarté rougeâtre en avait toute l'apparence. Elle découvrit par la suite que Zainal avait fait des expériences avec divers types de bois — à défaut de meilleur mot pour les débris végétaux qu'il avait ramassés — jusqu'à ce qu'il en trouve un de combustible. Il avait trouvé aussi d'autres substances qui brûlaient, dont des excréments séchés, pour ajouter au « bois » ramassé en marchant. Les bouses sentaient mauvais, mais émettaient chaleur et lumière, et c'était le principal.

Quelqu'un lui prit son quart, et elle protesta, mais avant qu'elle ne se soit livrée à des violences, le quart lui fut rendu, plein d'eau.

— Continue, lui dit-on, et une main la guida doucement où elle devait aller... suivant une étroite allée entre des jambes étendues et des bottes. On la fit tourner à gauche, à droite, encore à gauche, et on lui fit baisser la tête pour entrer dans une grotte plus exiguë. Il y avait un petit feu, qui n'empestait pas trop, au milieu d'un cercle de pierres luisantes. La fumée montait à la verticale, et elle leva la tête, manquant tomber, vu que son équilibre était aussi affecté que ses forces, et n'aperçut pas le plafond.

— Par ici, lui dit-on, et on la guida du côté du feu où il n'y avait ni jambes ni bottes. Assieds-toi.

Une main douce appuya sur son épaule, et elle s'assit sans résistance.

Quand elle sentit des mains tripoter sa couverture, elle voulut les repousser.

— Toi dormir dans couverture.

Le phrasé bizarre retint son attention et elle battit des paupières pour voir qui était devant elle. C'était Zainal, qui dépliait sa couverture. Personne n'était aussi grand que lui. C'était donc bien. Elle lui était redevable. Ou était-ce lui ?

— Couche-toi, dit-il, ordre qu'elle ne fut que trop heureuse d'exécuter.

Elle s'allongea, et sentit qu'on la bordait. Quel curieux comportement pour un Cat... non, elle ne devait pas abréger son nom. Catteni. « Teni » serait peut-être moins méprisant que « Cat » ?

Ce fut la dernière chose dont elle se souvint avant longtemps.

Mitford ouvrit brusquement les yeux, son horloge intérieure le réveillant après ses six heures rituelles de sommeil. Il faisait noir comme au fond d'une poche, et il mit un moment à réaliser où il était. Il se souleva sur un coude, identifiant les formes endormies autour de lui : Taglioni, Murphy, Dowdall et, oui, la masse sombre du grand Catteni.

Mitford s'efforçait de se maintenir en forme — à part le repos forcé à bord de l'astronef —, mais il ressentait quand même quelques titillements dans ses muscles après les efforts de la veille. Le jour qui l'attendait serait encore une vacherie, alors, autant attaquer bille en tête, avec tout ce qu'il avait à faire.

Il s'engueula une fois de plus d'avoir pris le commandement de cette bande de ringards, mais, à part lui, qui, dans cette troupe mal assortie d'humains et d'extraterrestres, aurait pu organiser quoi que ce soit ? Son sang n'avait fait qu'un tour en les voyant se chamailler pour savoir combien de couteaux ils auraient chacun, et qui obtiendrait la concession des couvertures. Une chance qu'il ait connu certains des pillards à sa caserne de Barevi, ça lui avait permis de s'assurer leur collaboration grâce à un peu de persuasion. Nul besoin de se jeter sur les gâteries. Il y en avait plus qu'assez pour tout le monde. Il ne supportait pas la cupidité, et il détestait la brutalité. Certains auraient eu du mal à le croire, mais c'était la vérité. Il était donc intervenu et avait organisé la distribution avec ordre et méthode. Il aurait dû savoir que, de fil en aiguille, une chose en amènerait une autre.

Mais personne n'avait contesté son autorité. Et ceux qui la contestaient avaient quitté le groupe.

Et, par l'enfer, vingt-sept années dans les Marines lui avaient appris à transformer une bande d'individus disparates en une unité bien soudée. Il prenait des recrues sans expérience, et en faisait de bons combattants. Même les femmes. D'accord, il avait profité de certains avantages. Pour commencer, tous étaient habitués à exécuter des ordres qu'ils ne pouvaient pas contester, alors il continuerait dans cette voie, revenant progressivement à un gouvernement plus démocratique quand la situation se serait décantée et qu'un peu plus d'indépendance serait possible. Pour le moment, il fallait se serrer les coudes, et garder les extraterrestres, qui avaient des talents bien utiles. Il n'était pas fâché d'être débarrassé des Turs, salopards maussades et chicaneurs, et des Ilginishs avec qui les rapports avaient toujours été difficiles à la caserne de Barevi. Ils étaient partis, de leur plein gré pour la plupart, et il ne le regrettait pas. Pour les humains, il en faisait son affaire.

Ainsi, ils occupaient maintenant une position défendable, même s'il ne savait pas de quoi ils auraient à se défendre. Ils avaient une bonne source d'eau dans ce lac souterrain qu'avaient découvert ses éclaireurs. Le Cat : Mitford se reprocha ce sobriquet, car la façon dont il traitait le grand Catteni influencerait beaucoup l'attitude des autres à son égard. Et s'il voulait, plus tard, établir des contacts avec les Cattenis, il lui faudrait un buteur dans son camp pour shooter et marquer. Pour le moment, le seul disponible, c'était Zainal. De plus, Zainal avait trouvé le temps de chasser pendant ses reconnaissances avec Tag et Murph, et avait assommé quelques bestioles locales, prouvant qu'elles étaient comestibles en en gobant un morceau tout cru. Mitford préférait consommer sa viande cuite, mais le morceau qu'il avait avalé lui avait fait l'impression de n'importe quelle chair crue. Ces créatures peuplaient les rochers en véritables troupeaux, ne fuyaient pas à l'approche des humains — indiquant par là qu'elles n'en avaient jamais vu et n'avaient pas appris à les craindre — et on les tuait avec une facilité enfantine.

C'était donc une source de protéines qui s'ajoutait aux rations. De l'eau, un abri, de la viande. Pas mal, après seulement deux jours passés dans ce nouveau monde. Mitford était optimiste, bien qu'il se le permît rarement.

Pendant la longue marche, il avait parlé à une centaine d'hommes et de femmes, heureux de découvrir que beaucoup avaient des spécialités sacrément utiles. Automatiquement, il mit les mains dans ses poches où il gardait généralement un carnet et un crayon. Une fois de plus, il jura entre ses dents. Un quart, une couverture, un couteau et une hachette, c'était peu pour démarrer une société. C'était encore moins que quand on les lâchait dans la nature pour un cours de survie. Mais il avait l'habitude des privations. Pas sa bande de naufragés. Papier et crayon lui manquaient. Mais il avait une bonne mémoire visuelle et gardait les choses en tête quand il ne pouvait pas les noter. Gerry Capstan, qui avait été garde forestier dans l'administration du parc du Colorado, était sûr de pouvoir trouver quelque chose pour écrire, et il avait déjà repéré de l'ardoise dans les rochers. *Drôle de façon de noter l'ordre du jour, mais pourquoi pas ?* se dit Mitford. Le vieux contremaître du silo de Lubbock se servait encore d'une ardoise comme tableau d'affichage pour indiquer leurs destinations à ses camionneurs.

Murphy avait été mécanicien, connaissait la soudure, et l'avait assuré qu'il n'avait besoin que d'un feu assez ardent pour transformer les couteaux en des tas d'outils indispensables.

Une femme qui marchait près d'eux dans la colonne avait dressé l'oreille à leur conversation.

— Je suis potière... Sandy Areson. Ouais, je sais ce que tu penses... — elle avait souri devant l'air perplexe de Mitford — ... intello-écolo, retour à la terre, etc. Mais je sais faire des pichets, des tasses, des assiettes et des tas de trucs utiles. Enfin, s'il y a de l'argile sur cette planète.

— Je garde ça en tête, avait dit Mitford, sachant que des objets aussi simples que des pichets et des assiettes pouvaient faire beaucoup pour le moral.

Maintenant, dans la fraîcheur précédant l'aube, Mitford se mit à prévoir les activités de la journée. Tous seraient plus optimistes avec un bon repas chaud dans le ventre. La chasse était donc la priorité absolue. L'exploration détaillée des alentours immédiats et du réseau de grottes venait ensuite. Et des torches pour éclairer les galeries déjà explorées.

Le botaniste pourrait tâcher de trouver des plantes comestibles. Peut-être même des baies.

Il y avait deux mineurs, qui pourraient chercher des gisements de minerais.

Il enverrait des équipes patrouiller les alentours, pour occuper tout le monde. Arnie serait chargé des latrines. Il sourit à cette idée. Et tous ceux qui se plaindraient iraient rejoindre Arnie à la corvée de chiottes. Avec tant de gens dans un espace si restreint, l'hygiène était une nécessité impérieuse.

Parmi les rares avantages qu'ils avaient, ils étaient tous en bonne santé. Les malades étaient restés dans le champ.

Il se mit en devoir de réveiller ceux qu'il avait repérés la veille comme ayant été des chasseurs sur la Terre. Il leur dirait de chercher un bois convenant à la fabrication d'arcs, de flèches et de lances. Et il faudrait aussi confectionner des lance-pierres. Mitford sourit en enfilant ses bottes. Il avait été un as de la fronde quand il était gosse, capable d'abattre un lapin à quarante mètres.

Comment s'appelait-il, déjà, cet infirmier? Ah, Matt Dangle. Bon sang! ce qu'il serait heureux d'avoir de quoi écrire.

Mitford secoua Taglioni, Murphy et Zainal, et commença à distribuer les ordres pour la journée.

Ce fut la puanteur qui la réveilla. Elle se mit à tousser sans pouvoir s'arrêter. Et elle n'était pas la seule. Tout le monde toussait autour d'elle. Puis une bouffée d'air frais lui caressa le visage, et elle essaya de se rendormir. Il était beaucoup trop tôt pour se lever. A l'extérieur, il faisait encore noir.

A l'extérieur *d'où*? La question la fit passer à l'action : elle se mit en position assise pour voir « où » elle était.

Dans une grotte. Au centre avait brûlé un feu dont il ne restait que des braises, que quelqu'un s'efforçait de ranimer en y jetant des sortes de boules — des boules puantes.

— Je crois que je préfère encore le noir à l'odeur, murmura-t-elle, réalisant que tous ses voisins dormaient encore.

Elle reconnut le corps de Patti Sue endormie à son côté, et en fut consternée. Elle ne s'était même pas assurée que sa copine de marche était près d'elle avant de s'endormir. *Zainal ? Zainal. Hum !* Elle regarda autour d'elle, mais ne vit pas son corps parmi les dormeurs. Elle pensa à se rendormir, puis réalisa soudain qu'elle ferait mieux de trouver les latrines.

— Où sont les latrines ? demanda-t-elle à la silhouette qui alimentait le feu.

— D'ici ?

L'homme fit une pause.

— Hum ! Tourne à gauche, et c'est la troisième ouverture sur la droite.

— On voit où on met les pieds ?

— Oh, oui !

Bien que des torches aient été placées dans tous les tunnels, elle trouva l'endroit autant par l'odeur que par la vue. Elle s'étonna de tout ce qui avait déjà été accompli. A moins qu'elle n'ait dormi très longtemps ? Une brosse à dents ! Pensant à ces petites pochettes que distribuent les compagnies aériennes quand on voyage en classe affaires, elle regretta de ne pas en avoir une : brosse à dents, peigne, lime à ongles, sans parler du dentifrice, du purificateur d'haleine et de la serviette chaude qui seraient bien agréables maintenant. Et quelque chose à manger. Au retour, elle n'entra pas dans « sa » grotte, parce qu'elle sentit une odeur alléchante — enfin, comparée à ce qu'elle mangeait depuis des jours.

Elle suivit son nez, passant devant d'autres tunnels et jetant un coup d'œil dans d'autres grottes pleines de corps endormis. Elle se trompa à un tournant et aboutit dans un cul-de-sac qui, lui, n'avait pas une odeur alléchante, mais sentait le moisi et la mort.

Son nez la conduisit enfin à la source de l'odeur et à la plus grande des grottes qui bourdonnait d'activité, avec des hommes, des femmes et des extraterrestres qui allaient et venaient en tous sens. Elle ne savait pas où ils allaient ni d'où ils venaient, mais elle comprit en voyant un groupe de mâles brandissant tous triomphalement leur butin. Ils étaient allés à la chasse, et même si les bestioles ressemblaient à des rats géants sans queue, si c'étaient elles qui grillaient sur le feu, elle passerait sur la ressemblance.

Elle s'approcha du gril le plus proche et s'arrêta devant la pierre plate où deux morceaux déjà cuits attendaient.

— Il faut faire la queue ? demanda-t-elle au cuisinier noir.

— Si j'étais toi, je ne ferais pas de chichis, répondit-il avec un grand sourire. T'occupe pas de l'apparence ; c'est bon, et le Cat a dit que ça ne nous tuerait pas.

— Il a dit ça ? s'étonna Kris, s'efforçant de prendre l'air désinvolte, tout en tendant la main vers un morceau de viande.

Le morceau n'était pas trop chaud, et elle le porta à sa bouche, commençant par le lécher discrètement pour juger du goût. Et le goût confirma que son estomac avait besoin de cette viande, quoi qu'il arrive par ailleurs. Elle mordit dedans à belles dents, aspirant de l'air pour refroidir la bouchée, chaude à ses dents. Puis elle mastiqua vigoureusement — il le fallait, la viande était dure, mais délicieuse, et tomba dans un estomac reconnaissant.

— Un seul morceau par personne, dit le cuisinier, piquant soigneusement un morceau de son couteau pour juger de la cuisson.

— Normal. J'ai encore des rations pour boucher les trous, mais ce...

Elle s'arrêta, non seulement pour mordre une autre bouchée, mais pour donner un nom correct à ce qu'elle mangeait.

— On appelle ça de la viande, dit le cuisinier, souriant jusqu'aux oreilles.

— Appelle ça comme tu voudras, mais ça fait du bien. Merci...

Elle termina dans un aigu interrogatif pour lui permettre de décliner son nom.

— Bart, dit-il. Et toi, c'est Kris.

— Comment le sais-tu ?

— Parce que tu as porté ta copine pendant deux jours et que tu connais le Cat.

— Oh ! fit-elle, étonnée de cette notoriété inattendue, et bientôt embarrassée. Où sont le sergent et le Cat ? ajouta-t-elle, ne les voyant pas autour d'eux.

— Sortis. Pour chasser, je crois. Et voir s'ils trouvent d'autres grottes. Celles-ci sont un peu petites pour tant de monde, poursuivit-il, fronçant le nez. Ce serait une bonne idée de se disséminer un peu, à mon avis, sauf que personne ne me l'a demandé, termina-t-il avec bonhomie.

— On serait mieux si on avait l'eau courante.

— Oh, on l'a, mais c'est pas une partie de plaisir d'aller la chercher.

— Ah ?

— Rivière et lac souterrains. Qui alimentent sans doute les ruisseaux qu'on a vus en venant.

Kris lécha soigneusement son os.

— Mange la moelle, c'est bon pour la santé, Kris, dit Bart. Craque l'os d'un bon coup de dents, et aspire.

Plutôt que de faire la sainte-nitouche, Kris fit ce qu'il lui conseillait et mangea la moelle avec plaisir. Elle aspira consciencieusement les deux moitiés de l'os, puis regarda autour d'elle.

— Dans le foyer, dit Bart. On fait feu de tout bois.

— C'est bien ce que j'avais cru... flairer, dit-elle en souriant.

— Ouais, ça sent pas la rose, hein ?

Elle déposa sur les braises son os qui crépita en s'enflammant, ajoutant à l'atmosphère son odeur de brûlé. Elle se lécha les doigts pour se remémorer le goût de la viande, puis détacha son quart de sa ceinture.

— Où est l'eau potable ?

— Là-bas, dit Bart, lui montrant d'un signe de tête les caisses d'eau bien alignées contre la paroi.

Elle n'avait pas plus tôt fini de boire qu'une brune aux cheveux courts cisaillés à la diable lui toucha le bras.

— Tu ne saurais pas écorcher et vider le gibier, par hasard ?

— Si, dit-elle, avec plus d'enthousiasme qu'elle n'en ressentait.

Elle avait écorché écureuils et lapins pour les épreuves pratiques de son cours de survie, et c'était le moment de mettre ses qualifications à profit.

— Je suis Sandy, et je me suis retrouvée chargée de ça sans savoir comment. J'étais potière, ajouta-t-elle avec un sourire cocasse.

— Moi, c'est Kris.

— Oui, je sais, dit la femme avec un grand sourire. Tu connais le Cat et tu as porté ta copine pendant deux jours.

Est-ce que tout le monde connaissait ces deux faits à son sujet ? se demanda Kris, sortant de la grotte derrière Sandy. Elle n'avait pas remarqué que les chasseurs avaient transporté leurs prises dehors. Une demi-douzaine de rescapés s'affairaient à écorcher et vider les bêtes sur de grosses pierres plates qui leur servaient de plans de travail. Sur une autre, deux hommes et deux femmes semblaient disséquer les entrailles en discutant anatomie.

— Des boyaux c'est des boyaux, et je ne vois pas pourquoi on ne pourrait pas utiliser ceux-là, dit une femme, levant une longue et mince ficelle sanguinolente. Ça devrait être aussi résistant que du boyau de chat.

— C'est ce que les Indiens utilisaient pour faire leurs arcs, non ?

— Je crois. En tout cas, ils n'avaient pas de nylon.

Kris n'était pas bégueule, mais elle ne voulait pas non plus restituer son déjeuner. Il avait eu bon goût à la descente, mais à la remontée ? Elle préférait ne pas le savoir.

Se trouvant une place devant une pierre, elle attrapa la bestiole que Sandy lui lança. Molle, douce, mais râblée. La peau était étonnamment douce au toucher, mais la couleur gris-brun était plutôt lugubre. Ça ne ressemblait pas à de la fourrure, mais plutôt à du daim. La retournant sur sa pierre pour l'examiner de plus près, elle ne vit pas ce qui l'avait tuée, jusqu'au moment où elle remarqua que la « tête » était à moitié écrasée. Mais ladite « tête » était trop petite pour que la blessure ait été faite par une massue ou l'une des hachettes qu'on leur avait distribuées. La bête avait quatre pattes, un petit corps grassouillet, et presque pas de cou avant l'extrémité carrée qui était la « tête ». Elle soupira, puis, après avoir jeté un coup d'œil autour d'elle pour voir comment s'y prenaient les autres, elle tourna la bête sur le dos, la prit par la tête et commença à l'écorcher.

L'animal avait plus de viande qu'un écureuil ou un lapin, ayant des hanches lourdes et des épaules bien développées. Le couteau, un peu grand pour de la chirurgie de précision, était en revanche bien aiguisé. Elle charcuta un peu la peau en la détachant des quatre pattes, mais, bah ! on ne perd pas grand-chose au-dessous du genou. Elle terminait quand Sandy lui en apporta une autre, et elle passa ainsi la matinée. Il semblait y avoir des quantités illimitées de cette bestiole et d'une autre, également couverte d'une peau semblable à du daim, avec les ailes membraneuses et visqueuses au toucher. Pas de viande sur ces ailes, mais on lui dit de les mettre de côté quand même.

— Tu as mangé ? lui demanda Sandy au bout d'un moment

— Oui, un morceau de bestiole râblée, je crois.

— Si on avait une marmite, on pourrait tout utiliser bien mieux, dit Sandy avec un sourire de regret. Bob-les-Herbes — elle sourit devant l'air étonné de Kris —, bon, il connaît les plantes terriennes et il a trouvé des racines qui ne devraient pas nous empoisonner. Et aussi des baies acides délicieuses. Au moins, le Cat pense qu'elles sont comestibles. Il en a mangé sans avoir la courante. Mais les Cats peuvent manger des tas de trucs qui nous donnent la tourista.

Kris s'interrompit dans son travail, se remémorant un nouveau truc. Elle s'assit sur ses talons.

— Est-ce qu'il y a des trous naturels par ici ? Je veux dire : des trous avec un fond.

— Pourquoi ?

— Ça fait des marmites naturelles. On remplit d'eau, puis on y jette des pierres chauffées à blanc. Ça fait bouillir l'eau et ce qu'il y a dedans.

— Vraiment ?

— Je n'ai jamais essayé, mais la théorie est solide. La seule différence, c'est qu'on peut bouger une marmite.

— Chez quels sauvages as-tu appris ça ?

— Les anciens Irlandais cuisinaient comme ça, dit Kris en riant. Je l'ai vu faire dans le sud de l'Irlande. Grosse attraction touristique. Le guide jurait que c'était ce que faisaient les paysans quand ils n'avaient pas envie de refaire tout le chemin à pied pour déjeuner à la maison.

— Ça alors ! dit Sandy, s'éloignant en branlant du chef.

— Dis donc, Kris, tu fabules ! dit une voix enjouée.

Levant les yeux de l'animal qu'elle venait d'éviscérer, Kris vit Jay Greene qui approchait, une couple d'oiseaux dans chaque main. A l'angle que faisait leur tête, on devinait qu'on leur avait tordu le cou.

— Salut, Jay. Dis donc, comment on attrape ces bestioles ?

— Les lacets fonctionnent aussi bien sur cette planète que sur une autre, répondit-il, l'air flatté. Et sans doute mieux. Heureusement pour moi, ces volailles sont plus bêtes que des dindes et mangent n'importe quoi, surtout les miettes de rations.

— Tu sais poser des lacets ?

— « Toujours prêt », comme disaient les scouts, répondit-il modestement. J'en ai attrapé un comme ça, et Mitford nous a montré comment nous servir du lance-pierres. C'est un as, dit-il avec tout le respect souhaitable. On n'a pas d'élastique, mais avec un peu de pratique et le bon coup de poignet, on arrive à viser assez juste. Les râblés n'ont pas assez de cervelle pour avoir peur, alors ils ne bougent pas et meurent jeunes ! Hé, tu te défends bien avec ton couteau !

— Oui, je me défends bien, dit-elle avec entrain. Je fais ta chasse ?

Elle tendit la main vers son butin tout en aiguisant son couteau sur la pierre.

— Oui, m'dame, dit-il, feignant la plus grande prudence pendant qu'elle l'aiguisait, et déposant les oiseaux à l'autre bout de la pierre.

Le soleil était chaud maintenant, et elle s'interrompit pour s'essuyer le front de sa manche, réalisant qu'elle avait travaillé assez longtemps pour avoir un torticolis et plus de sang qu'elle n'aurait voulu sur sa combinaison. Le sang attirait les insectes. Du moins, il les attirait sur la Terre et sur Barevi.

Elle finit de vider son dernier râblé, se redressa, et l'apporta pour découpage au suivant dans la file.

— J'ai envie de me laver, de boire et de me reposer un peu, dit-elle à Sandy.

Sandy lui indiqua comment trouver le lac souterrain. D'autres torches avaient été installées, éclairant assez le chemin pour lui éviter de trébucher sur le sol inégal. En arrivant au bout, elle vit les lianes à nœuds qu'on avait accrochées pour aider à monter et descendre. Regardant par-dessus bord, elle constata qu'il y avait du sable pour amortir un saut d'environ deux mètres. La surface miroitait doucement à la lueur des torches, mais elle se rappela que les eaux tranquilles peuvent être profondes. Sandy ne lui avait pas dit de s'y plonger, mais elle ne le lui avait pas interdit non plus. A plat ventre au bord du lac, elle but une gorgée d'eau, qui avait un goût un peu carbonaté, mais pas désagréable. Alors elle y plongea toute la tête et but longuement. Et soudain, l'envie de se laver de la sueur et de la crasse des derniers jours devint irrésistible.

Prudente, elle vérifia d'abord que les lianes arrivaient jusqu'à l'eau pour s'y amarrer pendant son bain. Elles y arrivaient ! Elle se débarrassa de ses bottes cattenies et de sa combinaison, saisit une liane et entra doucement dans l'eau, qui était froide, mais revigorante. Elle se lava aussi bien qu'elle put d'une main — et sans savon —, au cours du bain sans doute le plus rapide de sa vie. Elle se sécha de son mieux avec sa couverture non absorbante, rinça les manches et le corsage de sa combinaison, et était rhabillée et en train de renfiler ses bottes quand elle entendit des voix qui approchaient. Elle remonta sur la corniche et repartit d'où elle venait, bien ragaillardie par cette courte pause.

Elle serra sur sa droite quand elle croisa le groupe qui descendait.

— Il faut bien tenir la corde, parce que le courant est fort, a dit le Cat, disait l'un.

— Bon sang ! qu'est-ce que je donnerais pas pour un rasoir !

— Aiguise ton couteau, mon pote, dit un autre en riant. C'est ce que faisaient les pionniers.

Quand Kris revint à l'endroit où elle avait dormi, elle vit que Patti Sue était seule, et toujours endormie. Elle se demanda si elle allait la réveiller pour la faire manger, mais peut-être que le sommeil était plus important. Au rythme auquel les chasseurs rapportaient du gibier, il en resterait sûrement pour elle quand elle s'éveillerait. Mais combien de temps le gibier allait-il attendre la mort sans bouger ? Il y avait beaucoup de monde à nourrir.

A ce moment, exclamations bruyantes et cris de joie retentirent. Elle retourna à la grande grotte, se demandant la raison de cette allégresse. Tout le monde semblait aux anges. Bart souriait comme s'il avait gagné le gros lot.

— Qu'est-ce qui se passe, Bart ?

— Ils ont trouvé de la bouffe. Une montagne de bouffe !

Puis, se rappelant lui-même à ses devoirs, il retourna ses morceaux de viande avant qu'ils ne soient carbonisés.

— Où ? Des choses qu'on peut manger ? dit Kris, se surprenant à regarder avec concupiscence la viande bien dorée.

— Je suppose — sinon, pourquoi brailler comme ça ? dit-il en haussant les épaules.

Kris alla se poster à un endroit où elle pouvait distinguer le sens des hurlements.

« Des montagnes de bouffe ! », « Un genre de grotte-entrepôt. Comme un silo », « Et d'autres portes qu'on n'a pas pu ouvrir... pour le moment », « Ils doivent accumuler depuis des siècles », « Et personne dans le coin, pas d'empreintes de pas. Juste des craquelures dans la pierre comme si quelque chose de lourd s'était posé dessus. »

Elle se fraya un chemin vers l'entrée de la caverne au milieu de la foule excitée, espérant trouver quelqu'un qui lui donnerait plus de détails. La « grotte-entrepôt » la tracassait. Ça signifiait que les informations de Zainal étaient incorrectes. On n'entrepose pas des vivres s'il n'y a personne pour les manger.

— ... faites des tests sur une écorchure, disait un Asiatique d'une voix ferme. Ça a marché pour le gibier, et aussi pour les racines et les baies.

— On peut utiliser la même méthode que les Rugariens et les Deskis, Matt ? entendit-elle demander Mitford.

— Ben, je sais pas, sergent. J'étais infirmier pour les humains.

— Zainal, tu peux aller leur demander ? dit Mitford en barevi.

— Oui, je vais leur demander.

Et l'entourage de Mitford s'écarta devant Zainal qui s'éloigna pour poser ses questions.

— Bon, écoutez ! rugit Mitford de sa voix de parade. J'ai besoin de volontaires. Toi, toi, toi et toi. Retroussez vos manches. On a des échantillons à tester.

Soudain, la foule s'éclaircit, beaucoup craignant d'être désignés comme « volontaires » pour tester une nouvelle brillante idée du sergent.

— On n'a trouvé que des vivres ? demanda Kris en avançant vers Mitford.

— Ça ne suffit pas ? dit une femme avec irritation.

— C'est bien, d'accord, mais il nous manque tellement de choses pour rendre l'endroit habitable...

— Habitable ? Laisse-moi rire, dit la femme en s'éloignant.

— Et tous ces vivres pourraient n'être qu'une mauvaise plaisanterie si nous n'arrivons pas à les digérer, ajouta Greene, surgissant soudain près d'elle.

— Quelqu'un sait où se trouvent ces entrepôts ? lui demanda Kris. Et qu'est-ce qui se passera si les trois ours reviennent à la maison pour y trouver Boucle d'Or ? dit-elle, montrant les assistants soudain distribués dans le rôle de Boucle d'Or.

— Non, et Zainal ne sait pas non plus. Il a bien insisté sur le fait que l'exploration aérienne des Cattenis a conclu que la planète est inhabitée.

— Par des formes sentientes ?

— Hum ! Oui, il a fait cette distinction. Même le sergent a eu une peur bleue, dit Greene en souriant, quand ils ont trouvé des portes métalliques fermant les grottes.

— Alors, comment sont-ils entrés ? demanda Kris.

Greene gloussa.

— Dans cette bande, il y a des types qui ont des talents très intéressants.

— Et où sont ces grottes dont nous n'avons pas le sésame ? demanda Kris, lui souriant à son tour.

— A une bonne demi-journée de marche, alors, ne t'en fais pas. Et pas de route pour y aller. Comment ils amènent toutes ces récoltes sans laisser de traces, c'est renversant.

— Des trucs mécaniques lâchés dans la nature, c'est plus effrayant que de braves indigènes, commenta Kris.

— Si tu le dis. Le sergent va envoyer une équipe pour voir s'ils arrivent à comprendre comment et à partir de quoi ces silos se remplissent. De toute façon, il convoque une assemblée ce soir, pour tout expliquer. Et on aura peut-être autre chose au dîner.

Greene se pourlécha les lèvres, et Kris se surprit à l'imiter, tant les odeurs que leur apportait la brise étaient alléchantes.

— J'aurais pu manger une bestiole entière à moi tout seul.

— Tu n'as pas fini tes rations, non ?

— Bien sûr que non. Et surveille les tiennes. Il y a ici des gens qui ont des talents intéressants mais aussi des mecs et des nanas à la main baladeuse.

— Oh, mon Dieu ! Patti Sue, dit Kris, contournant vivement Greene et retournant dans la grotte-dortoir.

Au passage, elle s'arrêta près de Bart, le temps de lui demander une portion de râblé pour Patti.

— Je peux compter sur toi pour la lui donner à elle, et à personne d'autre ? dit Bart, fixant sur elle un œil sévère.

— Oui, tu peux, répondit Kris avec solennité, puis elle chercha une pierre pour transporter la viande.

Patti Sue dormait toujours. Son paquet de rations avait disparu. Quelqu'un l'avait roulée sur le flanc pour le lui voler. Kris fulmina, puis décida que Patti Sue devrait se prendre en charge. Elle se pencha, veillant à ne pas faire tomber la grillade chaude sur le sol crasseux de la grotte, et secoua Patti par l'épaule. Sa réaction — jambes et bras gesticulant dans tous les sens — fut si inattendue que

Kris se retrouva à jongler avec la viande, la faisant passer d'une main dans l'autre pour ne pas la lâcher.

— Hé ! Patti, du calme. Tu vas me faire gâcher ton dîner. C'est bien chaud, cria-t-elle, s'efforçant d'esquiver ses moulinets.

— Kris ?

La voix de Patti se brisa et elle cessa de gesticuler.

— Ohhh ! Ce que tu m'as fait peur !

— Ce n'était pas mon intention. Tiens, mange ça, c'est chaud. Mets-le sur ta manche.

Patti déroula sa manche trop longue et Kris posa la viande dessus puis se lécha les doigts, tandis que Patti Sue la regardait d'un air soupçonneux.

— Ne me demande pas ce que c'est parce qu'on n'a pas encore donné de nom à cette bestiole, mais c'est bon, et c'est chaud.

— Je crois que je ne pourrai rien avaler, dit Patti Sue, tendant le morceau à Kris.

— Pas question, ma fille. Mange. Pense que c'est du poulet rôti, comme ta mère le faisait...

— Sûrement pas, parce que ma mère ne savait pas faire la cuisine, répliqua Patti — seul commentaire sur sa famille ayant franchi ses lèvres jusqu'à présent.

Fermant les yeux, elle retroussa les lèvres, les écartant le plus possible de ses dents, et mordit une petite bouchée à contrecœur.

— Oh, ce n'est pas mauvais !

Alors, rouvrant les yeux, elle se mit à manger avec plus d'entrain.

— Ou c'est peut-être parce que je suis affamée.

— Patti, tu n'as pas caché tes rations, hein ? dit Kris avec douceur.

Patti la regarda, et son visage se décomposa.

— Non, pour quoi faire ? Personne n'irait...

D'une main, elle tâtonna sous sa couverture, le visage tragique quand elle réalisa que le paquet avait disparu. Elle se mit à gémir et faillit lâcher sa viande. Kris releva sa main tombante vers sa bouche.

— Alors mange ça, et on partagera les rations. Ce n'est pas la fin du monde, parce qu'on a trouvé une grotte pleine de vivres.

— Une grotte ? Des vivres ? dit Patti, se recroquevillant de terreur. Il y a des Cattenis sur ce monde ?

— Non, pas d'après notre expert catteni...

Les yeux de Patti se dilatèrent d'effroi.

— Un Catteni...

— Mange ! dit Kris d'un ton pressant. Un Catteni a été débarqué avec nous, et ce n'est pas un mauvais bougre. Il ne t'embêtera pas...

— Oh, oh, oh, gémit Patti, qui continua à geindre tout le temps qu'elle mangea sa viande.

Kris avait connu des mangeurs délicats, mais Patti remportait la palme.

Kris resta auprès de Patti Sue, autant parce qu'elle était fatiguée que parce que la jeune fille mourait de peur à chaque pas qu'elle entendait dans le tunnel, à chaque ombre qui éclipsait la lumière de leur cellule. Elle avait les mains et les bras endoloris à force de préparer la viande, et des tas de petites coupures. Puis elle se rappela la trousse médicale et les tamponna avec un liquide orange. Ça la piqua un peu, mais elle savait que le désinfectant des Cattenis supprimerait tout risque d'infection.

Elle proposa un bain à Patti Sue, mais quand elle lui parla du chemin à parcourir et des conditions primitives, la jeune fille se recroquevilla, genoux au menton, et se remit à gémir.

— Il va falloir que tu arrêtes de pleurnicher comme ça, ma fille, dit-elle, agacée. Moi, ça m'est égal, mais il y a les autres. Nous sommes tous logés à la même enseigne, tous puants, effrayés et soupçonneux. Tu n'es pas toute seule.

— Mais... commença Patti Sue, les yeux pleins de détresse, et sur le point de se remettre à s'excuser.

Puis elle se tut un long moment.

— Tu as raison. Je suis une poule mouillée. Je l'ai toujours été et je le serai toujours. Je ne m'en excuse pas. Je suis ce que je suis.

Kris commença à regretter sa sortie.

— Nous le sommes tous, ma chérie. Effrayés, je veux dire.

— Tu es toujours ma copine ?

Le ton piteux et le regard suppliant la touchèrent comme ne l'avaient jamais pu ses excuses incessantes.

— Tu as été violée, mon petit ? demanda Kris, s'asseyant près d'elle.

Un frisson convulsif secoua la frêle silhouette de Patti Sue, et elle lança à Kris un regard angoissé.

— Ça se voit, hein ?

— Pas comme une envie ou une lettre écarlate, dit Kris du ton le plus doux qu'elle put. L'indice révélateur, c'est ta façon de te recroqueviller chaque fois que tu perçois la voix ou la silhouette d'un homme même totalement inoffensif. Comme Jay Greene, qui ne cherche qu'à t'aider. Je ne dis pas que certains hommes de ce groupe ne voudraient pas... enfin, tu sais quoi... parce que tu es une personne très jolie et séduisante. Mais pour le moment, ma chérie, personne n'a d'énergie de reste. Ils ont besoin de toute celle qu'ils possèdent pour rester en vie sur cette maudite planète. Alors, pourquoi ne pas te secouer un peu ? Je resterai près de ma copine chaque fois que je pourrai, mais je crois que je vais être chargée de certaines missions... — *ou je vais devenir dingue à m'occuper de toi*, ajouta Kris à part elle — ... qui m'éloigneront de toi. Alors, je vais te présenter à quelques personnes... des femmes... qui veilleront sur toi quand je ne serai pas là.

Patti Sue était de plus en plus agitée à mesure que Kris lui expliquait la situation, et Kris vit qu'elle luttait pour maîtriser ses réactions à ces nouvelles.

— Viens, maintenant. Prends ta couverture. Nous en avons d'autres, mais il faut prendre l'habitude de surveiller tes affaires.

Patti roula nerveusement sa couverture, et la drapa sur son épaule gauche comme Kris. Encore anxieuse, elle suivit Kris hors de la grotte, regardant fiévreusement autour d'elle quand elle entendait des voix sortant des tunnels, et marchant sur les talons de Kris tant elle était du genre docile qui suit le chef sans discuter. Elle hésita à l'entrée de la grande grotte, le souffle coupé devant tous ces gens qui allaient et venaient, qui cuisinaient, accroupis près du feu, bavardant avec ceux qui attendaient un repas chaud. D'autres se dirigeaient vers l'entrée.

Surprise, Kris vit que la sortie donnait sur une obscurité trouée par la lumière des torches et d'un feu. Mitford pensait que ces illuminations ne présentaient aucun danger.

— Nous sommes en sécurité ici, Patti, dit-elle, lui montrant la sortie. Dehors, tout est illuminé comme à Noël. Sortons pour respirer de l'air pur et trouver une bonne place pour l'assemblée.

La caverne principale était non seulement pleine d'odeurs de cuisine, mais de bien d'autres beaucoup moins ragoûtantes.

— Oh... gémit Patti en se recroquevillant.

— Allons, il le faut, ma chérie, à moins de t'emmurer à jamais dans cette puanteur.

— Si tu le dis... murmura Patti, hésitant à s'aventurer dehors même après les encouragements de Kris.

— Allons, viens. Je sais où on va s'asseoir, proposa Kris, espérant que la nuit dissimulerait le fait que la corniche avait servi d'abattoir.

Kris sortit, suivie de près par Patti ; de si près que la jeune fille, faisant une embardée, aurait pu la jeter à bas de la corniche et juste à côté du grand feu dont les flammes éclairaient un cercle d'auditeurs.

— Regarde, nous avons une loge de balcon pour le spectacle, dit Kris en s'asseyant, pendant que Patti Sue se faufilait sur sa droite, sans personne derrière elle... pour le moment.

Kris essaya d'identifier les gens assis autour du feu. Elle repéra Zainal facilement, près de Mitford, Bass, Murphy, un Rugarien et deux Deskis juste derrière eux, puis des visages qu'elle se souvint vaguement d'avoir vus pendant la longue marche, mais sur lesquels elle ne put mettre de nom.

Un hoquet étranglé de Patti l'avertit d'une arrivée, et la jeune fille lui saisit le bras d'une poigne étonnamment forte.

— Du calme, murmura Kris entre ses dents, reconnaissant l'arrivant. Ce n'est que Jay Greene, et il est très gentil. Salut, Jay. Je ne sais pas si tu connais ma copine. Patti Sue, je te présente Jay Greene, véritable Nemrod avec ses lacets de scout. Assieds-toi avec nous. Tu seras notre garde du corps.

Kris regretta sa désinvolture à peine ces paroles prononcées, car Patti Sue se colla contre elle comme si elle voulait rentrer sous sa peau. Kris se dit qu'elle serait sans doute aussi nerveuse si elle avait été violée à répétition. Après tout, cette possibilité imminente l'avait poussée à voler le coucou et à se cacher dans la jungle, non ?

Greene s'assit à deux bons empans de Kris, qui en profita pour se tourner vers Patti Sue.

— Tu es en train de me couper la circulation dans le bras. Relaxe ! murmura-t-elle, et les doigts se desserrèrent un peu, avant de lui lâcher le bras au prix d'un effort presque surhumain.

— Alors, quoi de neuf, Jay ? Tu sais quelque chose ?

— Ouais, dit-il, et il sourit, ses dents blanches luisant à la lueur du feu. Il paraît que nous ne sommes pas seuls ! expliqua-t-il, espaçant ses mots qui résonnèrent comme une voix off dans une vidéo.

Patti se remit à broyer le bras de Kris.

— Je sais, dit Kris, détachant la main de son bras et la posant sur les genoux de Patti, avec une petite tape pour lui signifier d'y rester.

— Non, je veux dire que nous ne sommes pas les seuls débarqués sur la planète, dit Greene.

— Vraiment ? Hum ! Pourtant, c'est logique, dit Kris de son ton le plus nonchalant.

Pourquoi lui avait-on mis sur le dos une froussarde comme Patti Sue ?

— On a débarqué... combien ?... cinq-six cents personnes dans notre champ. Je ne dirais pas que c'est une façon efficace de se débarrasser du personnel encombrant. L'astronef qui nous a amenés pouvait en contenir bien plus. Je sais qu'il y avait au moins deux niveaux, et peut-être davantage. Ils ont peut-être vidé toutes les prisons de Barevi. Ce qui rendrait le voyage économiquement rentable. D'autres humains ?

— Je ne sais pas, répondit Greene, haussant les épaules.

Patti Sue émettait de petits jappements.

— Regarde ça du bon côté, tu veux, Patti Sue ? Tu n'étais pas avec eux et tu es en sécurité avec nous. Pas vrai, Jay ?

— Aussi en sécurité qu'à la maison, dit-il d'un ton chaleureux et rassurant qui lui valut un sourire et un geste approbateur de Kris derrière le dos de Patti. En fait, plus on est de fous, plus on s'amuse. Tant qu'on peut échanger des informations et nous unir pour résoudre les problèmes que pose cette planète.

— Il y a d'autres rumeurs ?

— Comme quoi ?

— L'équipe de reconnaissance a-t-elle découvert ce qui amène les récoltes dans les silos ?

— Non, dit Greene en secouant la tête. Ils ont trouvé d'autres entrepôts, tous creusés dans le roc. Et d'autres vallées pleines de champs. C'est là...

D'un geste bref, Kris lui fit signe de ne rien dire qui puisse faire repartir les gémissements de Patti Sue.

— ... qu'ils ont vu l'endroit où des véhicules lourds avaient été parqués, termina-t-il.

Ils entendirent un brouhaha de voix, et virent tous les autres sortir de la grotte et soit se trouver une place au niveau du feu, soit s'asseoir sur la corniche.

— On commence par un hymne national ou par une prière ? demanda Kris.

— Je doute que le bon sergent soit très porté sur la religion, remarqua Greene.

— Ce dont je lui suis profondément reconnaissante, dit Kris, sentant Patti se raidir de ressentiment à tant de désinvolture. Nous avons besoin d'un réaliste.

— Je suis d'accord avec toi.

Chuck Mitford était maintenant debout et levait les mains pour demander le silence.

— Ici, Mitford, dit-il, au cas où certains ne me verraient pas, dit-il de sa voix de parade qui résonna dans la ravine. Nous avons envoyé plusieurs équipes en reconnaissance. Nous avons trouvé des grottes-entrepôts avec assez de grains — qu'au moins les humains peuvent manger — pour nous nourrir des années. Nous ne savons pas qui — ou quoi — a fait ces réserves, mais il est peu probable qu'on remarque ce que nous avons prélevé et ce que nous prélèverons quand notre intendance sera organisée. Nous avons la chance d'avoir parmi nous des botanistes qui ont déterminé ce que nous pouvions consommer ou pas, parmi les racines et les baies. Et, comme vous l'avez tous constaté, l'eau est bonne.

« Nous cherchons aussi des abris supplémentaires pour ne plus être serrés comme des sardines...

— Ou comme dans les astronefs de transport, peut-être ? ajouta quelqu'un avec une amertume cocasse qui fut récompensée de quelques éclats de rire.

Tout le monde vit sourire Mitford à la clarté du feu. Il releva la main.

— Nous avons aussi découvert que d'autres groupes... avaient été débarqués ici. Nous n'avons pas encore établi le contact, mais si ça arrive à l'un d'entre vous, envoyez votre copain nous prévenir. *Ne ramenez personne* ici. Même d'autres Terriens.

Il fit une pause pour les laisser assimiler l'avertissement.

— Nous sommes en sécurité tant que nous nous tenons les coudes avec des gens que nous avons connus dans la longue marche qui nous a amenés ici. Si d'autres veulent s'intégrer, nous les accepterons, mais il faudra d'abord les mettre à l'épreuve.

Il y eut des murmures d'assentiment.

— Plus d'extraterrestres... dit une voix.

— Négatif, coupa sévèrement Mitford, dirigeant des yeux furibonds du côté de la voix. Je vais m'expliquer clairement une fois pour toutes. Je ne sais pas où vous étiez sur Barevi, mais j'ai appris que certains extraterrestres sont aussi intelligents que moi, dit-il, se frappant la poitrine du pouce. Et que certains ont des talents que je n'ai pas. Nous devons prendre un nouveau départ sur cette planète, alors, laissons toutes ces conneries racistes derrière nous, d'accord ?

Un brouhaha approbateur salua cette suggestion.

— Pour ceux qui ne le savent pas, ce sont les Deskis qui ont découvert les grottes qui nous abritent. Je ne crois pas que nous les aurions trouvées. Ils grimpent comme les araignées auxquelles ils ressemblent, mais ce sont des humanoïdes comme nous. Je ne veux plus les entendre traités d'araignées. Compris ? Alors, écoutez-moi bien. Ils ont été arrachés à leur planète comme nous, et nous les traiterons comme nous traitons l'un d'entre nous — parce que chacun d'eux est l'un d'entre nous. Ai-je été assez clair ?

Tout le monde vociféra son approbation, ce qui rassura Kris. Elle essaya de repérer les récalcitrants.

— C'est un Deski qui a porté l'enfant de May Framble pendant les deux jours de marche, sans jamais se plaindre une seule fois, dit Mitford, dont l'expression réfrigéra les réticents. Alors n'oubliez pas qu'ils sont dans la même galère que nous, et qu'ils tirent leur propre poids... enfin, le peu de poids qu'ils ont. Et les Rugariens font aussi partie de nous, selon le même principe. Ils ont rapporté plus de gibier que les chasseurs humains. Ce sont des as de la fronde !

« Autre chose sur quoi il faut s'entendre immédiatement ! dit-il, pointant le doigt vers le sol pour souligner l'urgence de la situation. Tout individu surpris à voler les rations d'un autre — ou qui sera trouvé en possession de plus que sa part — perdra tout ce qu'il aura sur lui et sera de corvée de latrines pendant un mois. Compris ?

Il promena un regard flamboyant sur l'assistance.

— Nous n'avons pas grand-chose à voler, mais cette colonie ne supportera pas le chapardage. Ni maintenant, ni jamais ! termina-t-il, soulignant la finalité de sa déclaration d'un geste de couperet. Compris ?

— Qui t'a fait chef, Mitford ? demanda une voix de mâle avec irritation.

— Toi ! dit Mitford, avançant un menton belliqueux et se tournant vers la voix, les yeux lançant des éclairs.

Kris eut l'impression que c'était la même voix qui avait protesté contre l'inclusion d'autres extraterrestres. Elle se demanda si c'était Arnie Face-de-Fouine, mais, à la réflexion, Arnie n'aurait pas eu le courage de contester publiquement quoi que ce soit. Il était du genre à vous faire un enfant dans le dos. Et à voler les rations d'une pauvre fille endormie.

— Tu veux la place ? A ton aise ! dit Mitford, faisant mine de s'éloigner du feu.

Aussitôt, les humains protestèrent bruyamment, et même les Deskis et les Rugariens, constata Kris avec satisfaction, agitèrent frénétiquement les bras et les mains.

— J'ai passé des années à coordonner des bandes de pékins encore plus disparates que vous, mon pote... dit Mitford, prononçant ce mot comme une injure, alors, à moins de pouvoir battre mes vingt-sept ans d'expérience — dont quinze de sergent-chef —, tu la fermes. Il y a encore des plaintes sur la façon dont je dirige cette bande de ringards ? Non ? Bon, ça prouve que vous avez un peu de bon sens à l'étage. Ce boulot ne me plaît pas plus qu'à vous, mais je l'ai accepté, et je le garderai jusqu'à ce qu'on soit mieux rancardés sur cette planète. Maintenant, écoutez-moi bien.

« Nous avons établi ici notre camp de base, mais il faut explorer les environs pour éviter les mauvaises surprises. D'autres ont été débarqués en même temps que nous, et il y en a qui pourraient avoir envie d'envahir notre quartier résidentiel.

Rires dans la foule.

— Ce n'est pas super pour le moment... — et la pause donna à penser qu'il avait d'autres améliorations en tête, ce qui suscita quelques gémissements —, mais nous nous en tirerons, pourvu qu'on nous fiche la paix. Alors, on va faire deux choses, dit-il levant deux doigts. Primo, on va poster des sentinelles — qui ouvriront l'œil — tout le tour du cadran, même si on ne nous en a pas donné un. Secundo, quand vous entendrez un guetteur ou moi-même crier *Alerte rouge* (les mains en porte-voix, il rugit ces deux mots qui se répercutèrent en écho autour de lui, faisant grimacer les plus proches), vous vous amenez ventre à terre avec vos couteaux. La vigilance constante est le prix de la liberté, mes amis, termina-t-il, soudain très solennel. Nous l'avons perdue sur la Terre, mais j'ai pas l'intention de la reperdre ici. Quand on nous a largués dans ce champ, on nous a rendu la liberté et, bon sang, on va la garder et prendre un nouveau départ !

« Alors, chaque fois que vous entendrez *Alerte rouge*, qu'est-ce que vous faites ? dit-il penchant la tête, la main en coupe derrière l'oreille.

— On s'amène ventre à terre, papa, dit le plaisantin de tout à l'heure.

— Tâchez de ne pas l'oublier ! Il faut aussi rester en bonne santé, et ça signifie qu'il nous faut des latrines, et qu'il faut en creuser quand on ne trouve pas de trous naturels. Et jeter de la terre dedans après chaque usage. Ça atténue les odeurs. Il nous faut des chasseurs pour aller tous les matins au ravitaillement, des volontaires pour tester les nouveaux aliments, et d'autres pour les faire cuire. J'ai discuté avec beaucoup d'entre vous en venant ici, mais maintenant j'ai besoin de connaître tous ceux qui ont étudié la médecine, la chimie ou autre chose, ou qui ont simplement suivi un cours de survie. Chacun doit travailler dans sa spécialité si nous voulons réussir. Et je ne veux pas de rouspétances quand vous serez désignés pour les sales boulots. On établira un roulement. Alors, ceux qui ont une spécialité quelconque que je ne connais pas encore, venez de ce côté du feu à la fin de la réunion. Les chasseurs, venez demander vos affectations de la journée à ce Rugarien — il s'appelle Slav, et c'est le meilleur lanceur que j'aie vu depuis Lou Gehrig.

— Sergent, tu n'étais pas encore né quand Lou Gehrig jouait au base-ball, dit le même plaisantin.

— Non, mais j'ai vu assez de films sur lui quand il était au top. Bon, les chasseurs avec Slav. J'ai besoin de plusieurs patrouilles de reconnaissance pour demain, alors, si vous avez envie de faire un peu d'exercice — tout le monde s'esclaffa —, voyez Zainal.

— Tu fais confiance à ce Cat ?

— Jusqu'à ce que l'enfer gèle, dit Mitford d'un ton sans réplique. Il a été largué ici comme nous, et je n'ai pas le courage de lui demander pourquoi.

Léger mouvement de surprise, mais Mitford poursuivit.

— Il me faut aussi une vingtaine de pékins pour retourner faucher du grain... j'aimerais voir quelques mains avant de désigner des volontaires.

Des mains se levèrent — bien plus de vingt.

— Pour terminer, il y a ici plus de mâles que de femelles. Certaines de nos femmes ont été violées par les Cattenis. Nous sommes des humains ! Personne ne harcèlera une femme dans ce camp !

Entendant parler de viol, Patti Sue, tremblant de tous ses membres, se blottit tout contre Kris, qui lui entoura les épaules d'un bras protecteur et rassurant.

— Et si une nana viole un homme ? demanda le même plaisantin, provoquant des grognements chez les femmes qui l'entouraient.

— Si ce genre de viol est inévitable, relaxe et profite de la situation, mon pote, cria une voix de femme, avec une nuance de mépris qui n'échappa à personne.

— Je mettrai moi-même au piloris tout homme qui forcera une femme, dit Mitford, levant ses mains puissantes. Même chose pour toute femelle provocante.

Il fit une pause puis ajouta avec un grand sourire :

— Enfin, au cas où quelqu'un aurait encore de l'énergie après la journée de travail qu'on fait ici.

— Tu vois, Patti Sue, murmura Kris d'un ton apaisant, tapotant les mains crispées sur son bras, il parle sérieusement.

— *Lui*, peut-être. Mais si...

— Pas de « mais si », Patti, dit Kris avec fermeté.

Heureusement, Mitford avait demandé des éclaireurs, ce qui lui permettrait de s'éloigner de cette sangsue, et de faire quelque chose de plus intéressant que de vider des bestioles.

— Tu as entendu ce qu'il a dit, et il le pense.

Patti continua à gémir, malgré sa promesse de se taire.

— Maintenant, je vais écouter les questions *intelligentes*. Et de préférence, les questions auxquelles je peux répondre, dit Mitford. Mon bureau sera toujours ouvert, mais si je suis occupé, adressez-vous à Bass ici présent. Zainal, tu viens d'être promu au grade d'officier de liaison avec les extraterrestres, parce que tu parles mieux barevi que moi. Dowdall — lève-toi et viens ici. Toi aussi, Murphy. Ce sont mes caporaux. Vous avez des doléances ? Vous leur en parlez, et il y sera remédié si c'est humainement possible.

— Sergent Mitford, demanda un homme, se levant pour que tout le monde le voie, sait-on pourquoi nous avons été largués ici ?

— D'après Zainal, c'est ce que font les Cattenis pour coloniser certaines planètes. Ils reviennent voir à intervalles réguliers s'il y a encore des vivants.

— Alors on ne repartira jamais ?

— Je n'ai pas dit ça, dit Mitford. Il faut bien qu'ils atterrissent pour jeter leur coup d'œil, non ? Et rien ne garantit que ce sont eux qui repartent avec l'astronef.

Cette remarque suscita bien des murmures d'espoir et des commentaires à voix basse.

— Et c'est une bonne raison de rester en bons termes avec le seul Catteni qui est de notre côté, ajouta Mitford. Question suivante ?

— Alors, qui cultive cette planète ?

— Bonne question, mais je n'ai pas la réponse.

— Et le Cat ?

— Notre allié catteni — Mitford fit une pause pour bien faire remarquer qu'il utilisait le nom entier — ne le sait pas non plus, car ses connaissances sur cette planète ont autant de lacunes que les nôtres... sauf qu'il a entendu dire que certaines formes de vie indigènes sont dangereuses. A l'extérieur du camp, ouvrez les yeux et les oreilles. Ou vivez assez longtemps pour nous dire ce que vous avez vu ou entendu.

— Ah, c'est gentil ; merci, sergent, lança quelqu'un, et quelques rires parcoururent l'assemblée.

— Tout le monde a l'air de bonne humeur, dit Kris à Greene.

— Etonnant ce qu'un estomac plein peut transformer les gens.

— Un salaud a volé les rations de Patti.

— Ça ne m'étonne pas, répondit Greene à voix basse. On pourra lui en donner d'autres, mais il vaudrait peut-être mieux que tu les gardes pour elle.

— Après ce qu'a dit Mitford sur ceux qui seront trouvés avec plus que leur part ? Non, merci.

— Aïe ! Hum ! Enfin, je crois qu'elle y fera attention, maintenant. Tu devrais peut-être changer de copine avec Sandy ?

— C'est une idée, dit Kris, sachant qu'elle aurait des remords si elle la mettait à exécution. Et pourquoi je lui mettrais Patti sur le dos ?

— C'est une forte femme, et elle la surveillerait bien, dit Jay. Et il faudra bien que quelqu'un s'occupe d'elle, nerveuse comme elle est.

Kris soupira. *Décisions, décisions.* Mais elle n'allait pas laisser Patti l'attacher à la grotte, ni renoncer à prendre de l'« exercice ». De plus, elle avait survécu toute seule dans la jungle de Barevi, et elle était convaincue de pouvoir rendre des services dans les équipes de reconnaissance ou dans celles qui cherchaient d'autres entrepôts sur... quel que fût le nom de la planète.

Elle mit ses mains en porte-voix avant de réfléchir.

— Hé ! sergent, elle a un nom, cette planète ?

Mitford leva les yeux, essayant de la distinguer dans l'obscurité régnant au-delà du feu.

— Bjornsen ? Zainal, vous donnez des noms aux planètes ?

Zainal s'avança dans la lumière.

— Seulement des numéros, dit-il, haussant les épaules.

— Qu'est-ce que vous diriez de « Bounty » [1] ? Comme dans *Les Mutinés du...* cria une femme.

« Alcatraz », « Soyez Positifs », « Eldorado »...

Noms et commentaires fusèrent, un brouhaha que Mitford laissa continuer un moment avant de lever la main pour demander le silence.

— Murphy a trouvé une sorte de craie. Il en mettra à l'entrée de la grotte, et ceux d'entre vous qui savent écrire — nouveaux rires — pourront noter leurs propositions. On réglera la question demain soir, ici, quand on fera le rapport sur la journée. Compris ?

— Compris ! hurlèrent-ils tous en réponse, le mot se répercutant dans toute la ravine.

— C'est bon. Sentinelles, à vos postes. Vous serez relevés au lever de la première lune. ROM-PEZ !

Malgré le ton militaire, Mitford avait un sourire

1. *Bounty* = générosité, abondance (*NdT*).

jusqu'aux oreilles quand il sortit de la clarté du feu et rentra dans l'obscurité.

— Viens, Patti Sue, dit Kris en se levant. Je veux trouver Sandy pour savoir où elle dort. Comme ça tu sauras où aller demain.

Une fois de plus, Patti Sue se cramponna à son bras.

— Demain ? Tu vas t'en aller ? Où ? Tu ne peux pas m'abandonner !

— Si je peux, ma chérie, répondit Kris. Il ne t'arrivera rien. Tu as entendu Mitford. Personne ne t'embêtera.

— Mais suppose que...

— Tais-toi, Patti Sue, l'interrompit Kris d'un ton ferme en la secouant un peu. Je ne peux pas être ta bonne d'enfant toute la journée.

— Oh ! fit Patti, se recroquevillant sur elle-même.

— A partir de maintenant, miss Patti, dit Greene d'une voix apaisante, sans faire un mouvement vers elle, tu seras en sécurité. Sandy et moi, nous devons faire l'inventaire des provisions que nous avons et de celles qu'on apporte. On notera tout ça sur les parois avec la craie que Murphy a trouvée, et tu pourras nous servir de secrétaire. C'est ce que tu faisais sur la Terre, non ?

— Secrétaire ? dit Patti, d'un ton plus assuré. Oui, j'étais secrétaire, et bonne secrétaire avec ça, mais...

— Tu viens juste de remporter la place, lui annonça Greene, avec tant de gentillesse que Kris l'aurait embrassé.

— Tu as entendu Mitford, Patti Sue. Nous avons tous des connaissances qui peuvent être utiles, dit Kris, la prenant par la taille et la guidant le long de la corniche. Pour le moment, on va aller trouver Sandy. Il faut y aller tout de suite sinon on risque de la manquer. C'est une femme très bien.

— Mais *c'est toi*, ma *copine*, protesta Patti Sue d'une voix tremblotante.

— Oui, je l'étais, reconnut Kris, pour la durée de notre longue marche, mais elle est terminée et nous sommes installés. De plus, Sandy fait bien la cuisine, et c'est toujours bon d'être en bons termes avec les cuisiniers. Viens.

Elles la trouvèrent en train de griller les derniers râblés de la journée.

— Les sentinelles mangeront ce qui restera, dit-elle, examinant le visage terrorisé de Patti Sue et lui souriant d'un air rassurant. Patti Sue, tu vas t'installer là, à côté de moi, ajouta-t-elle, la faisant asseoir avec autorité à l'endroit où elle la voulait. Tu peux partir, Kris. On va faire connaissance, Patti Sue et moi.

Chapeau, pensa Kris; *elle n'a même pas pâli à l'idée d'avoir Patti sur les bras*. Comme Kris partait sans demander son reste, Greene sur les talons, elle entendit Sandy raconter à Patti qu'elle avait une fille de son âge et d'où elle était sur la Terre.

— Tu ne peux pas t'embarrasser d'elle plus longtemps, dit Jay, comme ils se dirigeaient vers le feu.

— Et on ne démobilise pas en temps de guerre, chantonna Kris, citant Kipling.

— Euh?

— Rien. Tu vois le sergent ou Zainal?

— Derrière le feu, je crois.

Elle eut moins de mal à descendre qu'elle n'en avait eu à monter, et elle réalisa que, pendant la journée, quelqu'un avait taillé des marches dans la pierre.

Ils durent attendre leur tour pour parler à Mitford, car les volontaires ne manquaient pas pour les équipes de chasse et de reconnaissance. Un autre jour, Kris pourrait peut-être aller voir les grottes-entrepôts de ses propres yeux.

— Tu as de la place pour moi dans une patrouille de reconnaissance, sergent? demanda Kris quand Mitford l'aperçut.

Puis il vit Greene derrière elle et fronça les sourcils.

— J'ai laissé Patti Sue avec Sandy, et j'ai suivi un cours de survie.

— Ouais, tu t'es bien débrouillée sur Barevi, dit Mitford, mais elle crut un instant qu'il avait d'autres projets pour elle.

— On en tire une expérience utile partout... dans l'univers... De plus, je me suis bien reposée aujourd'hui à vider les bestioles, ajouta-t-elle en souriant.

Mitford hésita, jusqu'au moment où il vit Zainal le regarder.

— Va avec notre allié. Tu seras plus en sécurité avec lui.

— Vraiment ?

— Tu ferais bien de me croire, grogna-t-il. Rendez-vous au coucher de la dernière lune. Même grotte ? Parfait. Zainal sait où te trouver.

Il se retournait vers ceux qui attendaient derrière elle quand elle ajouta :

— Sergent, quelqu'un a volé les rations de Patti Sue.

Mitford hocha la tête à l'adresse de Greene.

— Marque un paquet à son nom, Greene, et garde-le dans la réserve. Et ça lui redonnera l'habitude de parler à un homme. Suivant ?

Et il reporta son regard sur ceux qui attendaient patiemment leur tour. Kris et Jay s'éloignèrent.

— Je ne sais pas si c'était une insulte ou non, murmura Jay d'un ton cocasse.

— En tout cas, ses rations seront en sécurité entre tes mains et elle mangera.

— Patti Sue mangera toujours, dit-il, énigmatique.

Kris alla récupérer Patti Sue près de Sandy, s'efforçant d'ignorer le regard de la jeune fille, encore plein de ses craintes que Kris ne revienne pas la chercher. Sandy demanda dans quelle grotte elles dormaient, et dit qu'elle y transporterait sa couverture.

Kris escorta Patti Sue jusqu'aux caisses d'eau pour la faire boire, ensuite aux latrines où elle lui montra comment procéder, puis elles retournèrent dans leur dortoir. Une femme ronflait au pied du mur. Kris fit allonger Patti près d'elle, puis elle s'allongea à son tour. Il restait assez de place pour Sandy, et sans doute pour une autre. Parce que ses ronflements risquaient de gêner les autres, Kris se pencha sur la femme, la secoua, et lui dit de rouler sur le flanc. La femme s'exécuta sans se réveiller tout à fait, puis Kris soupira de plaisir en s'installant aussi confortablement que possible.

Elle n'eut d'ailleurs pas besoin de se faire bercer. Elle ne se retourna même pas une seule fois — pour autant qu'elle s'en souvînt le lendemain.

CHAPITRE 5

Du sommet de la falaise, ils avaient un panorama à couper le souffle — et Kris avait besoin de reprendre haleine après l'escalade. Vers l'ouest s'étendaient, aussi loin que portait la vue, les mêmes champs géométriques bordés de ruisseaux qui scintillaient comme des rubans d'argent au soleil matinal. Certains étaient occupés par des herbivores dont il était difficile de distinguer la forme à cette distance. Vers le sud, ils voyaient une immense étendue d'eau, mais sans pouvoir déterminer si c'était une mer ou un lac.

On avait aussi demandé aux éclaireurs de chasser pendant leur reconnaissance, et Zainal avait remarqué qu'il valait mieux chasser loin du camp, ce que tous les chasseurs d'expérience avaient approuvé. Le Catteni avait provoqué peu de murmures de protestation — et plus du tout au bout d'une heure de marche, car il avait imposé un train d'enfer, et les huit humains du groupe avaient mis leur point d'honneur à ne pas se laisser distancer par Slav, le Rugarien, et les deux Deskis, Zewe et Kuskus — du moins c'est ainsi qu'ils percevaient leurs noms.

Les paroles de Mitford sur l'utilité des Deskis se vérifièrent quand il fallut escalader les falaises. Ces êtres filiformes semblaient flotter sur les parois. Ils n'avaient pas de ventouses aux pieds, mais c'était l'impression qu'ils donnaient. Puis, une fois arrivés au sommet, ils assuraient les cordes qu'ils lançaient aux autres. Ce que fit Zainal avec eux, premier humanoïde à les suivre. Et, hasard ou pas, lors des cinq ascensions de la journée, Kris fut toujours hissée par Zainal, et le remercia d'un sourire chaque fois qu'il la déposait en sécurité au niveau suivant. Ces attentions continues lui faisaient curieusement plaisir... vu que c'était de sa faute s'il avait été débarqué sur cette planète.

Sur Botany — nom que Kris, à part elle, donnait à leur nouveau monde — le jour était plus long que sur la Terre et sur Barevi ; ils marchaient donc depuis longtemps quand, le soleil arrivé au zénith, Zainal signala une pause déjeuner au sommet. Les rations seraient mieux descendues arrosées d'eau, bien qu'ils aient bu tout leur saoul au dernier ruisseau. Les jambes pendant dans le vide, Kris mastiquait en contemplant la vue, se demandant quelles étaient les plantes cultivées, et pour qui. Aussi loin que portait son regard, ce n'étaient que cultures et pâturages. Pourtant, Zainal avait répété à l'envi que la planète n'était pas habitée. Alors, qui la cultivait et pour qui ? Etant donné que les récoltes étaient stockées dans des grottes, les consommateurs pouvaient-ils être des troglodytes vivant dans les profondeurs du roc ? Cela expliquerait qu'il n'y eût pas de villes ou d'occupants visibles. Non qu'elle fût pressée de rencontrer des hommes des cavernes.

Ils étaient dans les contreforts d'une haute chaîne de montagnes qui s'élevait au loin et s'étendait vers l'est en décrivant un vaste arc de cercle. Quittant le champ dans lequel les Cattenis les avaient débarqués, Mitford avait marché vers le nord, et s'était engagé dans les ravins où ils avaient découvert leurs grottes, et où ils n'avaient découvert aucune trace d'occupation, même par la faune locale, qui semblait préférer les lieux boisés ou cultivés. De plus en plus curieux, se dit Kris.

Juste à cet instant, Slav, le Rugarien, poussa un cri singulier et tendit son bras poilu bizarrement articulé vers le nord-ouest. Kris ne vit rien, que d'autres champs soigneusement découpés en damier.

La main en visière sur les yeux, Zainal scruta les lointains et dit quelque chose au Rugarien qui hocha fermement la tête.

Zainal se tourna vers les autres.

— Slav a vu quelque chose de différent... qui n'est pas animal, dit-il, dessinant un cube du geste.

— Il a vu des gens ? demanda Kris, pensant que la présence d'objets géométriques signalait peut-être un nouveau largage de bannis.

Non qu'ils eussent vraiment besoin de bouches supplémentaires à nourrir !

Le champ était assez loin, et ils durent traverser deux petits bois où les frondeurs abattirent suffisamment de râblés et d'oiseaux aux ailes membranées pour n'avoir pas perdu leur temps. Kris avait convaincu l'un d'eux de lui prêter sa fronde quand il ne s'en servait pas, et le temps d'atteindre le second bois elle commençait à se rapprocher de la cible visée.

— Attends d'en voir toute une compagnie, suggéra Cumber, comme ça, si tu n'atteins pas celui que tu vises, tu risques d'en toucher un autre.

— Tu es encourageant, répliqua Kris.

— Tu l'es, toi, encourageante ? dit-il, la regardant d'un air suggestif.

— Dans ce domaine, non, mon vieux, pas du tout encourageante, dit-elle carrément, mais avec un sourire.

Elle aurait voulu marcher devant, avec Zainal, mais l'idée ne lui sembla pas bonne, alors elle raccourcit son pas pour se mettre au niveau des Deskis qui avançaient, tout enguirlandés des râblés abattus grâce à leurs frondes infaillibles. Ils étaient aussi bons chasseurs que grimpeurs.

Les cubes étaient effectivement de fabrication cattenie, et l'un, qui n'avait pas été ouvert, contenait des couvertures ; Zainal les répartit entre les chasseurs pour les rapporter au camp. Il y avait de petits tas bruns desséchés éparpillés sur le champ, mais rien d'autre. En son for intérieur, Kris plaignit ces malheureux qui avaient trouvé la mort, victimes d'« assaillants inconnus », comme aurait pu le dire un bulletin d'information.

Rassemblant sa brassée de couvertures, Kris vit que les Rugariens inspectaient le champ après l'avoir divisé en quartiers, tandis que Zainal et plusieurs autres en examinaient les bords.

— Tu crois que les monstres volants les ont emportés ? demanda Cumber, se tournant vers Kris.

— Peut-être. Mais tous ? Alors que les caisses ont été ouvertes ?

— Ou ce qui sort du sol la nuit pour sucer les corps jusqu'à ce que mort s'ensuive ? poursuivit Cumber, attendant sa réaction.

— Ce monde recycle lui-même ses déchets, répliqua-t-elle. Pas d'ordures, pas de débris, pas de canettes de Coca ni de bombes d'aérosols.

— Euh ? fit Cumber, qui, interprétant de façon littérale, n'avait pas saisi le sens de sa remarque facétieuse.

Puis, un de ceux qui inspectaient les bords poussa un cri; alors, naturellement, tous les autres allèrent voir ce qu'il avait trouvé : une large trouée dans la haie faite par des objets lourds.

— On dirait que le sol est piétiné, dit Cumber à Kris.

La ligne de fuite continuait dans le champ contigu au milieu de la végétation haute d'un pied. A ce moment, un Rugarien cria quelque chose.

— Il nous dit de nous taire, dit Zainal en barevi, de sa voix grave et vibrante qui portait juste assez pour que tous l'entendent.

Slav agitait son couteau, puis Kris perçut nettement le mot « chaud », en barevi.

— Métal chaud ? cria-t-elle, avançant vers le groupe agglutiné autour du Rugarien.

— Métal chaud ? répéta-t-il.

Quelqu'un tira son couteau, mimant l'effet d'une lame chaude.

— Yissss, dit le Rugarien, montrant le bas de la pente en inspirant profondément.

— Il sent du métal chaud, commenta Kris.

Zainal prit la situation en main, faisant cacher tout le monde derrière les haies et en désignant deux pour aller enquêter.

— Du métal chaud ? Les gens qui cultivent cette planète viendraient voir qui bousille leurs champs ? demanda Kris à la cantonade.

— C'est pas trop tôt que quelqu'un vienne jeter un œil, si tu veux mon avis, dit Cumber d'un ton pessimiste.

— Et on n'a que des couteaux !

Les éclaireurs revinrent, précédant de peu la « chose » qui les suivait lourdement. Sauf que ce n'était pas eux qu'elle suivait, mais l'itinéraire menant au champ au-dessus d'eux. Elle glissait sur coussin d'air, car elle sauta prestement par-dessus la haie, et, une fois dans le champ cultivé, changea immédiatement d'allure et se mit à faire des pulvérisations.

— Ça alors ! dit l'un deux, se relevant dans sa stupéfaction.

Aussitôt, ses voisins le refirent coucher derrière la haie protectrice.

— Bah! ça n'a pas d'yeux. C'est juste une machine agricole. Et je crois que j'en vois une autre plus bas, qui fait des pulvérisations dans un autre champ.

Il avait raison, comme ils le constatèrent tous en jetant simplement un coup d'œil.

— Allez voir de plus près, dit Zainal en barevi, désignant Cumber, Kris et Slav pour la patrouille. Restez cachés. Restez muets. On ne sait pas ce que ces machines peuvent faire.

— Un peu de repos pour ma carcasse, c'est pas d'refus, dit quelqu'un. Ce Cat a une façon d'avaler les klicks !

Kris fut plutôt flattée d'être choisie comme pouvant porter un jugement utile sur les machines. Avançant accroupis derrière la haie — et Zainal se courbait plus bas qu'elle ne l'avait jamais vu faire à un homme, même dans les films de Rambo, presque à quatre pattes —, ils traversèrent le champ où un autre groupe de colons involontaires avaient été déposés. Ils voyaient le tiers supérieur de la machine, qui faisait diligemment des allers-retours dans le champ.

— C'est pour ça qu'ils sont si réguliers, marmonna Cumber près d'elle. Pour que les machines n'aient pas à tourner de coins.

— Efficace pour le travail, murmura-t-elle en réponse.

Zainal leur fit signe et porta la main à ses lèvres pour leur recommander le silence. Kris grimaça, mécontente qu'on ait dû lui rappeler la consigne. Des machines qui exécutaient toutes seules une tâche méthodique pouvaient aussi être programmées pour autre chose.

Quand ils approchèrent de la haie du fond du champ, Zainal leur fit signe de s'aplatir encore davantage. Kris réprima un grognement en se mettant à plat ventre, puis elle se mit à ramper comme les autres.

Ils trouvèrent des trouées à la base de la haie, entre les troncs épais de la végétation, et ils observèrent la machine. Elle continuait à glisser sur ses coussins d'air, continuait ses pulvérisations, et la seule chose à laquelle elle fit penser Kris, ce fut un Dalek des vieux films du *Docteur Who*.

— Exterminez. Exterminez.

Le cri dalekien résonnait encore dans sa tête et elle se demanda dans quelle mesure il s'appliquait ici. La chose répandait-elle des engrais ou des insecticides ? Quoi que ce fût, elle avait presque fini. Mais, quand elle arriva au dernier coin, elle se retourna et se dirigea vers eux.

Zainal leur fit signe de passer aussi inaperçus que possible, en se collant sur et de préférence sous la haie. Kris entendit la chose tout près juste comme elle manquait s'embrocher sur une racine pointue. Grimaçant, elle endura la douleur pendant ce qui lui parut des heures.

Cliquetis, bourdonnements et bruits divers étaient si proches des sons de la série du *Docteur Who* qu'elle faillit éclater de rire. Sauf que la situation n'était pas risible.

Puis la machine « sauta » par-dessus leur haie, et ils aspirèrent tous une bouffée d'air chaud, puant, métallique, avant qu'elle ne traverse le champ, sans toucher aux caisses mais sans doute en enregistrant leur présence, se dit Kris.

D'un autre saut, elle quitta le champ, n'entrant heureusement pas dans celui où les autres tâchaient probablement de se faire aussi discrets que possible.

— Ce truc est dangereux, dit Cumber à Zainal, qui se contenta de hocher la tête.

— On va chercher les autres et partir, dit-il, soulignant ce dernier mot avec force.

Slav, après avoir attentivement écouté le Catteni, porta les mains à ses lèvres, et émit un son qui n'était ni cri d'oiseau ni aboiement de chien, ni rien de connu.

Zewe lui répondit par un son similaire.

— J'ai dit : partir, insista Slav, montrant le haut du champ par où ils étaient arrivés.

— Parfait !

Ils attaquèrent donc le chemin du retour, rejoignant les autres avant le champ suivant.

Les Deskis firent alors leurs signaux avertisseurs de monstres volants, et ils se pétrifièrent net. Cinq monstres en formation arrivèrent de l'est, survolèrent le champ, puis se dispersèrent pour l'examiner par quartiers. Comme rien ne bougeait, les prédateurs furent frustrés de leurs proies, et s'éloignèrent, leurs cris rauques et déçus apportés par la brise aux oreilles des chasseurs qui retenaient leur souffle. Ils se remirent à descendre la pente.

— Ouah ! dit Cumber à voix basse et respectueuse. Cette maudite machine a donné l'alarme.

— Elle ne nous a pas vus, dit pensivement Kris, alors elle doit avoir des capteurs quelconques, parce qu'elle avait perçu notre présence, c'est sûr. Exactement comme un Dalek.

— Un quoi ? dit Cumber, qui, à l'évidence, n'avait jamais suivi l'ancienne série de science-fiction.

— Un robot aux intentions criminelles.

Un autre sourit et cria d'une voix de fausset :

— Exterminez ! Exterminez !

— Hé! du calme, mon pote, murmura nerveusement un troisième.

— Qu'est-ce que vous dites ? demanda Zainal en anglais.

— La machine a signalé notre présence, annonça Kris. Elle est peut-être sensible à la chaleur. Elle a su que nous étions dans la haie à cause de la chaleur corporelle.

Zainal approuva de la tête.

— Faites attention. On retourne aux grottes, maintenant. En chassant. Mais il faut ouvrir l'œil.

Il tapota Slav et Zewe sur l'épaule et leur donna quelques ordres rapides.

— Ils entendent mieux, dit-il à Kris.

Les deux Rugariens encadrèrent le groupe, puis, au signal de Zainal, ils s'ébranlèrent.

Le retour fut plus difficile que l'aller, avec toutes les descentes à faire encombrés du produit de leur chasse. Ils ne rencontrèrent pas de dangers inhabituels. A noter dans les bonnes nouvelles : les herbivores à six pattes qu'ils avaient repérés à l'aller versèrent du sang rouge quand ils les égorgèrent. Deux furent débités sur place pour répartir leur chair entre les chasseurs. Les couvertures supplémentaires furent mises à bon usage. Et furent bien utiles plus tard quand les insectes se mirent à sortir au crépuscule.

Les Deskis devaient avoir un instinct de pigeon voyageur, car ils guidèrent le groupe sans hésiter dans la pénombre. Kris n'avait jamais été aussi contente de voir les lumières de la maison.

Les chasseurs furent très applaudis de rentrer si bien chargés. A peine Kris s'était-elle débarrassée de son fardeau que Zainal lui touchait le bras, lui faisant signe de venir avec lui faire leur rapport à Mitford. Slav et Cumber les accompagnaient.

— Cumber dit que tu as identifié ces machines, Kris, demanda Mitford.

Il avait l'air très fatigué.

— Moi ? Pas vraiment, sauf que ce sont des espèces de robots.

— Cumber dit qu'elles ne touchaient pas le sol.

— Propulsion sur coussin d'air ?

— Hum! High tech. Et capteurs de chaleur ?

— C'est la machine qui a dû appeler ces prédateurs volants, dit Kris. Et comme ils étaient cinq, je conclus en extrapolant que la machine avait senti nos cinq corps dans la haie. Mais toute autre hypothèse est aussi valable que la mienne, conclut-elle modestement.

— Mais la tienne est un peu mieux documentée grâce à ces séries de science-fiction. Je te crois, Bjornsen, je te crois. Tu peux partir, maintenant, et toi aussi, Cumber. On a du pain, ce soir. Du pain au bicarbonate.

Il sourit et ajouta :

— Un de nos chimistes a trouvé un dépôt de bicarbonate de soude. Le pain n'est pas mauvais — si on a assez faim et si on passe sur quelques grumeaux venant de la mouture.

Kris n'avait pas plus tôt pris sa place dans la file de la grotte principale, pour obtenir son morceau de pain, que Patti Sue la découvrit. Elle lui jeta les bras autour du cou en sanglotant de soulagement.

— Allons, Patti Sue, je suis entière, lui dit Kris, s'efforçant de la calmer pour qu'elle ne soit plus qu'hystérique.

Sandy vint à son secours.

— Allons, Patti, je t'avais bien dit qu'il ne lui arriverait rien, renchérit-elle, desserrant la clé mortelle qu'elle faisait au cou de Kris.

Elle recula, et vit que sa combinaison était tachée de la même substance que celle de Kris.

— Oh, mon Dieu, qu'est-ce que c'est ?

— Sans doute du sang, dit Kris, car son quartier d'herbivore avait goutté sur elle tout le long du chemin, attirant les insectes.

— Oh, mon Dieu, gémit Patti, s'écartant comme si Kris était lépreuse.

— Je crois que j'ai besoin d'un bain, dit Kris avec entrain, et, prenant sa portion de pain qu'elle mangea en marchant, elle se dirigea vers le lac souterrain pour se rendre plus présentable.

Elle n'était pas la seule à vouloir se laver, et pas mal de corps blancs s'ébattaient dans l'eau. Quelqu'un avait ajouté des lianes. Ne s'arrêtant que pour déposer ses bottes, sa couverture et son paquet de rations près des petits tas similaires attendant le retour de leurs propriétaires, elle saisit une liane libre et plongea. Enroulant la liane autour d'un poignet, elle se contorsionna pour s'extraire de sa combinaison qu'elle rinça à fond. L'eau était froide et revigorante, et lui rendit son énergie. Elle s'essuya avec sa couverture dont elle se fit ensuite un paréo, puis elle essora sa combinaison et quitta la caverne du lac. Elle était sûre de bien dormir cette nuit.

Elle dormit bien. Jusqu'à ce que Zainal la réveille. Ce devait être le milieu de la longue nuit de Botany, parce que autour d'elle tout le monde dormait à poings fermés, surtout Patti Sue qui serait tombée en syncope si elle s'était réveillée pour voir un Catteni si proche d'elle.

Les torches du couloir émettaient juste assez de lumière pour qu'elle voie Zainal porter un doigt à ses lèvres. Grognant involontairement, parce qu'elle était raide et courbaturée après les fatigues de la veille, elle eut du mal à se lever. Zainal lui tendit une main secourable, et, hop! elle se retrouva debout. Elle lui sourit et le suivit. Il n'avait pas lâché sa main, et elle fut contente de la laisser dans sa grosse pogne. Il fallait qu'elle admette son attirance pour le Catteni, et pas seulement parce qu'il était plus grand qu'elle. Ces jours derniers, il s'était conduit avec tant de tact et de dignité que même ceux qui haïssaient cordialement les Cattenis ne pouvaient sûrement rien lui reprocher. Mitford avait affirmé avec force à sa bande disparate que Zainal était une entité importante dans leur lutte continue pour la survie. Mais quand l'euphorie des premiers jours se décanterait en une routine ennuyeuse et une incertitude moins excitante, elle soupçonnait qu'il y aurait des problèmes.

— Il y a des problèmes ? murmura-t-elle en barevi dès qu'ils furent sortis de la grotte.

— Pas dangereux, murmura-t-il en retour.

La troisième lune se couchait quand ils arrivèrent dehors. Kris vit des visages éclairés par le feu de camp de la ravine, dont celui de Mitford.

— Désolé de te réveiller, Bjornsen, dit-il avec un grand sourire, lui faisant signe de tendre son quart.

Elle réalisa alors qu'elle avait machinalement ramassé ses affaires — son quart, sa couverture et ses rations.

— En ce qui concerne mon horloge intérieure, l'aube est largement passée.

— Et tu es une créature d'habitudes ? demanda-t-elle. Elle lui rendit son sourire, acceptant le liquide chaud qu'il versa dans son quart. C'était une sorte de tisane, qui changeait agréablement de l'eau pure.

— Approche-toi une pierre, dit-elle, et elle s'assit sur celle qu'il y avait à côté de lui. Je veux que tu ailles avec Zainal, Slav et le Deski Coo pour flairer quelles autres surprises nous réserve cette planète. Ce serait dangereux de croire que nous sommes en sûreté dans ce ravin. Un de nos intellos nous a fait remarquer ça, dit-il montrant les parois de la ravine, disant qu'on aura peut-être des inondations au printemps. Marque de hautes eaux et frottement des arbres sur les parois, plus haut que nos têtes. Et nager debout n'est pas mon fort.

Sursautant, Kris se demanda s'il citait un vieux sketch de Bill Cosby.

— Vous allez explorer tout autour du camp, aussi loin que vous pouvez aller en un jour de marche, en faisant des relevés. Zainal dit qu'il sait cartographier. Il apprend l'anglais drôlement vite. Graine d'officier, pas de doute — cette dernière remarque faite à voix basse et accompagnée d'un sourire destiné à la seule Kris. Comme tu le connais et que tu as l'air de te débrouiller avec Slav et Coo, tu seras l'élément humain de l'équipe. A moins que tu aies des objections valables.

— Est-ce qu'il va se poser des problèmes pour les... euh... extraterrestres ?

— Est-ce qu'il n'y en a pas tout le temps ? dit Mitford d'un ton cynique. Je peux te faire confiance, Bjornsen, ajouta-t-il sombrement. Tu as prouvé que tu avais du cran.

— Merci, sergent, dit Kris, se redressant à cette louange inattendue.

— Et avec le Catteni dans l'équipe, il veillera à ce qu'il ne t'arrive rien.

— Merci, sergent, reprit-elle, cette fois avec ironie.

Flatter avant d'abattre, mais elle sourit pour montrer qu'elle ne lui en voulait pas. C'était déjà beau que le sergent ne soit pas aussi misogyne que certains militaires de carrière dont elle avait entendu parler.

— Tu vas demander à Greene des rations supplémentaires pour vous tous. Les Deskis ne digèrent pas la viande rouge, et il manque quelque chose dans leur régime, mais je ne sais pas quoi.

Il soupira.

— Encore une bonne raison d'envoyer un Deski avec vous. Et toi, il faut manger ! dit-il, la menaçant de l'index. Nous avons assez de rations pour bien nourrir les patrouilles de reconnaissance. Ce n'est peut-être pas très gastronomique, mais ça contient tous les éléments nutritionnels qu'il faut pour fonctionner. Demande-lui aussi des couvertures supplémentaires, et une autre combinaison. Compris ?

— Compris, sergent, confirma-t-elle, et elle portait la main à son front pour saluer quand elle se dit que ce serait peut-être déplacé, même si c'était une réaction instinctive à son comportement.

— Parfait, dit-il avec un grand sourire, ayant remarqué le geste avorté. Zainal, rassemble les rations et les couvertures, et après, vous partez relaxe.

« Relaxe », en jargon militaire, voulait dire « au trot ». Et c'est pourquoi, en moins de temps qu'il n'en faut pour le dire, ils sortaient du camp dans la grisaille de l'aube pour explorer des territoires inconnus.

Zainal marchait à un train d'enfer, qui ne se ralentissait pas quelle que fût la nature du terrain. Mais, comme Mitford, il ordonna une halte dès qu'il fit grand jour.

La première chose que fit Zainal, ce fut un nœud à une lanière de couverture, dont il avait fourré tout un paquet dans une poche de cuisse. Ficelle de pointage ? Sans doute. Ils n'avaient pas de papier, et, malgré sa force, Zainal pouvait difficilement trimbaler une plaque d'ardoise pour noter les miles parcourus. Ou peut-être valait-il mieux parler de « klicks » puisque c'était une opération militaire ?

— Qu'est-ce que tu comptes, Zainal ? demanda-t-elle.

— Mes pas, comme ça, je connais la distance, répondit-il en barevi.

— Oh..., dit-elle, comprenant le rythme soutenu qu'il imposait. Quel est le mot catteni pour mile ou kilomètre ? Comment mesurez-vous les distances ?

— Mon...pas, dit-il en anglais hésitant.

— Enjambée serait mieux.

— Enjambée est un *pleg* catteni.

— Fais une enjambée pour moi, s'il te plaît.

— Hum! dit-il, et il s'exécuta.

Etirant ses longues jambes à leur extrême limite, elle arriva tout juste à égaler la longueur de son pas.

— Hum! un peu plus d'un mètre. En terrain plat, je pourrais te relayer pour que tu te reposes un peu.

— Hum! répéta-t-il, battant des paupières en essayant de saisir.

Elle expliqua avec force gestes, et il finit par comprendre.

— Un *pleg* c'est presque exactement un mètre. Un *pleg* égale un mètre, dit-elle.

Slav et le Deski observaient la scène, l'air très intéressé par la démonstration. Puis, montrant le Rugarien, elle lui fit signe de faire un pas. Son enjambée était de la même longueur que la sienne, mais celle du Deski était beaucoup plus longue à cause de ses pattes d'araignée. Ensuite elle essaya de leur faire dire ce qu'était un *pleg* dans leur langue. Sans succès. Ils répétèrent obstinément : « *Pleg, pleg.* »

Quelle plaie, ce pleg, pensa-t-elle, facétieuse, puis elle les tapota amicalement tour à tour avant de s'asseoir pour profiter de la halte. Elle ignorait s'ils se comportaient ainsi par indifférence pour les langues étrangères, ou s'ils avaient quelque obscure raison de s'en tenir au mot barevi. Le Rugarien et le Deski avaient des voix plutôt monocordes et sans modulations, mais le peu de catteni qu'elle savait était pareil. La lingua barevi avait plus de rythme et d'inflexions que les langues dans lesquelles Zainal parlait à Slav et à Coo.

Ils se remirent en marche, et finirent par atteindre un plateau, où Zainal fit une halte et un autre nœud à sa ficelle. Quand Zainal lui dit combien de *plegs* représentait chaque nœud, elle réalisa qu'ils faisaient un peu plus de quatre kilomètres à l'heure... enfin, si Zainal s'arrêtait toutes les heures. Alors, quand ils repartirent, elle compta les minutes pendant que Zainal comptait les pas. Elle dut quand même en perdre quelques-unes, distraite par le Deski qui testait les plantes du plateau — enfin, les rares qui y poussaient, car il n'y avait là ni champs, ni haies, ni arbres. Et juste quand elle pensait qu'ils marchaient depuis une heure, Zainal ordonna une nouvelle halte.

— Ma parole, tu as une horloge dans la tête ? dit-elle, tandis qu'il faisait un troisième nœud.

Il haussa des sourcils interrogateurs, ce qui donna à son visage un air plus humain, moins catteni.

— Comment comptez-vous le temps, vous autres Cattenis ? demanda-t-elle, s'efforçant de se rappeler s'il avait un chronomètre au poignet, comme tout bon spatio, quand elle l'avait rencontré.

— Le temps, répéta-t-il, se tapotant le crâne. On le compte là-dedans. Très bien.

— Ne viens pas me dire que ta planète natale a des jours et des nuits de la même longueur que Botany ?

Ils passèrent le reste de leur période de repos à explorer ce concept.

— La révolution de la planète est plus courte qu'ici, dit-il, en sa meilleure phrase d'anglais jusqu'à présent.

— Mon vieux, tu peux te flatter d'apprendre vite.

— « Mon vieux », c'est une bonne chose à me dire ? demanda-t-il, de nouveau interrogateur.

— Eh bien, oui, dit Kris, souriant à son sens de l'humour qu'elle n'attendait pas chez un Catteni. Ça veut dire « âgé », mais ici c'est seulement un mot qui indique l'étonnement.

Il eut un sourire poli, de sorte qu'elle ne sut pas s'il avait compris quand ils se remirent en route.

Le jour s'avançant, il se mit à faire chaud sur le plateau où il n'y avait pas d'ombre, et où ne poussaient que des plantes filiformes aux feuilles bizarres qui ne ressemblaient à rien qu'elle eût vu dans les déserts terrestres — et elle connaissait les terres arides entourant Las Vegas et Salt Lake City. Tout en marchant, Coo goûtait toutes les plantes et même des terres de différentes couleurs, recrachant généralement ses échantillons, de sorte que Kris ne connaissait pas son verdict. Elle se mit à avoir tellement soif qu'elle eut l'impression que sa langue avait gonflé dans sa bouche, alors, quand ils firent halte pour le déjeuner de midi, elle n'avait pas envie de bavarder avec Zainal. Les autres se mirent mastiquer vigoureusement leurs rations, mais elle n'avait pas assez de salive pour mâcher, et encore moins pour avaler.

— Tu mords, tu mâches, ça ira mieux, dit gentiment Zainal, roulant sa bouchée dans sa bouche pour lui montrer qu'il n'avalait pas tout de suite.

Elle fit un essai avec un petit morceau, et s'aperçut que

la barre contenait quelque chose générant de la salive. Elle ne mangea pas autant que les autres, mais le peu qu'elle absorba lui redonna des forces.

Ils continuèrent. Le plateau descendait en pente douce vers des terres moins arides. Et un ruisseau. Elle dut se faire violence pour ne pas se jeter *dans* le cours d'eau, mais réhydrater doucement sa bouche et sa gorge.

— Dieu, qu'est-ce que je donnerais pour avoir une gourde !

— Qu'est-ce que ce « dieu » que tant de gens invoquent ? demanda Zainal. Un autre « mon vieux » ?

Prise à l'improviste par la question, Kris se mit à pouffer. On lui avait souvent dit qu'elle avait un rire contagieux — chose qu'elle avait souvent prouvée en provoquant l'hilarité de toute une classe — mais elle fut ravie de constater que cet effet s'étendait à une autre espèce. Le gloussement de Zainal sonnait très humain à ses oreilles. Slav la regarda, penchant la tête et fronçant les sourcils, tandis que Coo la contemplait, consterné, comme s'il pensait qu'elle avait des convulsions.

— Je ne répondrai pas à ta question maintenant, Zainal, dit-elle, quand son rire se réduisit à un simple sourire. « Dieu » n'a jamais été un vieux ! Je t'expliquerai une autre fois, quand nous aurons plusieurs années devant nous.

Zainal fronça les sourcils, n'ayant pas tout compris. Comme ça, ils étaient à égalité, et c'était aussi bien.

Ayant bu tout son saoul, Kris se sentit suffisamment revigorée pour terminer sa ration de midi. Elle était prête à repartir, mais Zainal n'était pas pressé de quitter cet endroit agréable, et d'autant moins que Coo goûtait les nombreuses plantes poussant au bord du ruisseau. Il revint avec quelque chose qu'il montra à Kris, agissant ainsi pour la première fois.

— Pour moi, ça ressemble à du cresson, dit-elle, goûtant une tige et une feuille. Tu peux manger ça ? demanda-t-elle, mimant l'acte de manger en portant l'échantillon à sa bouche.

Le Deski hocha la tête avec enthousiasme, se fourra une tige dans la bouche et se mit à mastiquer avec satisfaction. Kris mâchonna prudemment une feuille, et, sentant ses lèvres et ses gencives s'engourdir, plongea son visage dans l'eau et se gargarisa vigoureusement. Zainal la soutint par les épaules. Elle continua rinçages et gargarismes, veillant à ne pas avaler, puis rinça et rinça encore jusqu'à ce que la sensation disparaisse.

— Merci, Zainal, dit-elle. Oh, tout va bien, ajouta-t-elle, voyant leur air inquiet. Je n'ai rien avalé. Je te le laisse, Coo, je te le laisse.

Coo hocha vigoureusement la tête, serrant la plante sur son cœur.

— Plus d'essai, lui dit Zainal d'un ton sévère.

— Tu parles, Charles !

Sur le visage de Zainal, l'inquiétude fit place à la frustration.

— Encore des mots « mon vieux » ?

— Si on veut, dit Kris.

Bon sang, elle n'avait jamais réalisé que l'anglais était si complexe. Ou plutôt l'américain idiomatique.

Ils repartirent, et Kris finit par se demander jusqu'à quand elle pourrait ignorer le gonflement de ses pieds que même les bottes cattenies ne compensaient plus. Et elle qui se croyait en forme ! Ha ! Maintenant, elle était dépassée par les deux extraterrestres... ses deux compagnons, rectifia-t-elle vivement, et contemplait les poils qui ondulaient sur les jambes du Rugarien. Ses pieds avaient un drôle d'air dans les bottes cattenies, et il semblait ne pas avoir de « muscles » comme les humains, mais des espèces de dépressions qui se creusaient et s'effaçaient latéralement, et non pas verticalement comme les mollets. Et devant lui, Coo paraissait n'avoir que des os, aucun mouvement musculaire, seulement des tendons — ou ce qui passait pour des tendons chez un Deski — de chaque côté des tibias, qui les soulevaient et les abaissaient comme des pistons. Elle s'efforça d'imaginer l'anatomie de ses compagnons, sous la peau, et échoua lamentablement. La biologie n'avait jamais été son fort. Ah, les lacunes de son éducation ! *Enfin, rien ne vaut l'apprentissage sur le tas*, se dit-elle.

Quelque temps et quelques miles plus tard, elle put

cesser d'actionner ses jambes, et s'assit sur une pierre. Il y avait un petit feu entouré de pierres, et autour d'eux, comme un cirque de tumulus rocheux. *Formation bizarre,* se dit-elle, perplexe. Puis, sa fatigue un peu atténuée, elle entendit le gazouillis d'un ruisseau. De l'eau ! Elle se leva, mais une main la força à se rasseoir et lui présenta une grande feuille.

— Bois !

Elle prit l'épaisse feuille en forme de conque, et trouva un « bec » pour boire. L'eau était glacée et douce comme de l'ambroisie.

— Encore ? demanda Zainal, debout devant elle.

Elle voulut se lever.

— Je peux aller me chercher de l'eau toute seule, assura-t-elle. Ohhh, non, gémit-elle en retombant.

La grande main de Zainal la repoussa sur la pierre comme elle prenait conscience de sa faiblesse.

Cette fois, elle but lentement, observant son environnement. Il lui sembla que quelqu'un cassait des cailloux.

Regardant autour d'elle, elle vit Slav et Coo qui creusaient un trou dans la roche, non loin du feu. Ils étaient sur un affleurement rocheux bordant un champ, et le surplombant d'environ un mètre. Des plantes à larges feuilles formaient comme un dais au-dessus des rocs, leur donnant un peu d'ombre. Au-delà de ce petit camp, elle vit le nuage de gouttelettes d'une petite cascade, dont l'eau tombait dans un bassin puis allait arroser le champ. Pas une prairie, remarqua-t-elle, mais un champ cultivé.

Ramenant son regard sur le camp, elle sursauta, constatant que ses compagnons creusaient une marmite dans le sol. Près du feu, elle vit les carcasses de plusieurs râblés et d'autres bestioles qu'elle n'avait jamais vues. Elles avaient six pattes, et ce ne serait pas facile de les écorcher, pensa-t-elle distraitement. Puis Zainal se mit à genoux pour accomplir cette tâche. Il rassembla toutes les entailles, et les jeta dans le champ en contrebas, à dessein se dit-elle.

— Zainal, interpella Slav, montrant le trou de bonne taille qu'ils avaient creusé.

— De l'eau, dit Zainal.

Slav et Coo cueillirent chacun une grande feuille sur les plantes qui les ombrageaient, et firent plusieurs voyages.

Quand l'eau arriva à un empan du haut, Zainal y jeta les bêtes démembrées et Coo y ajouta des racines semblables à celles qu'ils consommaient déjà au camp de base. Puis, à l'aide d'un bâton fourchu, Zainal transféra des pierres brûlantes dans la marmite improvisée.

Kris battit des mains, ravie que quelqu'un utilise son idée et se mit à amasser des pierres qu'elle empila dans le feu. Il en faudrait sûrement beaucoup avant que le ragoût ne soit cuit.

La nuit était tombée et la première lune levée quand le dîner fut prêt, et qu'ils retirèrent les morceaux brûlants de la marmite en se servant de bâtonnets comme de baguettes chinoises. Un peu de sel n'aurait pas fait de mal, mais un bon repas chaud représentait déjà une grosse amélioration sur les rations, quelle que fût leur valeur nutritive.

Ils mangèrent tous à satiété, puis Coo recouvrit la « marmite » d'une pierre plate, et se frotta les mains avec satisfaction, comme l'aurait fait tout humain, sa mission accomplie.

— Slav, tu montes la garde jusqu'au premier coucher de lune. Après Kris. Moi troisième, Coo en dernier...

Personne ne discuta, mais Kris fut contente de pouvoir commencer par dormir pour reconstituer ses forces. Elle alla boire à la cascade, puis, ôtant ses bottes, elle mit ses pieds gonflés sous la chute d'eau. Cela lui fit d'abord très mal, mais peu après ses chairs meurtries étaient trop glacées pour expédier tout autre message à son cerveau. Elle supporta le froid aussi longtemps qu'elle put, puis revint vers le feu sur la pointe des pieds, qui lui semblaient avoir dégonflé, mais ils étaient si froids qu'elle n'en était pas sûre. Coo et Slav s'étaient absentés aussi pour se soulager, et ils revinrent tous en même temps s'installer pour la nuit.

Elle déroula ses couvertures, les étendit sur le rocher, et se coucha, ses pieds glacés vers le feu. Ils avaient amoncelé un bon tas de matières combustibles à portée de la main pour l'alimenter. Quelle survivance de l'instinct primal lui faisait trouver le feu rassurant ?

Peu importait qu'elle n'eût rien pour atténuer la dureté de la pierre sous ses épaules et ses hanches ; elle était trop fatiguée pour s'en soucier. Elle se demanda fugitivement quelle distance ils avaient parcourue ce jour-là, car elle n'avait pas tenu le compte des nœuds faits par Zainal à sa ficelle. Enfin, une bonne nuit de sommeil atténuerait ses courbatures.

Slav la réveilla, et elle remarqua immédiatement que la première lune n'était pas couchée, mais répandait assez de lumière pour révéler l'agitation du Rugarien... les poils de sa tête se tenaient tout droits sur son crâne. Il avait aussi réveillé Zainal et Coo. Il leur montra le champ en leur faisant signe d'approcher. Mais ce qu'il leur montrait n'exigeait ni futilité ni silence.

Slav se contenta de tendre le bras, puis les regarda pour voir leur réaction.

Kris eut envie de vomir. Zainal observa tout simplement... les choses ; des choses pourvues de longs tentacules et de poils tactiles, et apparemment sans corps, à moins que le corps ne restât sous la surface. Les choses rampaient sur les intestins que Zainal avait jetés dans le champ, et, en quelques minutes, tout disparut, et il ne resta plus que la couverture herbeuse, sans aucune trace des entrailles. Elle se demanda si elle avait imaginé ces contorsions reptiliennes qui venaient de se repaître.

Zainal hocha la tête comme s'il s'y attendait. Kris déglutit avec effort. C'était ça qui était arrivé à ceux qui avaient saigné dans l'autre champ ? Et aux cadavres qu'ils avaient laissés dans celui où ils s'étaient réveillés ?

— Super ! dit-elle. Ramassage d'ordures intégré ! Rien de tel pour la propreté de l'environnement. Et ce ne sont pas des mots, « mon vieux ».

Les dents blanches de Zainal brillèrent au clair de lune.

— Tu savais ? demanda-t-elle.

— Un pensant.

— Une pensée, tu veux dire.

— Pensant, pensée ? interrogea-t-il.

— Exact.

— Bon, retourne te coucher, maintenant. Le spectacle est terminé.

Alors ça, où Zainal avait-il appris cette expression ? se demanda Kris, retournant à ses chaudes couvertures. Elle soupira ; peut-être qu'elle devrait rester éveillée et permettre ainsi à Slav de dormir un peu plus sans interruption ? Mais elle sombra immédiatement dans un sommeil sans rêve, jusqu'à ce que Slav la réveille par un ciel sans lune.

Elle monta la garde en arpentant le périmètre de leur plate-forme rocheuse. Etait-ce à cause des monstres tentaculaires que Zainal avait choisi ce camp ? Ou pour creuser une marmite dans le sol ? Mais cette planète était très capable de receler d'autres monstres dans ses rochers. Pourtant, plus rien ne bougea dans le champ. Et elle fut tentée d'y jeter un morceau de viande pour voir ce qui se passerait. Pour s'assurer que c'était aussi horrible que la première fois.

La nuit et le silence lui stimulaient puissamment l'imagination, et elle dut se concentrer fermement sur les aspects positifs de cette aventure : elle *était* vivante, elle avait l'estomac *plein*, et elle était autant en sécurité qu'au camp, même si ce monde recelait trop d'anomalies et de mystères pour qu'elle soit tout à fait tranquille. Alors, s'empêchant de s'appesantir sur les aspects négatifs, elle repassa mentalement toutes les randonnées qu'elle avait faites — la marmite dans le rocher était une bonne idée — afin de voir si elle se rappelait d'autres « trucs » utiles. Un couteau, une hachette, un quart et une couverture, c'était peu pour survivre. Pourtant, ils avaient tiré un bon parti de cet équipement rudimentaire. Mais il leur manquait tellement de « choses ». Un seau pour transporter l'eau, une poêle pour faire la cuisine, une fourchette ou deux qui seraient bien nécessaires. Et pourquoi, alors qu'elle en avait le plus besoin, n'avait-elle pas son couteau suisse ? Bon sang! il vaudrait son pesant de platine, ici.

Bien sûr, il y avait des tas de couteaux en surnombre au camp. N'y avait-il pas quelqu'un au camp qui saurait en faire des outils indispensables ? Son estomac se mit à grogner. Maudite planète ! Même les heures de repas étaient bizarres. Elle mangea lentement une demi-ration. Pas aussi savoureuse que leur ragoût, et de loin.

Malgré toutes ces pensées positives, elle fut bien contente de secouer Coo pour prendre la relève.

Au réveil, Zainal avait déjà réchauffé le reste du ragoût et ils firent un copieux déjeuner, épongeant la sauce avec des rations jusqu'à la dernière goutte. Kris avait mangé à s'en faire éclater l'estomac, mais elle digérerait vite en marchant.

Elle demanda à Zainal combien de klicks ils avaient parcourus la veille, et il lui montra la ficelle de pointage. Elle émit un sifflement admiratif : quarante klicks, ce qui n'était pas un piètre exploit, compte tenu du nombre des montées et des descentes. Ses pieds, qu'elle avait de nouveau baignés dans l'eau froide avant de partir, étaient d'accord avec la distance. Peut-être qu'elle n'aurait pas dû poser cette question. Rien qu'à l'idée d'avoir tant marché la veille, elle se sentait déjà fatiguée.

Zainal dispersa les braises à coups de pied et se servit des pierres de la marmite pour construire un cairn avant de donner le signal du départ.

— On va dans quelle direction aujourd'hui ?

— Mouvement tournant, dit-il, décrivant du bras un grand arc de cercle, et montrant le cairn pour finir. Revenir au départ. Trouver ce qui est trouvé.

— Ce que nous pouvons découvrir, trouver, voir, savoir.

Kris n'avait jamais pensé qu'elle était pédagogue, mais elle avait envie de corriger Zainal pour améliorer ses connaissances linguistiques. Dieu merci, il acceptait d'apprendre sur le tas.

Ils sautèrent à bas de leur plate-forme, et s'engagèrent dans la traversée du champ. Zainal ralentit un peu l'allure par rapport à la veille, mais guère. Peut-être qu'il avait mal aux pieds, lui aussi ? Quand est-ce qu'un spatio avait l'occasion de marcher ?

Dans une haie, Coo trouva des boules vertes qu'il goba avec gourmandise, mais Slav retroussa sa lèvre supérieure avec dégoût. Processus qui fascina Kris, car Slav *retroussait* vraiment la lèvre en une sorte de pli découvrant ses dents irrégulières. Elle se demanda une fois de plus comment faisaient les Rugariens pour ne pas se mordre tout le temps l'intérieur de la bouche avec un tel équipement dentaire.

Tout le monde ouvrait l'œil, surveillant les alentours derrière eux et au-dessus d'eux, surtout quand ils étaient à découvert. Un rétroviseur aurait été bien commode, se dit Kris. Les cadavres étaient aspirés par le sol pendant la nuit, mais les monstres volants patrouillaient de jour, fondant sur tout ce qui bougeait.

Les champs s'étendaient à perte de vue sur un terrain doucement vallonné. Les ruisseaux étaient si régulièrement espacés que la gourde souhaitée par Kris devenait inutile. Pas de routes, pas de ponts, pas de passerelles, seulement de petits monticules de pierres qui sortaient du sol à la verticale. Sur la Terre, elle avait vu quelque chose de semblable quelque part, mais il lui fallut un bon moment avant d'extirper le mot « Ethiopie » de sa mémoire. La plupart de ces monticules étaient nus, mais certains avaient ramassé assez de terre pour que des buissons s'y implantent, et deux étaient couronnés de ces presque-arbres que devenaient les arbustes des haies s'ils vivaient assez longtemps.

Puis ils arrivèrent à une série de champs récemment moissonnés. Aucune trace pour indiquer d'où étaient venus les moissonneurs, et où ils étaient repartis. Et bien que cela les éloignât du trajet circulaire proposé par Zainal, ils s'engagèrent dans ces champs.

Ils l'entendirent avant de la voir, et n'eurent que le temps de se mettre à couvert avant que la machine ne saute la haie pour atterrir dans le champ contigu.

— On reste ici ou on court ? murmura Kris à Zainal.

Il haussa les épaules, mais il était entré sous la haie aussi loin que le permettait sa corpulence et il ne bougeait pas. Kris l'imita, grimaçant sous les piqûres des branches.

Ils sentaient une odeur de métal chaud, mêlée à une autre, qui devait être celle du carburant — sauf que cela amena une autre question dans l'esprit de Kris : *Qui fabriquait le carburant, sans parler de la machinerie ?* Ils attendirent sans bouger, et elle finit par avoir des crampes, s'efforçant de soulager la contraction sans remuer.

Quand cette machine va-t-elle s'en aller ? Ou — et cette pensée lui donna la chair de poule — *attendait-elle des renforts ? Est-ce que les machines de cette planète sont capables* d'apprendre ? Relevant la tête avec mille précautions, elle vit, à travers les feuillages bizarres de la haie, que le Dalek n'avait pas bougé d'un pouce. Il planait sans bouger sur son coussin d'air, juste de l'autre côté de la haie.

Elle donna un coup de coude à Zainal, qui lui aussi surveillait la machine, et quand il tourna lentement la tête vers elle, elle haussa des sourcils interrogateurs. Au même instant, Coo fut en alerte — non que le Deski n'eût pas été vigilant jusque-là. Il tourna les yeux vers le champ et pointa le doigt dans une direction. Quelque chose arrivait sur eux ? Les monstres volants semblaient toujours sortir du soleil. Qu'est-ce qui pouvait remonter la colline ? Devaient-ils partir ? S'ils le pouvaient avec la machine à portée de bras. Et s'ils s'enfuyaient en courant, où iraient-ils ? Il n'y avait même pas un monticule de pierre en vue, sur lequel ils auraient pu grimper.

Ça ne lui plut pas du tout, à Kris.

Et ça lui plut encore moins quand Coo, très agité, montra le bas de la colline.

Les choses étaient si rapides que Kris eut juste le temps de les voir scintiller au soleil avant que ne tombe sur eux... une averse de fléchettes. Elle sentit une piqûre et perdit immédiatement connaissance.

CHAPITRE 6

Une main lui secouant l'épaule la tira du sommeil induit pas la fléchette droguée.

— Kris, réveille-toi.

Voix de Zainal.

— Laisse-moi dormir.

Elle avait mal partout et elle était siiii fatiguée !

— Non, on part maintenant ou jamais.

Cela lui rappela les événements récents, et elle s'assit tellement brusquement qu'elle faillit cogner sa tête contre celle de Zainal penché sur elle.

Il faisait sombre, mais elle distingua les silhouettes de Slav et Coo. Puis de curieux piétinements et des souffles bruyants, de même que des odeurs animales, lui donnèrent quelques indices. Les avait-on largués dans une étable ? Classés comme animaux par la machine ? Elle hésita entre le rire et l'indignation.

— De l'eau ?

Zainal lui tendit un quart, et elle but lentement, pour réhydrater sa bouche et sa gorge desséchées.

— Merci, dit-elle.

Elle se leva en finissant, et voulut lui rendre le quart, mais il lui montra la boucle vide à sa ceinture.

— Ah oui. Merci encore.

Puis elle chercha en tâtonnant ses indispensables rations et sa couverture. Tout était à sa place. Elle soupira de soulagement.

— Comment va-t-on sortir d'ici ? dit-elle, sentant, malgré l'obscurité, la taille du bâtiment autour d'elle.

— Par ici, dit Zainal, la prenant par le coude et la tournant dans la bonne direction. Attention...

Elle faillit trébucher sur une bête endormie, de celles qui émettaient un « leuh » plaintif. Elle cligna furieusement des yeux pour adapter sa vue à la pénombre, et fit vivement quelques pas précautionneux pour rattraper Zainal, Slav et Coo.

— Par la grande porte, naturellement, murmura-t-elle quand elle réalisa que telle était leur destination.

Une très grande porte. Et comment l'ouvrir, alors qu'elle ne présentait ni poignée, ni bouton, ni serrure...

Elle entendit un clic, puis un clac, un murmure satisfait de Zainal, et enfin, le bourdonnement de la porte glissant sur des rails, tandis qu'il remettait son couteau dans sa botte.

— Venez, dit Zainal, et ils sortirent sans perdre de temps.

Zainal referma soigneusement derrière eux, et ils entendirent un autre déclic.

Pourtant, ils étaient loin d'être sauvés, car leur prison temporaire semblait comporter de nombreux bâtiments, disposés en une longue file, et dont les masses noires se détachaient sur le noir plus clair de la nuit. Car elle vit des étoiles au-dessus d'elle, mais aucune des lunes.

— Stop, dit Zainal, lui saisissant la main droite, puis elle sentit les doigts osseux de Coo se refermer sur la gauche.

Slav, qui avait la meilleure vision nocturne, les guidait.

Ils firent le tour de l'immense complexe avant de faire une seconde pause.

— Tu as vu des cachettes ? demanda Zainal à Slav.

Le Rugarien fit « non » de la tête.

— En haut ? dit doucement Coo, montrant les piles de caisses qu'ils avaient vues au milieu de leur exploration.

— On verra peut-être mieux quand une lune sera levée, suggéra Kris.

Zainal hocha la tête, et, retournant sur leurs pas, ils revinrent jusqu'aux grandes caisses. Une fois de plus, la taille et la force de Zainal firent la différence, car il les souleva l'un après l'autre jusqu'au premier niveau des piles de conteneurs. Puis ils durent s'y mettre tous les trois pour le hisser jusqu'à eux. Ils répétèrent le processus jusqu'au moment où Zainal décida qu'ils étaient assez haut pour ne pas être immédiatement visibles du sol.

Visibles à qui ? Kris se posa la question, mais elle la garda pour elle. Ils avaient au moins assez de place pour s'allonger tous les quatre, ce qui semblait la meilleure idée, mais Zainal resta assis, adossé à une caisse, avec l'intention évidente de monter la garde.

— Réveille-moi pour te relayer, dit Kris à Zainal en s'allongeant sur la surface dure.

Comme c'est bizarre qu'un objet aussi simple qu'un matelas ne soit plus maintenant qu'un lointain souvenir, se dit-elle.

Puis elle sentit des mains qui la tiraient, et, cessant de résister parce que seules les mains de Zainal étaient assez puissantes pour la tirer comme ça, elle se laissa faire, et il lui posa la tête sur sa cuisse. Pas aussi dure que la caisse, et tiède, alors elle s'installa le plus confortablement possible. Il la déplaça un peu, et lui donna une petite tape avant de se croiser les bras. Elle se félicita obscurément que seuls Slav et Coo soient témoins de cette complicité. Oh, et puis, zut ! elle s'en moquait. Elle frotta sa tête contre la cuisse, regrettant que les muscles soient si fermes. Zainal avait bien des côtés agréables. *Du calme, ma fille,* s'exhorta-t-elle. *Mais alors, pourquoi est-ce que je me sens plus à mon aise avec lui qu'avec personne d'autre, même Jay Greene ?*

Le soleil lui brillant soudain dans les yeux la réveilla mieux qu'une sonnerie d'alarme. Elle faisait face à l'astre du jour, contrairement à Slav et Coo qui avaient eu le bon sens de mettre leurs pieds dans cette direction. La tête de Zainal était tombée sur ses bras croisés, et sa respiration était assez bruyante pour être qualifiée de ronflement.

Elle allait le réveiller quand elle sursauta à une soudaine activité au sol. Les machines grinçaient, bourdonnaient, vrombissaient, et il y avait toutes sortes d'autres bruits, sauf ceux d'un langage parlé intelligible. Elle s'écarta doucement de Zainal... *A-t-il seulement remué depuis qu'il s'est porté volontaire pour me servir d'oreiller ?...* et rampa jusqu'au bord des caisses pour regarder en bas ; elle frissonna, mais se ressaisit aussitôt. Ils avaient grimpé beaucoup plus haut qu'elle ne l'avait réalisé la veille : il n'y avait plus qu'un niveau de caisses au-dessus d'eux. Et ces caisses semblaient avoir beaucoup servi : elles étaient pleines d'éraflures, de trous et de bosses, résultats habituels de manutentions faites à la diable. Mais qui était chargé de l'emballage et du déballage ? Où étaient-elles vidées ? Qu'est-ce qu'elles contenaient ?

D'un bâtiment s'échappaient des flots de fumée, et une autre odeur facilement reconnaissable. Kris ne l'avait sentie qu'une fois, en passant près d'une usine d'emballage de viande, au cours d'une randonnée autour de Denver. Un abattoir ? Et il se trouvait juste en face de l'étable dans laquelle ils avaient été enfermés. Confirmant cette horrible supposition, la porte à double battant d'une autre étable s'ouvrit, livrant passage à des herbivores à six pattes et à quelques autres animaux plus petits et appartenant à différentes espèces, poussés vers l'abattoir par une curieuse machine aux longs « bras » extensibles, qui crachait des étincelles sur les traînards. Toutes inconscientes de leur trépas imminent, les bêtes entrèrent au petit trot dans la bâtisse. Les portes, glissant sur leurs rails, se refermèrent, et bientôt, des bruits indescriptibles en sortirent, et elle se boucha les oreilles.

— Ils produisent aussi de la viande, dit Zainal près d'elle.

Instinctivement, et cherchant désespérément un réconfort aux horreurs si proches, elle se blottit contre lui. Il était vivant, tiède, et presque humain. A sa surprise, il la serra contre lui, lui caressant doucement les cheveux et lui redonnant courage. Elle trouva bizarre qu'un Catteni pût être réconfortant.

Mais c'est quand l'étable suivante s'ouvrit et que ses occupants en sortirent que la situation changea du tout au tout. Car des humains très reconnaissables sortaient en trébuchant dans le soleil, s'abritant les yeux de la lumière d'un éclat presque obscène, pour s'avancer dans l'allée entre les bâtiments. Eux aussi, ils étaient poussés par une machine aux longs bras. Mais, contrairement aux bêtes, ils n'avançaient pas docilement.

Tandis que Zainal réveillait Slav et Coo, quelques humains cherchaient déjà à échapper aux bras extensibles de la machine. Laquelle machine n'était manifestement pas habituée à ce comportement. En fait, tous les humains cherchaient à fuir, comme s'ils avaient deviné le sort qui les attendait.

— PAR LÀ ! ICI ! hurla Zainal, agitant furieusement les bras, et regardant Kris pour qu'elle leur crie des instructions.

Un humain les repéra, les montra du doigt et appela les autres. Kris n'imaginait pas comment ils pourraient aider les autres à s'échapper alors qu'ils ne savaient pas comment se sauver eux-mêmes, mais le plus important pour le moment, c'était de les tirer des griffes des machines.

Tous les quatre, ils dégringolèrent les hautes caisses escaladées si laborieusement la veille. Au moins, la descente était plus facile que la montée. Mais il allait falloir remonter !

Les humains accoururent à toutes jambes, accueillis par Zainal qui avait arrêté ses trois compagnons au premier niveau d'un geste impérieux. Kris voulut le rejoindre, mais il lui ordonna de rester où elle était. Le voyant entrelacer ses doigts, elle comprit qu'il allait leur faire la courte échelle jusqu'au premier niveau, et que les trois autres devraient les pousser au suivant, les exhortant à continuer à monter le plus haut possible pour se mettre hors de portée des bras mécaniques. Ils formèrent ainsi une espèce d'« ascenseur » humain pour les fugitifs, Terriens, Rugariens et Deskis, plus trois Ilginishs verts et deux Turs, si petits que Zainal les catapulta d'une seule main.

Dans la panique et les efforts pour monter tout le monde sur les caisses, Kris se fit toutes sortes de bleus et d'écorchures, et se tordit si violemment le poignet qu'elle ne put plus utiliser que sa main gauche. Puis ce fut Zainal qu'il fallut hisser à l'abri, car les machines s'étaient maintenant rendu compte qu'il se passait quelque chose d'anormal. Kris se demanda si elles avaient compté les corps qui sortaient de l'étable, et avaient maintenant découvert qu'il leur en manquait, perturbant leur rendement. Mais ils avaient sauvé plus de vingt personnes de la boucherie.

Zainal dut sauter pour saisir les mains qui le hisseraient au premier niveau. Une drôle de petite machine cliquetante arpentait maintenant l'allée avec méthode.

— Montez ! cria Zainal à ceux qui étaient encore à ce premier palier. La machine capte la chaleur. Il faut monter vers le froid.

Ils montèrent et montèrent jusqu'à ce qu'à la fin ils arrivent tout en haut, et là, ils s'arrêtèrent, médusés. Aussi loin que portait le regard s'alignaient les conteneurs à la même hauteur. Il y en avait des hectares, jusqu'à l'horizon.

— C'est mahousse, ces réserves ! murmura un rescapé, avec une note d'hystérie dans la voix bien compréhensible.

— Et on a bien failli en faire partie, dit un autre.

— Il y en a d'autres en bas ? demanda Zainal, et Kris remarqua qu'il haletait pour la première fois depuis le début de cette reconnaissance.

— Tout ce qu'on a vu, c'est cette étable puante après que ces maudites tourelles tournantes nous ont tiré dessus. On va les attendre pour voir ?

A l'évidence, l'idée ne lui plaisait pas.

— Hé, tu es Cat ! dit le premier d'un ton accusateur.

— Cat ou pas, il vient de nous sauver la vie. Merci, mon vieux, s'empressa le second en lui tendant la main.

Il était crasseux, et la légère brise soufflant en haut de cet incroyable amoncellement de caisses apporta à Kris une odeur qui lui donna un haut-le-cœur.

La plupart des rescapés s'affalèrent sur les caisses pour se reposer après leur retraite précipitée.

— Zainal est mon nom. Ces trois-là et moi, nous explorons. Vous êtes ?

— Il parle bien anglais pour un Cat ! dit le second.

— Kris Bjornsen, Slav et Coo, c'est leurs noms, énuméra Zainal, poursuivant les présentations.

Puis il fit une pause pour que les autres s'identifient.

Leur histoire était la même que celle du groupe de Kris, sauf qu'ils n'avaient pas eu l'avantage d'avoir parmi eux un sergent Mitford pour faire régner l'ordre et les organiser. Ils s'étaient dispersés par petits groupes de trois ou quatre, et avaient été rabattus comme des bêtes le deuxième jour, après avoir été repérés par une moissonneuse. Ils étaient dans l'étable depuis plusieurs jours, et avaient survécu grâce à leurs rations, maintenant presque terminées. Plusieurs avaient été piétinés à mort la deuxième nuit quand, pour une raison inconnue, les animaux avaient paniqué.

— Voilà pourquoi on pue comme ça, dit Lenny Doyle, brun de petite carrure, au visage agréable et ouvert et au sourire sympathique.

Dick Aarens, le premier qui avait parlé, continuait à regarder Zainal avec suspicion. Plus grand que Kris, il avait les épaules affreusement voûtées, la bouche amère, et des rides profondes à force de froncer les sourcils.

— Zainal a été largué ici avec nous, dit Kris, haussant les épaules avec indifférence, pour détendre les nouveaux. Je ne sais pas pourquoi il est là, mais il y est, et il était prêt à risquer sa peau pour vous sortir de là ; alors, du calme, mon pote.

Dick Aarens se calma à contrecœur, mais Kris le surprit plusieurs fois à lancer des regards furibonds sur elle ou sur Zainal.

— Alors, on retourne voir s'il y en a d'autres enfermés dans ces étables ? demanda Lenny à Zainal.

— Pourquoi irait-il risquer sa vie pour des humains ? demanda d'un ton hargneux un costaud, apparemment d'origine italienne.

Zainal baissait la tête, en ce que Kris reconnaissait maintenant comme son « attitude de réflexion ». Il leva les yeux vers le soleil, décrivit lentement un cercle, la lumière dans les yeux, puis dit quelques mots à Slav qui hocha la tête.

— Slav va vous guider jusqu'au camp, annonça Zainal. Les machines apprennent...

— Ouais, mais est-ce qu'elles ont quelque chose pour grimper les caisses comme des araignées ? dit Aarens.

— Vous avez à manger ? demanda Zainal.

— Qu'est-ce que ça peut te faire ? s'enquit Aarens.

— Calmos, Aarens, dit Lenny. Les machines ne nous ont pas fouillés. On a tous un quart, un couteau et des rations.

— Pas d'eau, et de nouveau, Zainal leva les yeux vers le soleil.

— Malheureusement, dit Lenny. Ecoute, je veux bien retourner au bord des caisses voir ce que mijotent les machines. Elles ont dû... emballer... un autre groupe hier, parce qu'on a entendu hurler deux ou trois fois, ajouta-t-il avec un frison convulsif. Alors, on s'est dit qu'il faudrait essayer de filer.

— Il y a des tas d'étables, en bas, dit Aarens, branlant du chef.

— On va y retourner, décida Zainal. Pour voir.

— Pas si vite... interrompit Aarens, levant une main pour contester.

Pour contester l'idée et celui qui la proposait, pensa Kris, repérant en lui un faiseur d'histoires.

— Alors, pars avec Slav, dit Zainal, haussant les épaules avec indifférence. Il y a beaucoup à voir et à apprendre.

Cette fois, son geste signifiait qu'il y avait beaucoup à apprendre sur les machines et leurs opérations.

— Tu peux ouvrir les étables de l'extérieur ? demanda Kris.

Zainal hocha la tête.

— Facile, dit-il. Les animaux n'ouvrent pas les portes, ajouta-t-il avec un grand sourire, mais les humains et les Cats, si.

Lenny rit à gorge déployée et donna une bourrade à Aarens, toujours hostile.

— Et il a le sens de l'humour, en plus. On retourne jeter un coup d'œil ? J'ai bu une bonne rasade avant l'être éjecté de notre foyer douillet.

Zainal approuva de la tête, et Lenny repartit au petit trot d'où il venait.

— Hé ! frérot, je viens aussi, dit un autre en le suivant.

— Les frères Doyle ne se séparent jamais. Je suis Joe Lattimore, se présenta l'Italien trapu avec un sourire, saluant de la tête Zainal et Kris. Alors, qu'est-ce qu'on va faire s'il y a des tas d'autres humains et extraterrestres enfermés avec les bêtes ?

— On les fera sortir, dit Zainal, qui s'accroupit, déroula une de ses couvertures supplémentaires, et se mit à la découper en lanières avec son couteau.

Pour faire des cordes, comprit Kris immédiatement.

— Ouais, des cordes, ça serait bien commode, approuva Lattimore, prenant une des couvertures que Zainal distribuait à la ronde.

Ce n'était pas facile, étant donné qu'elles étaient en tissu indestructible. Kris dut s'arrêter, car elle avait mal au poignet, devenu presque inutilisable. Mais hisser les gens sur les caisses avec des cordes leur faciliterait beaucoup la tâche. Enfin, si les machines n'avaient pas découvert où se cachaient les fugitifs — ce qui était possible. Le temps qu'ils aient confectionné quelques solides longueurs de cordes, les frères Doyle revenaient. Ils n'avaient rien vu, sauf de la fumée sortant de l'abattoir.

— Ouais, ces machines sont programmées suivant la logique, et notre fuite — vu qu'elles nous prennent pour des animaux — n'est pas logique, dit Kris tout en travaillant. Je ne sais pas pourquoi, mais j'ai l'impression que leur programmation ne tient pas compte des impondérables. Elles nous ont repérés parce que nous étions des sources de chaleur là où il ne devait pas y en avoir, abîmant leurs cultures. Alors elles nous ont déplacés et nous ont largués avec les animaux qu'elles rassemblaient.

— Ça ne me plaît pas du tout, dit Joe en frissonnant. C'est pas sympa d'être pris pour de la viande. Comment ça se fait qu'elles ne reconnaissent pas les personnes ?

— Question incontournable, hein ? commenta Lenny. Je ne sais pas comment elles fonctionnent. On est restés là-dedans quatre-cinq jours sans que personne fasse attention à nous, sans même que la porte s'ouvre. Et quand elle s'est ouverte, on n'a pas pu sortir à cause des bestioles à six pattes qui s'y engouffraient. Tout d'un coup, on n'avait plus que la place de se tenir debout. Et puis — pan ! — on est bons pour le billot ! Elles ont dû commencer... l'abattage... hier, si ce qu'on a entendu était des cris humains... termina-t-il avec un nouveau frisson.

Kris regarda Zainal ruminer cette information. Elle se demanda par quel miracle les Cattenis n'avaient pas repéré ces immenses installations lors de leur survol d'exploration. Comment avaient-ils pu ne pas voir ces montagnes de caisses ? A moins, se dit-elle, pensant aux marques de manutentions, qu'elles aient été enlevées juste avant le passage de l'astronef. Mais par quoi ? Pour qui ?

— On va voir s'il y a... d'autres gens, dit Zainal ayant pris sa décision. Qui aide ? interrogea-t-il, parcourant du regard le groupe des rescapés.

Dix décidèrent de rester, dont les frères Doyle, et, curieusement se dit Kris, Aarens. Les autres partirent avec Slav, qui affirma une fois de plus à Zainal qu'il retrouverait le camp sans problème, montrant sans arrêt le nord et l'est. Les deux Deskis partirent avec eux, pour repérer à l'oreille l'approche de monstres volants ou de machines qu'il fallait éviter à tout prix. Même si c'était le seul bénéfice de cette reconnaissance, elle avait appris à Kris et aux autres ce qu'il fallait faire pour écarter certains dangers : ne pas coucher sur la terre meuble, éviter les moissonneuses, et se figer sur place à l'approche des monstres volants. Règlement de la maison très simple, pensa Kris, facétieuse. Elle se félicitait d'avoir bu tout son saoul avant de sortir de l'étable. Et peut-être qu'elle pourrait boire encore dans une autre.

Ce que firent Zainal et ses vaillants compagnons dès qu'ils arrivèrent au sol. Le fait qu'ils n'avaient pas été fouillés, et encore moins dépouillés, fut discuté.

— Ils n'ont pas fouillé les bêtes à six pattes, dit Lenny. Alors, pourquoi nous fouiller, nous ?

— Mais nous sommes... nous sommes des humains, dit Aarens, et Nonante, le frère de Lenny, émit un grognement dédaigneux.

— Tu t'es présenté ? Alors comment veux-tu qu'une machine sache que tu n'es pas une bête ?

— Tu veux dire qu'elles nous ont pris pour des animaux ? demanda Aarens, outré.

— Pas très flatteur, hein ? dit Lenny d'un ton cocasse.

— Juste quelques corps chauds de plus, remarqua Nonante avec un grand sourire. N'importe quel corps chaud fait l'affaire. Pourvu qu'il s'enregistre sur leurs cadrans.

— C'est comme ça que les machines repèrent, commenta Zainal. Par la chaleur.

— Sûrement, dit Lenny. Et par le mouvement.

— Il n'y a pas de... gens... sur cette planète, précisa Zainal.

— Ouais, dit pensivement Lenny. Je crois que tu as raison. Mais je croyais que les robots étaient censés protéger les humains, ajouta-t-il, coulant un regard matois vers Kris.

— Pas s'ils ne sont pas programmés pour ça.

— Alors, qui, ou quoi, les programme ? voulut savoir Lenny.

Kris ne put que hausser les épaules pour exprimer son ignorance.

Une fois descendus des caisses, ils traversèrent l'allée jusqu'à l'étable la plus proche, montèrent sur le toit et regardèrent à l'intérieur par un trou de ventilation. Elle était vide. Vide et sentant le désinfectant, reconnaissable à son odeur.

— Quelle puanteur ! s'exclama Lenny, fronçant le nez.

Se pourrait-il qu'il existe une planète agricole totalement mécanisée ? dit Kris, s'interrogeant tout haut.

Puis elle se tourna vers Zainal qui, couché près d'elle sur le toit, regardait encore dans l'étable vide.

— Combien de continents sur ce monde, Zainal ?

— Quatre. Deux grands, un pas si grand, un petit.

— Sur lequel sommes-nous ?

Zainal haussa les épaules.

— Il en sait des choses ; comment ça se fait ? demanda Nonante, montrant Zainal du pouce en s'adressant à Kris.

— Il a vu un rapport sur la planète. Sauf qu'il ne l'a pas lu assez bien pour se rappeler tout ce que nous mourons d'envie de savoir, dit-elle avec une grimace. Mais le peu qu'il se rappelle nous a déjà sauvés plusieurs fois.

— Qui c'est, « nous » ?

Kris leur raconta leur odyssée, et Lenny sourit à son frère quand elle leur décrivit Chuck Mitford.

— Ils ne dételLent jamais, ces vieux militaires, hein ?

— Mitford n'est pas vieux, dit-elle, sur la défensive. Et nous avons eu de la chance de l'avoir, parce qu'il nous a permis de rester libres.

Lenny la regarda d'un air bizarre.

— Tu es sûre ?

— Pas plus que de n'importe quoi d'autre sur cette planète.

Zainal se releva.

— On va regarder dans toutes.

Dès qu'ils se furent assurés d'un bref coup d'œil que rien ne bougeait en bas et qu'il ne sortait plus de fumée de l'abattoir, ils inspectèrent toutes les autres étables — vingt en tout, dont la moitié empestaient le désinfectant. Trois des dix autres ne contenaient que des animaux. Ils appelaient par le trou d'aération, d'abord avec hésitation, puis plus fort, jusqu'à ce qu'ils soient sûrs qu'il n'y avait pas d'humains à l'intérieur. Les herbivores continuaient à émettre leurs « leuh » stupides pour répondre à toutes les questions.

— Toujours pareil, dit Lenny, écœuré. Je n'ai jamais aimé les vaches.

— Ce ne sont pas des vaches, contesta Aarens. Rien à voir avec des vaches.

— Et alors ? C'est des vaches qui leuglent, au lieu de vaches qui meuglent, dit Kris, remarque qui provoqua l'hilarité de Lenny et Nonante.

— C'est toujours pas des vaches, insista Aarens. Les vaches produisent du lait. Ces trucs n'ont pas l'équipement qu'il faut, à part deux pattes supplémentaires.

Dans l'étable suivante, ils entendirent des exclamations étonnées et des cris de joie, et virent des formes humaines sauter au milieu des herbivores.

— Pas si fort, leur cria Aarens, regardant nerveusement autour de lui.

Lenny rampa jusqu'au bord du toit, inspectant l'allée déserte, et leur fit signe qu'ils ne risquaient rien.

— Qu'est-ce qu'on va leur dire ? demanda Aarens, sans regarder Zainal.

— On reviendra cette nuit. Ils ne doivent pas faire de bruit maintenant, dit Zainal, ignorant le fait d'être ignoré.

— La nuit est encore loin, dit Aarens.

— On montera la garde.

— On pourrait leur jeter nos cordes et les hisser ? proposa Aarens.

— C'est bien plus facile d'ouvrir la porte à la nuit et de les laisser sortir, dit Kris avec fermeté, sachant qu'elle n'aurait pas la force de hisser Dieu seul savait combien de corps lourds. Comme nous avons fait.

— La nuit, c'est mieux, dit Zainal, hochant la tête.

— Pour qui ? Les machines ne s'occupent pas s'il fait jour ou nuit. Les machines n'ont pas besoin de sommeil, insista Aarens.

Zainal marmonna quelque chose entre ses dents.

— Elles ne marchent pas la nuit. Elles ne peuvent pas.

— Je crois que ces machines fonctionnent à l'énergie solaire, dit Kris, sautant sur la première explication plausible. Energie solaire ? demanda-t-elle à Zainal, qui hocha la tête, content qu'elle ait compris tout de suite.

— Ouais, confirma Nonante, dilatant les yeux. Ouais, elles ont des drôles de panneaux. Au moins la moissonneuse. C'est logique. Il n'a pas plu depuis qu'on est là.

— La pluie est très mauvaise ici, dit Zainal avec un grand sourire. Par endroits. Bon, on va voir les autres étables.

Quatre autres contenaient des humains, à qui ils annoncèrent leur libération imminente, leur recommandant la prudence, et leur conseillant de se reposer parce que la route de l'évasion était dure. Il y eut quelques protestations, mais Kris, parlant pour Zainal — ainsi qu'il était diplomatique —, les assura qu'il y avait de bonnes raisons à ce délai.

Retournant alors sur le toit d'une étable vide, ils ouvrirent une bouche d'aération et Lenny Doyle, le plus mince des hommes, s'y introduisit au bout d'une corde. Il devait vérifier qu'il n'y avait pas de capteurs à l'intérieur. On le descendit juste assez pour qu'il puisse tout vérifier, oscillant au bout de la corde.

— Ça m'a l'air clean, dit-il. Leurs yeux électroniques ne peuvent pas être très différents des nôtres, expliqua-t-il à voix basse à ceux qui attendaient sur le toit. Posez-moi par terre. J'ai autant besoin de me laver que de pisser. Oh, pardon, Kris.

Elle gloussa. Elle fut descendue à sa suite, puis les entendit élargir la bouche d'aération pour livrer passage à la large carrure de Zainal. La mince lanière de couverture lui écorchait les mains, et elle faillit la lâcher deux fois à cause de son entorse au poignet, mais ils arrivèrent tous au sol sans encombres.

Il y avait plus d'une dizaine d'auges pour les animaux que l'étable abritait habituellement, alors quelques-unes reçurent la fonction de baignoires. Une sorte de fourrage sec remplissait les mangeoires, et Kris se promit de dormir confortablement sur un matelas de foin jusqu'au lever de la lune.

Zainal, avec Aarens et les frères Doyle, inspecta le bâtiment vide, vérifiant qu'il n'y avait pas d'autres sortes de capteurs susceptibles de signaler leur présence aux machines. La plupart des hommes décidèrent de prendre un bain, mais Kris s'intéressa davantage à étaler du foin pour se faire un matelas. Elle n'aimait pas l'air lubrique d'Aarens quand il la regardait. Elle lui trouvait le genre à se rincer l'œil si on lui en donnait l'occasion et elle n'avait pas l'intention de la lui donner...

Ce qui ne l'empêcha pas de venir lui faire des avances, ses cheveux longs encore tout dégoulinants. Elle ne pouvait pas vraiment lui en vouloir, mais elle détesta franchement l'air possessif qu'il prit en voulant la rejoindre sur son matelas.

— Fais-toi donc un matelas toi-même, mon pote, dit-elle, du ton le plus décourageant qu'elle put.

— Ah, je croyais que tu aimais la bonne compagnie. Je ne peux pas dire que j'approuve de voir une belle fille comme toi faisant équipe avec un Cat. A moins que ce soit volontaire ?

— J'ai été volontaire pour la patrouille, si c'est ce que tu veux dire, répondit-elle d'un ton sans réplique.

— Il y en a d'autres comme toi, au camp ?

— Tire-toi, Aarens. Je suis crevée, et je veux dormir... toute seule, dit-elle, soulignant les dernier mots avec force. Fous le camp !

— Le foin propre est par là, Aarens, ajouta Lenny, pointant le doigt sur les mangeoires.

Il avait l'air aimable, mais il ne faisait aucun doute qu'il ne bougerait pas sans Aarens.

Une fois seule, Kris s'allongea sur son matelas de foin, si bien qu'elle s'endormit malgré les conversations étouffées des hommes.

Mitford inspectait le camp, très satisfait des améliorations apportées ces deux derniers jours. Ils avaient du gibier à foison, et certaines femmes avaient eu l'idée d'en faire sécher, pour avoir une sorte de viande boucanée.

On ne gaspille rien, on ne manque de rien, telle était la devise du jour.

Les équipes de reconnaissance rentraient tout le long de la journée, rapportant des trésors, comme du sable fin pour faire des sabliers.

— Comme ceux qu'on utilise pour faire des œufs à la coque.

— On n'a pas de verre.

— Mais on a ces coquilles de noix. Fais un petit trou dans une, laisse le sable couler à travers, retourne. Il n'y a pas plus simple.

— Tu perds deux secondes à retourner ce truc.

— Ah ! des plaintes, toujours des plaintes.

— Hé ! et un cadran solaire ? Il y a un bout de paroi bien lisse juste au-dessous du poste des sentinelles.

— Ouais, et comment on fera pour le graduer ?

— C'est toi l'ingénieur. Débrouille-toi. Un, deux, trois, quatre, etc., ça fait toujours une seconde, même ici.

Un tapage assourdissant au milieu de l'après-midi amena quinze femmes en colère et un Arnie au nez ensanglanté au bureau de Mitford. Remarquant que toutes les femmes avaient les cheveux mouillés, il ne lui fallut pas longtemps pour comprendre qu'Arnie avait recommencé à se rincer l'œil.

— Il n'a pas écouté tes avertissements, Mitford, dit

une Sandy Areson furieuse, avec un bon pinçon au dénommé Arnie. C'est un vicieux, voilà ce que c'est. Et comme il est de corvée de latrines, il sait tout le temps quand nous allons prendre un bain. Enchaîne-le à un rocher, ou, par Dieu, j'aiguise mon couteau et je le...

Mitford commençait à glousser quand il eut une inspiration soudaine.

— Je crois que je vais pouvoir refréner les ardeurs de notre petit Arnold Sherman. Et faire un exemple en même temps. Jack Lemas, amène-toi au trot, ajouta le sergent d'une voix tonitruante.

— Présent !

Et un homme qui travaillait différentes essences de bois dans un bosquet voisin arriva en courant.

— Tu m'as sonné ?

La plupart des gens étaient de bonne humeur et ingénieux dans les contributions qu'ils pouvaient apporter à la communauté. Ils n'avaient pas de clous, mais Jack Lemas, qui était sorti de bonne heure pour chasser, était certain qu'il pouvait confectionner des tables, des chaises et autres objets bien utiles avec les arbres les plus grands.

— Tu crois que tu pourrais me fabriquer des fers... en bois ?

— Des fers ? dit Jack, ahuri.

— Des fers ? s'exclama Sandy, éclatant de rire. Ce serait super ! On pourrait le bombarder avec des œufs pourris — sauf qu'on n'a pas d'œufs pourris, dit-elle, avec une dernière claque à Arnie, qui avait l'air d'un chien battu, et les autres femmes, savourant d'avance sa punition future, avaient des sourires jusqu'aux oreilles. Fais-les aussi inconfortables que possible, Jack !

Jack, feignant d'en avoir besoin, fit tout un numéro pour prendre les mesures d'un Arnie tout tremblant qui en gémissait d'appréhension.

— Eh bien, mesdames, c'est réglé, dit Mitford. Désolé qu'il vous ait importunées.

— Merci, sergent, dit Sandy qui, comprenant l'allusion, quitta le « bureau » avec les autres femmes. On a du boulot devant nous, les filles.

— Encore mieux, Jack. Emmène-le avec toi pour couper le bois, et fais-le participer à la fabrication. Il faut qu'ils soient bien adaptés, parce que je crois qu'il sera souvent mis aux fers. Hein, Arnie ?

— Je faisais rien de mal, gémit Arnie. Je regardais, c'est tout.

— Ça suffit. Ferme-la et remercie-moi de ne pas te mettre au pilori pour te faire fouetter.

— Tu n'irais pas me faire *fouetter* quand même ! dit Arnie, la voix rauque de terreur, tremblant de tous ses membres. Tu es humain, tu es Américain. Tu ne peux pas faire ça ! termina-t-il d'un ton paniqué.

— Alors, ne te plains pas, parce que la prochaine étape pour les mecs dans ton genre, Arnie, dit Mitford, élevant la voix pour se faire entendre de tous ceux qui travaillaient dans les parages, ce sera le pilori en plein champ à la disposition des charognards. Et ne va pas croire que je ne le ferai pas. Je le ferai s'il le faut !

Jack haussa les sourcils jusqu'à la racine de ses cheveux inexistants, et siffla entre ses dents.

— Bon, Arnie, viens, au boulot.

De bons vieux fers — en bois — ne pouvaient pas vraiment faire mal à un homme — ou une femme, se dit Mitford, notant sur une ardoise la commande des fers comme moyen de dissuasion. Mais ça prouverait que son administration avait de la poigne et n'avait pas peur de sévir. Jusqu'à maintenant, les gens s'intéressaient surtout à utiliser leurs connaissances pour améliorer leur habitat. Et c'était ça, l'essence de la colonisation. Vivre sur le pays, et en tirer le meilleur parti possible.

Tard dans la soirée, longtemps après le deuxième service du dîner, deux patrouilles rentrèrent et vinrent au rapport : l'une avait trouvé du sel gemme, qui ne pouvait qu'améliorer l'ordinaire, et l'autre — composée de géologues et de mineurs — avait repéré des gisements de fer et de cuivre et rapporté des échantillons. Murphy lui rebattit les oreilles de tout ce qu'ils pourraient faire avec du fer et du cuivre. Alors Mitford lui promit d'organiser une équipe pour l'aider à l'extraction et au raffinage. Murph s'en alla, marmonnant joyeusement tout seul.

— Chaque jour apporte un petit progrès, tout va de mieux en mieux, murmura Mitford, envisageant l'avenir.

Encore quelques mois, et personne ne reconnaîtrait la bande de traîne-savates qui s'étaient réveillés dans le champ moins d'une semaine plus tôt.

La nuit tombée, Kris fut réveillée avec tous ceux qui avaient dormi comme elle. Zainal montra aux Doyle et à Aarens comment il manipulait la serrure avec sa lame de couteau.

— Oh, le vieux truc de la carte bancaire, hein ? remarqua Lenny. Je t'expliquerai plus tard, ajouta-t-il, voyant que Zainal ne comprenait pas.

— Encore des « mon vieux » ? demanda Zainal à Kris, ses dents blanches brillant, découvertes en un sourire, dans le noir.

— Encore des quoi ? demanda Lenny.

— Je t'expliquerai plus tard, gloussa Kris.

Elle se demandait ce que dirait Aarens s'il savait qu'elle préférait la compagnie du Catteni à la sienne n'importe quel jour de la semaine. Ou n'importe quelle nuit, d'ailleurs. *Du calme, ma fille,* s'exhorta-t-elle, mais l'idée revint souvent la titiller.

Ils se glissèrent hors de l'étable, Zainal refermant soigneusement derrière eux, attendant le déclic de la serrure pour s'éloigner. Puis ils allèrent à la première étable habitée, qu'il ouvrit également.

— Oh, mon Dieu, je croyais que vous nous aviez oubliés, s'écria un homme, sa voix résonnant dans le silence de la nuit.

Il n'était que le premier de tous ceux qui attendaient, collés contre la porte.

— Chutttt ! dit en chœur l'équipe de secours.

— Ces maudites machines pourraient vous entendre, dit Aarens. Suivez-moi, et fermez-la, bon sang !

Pendant que Kris dormait, ils avaient organisé le sauvetage. Deux hommes conduiraient chaque groupe jusqu'aux caisses et les feraient grimper aux cordes qui les attendaient. Zainal et Kris se chargeraient du dernier groupe, vu que Zainal était le seul à savoir ouvrir les portes.

Dans le groupe qu'elle libéra avec Zainal, il y avait

deux femmes, l'une enceinte et pas loin d'accoucher, et l'autre plus âgée qui boitait fortement. De plus, la femme enceinte était légèrement hystérique, tant elle était soulagée d'être libérée.

— C'est déjà assez triste que mon Jack soit mort sur Barevi, mais si je devais en plus perdre mon bébé ! dit-elle en sanglotant.

Kris la comprenait, mais ce n'était ni le moment ni le lieu de se lancer dans des confidences.

— Puis il y a eu cette maudite assemblée disciplinaire, et je ne faisais rien, je restais tranquille où on m'avait dit de me mettre, et voilà que je suis gazée ! J'ai prié le bon Dieu de nous sauver, et voilà qu'on est sauvés et j'arrive pas à le croire ! Oh, ce que vous êtes gentils de risquer votre vie pour sauver la nôtre !

Kris n'arrivait pas à arrêter ce torrent de paroles. Au moins, Patti Sue se taisait quand on lui disait de la fermer.

— Comment on va faire pour escalader ces caisses ? demanda-t-elle en un murmure tendu comme ils s'engageaient dans l'allée.

— Je te porte. Toi, pas lourde. Moi, grand.

— Ne lui laisse pas voir que tu es catteni, c'est tout, dit Kris, se félicitant que le gris de sa peau ne soit pas visible dans la pénombre.

Pour l'escalade, la femme enceinte, Anna Bollinger, leur posa moins de difficultés que certains autres, incapables de se servir de leurs mains et de leurs pieds ; et quatre durent être hissé carrément, car leurs muscles refusèrent le service après le troisième « portage ».

Ils finirent quand même par arriver tous les trente-cinq au sommet, et s'ébranlèrent vers le nord-est, comme Slav. Mais ils n'avançaient pas très vite, comme si l'émotion du sauvetage suivi de l'ascension des caisses avait épuisé le peu d'énergie qui leur restait.

Parfois, on fait le bien pour de mauvaises raisons, se dit Kris, clopinant près de Zainal. Ses mains la piquaient, son poignet lui faisait mal bien qu'elle le portât en écharpe dans une bande de couverture, ses mollets étaient écorchés et à vif, et elle avait l'impression que les muscles de ses bras et de ses épaules ne se remettraient jamais de cette épreuve. Elle aurait voulu avoir une auge pour s'y tremper longuement.

Au lever de la première lune, ils n'étaient pas encore arrivés au bout des caisses. Une fois de plus, elle se demanda ce qu'elles contenaient — des moitiés de vaches-leuh, peut-être — et pour qui les machines préparaient ces vivres.

Alors, ils firent une pause, pour permettre aux plus faibles de se reposer. Anna, surtout, et Janet, la plus âgée, n'étaient pas en état de faire une longue marche sans interruptions. Quand ils découvrirent que la plupart des rescapés avaient mangé toutes les rations qui leur restaient en prévision du sauvetage, Zainal leur distribua les rations supplémentaires qu'ils avaient emportées pour la mission. C'était une vraie corvée de mastiquer les barres sèches sans eau pour les ramollir, et un Tur avala la sienne d'un seul coup comme s'il n'avait pas mangé depuis des jours.

— Je ne savais pas que le Cat avait des rations de secours, dit Lenny. Nonante et moi, on avait partagé la nôtre avec lui.

— Drôlement gentil de votre part, vu que vous ne saviez pas d'où viendrait votre prochain repas, commenta Kris.

— Oh, je me suis dit qu'il se présenterait bien quelque chose, répondit Lenny, avec un sourire malicieux.

— Je peux te demander pourquoi on appelle ton frère « Nonante » ?

— Ah, on est Irlandais, tu comprends...

— J'avais remarqué.

Nouveau sourire.

— Et en Irlande, on a un dicton qui dit que la picole, la rigolade, c'est nonante.

— Et on ne parle pas du prix, ajouta Nonante. J'aime la picole... les pubs et tout — bon Dieu, qu'est-ce que je donnerais pour une Guiness !

— Je te l'ai déjà dit, n'en parle pas, Nonante. Je ne supporte pas que tu parles de la Guiness, dit Lenny, irrité pour la première fois de cette nuit très éprouvante. Désolé, Kris.

— Alors on m'appelle Nonante parce j'aime une bonne pinte de bière, termina Nonante, avec un regard nostalgique à la dernière bouchée de sa ration.

— Cons d'Irlandais, grommela Aarens, qui marchait près de Kris, de l'autre côté des frères Doyle.

— Je vais te dire une bonne chose, Aarens, commença Kris, non parce qu'elle se souciait de lui épargner quelques gnons, mais parce que sa remarque choquait son sens de la justice. Nous sommes *tous* dans la même galère : humains, Deskis, Rugariens, Ilginishs et Turs. Et spécialement l'unique représentant de nos anciens ravisseurs. Il a été largué comme nous sur cette maudite planète, et il commande la patrouille qui vient de sauver ta peau, tes os et ta viande. Alors, tu gardes tes conneries pour toi. Compris ?

— Tu le connais *bien* ?

Le ton était salace et le sens évident.

Lenny et Nonante réagirent, mais Lenny était le plus proche. Il approcha son visage jusque sous le nez d'Aarens.

— Si Kris dit que le Cat est un type bien, je *la* crois sur parole, Aarens. Alors, arrête de râler. Il t'a libéré, et si sa compagnie te déplaît, personne ne te retient et je ne dirai jamais à personne qu'on s'est rencontrés.

Aarens s'écrasa et Kris se rapprocha des frères Doyle.

— Où est-ce que le Cat... commença Nonante, regardant autour de lui.

— Il s'appelle Zainal, l'interrompit Kris, bien décidée à insister sur ce point auprès des frères Doyle comme auprès des autres.

— D'accord, où est-ce que Zainal nous emmène ?

— Au camp qu'a organisé notre bon sergent Mitford. C'est une série de grottes avec un lac souterrain. On y est bien. La chasse est fantastique. Vous savez vous servir d'un lance-pierres ?

Nonante eut un grognement dédaigneux.

— Je chassais à la carabine, avec lunette télescopique et silencieux, dit-il, se penchant vers elle en souriant jusqu'aux oreilles.

— On a trouvé aussi un immense dépôt de grain, poursuivit Kris, alors, on aura peut-être du pain à l'arrivée.

— C'est encore loin ? demanda Lenny, jetant un coup d'œil sur Anna et Janet.

— Je ne sais pas... une minute...

Du coin de l'œil, elle vit Zainal se lever et regarder dans une direction bien précise. Suivant son regard, elle distingua plusieurs silhouettes qui descendaient la pente surplombant les caisses.

— C'est Slav qui revient. Ou bien il a battu un record de vitesse, ou bien notre camp n'est pas loin.

Slav revenait avec deux autres Rugariens et quatre humains — et aussi des morceaux de râblé rôti, du pain sans levain et des bouteilles en argile qui fuyaient lentement mais où il restait quand même assez d'eau pour qu'ils se désaltèrent. Ils apportaient aussi des cordes et des couvertures.

— Le sergent a dit retournez, alors nous voilà, dit Slav en Barevi, découvrant ses dents irrégulières en un large sourire.

Ils durent partager les morceaux de viande pour que chacun en ait une portion, mais Lenny et Nonante furent très impressionnés.

Il fallut forcer Anna à manger — parce que la fatigue lui coupait l'appétit, pensa Kris — mais Janet déclara qu'elle aurait mangé n'importe quoi à six pattes. Par faveur spéciale, on leur donna deux quarts d'eau à chacune.

C'est alors que Zainal remarqua le poignet bandé de Kris.

— Ça fait mal ?

— Juste une foulure. Rien de grave, dit-elle, se sentant un peu bête de s'être bandé le poignet.

— Pars devant avec Pess. Guide les marcheurs. Fais ton rapport au sergent.

— Je parie qu'il a des questions à revendre, dit Kris, se félicitant que Slav soit revenu avec des humains, de sorte qu'elle pouvait partir faire son rapport à Mitford. Mais je devrais rester pour aider les femmes.

— Non, intervint fermement Zainal. Il y a beaucoup

de gens pour aider. *Toi,* ajouta-t-il, pointant le doigt sur elle, tu vas au rapport.

— D'accord, concéda-t-elle, d'aussi bonne grâce que possible.

Après tout, il y avait assez d'hommes pour aider les deux femmes, plus des Rugariens et des Deskis pour les portages.

Lenny et Nonante protestèrent qu'ils étaient plus que d'accord pour aider, mais Zainal les désigna pour partir avec Kris. Elle ne s'étonna pas qu'il désigne aussi Aarens, Joe Lattimore et quelques autres, tous impatients de connaître ce fameux camp si bien organisé.

Revigorée par l'eau et la viande, Kris alla rassurer Anna et Janet, leur apprenant qu'elles n'étaient plus très loin de la sécurité de leurs grottes.

— Et on a aussi du personnel médical, dit-elle à Anna.

— Des médicaments ? demanda Anna avec espoir.

— Si on a trouvé du pain, on a aussi trouvé le début de la pénicilline, non ? plaisanta Kris, mais avec l'impression qu'Anna pensait à des tranquillisants pour adoucir les douleurs de l'accouchement imminent.

Puis elle s'éloigna vivement, pour ne pas avoir à affronter d'autres questions sans réponse.

Ses chevilles et ses pieds avaient retrouvé la forme, et elle donna le rythme, juste derrière Pess. Aarens commença par marcher à côté d'elle, mais elle n'appréciait pas sa compagnie, et ne répondit que par des grognements à toutes ses tentatives pour engager la conversation ; il finit par comprendre le message, et retourna en queue du groupe, grommelant entre ses dents des injures contre les gougnotes et les mégères.

Kris se demanda si elle avait bien fait de le décourager. Mais c'était le genre à ne pas se décourager facilement, et son attitude l'irritait. Mieux valait une rebuffade qu'une bataille en règle.

Deux longues ascensions furent négociées avec succès à la clarté de la deuxième lune, Aarens râlant contre les manœuvres nocturnes. Au coucher de la troisième lune, même Pess commençait à ralentir. Mais quand ils arrivèrent à l'entrée de leur ravin, Slav s'éclaira, et Kris aussi, étonnée de reconnaître le terrain qu'elle avait parcouru dans une semi-stupeur en portant Patti Sue sur son dos. Mais un repère indiquant la proximité du foyer — quel que soit le foyer — remonte toujours le moral.

— On y est presque, les gars. C'est la dernière ligne droite, cria-t-elle par-dessus son épaule, faisant jouer ses muscles raidis par la fatigue.

Au lever du soleil, ils firent leur entrée dans un camp étonnamment différent de ce qu'il était à leur départ, quatre jours plus tôt. Débouchant du dernier tournant, elle s'arrêta pile, notant toutes les améliorations. Et la présence du sergent Chuck Mitford plus ou moins à l'endroit où elle l'avait laissé, à son « poste de commandement ».

Cela aussi s'était amélioré. Le foyer avait été agrandi, à l'évidence pour servir de barbecue, et un bon feu y brûlait joyeusement. Des blocs de pierre avaient été disposés en demi-cercle autour du « bureau » central de Mitford, qui lui aussi était plus grand. D'un côté, il y avait une pile de minces feuilles d'ardoise couvertes d'inscriptions à la craie, mais il écrivait sur quelque chose de mince, comme du papier, avec un bâtonnet qui ressemblait à un crayon.

Des sentinelles montaient la garde sur les hauteurs entourant la ravine. L'escalier de bois menant à la caverne principale s'enorgueillissait maintenant de contremarches et d'une rampe. De l'autre côté de la ravine, elle ne put manquer de remarquer ce qui ressemblait à des fers comme au Moyen Age. Il y en avait deux jeux, dont l'un occupé, mais elle ne distingua pas par qui, car l'homme baissait la tête. D'après la silhouette, on aurait dit Arnie. Qu'avait-il encore fait pour s'attirer ce genre de punition ? Et quelle nouvelle idée pour faire régner la discipline !

Le fond de la ravine avait été balayé, mais elle n'eut pas le temps d'en voir davantage, car Mitford l'avait vue. Il lui fit signe de le rejoindre avec un grand sourire.

Pendant qu'elle avançait vers lui, elle le vit se pencher et prendre par terre un pichet en poterie assez présentable. Il était revêtu d'une sorte de paillon, et de la vapeur s'échappait de son couvercle.

— Approche-toi une pierre, Kris et dis-moi ce que

vous avez fait, toi et le Catteni, demanda-t-il, lui faisant signe de tendre son quart qu'il remplit. Au moins c'est chaud, et ça n'a pas trop mauvais goût. J'ai bu des cafés pires.

— Le premier groupe ne te l'a pas dit ? demanda-t-elle, soufflant sur son breuvage.

— Tout le monde passe au débriefing, Bjornsen, répondit-il, soulignant ses paroles d'un léger froncement de sourcils.

Embarrassée d'avoir eu l'air de le critiquer, elle gagna du temps en goûtant sa tisane.

La chaleur n'était pas sa seule vertu, car elle avait aussi un curieux goût mentholé qui lui réhydrata immédiatement les muqueuses. Si elle n'avait pas eu son quart à la main, elle aurait salué Mitford.

Ignorant la fatigue qui lui faisait chercher ses mots, elle lui fit un rapport concis de leur mission. Elle insista sur le danger des charognards nocturnes, des champs cultivés, et sur l'idée que les machines fonctionnaient à l'énergie solaire. A ce dernier détail, Mitford hocha la tête et nota quelque chose sur son truc mince.

— On a trouvé une source de papier, sergent ? interrogea Kris, interrompant son récit.

— De l'écorce. Je ne sais pas combien de temps ça conservera la mine... j'ai même un crayon... dit-il, levant son bâtonnet. Un géologue a trouvé du graphite. Et l'écorce est bien plus facile à manier que ces ardoises. Et en plus, ça ne se casse pas et ne se clive pas. Dis-m'en un peu plus sur cette histoire d'énergie solaire.

— D'autres t'en ont parlé ?

— Les patrouilles de l'entrepôt de grain ont vu des panneaux solaires là-bas, sur les machines qui y sont garées. Rien ne bouge la nuit, alors on peut aller chercher ce qu'il nous faut sans risque. Continue. Parle-moi du sauvetage. Ceux du premier groupe étaient trop crevés pour dire quoi que ce soit, sauf qu'ils avaient été sauvés.

Il se resservit de la tisane.

— Rappelle-moi de te dire comme je suis contente d'avoir été dans ton groupe, sergent.

— Ah ! dit-il avec un geste désinvolte, détournant

modestement la tête. Attends de savoir ce que je te réserve pour demain, ajouta-t-il en souriant.

— Tant que c'est demain, sergent, répliqua-t-elle, avec un sourire crâne malgré sa fatigue.

La tisane était stimulante, mais la stimulation ne durerait pas longtemps.

— Nous avons trente-cinq réfugiés de plus. On pourra les caser ? dit-elle, regardant autour d'elle.

— On casera tous ceux qu'on trouvera. Il nous en est arrivé quelques-uns du sud, provenant d'un autre largage. Ou bien ils ont choisi les bons champs pour dormir, ou bien ils ont eu de la veine. Ils étaient drôlement contents de trouver notre camp. On aura besoin de tous les renforts qu'on pourra trouver pour lancer notre offensive.

— Notre quoi ? dit-elle, ahurie.

— Tu ne penses quand même pas que j'ai l'intention de passer ma vie sur ce tas de boue ? grogna Mitford.

Kris secoua la tête. Mitford avait pourtant l'air de jouir de toute sa raison. Et il projetait de quitter cette planète ?

— Mais ce sera pour plus tard. Il y a des gens utiles dans les nouveaux ? ajouta-t-il, revenant au rapport.

— Je suppose, mais je n'ai pas pensé à le leur demander. On a une femme sur le point d'accoucher, et une autre plus âgée qui n'est pas trop fringante. Zainal m'a fait prendre les devants.

Mitford hocha la tête, et Kris, regardant par-dessus son épaule, vit le reste de son groupe qui arrivait.

— Les deux de tête sont des gars bien, Irlandais, les frères Doyle. Juste derrière, c'est Joe Lattimore. Lui, ça va.

Elle se tut, voyant Aarens chanceler derrière l'Italien.

— Et le grand ?

Kris hésita assez longtemps pour que Mitford hausse les sourcils.

— Il s'appelle Dick Aarens, dit-elle, sans se compromettre.

— Je le débrieferai moi-même, dit Mitford, souriant de son peu d'empressement. Va te reposer, ma fille. Tu as quartier libre pour les vingt-huit prochaines heures.

Il montra quelque chose au-dessus de sa tête, et elle reconnut alors un cadran solaire.

— L'équipe y a passé trois jours ! Entre le comptage des grains de sable pour les secondes jusqu'à la graduation par heure. C'est encore primitif, d'après eux, et ce n'est pas l'heure de Greenwich, mais c'est une amélioration, dit-il avec fierté.

— Tout le confort de la maison, et l'heure en plus, commenta-t-elle, souriant de tant d'ingéniosité.

— Non qu'un jour de vingt-huit heures soit une amélioration sur celui que nous connaissions.

— Et les fers ? C'est une idée à toi ?

Mitford gloussa, sans lever les yeux des notes qu'il prenait.

— Nous avons trop d'individus, dit-il, séparant les syllabes comme pour en faire une insulte, qui ne nous faciliteront pas la vie en disparaissant quand la façon dont ce camp est dirigé ne leur plaira pas. Va te reposer, ma fille, ajouta-t-il, lui donnant une bourrade amicale sur le bras et montrant la caverne de la tête.

Elle était au milieu de l'escalier quand il appelait les arrivants, les frères Doyle stupéfaits d'entendre leurs noms, Aarens la foudroyant d'un air accusateur.

Arrivée en haut des marches, elle remarqua d'autres changements — des postes de travail tout le long de la corniche, et l'inscription « Home, Sweet Home » griffonnée à la craie au-dessus de l'entrée. Dans l'espace réservé aux propositions de noms pour la planète, Botany était souligné, et les autres effacés. Elle sourit. La maison avait maintenant un nom. A l'intérieur, les équipes du matin s'affairaient à ranimer les feux, poser des marmites d'argile sur leur trépied pour faire chauffer de l'eau, disposant des bols un peu biscornus pour les céréales. Elle remarqua des coupelles qui semblaient contenir du gros sel près des foyers. Sur les corniches, d'autres bols et pichets. Sandy Areson n'avait pas chômé.

— Kris ! glapit une voix stridente, et elle se retrouva dans les bras de Patti Sue qui la trempa de ses larmes.

— Je t'avais dit qu'elle reviendrait saine et sauve, Patti, dit Sandy, la détachant de Kris. Pour le moment, elle est sale et fatiguée et tu ne vas pas l'embêter avec tes jérémiades. Elle a été sage, Kris, ajouta-t-elle. Mais elle était sûre que Mitford t'avait envoyée la mort.

— Au contraire, nous avons sauvé des gens de la mort, et il y a une femme qui aura spécialement besoin de ton aide. Anna Bollinger. Elle est près d'accoucher. Sandy, où est le toubib qui pourra l'examiner à son arrivée ? Son groupe arrivera dans deux heures, à peu près.

— Je vais m'en occuper. Tu as faim, Kris ?

— J'ai mangé une ration tout à l'heure, mais j'aurais besoin d'un bon bain.

— Je vais te chercher une combinaison propre, et je laverai la tienne pendant que tu dormiras, dit Patti, touchante dans son désir de se rendre utile.

— Non, Patti, tu es de service de petit déjeuner.

— Je sais, je sais, dit la jeune fille, se dirigeant vers des combinaisons empilées dans un coin de la caverne. Mais je veux juste être sûre qu'elle connaît les dernières améliorations.

Sandy leva les mains d'un air impuissant, avec un sourire rassurant à Kris, puis elle se remit à remuer sa marmite. L'eau qui en suintait grésillait sur les braises, mais même une marmite aussi primitive représentait un gros progrès par rapport à l'absence totale d'ustensiles de cuisine.

— Il n'y a pas moyen de te faire un four, non ? demanda Kris, réalisant que toutes ces poteries devaient être séchées au soleil.

Sandy eut un sourire béat.

— Mitford connaît ses priorités. Il fait travailler ses « spécialistes » sur un four en forme de ruche. Murph m'a fait un soufflet en même temps qu'il en faisait un pour sa forge. Jack-le-Clou a trouvé du bois dur qui devrait dégager beaucoup de chaleur. Alors, on est bien partis pour la cuisine. Et je continue à faire la popote jusqu'à ce que j'aie mon four.

Elle adressa un sourire plein d'humour à Kris, en chassant la fumée de son visage.

— Va prendre ton bain.

Patti dansota autour de Kris jusqu'au lac, lui racontant qu'elle avait trouvé l'argile, qu'elle avait façonné une ou deux tasses qu'elles avaient fait cuire, mais qu'il fallait un vrai four pour avoir de bons résultats, et qu'ils avaient découvert tout près un champ de racines qui avaient presque le goût des pommes de terre, sauf que les Deskis ne pouvaient pas les manger sans tomber gravement malades. Kris grimaça, se disant qu'elle avait oublié de prévenir Mitford que Coo avait trouvé une plante comestible pour les Deskis. Le tunnel menant au lac était maintenant bien éclairé. Il y avait aussi des marches en bois pour descendre sur la berge, bien éclairée elle aussi, une série de chevilles pour suspendre les vêtements, et un panier de roseaux plein de quelque chose ressemblant à des gousses de joncs des marais.

— Où avez-vous trouvé des roseaux ? demanda Kris, remarquant le matériau du panier.

— C'est Bob-les-Herbes. Il trouve toutes sortes de bons trucs. Il a deux patrouilles sous son commandement.

— Et qu'est-ce que c'est que ça ? dit Kris, ramassant une gousse.

— Tu verras, pouffa Patti, savourant d'avance sa surprise.

Kris vit alors un radeau ancré près du bord pour la sécurité des baigneurs et des marches en bois qui descendaient dans l'eau. Kris se débarrassa de sa combinaison crasseuse et malodorante, et entra dans le lac.

— Tiens, dit Patti, lui tendant une gousse. Ce n'est pas exactement du savon, ça va t'abîmer la peau, mais ça enlève la crasse et les odeurs.

Kris aurait pris avec plaisir une éponge en fer, et la gousse était presque aussi rugueuse. Elle avait un curieux parfum végétal, presque astringent, tout à fait agréable après les odeurs de transpiration. Elle se rinça soigneusement, puis sortit de l'eau.

Alors Patti, d'un air majestueux, ouvrit une gousse, dont sortit une grosse boule de fibres blanches.

— Votre serviette, madame ? dit-elle, souriant de la surprise de Kris. Et ça marche ; ça absorbe bien l'eau. On met les boules usées dans l'autre panier, et quand elles sont sèches, on s'en sert pour allumer le feu. Astucieux, hein ? pouffa-t-elle, tendant à Kris une combinaison propre.

— Nous n'avons pas trop d'un jour de vingt-huit heures pour tout ce que nous avons à faire, murmura Kris.

Maintenant rafraîchie et beaucoup plus présentable, Kris était prête à prendre le repos que son corps exigeait d'urgence. Elle bâilla sans arrêt jusqu'à la grotte-dortoir. Là aussi, il y avait des améliorations. Avec des lits de branches et de roseaux.

Elle s'allongea, se tourna sur le côté droit, soupira de soulagement en appréciant la douceur de son nouveau matelas sous ses muscles endoloris, et ne sentit jamais la couverture que Patti étendit amoureusement sur elle.

CHAPITRE 7

Kris fut réveillée par des odeurs appétissantes de viandes rôties, mais sans doute aussi par les contractions de son estomac. Elle entendit quelque part des voix étouffées, enjouées, et, enhardie, quitta sans bruit son nouveau matelas maintenant bien aplati. Quelqu'un dormait encore dans la grotte-dortoir, alors elle enfila ses bottes aussi discrètement que possible et sortit.

Ni Sandy ni Patti Sue n'étaient dans la grotte principale, mais elle repéra Bart, et s'approcha en quête d'un repas.

— Salut, Kris, l'accueillit-il en souriant, tu as été formidable ! poursuivit-il, tout en lui servant quelque chose sur une assiette en argile presque ronde.

— Moi ? Comment ça ? demanda-t-elle avec un sourire hésitant.

Puis il lui tendit une fourchette en bois.

— Tout le confort de la maison ! s'écria-t-elle.

— On fait des progrès. Et je parlais du sauvetage de tous ces gens capturés par les machines.

— Ah, ça, c'est Zainal. Il savait comment ouvrir les portes.

— Ouais, mais justement, je me demande *comment ça se fait* qu'il savait les ouvrir !

— Allons donc, Bart ! dit Kris coiffant vivement sa casquette de relations publiques. Il savait les ouvrir, et alors ? Peut-être que j'aurais pu les ouvrir aussi si j'avais eu une épingle à cheveux ou une carte bancaire, mais je n'en avais pas. Un pêne, c'est un pêne, et il n'y a pas tellement de façons de les faire jouer. Il a étudié le mécanisme, et il a ouvert, c'est tout. L'important, c'est qu'il a ouvert, et qu'on a pu sauver tous ces malheureux de la boucherie.

— On m'a dit... commença Bart avec hésitation.

— Ce qu'on t'a *dit* et ce qui s'est passé pourraient être deux choses très différentes. Et d'abord, *qui est-ce qui* t'a dit ?

Bart remua nerveusement.

— Un type que vous avez ramené.

— Il ne s'appellerait pas Aarens, par hasard ? demanda Kris, d'un ton lourd de mépris. Et la prochaine chose qu'il te dira, c'est qu'on ne doit pas écouter Mitford, parce que c'est un meneur d'esclaves, un garde-chiourme qui nous met tous en danger. Et pour qui il se prend, lui qui n'était qu'un simple sergent, et qu'est-ce qu'il sait de plus que nous, après tout ?

Kris montra d'un geste large la cuisine bien organisée, les marmites et les assiettes, les caisses à eau et les gens qui s'affairaient à la tâche qu'on leur avait assignée.

— Eh bien, Mitford en sait assez pour avoir tout organisé et nous avoir donné une autosuffisance étonnante en un rien de temps, voilà ce que je *dis,* moi. Aarens est un fauteur de troubles, et il a commencé presque à l'instant où on l'a sorti de cette étable.

Bart la regarda de travers, mécontent de cette tirade, et elle lui sourit.

— Tu es trop intelligent pour te laisser prendre à ce genre de conneries, et ton rata sent trop bon pour le laisser refroidir, dit-elle, s'asseyant sur une pierre et se mettant à manger. Maintenant, est-ce que tu veux savoir les faits, rien que les faits, du grand sauvetage de l'abattoir ? Je ne voudrais pas que tu aies mauvaise opinion de moi parce que j'ai aidé le type responsable d'avoir sauvé quarante-cinq personnes. Quarante-six si Anna a son bébé.

A son air, elle vit que ce n'était pas d'elle qu'il avait mauvaise opinion, ce qui signifiait qu'elle devait vraiment remettre les pendules à l'heure.

— Bon, ce que j'ai entendu était peut-être un peu exagéré...

— Quand je me suis réveillée dans cette étable, j'ai cru que j'allais mourir de peur, commença-t-elle en frissonnant, et elle répondait encore aux questions de Bart quand Jay la repéra.

— Le sergent te demande, Kris.

— C'était très bon, Bart, dit Kris, se levant et regardant autour d'elle où poser son assiette et sa fourchette.

Bart sourit en montrant la sortie.

— Dehors, à gauche. C'est justement Aarens qui est de plonge.

— Ça lui va comme un gant, se réjouit-elle, s'éloignant avec Jay.

— Et comment ! dit Jay, lui prenant son assiette. Il vaut mieux que tu ne voies pas Aarens.

— Pourquoi ? Il dit du mal de moi ? Ou de Zainal ?

— T'en fais pas. Le sergent l'a déjà jaugé.

— Mais les autres ? demanda Kris d'un ton pressant. Finalement, on serait peut-être plus tranquilles si on l'avait laissé transformer en chair à saucisse, ajouta-t-elle cynique.

— S'il continue comme ça, il ne va pas tarder à être mis aux fers.

— Ce qui ne fera que confirmer son opinion sur notre camp de concentration !

— Qui s'en soucie ?

— A propos de souci... dit-elle, débouchant au soleil. Mitford était exactement où elle l'avait laissé quelques... — elle jeta un coup d'œil sur le cadran solaire — neuf heures plus tôt.

— Il ne dort jamais ? s'étonna-t-elle. Pour en revenir à ce que je disais, comment va Anna Bollinger, notre dame enceinte ?

— Doc dit que tout ira bien. Mais elle pleure son mari.

Il fit claquer sa langue en pensant à cette tragédie.

— Janet va veiller sur elle... Janet et Patti Sue. Elle a été violée, Patti ?

— Je le soupçonne.

— Elle ne t'en a rien dit ?

— Il lui faudra du temps avant de pouvoir parler de ce qu'elle a subi.

— Oh !

— Elle te plaît ?

— C'est une fille adorable, dit Jay, branlant du chef avec un sourire énamouré.

— Vas-y aussi doucement que possible avec elle.

— Oui, c'était bien mon intention.

Kris descendit l'escalier tandis que Jay tournait à gauche, vers les caisses où Aarens essuyait gauchement la vaisselle avec des fibres de joncs des marais. Ils devaient en avoir trouvé des quantités énormes pour s'en servir à tant d'usages différents.

L'homme mis aux fers n'était plus là, et Kris regretta de ne pas avoir demandé à Jay la raison de son châtiment. Est-ce pour ça qu'il lui avait demandé si Patti Sue avait été violée ? Mitford ne plaisantait donc pas en disant qu'il ne tolérerait pas le harcèlement sexuel.

Entendant des pas derrière elle, elle jeta un coup d'œil par-dessus son épaule, et vit Zainal qui arrivait, Slav et Coo sur les talons. Elle se demanda s'ils dormaient dans la même grotte. Ils avaient tous l'air propre et reposé.

— Qu'est-ce que vous faites debout de si bonne heure ? demanda-t-elle.

— J'ai beaucoup dormi, répondit-il en souriant, ses étranges yeux jaunes pétillant de bonne humeur. Slav et Coo aussi. Beaucoup faire.

— Beaucoup à faire, corrigea-t-elle distraitement. Mais tu apprends très vite, ajouta-t-elle vivement.

— Ai besoin d'apprendre, reprit-il, son sourire s'élargissant encore.

— On napprend toussss. Salut, Krissss, dit Slav de sa voix liquide, prolongeant les sifflantes.

Au même instant, les Deskis montant la garde sur les hauteurs émirent des sifflements d'alarme et disparurent prestement.

— Des monstres volants ? cria quelqu'un d'un ton angoissé.

Toute activité cessa immédiatement. Une fraction de seconde plus tard, tous ceux qui étaient à découvert se ruèrent dans les grottes. Kris leva les yeux vers le ciel, comme Zainal, Slav et Coo, scrutant l'horizon. Mitford aussi, qui avait la position la plus exposée au fond de la ravine.

Coo émit un cri bizarre et assourdissant, auquel un autre cri répondit des hauteurs.

— C'est grand, dit le Deski, ouvrant tout grands les bras pour donner une idée de l'importance de la chose.

Il fit rouler ses yeux dans leurs orbites.

— Mauvais, mauvais, mauvais, ajouta-t-il, branlant du chef et se bouchant les oreilles.

Mais cela, autant pour atténuer le son qui devenait très, très, très fort — un peu comme une douzaine de trains convergeant sur eux — que pour souligner le danger qui approchait. On aurait dit, pensa Kris, le « bang » d'un avion passant le mur du son, mais un « bang » qui aurait duré. Tous ses os se mirent à vibrer jusqu'à ses dents. Même la pierre vibrait sous ses pieds.

Elle aurait voulu demander d'où venait ce bruit et qu'est-ce qui le produisait, mais personne ne l'aurait entendue.

Ils virent d'abord l'ombre... bien plus longue et plus large que leur ravin. L'ombre continua à avancer, puis ils virent la proue carrée du Léviathan qui grondait et vrombissait et continuait à faire trembler le sol.

Il approchait, nez pointé vers le bas, sur une trajectoire d'atterrissage, à plusieurs milliers de pieds au-dessus d'eux, estima Kris, masquant le soleil comme une ombrelle aussi grande qu'une île. Et une grande île, avec toutes sortes de protubérances, longues, minces ou trapues, des disques de toutes les tailles, la coque — et même les immenses portes du ventre qui faisaient plusieurs arpents — hérissées de trucs qui ressemblaient à des baguettes. Il mit une éternité à passer et entre-temps, maintenant habitués au bruit, tous les occupants du camp étaient ressortis pour regarder le monstrueux astronef, la curiosité l'emportant sur la panique initiale.

Entre-temps également, Kris avait suivi les autres — Mitford, Zainal, Slav, Coo, Jay Greene, les frères Doyle et une demi-douzaine d'autres — sur la hauteur la plus proche pour observer le vaisseau.

— Il se dirige vers l'abattoir, hurla Kris dans le bruit légèrement moins assourdissant.

— Ouais, dit Mitford, se frictionnant pensivement le menton. Tu connais, Zainal ?

Zainal secoua lentement la tête, sans regarder Mitford.

— Les Cattenis n'ont aucun vaisseau aussi grand, dit-il, l'air aussi impressionné que les autres. Bizarre...

Il remua les mains, cherchant le mot approprié.

— Configuration ? proposa Jay.

Zainal secoua la tête, dessinant du geste les protubérances et les bâtons qui hérissaient la coque.

— Ah, ces trucs-là. Ouais, quand vous avez envahi la Terre, vos vaisseaux ne ressemblaient pas du tout à ça.

— Non, répondit Zainal en souriant. Trop grand, pas bon.

— Ouais, la taille n'est pas toujours un avantage, dit Jay.

Ils regardèrent l'astronef jusqu'à ce qu'il disparaisse à la vue, mais pas aux oreilles. Dans l'air de midi, ils l'entendirent passer les vitesses... ou autre chose qui modifia le son.

— Il plane ? demanda Mitford, n'en croyant pas ses oreilles. Bon sang ! je n'aimerais pas avoir à faire décoller du sol ce poids mort, soupira-t-il en branlant du chef. Comment ils font ?

Il lança un regard interrogateur à Zainal, qui haussa les épaules en secouant la tête. Pour la première fois, Kris détecta de l'inquiétude sur le visage de Zainal.

— Si nous n'avions pas libéré ces gens hier... dit-elle déglutissant avec effort.

Mitford hocha la tête.

— Tu as bien fait, Bjornsen.

— C'est Zainal qui a tout fait, sergent, rectifia-t-elle vivement.

Mitford gloussa, lui tapotant l'épaule avec approbation.

Tous restèrent sur cette hauteur exposée, humains et extraterrestres. Leurs oreilles attentives perçurent un nouveau changement dans le son. Puis ils entendirent la puissante poussée des roquettes — ou de ce qui propulsait cet immense vaisseau — et ils le virent monter dans le ciel. Kris admira la technologie qui pouvait produire une puissance pareille. L'appareil n'était pas beau, comme l'avaient été les navettes *Discovery* et *Challenger*, avec leurs ailes delta et leur revêtement de céramique, mais il était, comme elles, de forme triangulaire, malgré sa proue carrée.

— Vous avez envie de retourner là-bas jeter un coup d'œil ? demanda Mitford, regardant Zainal, Slav et Coo.

— Et comment ! dit Kris, qui ravala aussitôt sa salive car elle n'avait pas eu l'intention de se porter volontaire.

— Pas toi, Kris, tu n'es pas de service.

— S'ils le sont, je le suis aussi. Et j'irai avec eux. Je suis aussi curieuse qu'une autre. Je n'arrive pas à croire que ce vaisseau ait avalé *tout* ce qu'on a vu hier et soit reparti tranquillement.

Mettant ses mains en porte-voix, Mitford tonitrua à l'intention de ceux restés dans la ravine :

— Dowdall, envoie une équipe à l'entrepôt de grain. Pour voir s'il a été vidé.

— Oh, mon Dieu ! gémit Kris.

Et elle qui avait ramené d'autres bouches à nourrir !

— T'en fais pas, dit Mitford. On a fait des stocks.

Les deux équipes repartirent donc en mission. Ils mirent moitié moins de temps à arriver à l'abattoir que lors du retour avec les rescapés. Et ils constatèrent aussitôt que toutes les caisses avaient disparu, remplacées par ce qui semblait être des emballages pliables. *Ce qui explique les bosses et les éraflures*, se dit Kris, ahurie par le volume qu'avait absorbé l'astronef. Avaient-ils des convertisseurs de matière ? *Envoyez les rayons transporteurs,* se mit-elle à ressasser, jusqu'au moment où elle se mit à rire, un peu hystérique, pour se distraire de cette pensée.

— Tout va bien, Kris, dit Zainal, son accent s'améliorant rapidement.

Il devait avoir une oreille extraordinaire pour les langues. Curieusement, cela la rassura plus encore que ses paroles ou le bras qu'il posa un instant sur ses épaules.

— On va visiter les étables.

— Comment ? dit-elle, montrant l'espace vide, hier encore commodément plein de caisses qui formaient un pont d'accès.

Il y avait bien six ou sept mètres jusqu'aux premières caisses repliées. Elle se sentit soudain bizarrement désorientée par ce changement.

Zainal pointa le doigt sur les rochers. Kris réalisa alors que les machines avaient créé l'entrepôt des caisses en évidant la falaise. Et les étables aussi. D'après ce qu'on lui avait dit, les céréales aussi étaient stockées dans des roches naturelles. On ne gaspillait aucune terre arable même pour des installations aussi essentielles. S'il en était de même sur tout la planète, c'était un exploit remarquable. *Et voilà qu'arrivent des humains pour tout bousiller,* pensa-t-elle, acide.

Les étables étaient vides, désinfectées, et prêtes à recevoir de nouveaux occupants. Les prisonniers avaient-ils été largués à dessein au moment des récoles et de l'abattage ? Quand l'astronef monstrueux venait-il ramasser les caisses ? Tous les mois ? Tous les deux mois ? Deux fois par an ? Et en quelle saison étaient-ils ? Il faisait assez doux pour que ce soit le printemps, mais les cultures qu'ils avaient vues étaient trop en avance pour le printemps. Et elle avait entendu dire que le grain affluait sans discontinuer dans les grottes-silos, ce qui suggérait plutôt l'époque des moissons et l'automne.

L'autre fait important, c'est que les maîtres des machines étaient sans doute aussi omnivores que les humanoïdes. Et avaient besoin de telles quantités de ravitaillement qu'ils assumaient les frais d'équipements hautement spécialisés uniquement pour la production de cultures vivrières et d'animaux de boucherie. Et qu'ils avaient suffisamment de planètes à leur disposition pour consacrer celle-ci — partiellement ? entièrement ? — aux productions alimentaires. Le véhicule de ramassage aussi bien que le matériel agricole indiquaient un niveau technologique extrêmement élevé. Et pourtant Zainal — car tous les Cattenis voyageaient beaucoup et exploraient sans cesse pour leur propre compte — ne reconnaissait pas ce type d'astronef, et leurs services d'exploration avaient conclu que la planète était inhabitée. Bien sûr, s'il n'y avait que des machines sur la planète, cette conclusion était justifiée. Mais pourquoi les Cattenis n'avaient-ils pas vu ces machines lors de leurs rondes programmées ? Avaient-ils survolé la planète uniquement de nuit ? Ou peut-être pendant les rares périodes d'« hiver » où le matériel était au repos ? Mais d'après l'expérience de Kris, les périodes de repos étaient rares dans une ferme — il y avait toujours une chose ou une autre à faire. Et à quoi ressemblait l'hiver sur Botany ?

Puis Zainal insista allégrement pour aller jeter un coup d'œil sur le garage, où de curieux véhicules, pourvus de toutes sortes d'étranges appendices, attendaient sagement l'appel du devoir.

— Elles ne reconnaissent pas les humains. Pas de problème ! dit-il à Kris, et elle resta tellement sidérée qu'il ait employé l'idiomatique « pas de problème » qu'il était au garage avant qu'elle ait pu protester.

A l'intérieur, une machine branchée sur une sorte de panneau bippait et clignotait. Mécanisme de service ? Kris regretta qu'ils n'aient pas amené un ingénieur. Mais qui se serait douté qu'ils auraient le loisir de procéder à une inspection si approfondie ? Elle n'avait pas pensé non plus à apporter de l'écorce et un crayon qui lui auraient permis de faire des croquis des différents types de machines parquées dans plusieurs garages. Le dernier grand bâtiment contenait des sacs. De quoi ? La logique penchait pour des semences, et, peut-être, des engrais. Ces sacs avaient-ils été apportés par le Léviathan qui avait remporté la viande ? Elle incisa quelques sacs avec son couteau pour prélever des échantillons. Des semences pour la moitié de la livraison, et, à l'odeur, des engrais pour l'autre moitié.

La patrouille rentra au camp au lever de la première lune. Slav et Coo manifestaient des signes de fatigue, et elle ne se sentait pas très fringante non plus, mais elle devait d'abord aller avec Zainal faire son rapport à Mitford.

— Ils n'ont pas emporté le grain, Bjornsen, dit-il dès qu'il la vit, mais elle lui trouva l'air déprimé. Alors, quoi de neuf ?

Tandis qu'elle lui faisait le récit de la mission, sans oublier ses hypothèses sur le contenu des sacs, Zainal avait pris quelques grandes feuilles d'écorce et dessinait rapidement. Une ou deux fois, Kris perdit le fil de sa narration devant la précision des croquis qu'il faisait des différents types de machines vues dans les garages. Mitford observait Zainal, dont le crayon volait sur le « papier », mais elle trouvait ses sketches d'une exactitude remarquable. Quand il eut terminé, Zainal regarda son ouvrage d'un œil critique, puis fit calmement quelques corrections. Ils avaient eu tout le temps un ingénieur avec eux, et ils ne le savaient pas, se dit Kris. Zainal avait plus de talents que personne ne le réalisait.

— Voilà, dit Zainal, tendant ses dessins à Mitford.

— Hé ! Bob-les-Herbes, Mack Su, Capstan, Macy, amenez-vous au trot. Avec vos sketches du silo, rugit Mitford de sa voix de parade, puis il adressa un sourire approbateur à Kris et Zainal. Ces machines, il y en a des tas de sortes. Maintenant, il va falloir trouver le moyen de les mettre hors service.

— Pourquoi ? demanda Kris sans réfléchir.

— Comme toi, Bjornsen, je pense qu'il y a des humanoïdes derrière ce genre de productions alimentaires, vu qu'ils ont l'air de manger les mêmes choses que nous.

Kris hocha la tête avec force.

— L'astronef confirme l'hypothèse d'un ramassage périodique. Il doit y avoir une sorte de monitorage continuel, même si nous n'avons pas encore trouvé le centre de contrôle.

Kris se demanda dans quelle mesure Zainal comprenait, mais il *écoutait* de toutes ses oreilles. Elle sentait la tension dans la cuisse proche de la sienne sur la large pierre où ils étaient assis tous les deux. Bizarre, ce contact physique avec lui ne la gênait pas ; mais Zainal était très subtil, contrairement à tant de mecs à la main baladeuse.

— Parce que si nous commençons à bousiller les machines, il viendra forcément quelqu'un pour jeter un coup d'œil, conclut Mitford.

— Et on s'emparera du vaisseau par la force ? demanda Kris, atterrée à la seule idée d'envahir un astronef de la taille de celui de ramassage.

Et d'autant plus qu'ils n'étaient armés, en tout et pour tout, que de couteaux, de hachettes, de lances, d'arcs et de flèches. Elle éclata de rire.

— Ne rigole pas, Bjornsen. Il y a plus d'une façon d'infiltrer un astronef. Et je compte sur le fait que le vaisseau enquêteur serait plus petit, avec un équipage vivant, et non pas mécanique. Les machines, c'est bien pour les boulots de routine, mais pour une évaluation, il faut des cerveaux.

— Et après ?

— Chaque chose en son temps. Il faut d'abord attirer les enquêteurs.

Ceux que Mitford avait appelés arrivèrent alors, et il gueula à un cuisinier d'apporter deux repas ; il devait avoir entendu grogner l'estomac de Kris.

— Pendant que vous étiez tous en mission, on a retourné pas mal d'idées, alors, je vais vous mettre à jour, dit-il, les montrant de la tête, avant de se tourner vers les deux autres membres de la patrouille. Coo, Slav, allez manger, dit-il, leur montrant la grotte principale. Et Merci. Ah, Coo, Bob-les-Herbes a récolté de cette plante que tu aimes.

Coo remercia de la tête, et, avec Slav, fonça droit sur la grotte réfectoire. Mitford les suivit des yeux.

— A partir de maintenant, les rations sont réservées pour les Deskis, les Ilginishs et les Turs, mes enfants. Nous autres, nous pouvons vivre sur le pays, eux pas.

— Vraiment ?

— Pas tant qu'on n'aura pas trouvé quelque chose que leurs estomacs ne rejette pas, dit Mitford, avec le genre de soupir résigné révélant l'inquiétude.

En bon chef qu'il était, il voulait conserver toutes ses troupes, spécialement celles qui avaient des capacités comme celles des Deskis.

— Les cuisiniers s'affairent à concocter une sorte de pemmican pour les patrouilles ; comme ça, vous ne ferez pas de peine aux machines en réduisant leurs troupeaux, dit Mitford avec un grand sourire. Comment les appelles-tu, Kris ? Des vaches-leuh ?

— Sergent, je croyais que tu *voulais* mettre les

machines hors service, dit Kris, désirant des éclaircissements sur ce point.

— On va *mettre au point* leur mise hors service, dit-il avec un nouveau sourire, mais je ne veux pas que vous vous fassiez cribler de fléchettes dans les champs. Il faut d'abord fausser leurs mécanismes. OK, les gars, je vous écoute, dit-il aux nouveaux arrivants.

Capstan et Macy étaient de nouveaux noms et de nouveaux visages pour Kris, mais ils semblaient savoir qui ils étaient, elle et Zainal. Mitford fit passer à la ronde les sketches du Catteni.

— Zainal a dessiné les machines utilisées à l'abattoir. Pour moi, elles sont différentes de celle du silo.

— Equipement hautement spécialisé, dit Su, feuilletant les dessins, s'arrêtant brièvement pour froncer les sourcils à certains détails, avant de les passer à Capstan.

Kris découvrit plus tard que ce dernier avait été, sur la Terre, concepteur d'équipements de haute technologie.

— On dirait que toutes fonctionnent à l'énergie solaire ! remarqua Su, montrant du doigt différentes surfaces planes sur les dessins. Comme je vous l'ai dit, c'était à prévoir. C'est écologique, et ça utilise une énergie renouvelable. Pas étonnant que les éclaireurs cattenis aient cru la planète inhabitée. Ils cherchaient sans doute des êtres vivants, et ces machines ne sont pas vivantes. Maintenant, elles doivent avoir des collecteurs, et aussi des batteries, et où... ah, oui, peut-être ces unités. Hum !

— Et s'il n'y a pas de soleil ? Tout s'arrête s'il pleut ou si le ciel est couvert ? demanda Kris, notant mentalement où se trouvaient les panneaux solaires sur les différentes machines.

— Il n'a encore pas plu, et nous sommes là depuis dix jours, soupira Mitford, regardant les traces de hautes eaux sur les parois de la ravine

Zainal embrassa le camp du regard et sourit.

— Beaucoup fait en dix jours.

— C'est bon pour le moral, dit Mitford, souriant quand même au compliment. Nous avons des frondeurs de premier ordre, qui abattent un râblé à vingt-cinq mètres. Des pierres pourraient mettre les panneaux solaires hors service, non ?

Su réfléchit à la question, mais Capstan secoua la tête.

— Il faudrait savoir quel matériau ils utilisent dans leur fabrication. Mais si une assez grande partie de leur surface était endommagée, ils ne produiraient peut-être plus assez d'énergie pour un fonctionnement efficace des machines.

— Peut-être, dit Kris, prenant un air et un ton ingénus, qu'on devrait s'exercer au lancement créatif de boules de boue ? Je n'ai pas vu d'installation de lavage dans le garage des Daleks.

Zainal lui lança un bref regard car il n'avait pas compris l'allusion, alors elle lui expliqua, et il hocha la tête en souriant. L'idée sembla plaire à Su, et même Capstan eut un petit sourire cocasse.

— Il y a certainement assez de ruisseaux pour trouver de la boue quand on en aura besoin, dit Su avec enthousiasme. Et si on en met assez sur les panneaux, elle séchera et durcira en place.

— La boue la nuit, pas de machines le jour, proposa Zainal en haussant les épaules.

— Bonne idée, Zainal, approuva Mitford avec un grand sourire. Mise hors service à la source.

— Pas si vite, dit Capstan. Elles doivent avoir des batteries — ou quelque chose d'équivalent — pour démarrer le matin. Il faudra les déconnecter aussi.

— Eh bien, on les déconnectera, dit Mitford avec entrain. Je me demande combien il faudra en bousiller avant que quelqu'un vienne voir.

Ils débattirent cette question, et tombèrent d'accord qu'il faudrait trouver d'autres installations à mettre hors service pour que le plan soit efficace. Kris, Zainal et les deux extraterrestres n'étaient pas la seule patrouille que Mitford avait envoyée en mission, et l'une d'elles n'était pas encore rentrée, leur apprit le sergent. Il n'était pas inquiet — pour le moment — parce qu'ils étaient partis vers le nord, en s'éloignant de l'abattoir. Il reconnut qu'il devait y avoir beaucoup d'autres installations du même genre pour cultiver tous les champs et prairies qu'ils avaient vus. On voyait de nombreuses montagnes du haut des postes de guet ; chaque chaîne pouvait contenir d'autres machines cultivant les terres arables avoisinantes.

— Zainal, demanda Kris après une brève pause dans cet échange d'idées, combien le vaisseau-prison peut-il avoir amené de captifs en un voyage ?

Zainal s'excusa d'un haussement d'épaules.

— Ils n'ont pas largué que nous et ceux que vous avez sauvés, dit Mitford, avec une colère soudaine.

Les autres hochèrent solennellement la tête. Le sergent soupira et reprit :

— Une de nos patrouilles de reconnaissance a été attaquée par une bande de sauvages — seuls deux des nôtres s'en sont sortis, dont l'un assez amoché. D'après eux, leurs assaillants étaient une trentaine. Il est donc plus important que jamais que les patrouilles postent des sentinelles la nuit. Esker a eu l'intelligence de se planquer avec Barrett, le blessé, jusqu'à ce qu'il soit certain que personne ne les suivait jusqu'ici. Et ça, poursuivit-il, pointant l'index sur chacun à tour de rôle pour souligner l'avertissement, ça ne doit jamais se produire ! J'aime mieux vous dire que tout le monde a sauté en vitesse la première fois où j'ai crié alerte rouge après ça. Et Murphy nous a fait un gong métallique à réveiller les morts.

— Mais ici on pourrait tenir contre des centaines d'attaquants, sergent, dit Kris stupéfaite.

La seule idée que le camp était vulnérable et que les ennemis étaient des humains la déprima. Comme elle avait dû déprimer Mitford.

— Evidemment, admit Mitford, d'un ton si résolu et avec un sourire si entendu que Kris se détendit.

A l'évidence, Mitford n'avait pas seulement amélioré le confort, mais il avait aussi renforcé les défenses.

— Est-ce que les Cattenis vérifient de temps en temps le travail que font les largués ? demanda-t-il à Zainal, qui hocha la tête.

— Pas bientôt, dit-il. Dans une demi-année, ajouta-t-il, passant au barevi pour exprimer la notion de temps.

— Six mois, murmura Kris, et Zainal hocha de nouveau la tête, enregistrant une nouvelle expression.

— Est-ce qu'ils amèneront d'autres prisonniers ? demanda Mitford à Zainal, qui hocha encore la tête.

— Ils larguent des gens dans beaucoup d'endroits, dit-il, ouvrant les mains toutes grandes. Beaucoup de fois, pour ensemencer la planète.

Kris ne fut pas la seule à sentir le cœur lui manquer à cette information. Sur combien de survivants comptaient les Cattenis ? Et s'il n'y en avait aucun, est-ce qu'ils abandonnaient la planète ? Quelle façon de coloniser ! Elle n'avait jamais pensé à estimer le nombre des prisonniers poussés à bord de cet astronef, mais il devait dépasser de beaucoup les quelques centaines qui avaient fini dans ce camp. Maintenant, ils avaient connaissance de quatre autres largages. Combien étaient-ils dans le chargement initial ? Du coup, ils auraient peut-être avantage à établir d'abord le contact avec les Fabricants de Mécanos.

— Bon, on s'en occupera à mesure, dit Mitford avec fermeté. Et on va explorer du mieux possible étant donné les circonstances. Zainal, tu as d'autres infos sur leur façon d'ensemencer une planète ?

— J'étais plus dans l'espace, regretta Zainal, ouvrant les mains en signe d'ignorance.

— Ouais, je vois que c'est pareil dans l'armée cattenie que dans la nôtre ; la main gauche ignore ce que fait la main droite, dit Mitford d'un ton cocasse.

Kris passa un bon moment à expliquer ça à un Zainal perplexe, qui sourit quand il comprit. Quand Mitford les libéra enfin, Kris retourna à la grotte-cuisine, dont les parois étaient maintenant décorées de plantes, divisées en plusieurs sections, l'une marquée « Humains », avec les végétaux comestibles d'un côté et les non-comestibles de l'auttre ; et une seconde, qui annonçait en lettres gothiques « Deskis », avec, en dessous, « potassium ? magnésium ? ».

— Tiens, s'exclama une voix joyeuse, et Dick Aarens s'avança pour l'intercepter.

— Pas maintenant, Aarens, dit-elle changeant de direction pour l'éviter.

— Je veux seulement qu'on soit bons amis, tu sais, dit-il, se plantant devant elle.

— Moi aussi, mais pour le moment, la seule chose qui m'intéresse, c'est mon lit.

Ses yeux, d'une jolie nuance de bleu bien qu'elle n'aimât pas leur propriétaire, se dilatèrent.

— Justement, moi aussi, dit-il, faisant le geste de la prendre par les épaules pour l'entraîner.

Elle esquiva en passant sous son bras.

— Tout seule, Aarens.

— Kris...

Elle fut à la fois soulagée et inquiète d'entendre la voix de Zainal derrière elle. Elle se retourna et fit un pas vers lui.

— Oui ? dit-elle, espérant que sa voix exprimait son soulagement à cette arrivée opportune.

— On discute la patrouille de demain maintenant ?

Derrière elle, elle entendit Aarens grommeler quelque chose, puis le crissement de ses bottes qui s'éloignaient.

— Merci, Zainal, tu m'as sauvé la vie.

Zainal la regarda, l'air pensif.

— Tu ne l'aimes pas ?

— Non, dit-elle, secouant vigoureusement la tête.

— Je le pensais.

— Fais attention, Zainal. Il est dangereux.

— Pourquoi ? fit Zainal, amusé.

— Il te déteste.

— Parce que tu ne me détestes pas ?

Elle secoua la tête.

— D'abord parce que tu es catteni, et ensuite parce qu'il se trouve bien mieux que toi, et irrésistible pour moi.

Zainal secoua la tête, la saisissant doucement par les bras, demande tacite d'explication.

— Je ne suis pas sûre de pouvoir t'expliquer les nuances, dit-elle en lui souriant.

Les yeux jaunes étaient bien plus beaux que les yeux bleus. Et elle aimait le contact des mains de Zainal, alors que celles d'Aarens lui donnaient la chair de poule.

— Nu-an-ces ?

Elle posa une main sur la poitrine de Zainal, sentit le battement de son cœur — les Cattenis avaient un cœur, après tout.

— Je t'expliquerai plus tard, Zainal. Pour le moment, je suis trop fatiguée.

— Alors, va, dit-il, la poussant légèrement vers son dortoir, mais elle lui saisit la main.

— Viens aussi. Je n'ai pas envie qu'Aarens me saute dessus à l'improviste.

— Ça me plaît de venir, dit Zainal, et, à la lueur qu'elle vit dans ses yeux, Kris se demanda comment elle allait se défaire de ce soupirant.

D'ailleurs, si elle avait été moins fatiguée, elle n'aurait pas dit non... Elle secoua la tête. Le moment était mal choisi. Elle était trop crevée.

La main dans la main, ils arrivèrent à son dortoir.

— Dors bien, Kris.

— Oh, oui ! répondit-elle avec ferveur.

A son immense surprise, il lui prit la tête entre ses mains puis lui ébouriffa amicalement les cheveux. Mais il était déjà dans le tunnel avant qu'elle ait pu réagir.

— Trop fatiguée même pour une petite bise avant de faire dodo, dit-elle avec regret, s'allongeant avec soulagement sur son lit de branchages.

La patrouille du lendemain comprenait Kris, Zainal, Slav, Coo et les frères Doyle. Leur objectif principal était de trouver et de mettre hors service autant de machines qu'ils pourraient, en commençant par celles de l'abattoir. Le mieux, selon Capstan, serait de démonter les panneaux solaires si c'était possible. Les casser ou les barbouiller de boue empêcherait également les machines de fonctionner. L'objectif secondaire était de continuer l'exploration des abords du camp. Ils partirent mieux équipés que jamais, avec des cordes en lianes tressées, moins abrasives que le matériau synthétique des couvertures. Ils avaient chacun un lance-pierres, une aumônière pleine de cailloux — leur ramassage constituait la tâche des rares enfants du camp —, une lance à pointe de silex et des sacs remplis des nouvelles provisions destinées aux patrouilles. Kris les avait goûtées quand Jay Greene lui avait distribué les sacs, et, en ce qui concernait le goût, c'était une grosse amélioration par rapport aux rations sèches et compactes des Cattenis. Coo et Slav avaient reçu des rations que Patti Sue distribuait avec parcimonie. A l'évidence, la jeune fille n'avait pas peur des mâles extraterrestres, mais elle n'avait pas regardé Zainal une seule fois.

— On ne sait pas si le pemmican couvrira tous vos besoins nutritionnels, dit Jay, mais vous pourrez chasser pour augmenter vos rations de protéines.

Les frères Doyle étaient de joyeux compagnons, posant des questions sans discontinuer, à Kris, mais aussi à Zainal. Kris se demanda si on les avait choisis parce que, en leur qualité d'Irlandais, ils s'entendaient bien avec tout le monde.

Ils firent un bon temps, Zainal adoptant une trajectoire diagonalement à l'ouest de leur itinéraire précédent, qui avait abouti à la capture de leur patrouille. Ils établirent leur camp au sommet d'une colline... jusqu'au moment où il se mit à pleuvoir. Ce n'était pas un petit crachin, mais une pluie torrentielle qui donna à Kris l'impression d'être sous la cascade de son refuge barevien. Ils se blottirent sous l'abri improvisé de leurs couvertures imperméables, qui les protégea un peu de la violence des éléments. Le déluge dura environ une heure, selon Kris et les frères Doyle, bien que, fatigués comme ils l'étaient, il leur parût durer une éternité. Puis, aussi brusquement qu'elle avait commencé, la pluie cessa.

— Comme si quelqu'un avait fermé le robinet de la douche, dit Lenny, jetant un coup d'œil hors de son abri trempé. Dites donc, il n'y a pas un nuage dans le ciel, et on n'en est qu'à la première lune. Je la reconnaîtrais entre mille à ses cratères.

Ils secouèrent leurs couvertures, couvertes de gouttes à l'extérieur, mais sèches à l'intérieur.

— Tissu étonnant, dit Nonante, froissant dans sa main le bord de sa couverture. On dira ce qu'on voudra, mais ces Cattenis savent fabriquer du bon matériel de survie.

— Et durable, renchérit Kris. Qu'est-ce que tu vois, ajouta-t-elle à l'adresse de Zainal, qui scrutait le terrain entourant leur retraite.

— Rien.

— Ça t'inquiète ?

— Oui, dit le Catteni, s'asseyant par terre. Tu prends le premier tour de garde, Kris. Tu réveilles Slav. Slav, tu réveilles Coo. Coo, tu réveilles les Doyle. Les Doyle, vous me réveillez.

Il chercha le côté sec de sa couverture, s'enveloppa dedans et s'allongea, posant la tête sur son bras.

— Je dors, après je réfléchis mieux.

Son inquiétude diffuse stimula leur vigilance pendant leur tour de garde. C'était peut-être ce que Zainal avait en tête, pensa Kris en réveillant Slav ; pour éviter les mauvaises surprises.

Ils étaient tous réveillés avant l'aube, pas encore adaptés aux nuits et aux jours plus longs de cette planète. Ils avaient encore assez de bouses séchées pour faire chauffer de l'eau dans leurs quarts ; ils y ajoutèrent des herbes pour en faire une tisane odorante qu'ils sirotèrent en grignotant leur pemmican. Ils avaient tous connu des déjeuners pires.

A la crête suivante, Zainal grimpa jusqu'au point le plus haut et examina les alentours, puis tendit le bras vers sa droite.

— Montagnes, dit-il, énigmatique.

— Tu crois que les machines ont creusé des entrepôts dans tous les versants montagneux ? demanda Kris, courant presque pour rester à son niveau dans la descente.

— On verra, dit Zainal en souriant, les yeux rieurs.

Ils arrivèrent à cette nouvelle destination vers midi, suivant la crête de la montagne jusqu'au moment où ils arrivèrent à la roche nue et à un nouveau garage, silencieux mais plein.

— Vous croyez que les machines font la pause déjeuner pour se graisser et faire le plein elles-mêmes ? demanda Lenny, pendant qu'ils observaient cette installation encore inconnue. C'est peut-être un nouveau grenier ? ajouta-t-il montrant les champs moissonnés d'alentour.

— On va voir.

— Et barbouiller les panneaux ? dit Nonante, en

s'épongeant le front, car ils avaient beaucoup grimpé au cours des derniers klicks. J'ai dû arroser une ou deux collines de ma sueur.

Les granges étaient vides, sans un seul grain pouvant indiquer ce qu'elles avaient contenu.

— Il a pas chômé, l'astronef, s'il a aussi vidé ces baraques, dit Lenny.

— Ça fait longtemps, dit Zainal, passant un doigt sur le sol et le ramenant couvert de poussière.

— Ah ? Eux aussi ils réduisent les subventions agricoles ? demanda Nonante, facétieux.

Zainal leur fit signe de visiter les quinze bâtiments composant ce complexe. Le dernier était le garage, où les machines étaient alignées en rangées silencieuses. Lenny, s'apprêtant à entrer, ne leur trouva pas l'air poussiéreuses, mais Zainal l'arrêta de la main, montrant le long rectangle de l'auvent est du garage.

— Energie solaire.

— Ouais, dit Nonante, déglutissant avec effort. Tu crois qu'on est repérés comme cambrioleurs ?

— J'en doute, répondit Lenny. De quoi veux-tu qu'elles se méfient sur cette planète ? Elles ne savent même pas qu'on est là. Et dangereux !

Zainal gloussa.

— On l'est. Pour elles.

Puis il fit signe à Nonante, enlaça ses doigts et attendit. Nonante, haussant les épaules à l'idée de faire hisser son poids non négligeable par le Catteni, mit un pied dans les mains, grimpa sur les épaules de Zainal, et se trouva à bonne hauteur pour examiner les panneaux solaires.

— Dites donc, remarqua-t-il après un bref examen, je crois qu'ils sont amovibles.

Il en saisit un, chancelant un peu sur les épaules de Zainal, mais le Catteni compensa facilement pour le garder en équilibre, et il détacha le panneau de ses taquets.

— Facile à installer, pièces de rechange en stock, pas de délais, pas de problème !

Il détacha les quatre panneaux et les leur tendit, puis examina les connexions permettant le stockage de l'énergie.

— Je regrette de ne pas avoir vu les spécifications des trucs solaires qu'ils amenaient à Dublin avant notre départ.

— Tu n'as pas été capturé en Irlande ? demanda Kris, qui l'avait supposé jusque-là.

— Non, on travaillait sur un chantier de construction à Detroit. La paye était pas mirobolante, mais c'était mieux que de toucher cinquante tickets par semaine au chomdu.

Puis il sauta à terre et rejoignit son frère, Slav et Coo, qui examinaient les panneaux avec méfiance. Zainal semblait attendre, les yeux fixés sur les machines immobiles.

— Quelle quantité d'énergie ces trucs-là peuvent-ils bien emmagasiner ? lui demanda Nonante. Est-ce qu'il va falloir attendre la nuit ? Mais alors, on ne verra plus rien.

— C'est peut-être des machines de secours, suggéra Lenny. Elles ne sont pas armées ni rien.

— Fléchettes, s'interrogea Zainal, scrutant le garage pour localiser les petites menaces aériennes.

— Je ne vois rien dans la carrosserie, dit Lenny, passant la main dans une ouverture. Pas trace de dispositif de sécurité — que je ne reconnaîtrais pas si j'en voyais un, d'ailleurs, mais il doit bien y avoir quelque...

Coo rompit le silence pensif en allant d'un pas décidé jusqu'au fond du garage, puis, se retournant, il leva sa longue main aux doigts comme des pattes d'araignée, en le geste signifiant « c'est là ».

— OK, dit Nonante en se frottant les mains. Voyons si on peut les mettre hors d'état de nuire, ces saletés de mécaniques.

Il sauta sur le rebord de la machine agricole la plus proche, puis, trouvant des prises, se hissa jusqu'aux panneaux solaires.

— Dites donc, ceux-là aussi s'enlèvent d'une simple torsion du poignet, remarqua-t-il, arrachant un panneau à ses taquets, puis un autre.

Il en enleva sept en tout, puis baissa les yeux sur Zainal.

— Bon, alors maintenant, qu'est-ce qu'on fait, chef ?

Zainal monta sur le rebord, puis, sur la pointe des pieds, il examina l'ouverture laissée par l'enlèvement des panneaux. Kris retint son souffle, espérant que rien n'allait s'activer pour l'assommer ou le faire tomber. Ne les ayant vues que très brièvement, elle ne se rappelait pas quelles parties de la machinerie s'allumaient quand elles étaient en action.

Zainal se mit à tirer sur une section qui lui resta dans les mains. Il grogna et la tendit à Kris, puis, avec Nonante, il se mit à démonter la carrosserie. Même Slav eut l'air content de recevoir les pièces avec Coo et Lenny.

— Simple, dit Zainal, après avoir examiné les entrailles de la machine. Ça — et il toucha un cube de côté égal à la longueur de sa main — c'est le collecteur d'énergie.

Il le débrancha.

— Hum ! c'est vraiment pépère, se réjouit Nonante avec un sourire jusqu'aux oreilles. On dirait un Meccano.

— Si c'est d'autres machines qui assurent la maintenance, il vaut mieux que ça soit facile à démonter, dit Lenny.

— On ne pourrait pas se servir de tout ça au camp ? demanda Kris.

— Pour faire quoi ? grogna Nonante. On n'a pas d'électricité.

— Mais si on avait du courant... peut-être que les ingénieurs pourraient nous concocter quelque chose d'utile.

— Utile pour faire quoi ?

— Qu'est-ce qui te prend ? Tu n'aimes plus la technologie ? demanda Lenny à son frère d'un ton critique.

— Mitford voudra tout ça. On rapportera au camp plus tard, dit Zainal.

Il regarda autour de lui, étrécissant les yeux.

— Qu'est-ce qu'il y a ?

— Pas de fléchettes.

Soudain, Coo tendit le bras, avec l'équivalent d'un éclat de rire pour un Deski. Levant la tête, ils virent enfin l'unité aérienne suspendue au plafond.

— Pas étonnant qu'on n'en ait pas vu au garage de l'abattoir. On n'a jamais regardé *en l'air*, dit Kris. Maintenant qu'on sait où c'est, on peut démonter ça aussi.

— Comme ça? dit Lenny. Je veux dire : ce truc doit être programmé par une machine, non? Il ne peut pas se mettre à tirer ici, hein?

— J'espère que non, dit Nonante.

Ils durent faire un numéro de cirque — Nonante sur les épaules de Zainal, Coo sur les épaules de Nonante — pour atteindre l'unité. En s'efforçant de l'arracher à ses taquets, l'échelle humaine oscillait dangereusement de droite et de gauche, avec Kris et Lenny faisant une danse de mort autour pour amortir de leur corps une chute éventuelle.

Pour l'arracher à son ancrage, Coo se suspendit à l'appareil, qui tomba enfin... et Coo avec, émettant des caquètements étonnants dans sa chute, mais serrant l'unité sur son cœur. Lenny et Kris se heurtèrent en se ruant pour rattraper son corps filiforme, mais ils parvinrent à amortir le choc, même si une ailette de l'appareil cogna Kris sur le nez. Elle vit des étoiles, mais parvint à ne pas lâcher le corps frêle du Deski et à l'allonger par terre avec l'aide de Lenny.

Quand elle se redressa, elle eut le souffle coupé, car les pointes anesthésiques des fléchettes, saillant tout le long des ailes, étaient pointées droit sur elle. Elle aurait pu facilement se piquer. Puis elle s'assit et renversa la tête en arrière pour arrêter son saignement de nez.

Tous les hommes voulaient casser ce maudit appareil.

— Non, dit-elle d'une voix étouffée, car elle étanchait son sang de sa manche. Il faut regarder s'il y a un réservoir de cet anesthésique.

— Pourquoi? demanda Lenny. Je ne suis pas du genre vindicatif, mais quand je pense à ce qui est arrivé à certains anesthésiés...

— Justement. Je pense à un usage médical de ce produit anesthésiant, Lenny. Il nous a endormis. Et ça pourrait nous être utile.

— Ah, ouais.

Ils démontèrent donc l'appareil avec mille précautions, puis démontèrent toutes les autres machines du garage, faisant des tas séparés de toutes les pièces détachées semblables.

— Ça ne me dit rien de trimbaler tout ça au camp, observa Lenny, lorgnant pensivement le matériel.

— On amènera d'autres pour porter. Aarens est fort, dit Zainal, avec un sourire malicieux à Kris.

— Il te bénirait s'il entendait ça ! s'esclaffa Kris en riant.

— A quoi ça servira de trimbaler toute cette saloperie ? interrogea Nonante, regardant le matériel d'un air dubitatif. Mais dites donc, c'est pas risqué de laisser ça ici ?

— Les machines n'ont plus de courant, répondit Zainal, haussant les épaules.

— C'est vrai, dit Nonante, pourtant toujours inquiet.

— Et il n'y a pas de courant non plus dans le garage, lui rappela Kris.

— Mais suppose qu'ils aient une sorte de patrouille de sécurité qui vient les surveiller pour s'assurer qu'elles travaillent ?

— C'est ce qu'on veut, dit Zainal en souriant.

— Ouais. Tu as raison, je suppose. Mais alors, on ne devrait pas casser toutes ces pièces pour qu'ils ne puissent pas les réassembler ?

— On va les cacher, décida Zainal d'un ton décisif après réflexion.

Ils durent traîner les panneaux et les cubes assez loin avant de trouver un endroit où ils seraient à l'abri d'une inspection aérienne ou de surface, et cela leur prit le reste de la journée. Le soir, ils campèrent dans le garage démantelé, à l'abri des pluies torrentielles qui se remirent à tomber. Ils firent du feu pour rôtir les râblés qu'ils avaient tués en cours de route — Kris s'était étonnée en en abattant un de son premier coup de lance-pierres. Et ils mangèrent en contemplant le déluge.

•

Au cours des sept jours de leur patrouille — temps que Mitford avait assigné à cette mission —, ils trouvèrent et démantelèrent quatre autres installations, dont un autre abattoir. Ils y campèrent le soir, et dormirent confortablement sur des tas de fourrage, bien à l'abri de la pluie diluvienne. Il pleuvait tous les soirs, pendant environ une heure, et ils préféraient être à l'abri pendant la durée de ces cataractes.

— Ce genre de pluie ne peut pas être naturelle, observa Kris le quatrième soir. Pas cette pluie qui tombe la nuit, quand toutes les machines sont bien à l'abri dans leurs garages.

— L'agriculture est tellement bien organisée ici que ça ne m'étonnerait pas qu'ils gèrent aussi le temps, dit Nonante. Sûr que ça serait chouette s'il ne pleuvait jamais pendant les matchs de foot, ajouta-t-il pensivement.

— Quelle idée de penser au foot, dit son frère, amicalement sarcastique.

— Alors il doit y avoir un centre de contrôle général quelque part sur cette planète, supposa Kris, se tournant vers Zainal, qui hocha la tête. Mais où ? Nous ne pouvons pas couvrir beaucoup de terrain à pied, et nous ne savons même pas sur quel continent nous sommes. Toi non plus ? dit-elle à Zainal.

Il secoua la tête en soupirant, frustré de son ignorance.

— Enfin, si on continue à démanteler les garages, on ne va pas tarder à rencontrer le propriétaire. Peut-être plus tôt qu'on ne voudrait, dit-elle, portant machinalement la main au couteau suspendu à sa ceinture. C'est réconfortant, un couteau, mais pas vraiment suffisant pour combattre le genre de technologie qu'on a vu ici.

— Pas d'êtres intelligents sur cette planète, affirma Zainal, haussant les épaules.

— Tu veux dire que tout ce qui pourrait nous attaquer, ce seraient des machines ? demanda Kris, pas vraiment heureuse à cette idée. Ou des fléchettes anesthésiantes ?

— On est coincés sur cette planète, dit Zainal, haussant convulsivement les épaules. On sera prudents. On montera la garde.

Il lança une série d'aboiements gutturaux au Deski qui mastiquait tranquillement. Coo hocha la tête en montrant ses oreilles. Puis, à la surprise de Kris, il joignit le pouce et l'index faisant le geste qui signifiait « compris ».

— Ils apprennent drôlement vite, hein ? murmura Lenny, souriant au Deski et levant les deux pouces à son adresse pour manifester son approbation.

Coo hocha la tête avec enthousiasme, tout en continuant à mastiquer.

Kris, qui observait le Catteni pendant cet échange, conclut qu'il avait remarqué les changements survenus chez le Deski. L'extraterrestre continuait à suivre la patrouille, mais il ne grimpait plus avec autant de facilité, et, aux yeux de Kris, il était plus arachnéen et immatériel que jamais. Et il ne cessait pas de goûter toutes les plantes, les racines et les noix qu'ils trouvaient en chemin. Des noix et des mousses poussaient sur les troncs de certains arbres. Coo goûtait tout ce qui lui tombait sous la main, et tandis que les autres se régalaient de râblé rôti, il mastiquait lentement ses rations militaires. Deux fois, Zainal lui avait dit de ne pas économiser les rations ; il y en avait d'autres au camp. C'est du moins ce que Kris *pensait* qu'il avait dit.

Au matin du sixième jour, Slav tendit le bras en direction du camp. Kris fut vraiment impressionnée par son assurance, car ils avaient tellement monté et descendu, avaient fait tant de tours et détours pour contourner des falaises, qu'elle ne savait absolument pas dans quelle direction se trouvaient leurs grottes.

CHAPITRE 8

Trois jours après avoir envoyé cinq équipes découvrir et démanteler de nouvelles installations, Mitford, au quatrième lever de lune, révisait les plans de rénovation de l'abattoir présentés par les trois architectes. Tous les appareils d'abattage et de transformation des carcasses avaient été démontés, mais il faudrait qu'ils manquent sérieusement de place avant que les colons au courant des massacres survenus dans ce bâtiment acceptent d'y loger. Mais beaucoup restaient dans l'ignorance des événements.

— Sergent, quelque chose approche, lui chuchota soudain une sentinelle.

— Pas besoin de me prévenir. Crie « Qui va là ? » dit Mitford, prenant quand même sa lance d'une main, et, de l'autre, remuant son couteau dans son fourreau.

— Qui va là ? gueula la sentinelle.

Des hurlements lui répondirent, mais pas le mot de passe. Il se baissa.

— Merde ! sergent. C'est pas les nôtres, dit-il, s'abritant derrière un rocher. ALERTE ROUGE ! tonitrua-t-il, tapant sur le gong installé sur sa hauteur.

— DE QUEL CÔTÉ ILS ARRIVENT, BON SANG ! RAINEY ? rugit Mitford. ATTAQUE ! ATTAQUE ! TOUS A VOS POSTES !

Même avec tant de gens en patrouille, il y avait heureusement toujours une poignée de réfugiés debout à n'importe quel moment de la journée de vingt-huit heures.

— ILS DESCENDENT LE RAVIN, SERGENT ! Oh, mon Dieu ! gémit Rainey, se baissant pour esquiver une lance qui s'abattit derrière lui. Ils tirent sur *moi* !

D'autres lances fendirent la nuit, visant la source de lumière qu'était le feu du « bureau ». Plié en deux pour ne pas constituer une cible trop facile, Mitford s'élança de l'avant. Dans les fers, Aarens hurla qu'on le libère quand deux flèches perdues tombèrent près de lui, suivies d'une nouvelle lance.

— GROUILLEZ-VOUS ! rugit Mitford comme hommes et femmes sortaient en courant de la caverne principale, lance et couteau au poing ainsi qu'on le leur avait appris.

Avec une sombre satisfaction, Mitford se dit qu'après ça, plus personne ne protesterait contre les manœuvres qu'il imposait. Mais quel était le nombre des agresseurs ? se demanda-t-il, montant en courant le ravin et souriant jusqu'aux oreilles à la vue des premiers assaillants qui apparaissaient à la limite des aires éclairées. Une bonne bagarre, voilà ce qui lui manquait ici. Il fit une pause pour viser un corps qui approchait. Sa lance s'enfonça dans la poitrine du chef, qui tomba comme une pierre. Sur les hauteurs, les sentinelles avaient commencé à lancer flèches et épées dans la mêlée. Puis un énergumène chargea Mitford en hurlant.

Le sergent contra l'attaquant sans broncher. L'homme avait un couteau dans chaque main, mais aucune technique de combat, et agitait frénétiquement ses lames dans l'espoir qu'elles rencontrent une cible par hasard. Mitford esquiva, fit un pas de côté, puis lui plongea son couteau dans les côtes. L'homme poussa un terrible hurlement d'agonie, et tomba à la renverse en lâchant ses armes. Mitford resta accroupi, libérant son couteau pour affronter l'ennemi suivant, remarquant du coin de l'œil que ses défenseurs se pressaient derrière lui. Puis une pierre lancée des hauteurs rebondit sur son épaule et il tituba contre la paroi du ravin.

— REGARDEZ OU VOUS TIREZ, BON SANG ! rugit-il, voyant

Bart, Taglioni, et sans doute Sandy Areson, le dépasser en courant.

La bataille fut brève, les agresseurs n'ayant manifestement aucun plan en tête. Ils avaient vu des lumières et senti des odeurs de cuisine, et ils avaient attaqué à un moment où ils croyaient tout le monde endormi.

Il y eut quatorze cadavres à enterrer, et trois blessés à recoudre. Ils mouraient de faim, et même leurs vêtements en indestructible tissu catteni étaient déchirés et incroyablement crasseux. Au lever du jour, trois femmes s'approchèrent en rampant, mendiant des secours. Elles étaient dans un état lamentable, non seulement affamées, mais battues et violées à répétition. Sous l'œil approbateur de Mitford, Patti Sue conduisit l'une d'elles, presque encore une enfant, à la cuisine, pour le premier vrai repas qu'elle ferait depuis son largage.

Seulement cinq défenseurs étaient blessés, dont deux par le « feu ami » — pierres lancées des hauteurs par les sentinelles. Mitford avait l'épaule endolorie, mais il n'en parla pas à Matt Dargle, qui avait à recoudre bien des coupures. Un homme avait trébuché dans le noir, se cassant la jambe, et il maudissait sa maladresse tandis qu'on lui réduisait sa fracture.

— Désolé, sergent, dit-il, quand Mitford fit le tour de l'infirmerie pour évaluer les dégâts.

— Tu n'étais pas juste derrière moi dans le ravin, Bart ? demanda Mitford, regardant Matt Dargle recoudre une vilaine coupure au bras du grand black. Ça t'apprendra à ne pas baisser ta garde.

— Non, sergent, c'est toi qu'ils visaient, répondit Bart en souriant.

— C'est ma peau que tu as sauvée alors ? Merci, dit Mitford, lui serrant brièvement l'épaule.

La bataille avait réveillé tout le camp, alors les cuisiniers se mirent à préparer un petit déjeuner anticipé. Mitford profita de ce répit pour insister sur la nécessité d'une vigilance assidue.

— Bons réflexes, temps de réaction court, mes enfants, mais ils n'auraient jamais dû arriver jusqu'au ravin. Je crois que nous allons agrandir un peu le périmètre de garde.

— Et des trappes, sergent ? On ne pourrait pas en creuser autour du camp ?

— Fais-moi un plan, le pria Mitford, hochant la tête avec approbation.

— Avec tant de gens en patrouille, on n'était pas un peu à court de défenseurs ? demanda Sandy Areson.

— Pas alors que tu étais toi-même à l'avant-garde, répondit Mitford en un compliment indirect.

— C'est mon foyer à moi aussi, dit Sandy, haussant les épaules. Et d'ailleurs, tu avais fait faire l'exercice à tout le monde.

— Et je n'ai pas eu raison ? répliqua Mitford en souriant.

— D'accord, d'accord, on a râlé, dit-elle, mais tu savais ce que tu faisais. Et on était un peu trop confiants, je suppose.

— Maintenant, on est tous prévenus, conclut Mitford, promenant son regard sur l'assistance. Ils ne sont même pas arrivés jusqu'à mon bureau, hein ? Bon, ce n'est pas le tout, mais j'ai besoin d'une patrouille de déblayage.

— Tu veux dire une patrouille d'enterrement ? dit Dowdall, cessant d'aiguiser son couteau et relevant la tête.

— Non, une patrouille de déblayage. Je veux qu'on transporte ces cadavres à au moins quatre champs d'ici, Dowdall.

— Oui, sergent, grogna Dowdall à cette nomination tacite.

— Nous ne voulons pas que ces charognes empuantissent le camp, non ? Toi, toi, toi, toi et toi, dit-il désignant une équipe complète. Occupez-vous-en avant que le soleil les réchauffe trop.

Dès qu'il revint à son « bureau » pour noter l'incident, Aarens commença ses jérémiades.

— Tu m'as laissé cloué au pilori pour crever, incapable de me défendre ! Et tu te crois civilisé ! Et tu te prends pour un grand chef !

Mitford marcha droit sur lui, et, l'attrapant par les cheveux, il lui releva la tête pour le regarder dans les yeux.

— Ecoute-moi bien, tas de merde ! Tu continues

comme ça, et je te fais mettre au pilori juste à côté des cadavres !

Aarens ravala son air.

— Tu n'oserais pas !

— Ah, je n'oserais pas ? Donne-moi seulement un prétexte ! Un seul !

Mitford savait que sa rage était davantage une réaction au stress de cette attaque surprise et à la retombée de l'adrénaline qu'à la conduite d'Aarens. Il n'aurait pas dû perdre son sang-froid et s'en prendre ainsi à cet homme, mais mieux valait lui qu'un autre.

— Eh ! du calme, sergent, du calme, dit Aarens d'une voix tremblotante, mais à son ton conciliant Mitford lui lâcha les cheveux. Tu ne peux pas me perdre maintenant, sergent. Pas au moment où tu vas avoir besoin de moi.

— Besoin de... *toi* ?

— Ouais, de moi, sergent, confirma Aarens avec un grand sourire. Comme je te l'ai dit en arrivant, je suis un génie de la mécanique. Je fais fonctionner des machines que personne n'arrive à faire marcher. Je n'ai pas besoin de manuels ni de fiches techniques. J'ai le chic pour ça. Chez moi, je gagnais de l'or en barre, juste en disant aux cadres comment améliorer l'efficacité de leurs chaînes de production. J'ai entendu ce que tu discutais, avec Mack, Su, Capstan et les autres. C'est tous des ronds-de-cuir. Moi, je suis le mec qui met les mains dans le cambouis. Et qui fait marcher les trucs. Tu ne voudrais pas te priver de ton seul vrai talent, qui peut t'installer l'électricité dans les grottes ! L'eau chaude ! Un système d'alarmes avancées !

— Des alarmes avancées ? Comment ?

Mitford était méfiant, mais voulait bien se servir d'Aarens si ce salopard disait vrai.

— On pourrait monter des panneaux solaires — avec leurs collecteurs, bien sûr — autour du camp, dit Aarens, agitant ses mains menottées, avec un coupe-circuit fait d'un fil plus petit. Tout ce qui couperait le courant déclencherait une alarme sonore. Simple.

— Et la nuit ?

Aarens secoua la tête, rejetant cette objection.

— Les collecteurs devraient être assez chargés pour tenir toute la nuit. Sinon, comment elles démarreraient le matin, ces machines ? C'est simple.

Mitford se dit qu'il ne risquait rien à proposer l'idée à Mack et Spiller.

— Ouais, c'est simple. Maintenant, tu la fermes.

— Ouais, mais je suis censé être libéré de ce truc aujourd'hui, protesta Aarens.

Mitford porta sur lui un regard pénétrant, puis montra le cadran solaire.

— Pas avant que le soleil atteigne la première division. Ça fera exactement un jour depuis que tu as été condamné pour le harcèlement de la petite Chinoise.

Sur quoi Mitford se retourna et reprit son crayon.

Il regretta presque que Mack, Spiller et Jack-le-Clou trouvent l'idée assez bonne pour construire un prototype avec le matériel rapporté de l'abattoir. L'équipe de Zainal arriva au camp juste avant la pluie, en courant au petit trot partout où le terrain le permettait, et ils furent tous arrêtés par les sentinelles qui leur demandèrent le mot de passe.

— Le mot de passe ? cria Kris. Quel mot de passe ? Tu nous connais, bon sang ! C'est Kris Bjornsen, Zainal, les frères Doyle, Coo et Slav. Qu'est-ce qui te prend, Tesco ?

— Je fais mon devoir, Kris. On a été attaqués depuis votre départ.

A son sourire, ils comprirent immédiatement que l'attaque avait été repoussée et que le camp n'avait pas de morts ni de blessés graves à déplorer.

Ils passèrent le poste de Tesco et se hâtèrent vers les cavernes, impatients d'en savoir plus.

Voyant que le sergent n'était pas à son bureau, Kris saisit par le bras la première personne qui passa à sa portée, un adolescent qu'ils avaient sauvé de l'abattoir.

— Pete, où est Mitford ?

— A l'intérieur. On t'a dit qu'on a été attaqués ?

— Ouais, mais j'aimerais bien des détails.

— Attaqués par qui ? Par quoi ? demanda Lenny.

— Bah ! des débarqués qui mouraient de faim. Le sergent a dirigé la contre-attaque — ça, c'était du sérieux, dit le garçon, les yeux brillants d'admiration. Avec Bart et Sandy Areson juste derrière lui. J'ai presque tout raté, ajouta-t-il, l'air déçu. Les sentinelles leur ont envoyé des volées de flèches et de pierres, et ont même amoché deux ou trois des nôtres.

Pete ne put réprimer un grand sourire.

— « Feu ami », a dit le sergent. Et il y a eu quatorze cadavres à transporter. Par là, ajouta Pete, avec un grand geste suggérant une distance considérable. Pour faire plaisir aux charognards — il frissonna. Alors, vous voyez ce que vous avez raté.

— On a des blessés ? demanda Kris avec un regard inquiet vers le « bureau » vide.

— Bof ! une jambe cassée et quelques coupures, c'est tout. Et le sergent a recueilli les femmes que ces salopards avaient malmenées.

Involontairement, Kris jeta un coup d'œil vers le pilori. Personne. Se pouvait-il qu'Arnie et Aarens se soient acheté une conduite ? Ou que la peur des assaillants leur ait mis un peu de plomb dans la tête ?

— Mort à tous les agresseurs de Camp Ayres Rock ! dit Pete, levant le poing.

— Camp Ayres Rock ? répéta Kris, sidérée.

— Ouais. Pourquoi pas ? Le roc qui nous protège.

— Toi aussi, tu t'appelles Peter.

— Euh ? fit le garçon, plissant le front.

— « Peter » signifie « roc », mon chou.

— Ah, je savais pas.

— Mais sais-tu où est le sergent en ce moment ?

— Bien sûr, suivez-moi, dit Pete avec un grand geste. Il est en train d'installer des alarmes avancées.

— Ah oui ?

— Ouais. C'est Aarens qui les a faites. C'est pas mal. Et ça marche.

— Aarens ? fit Kris, surprise, se tournant vers Zainal.

— On va de merveille en merveille, dit Lenny, souriant de son étonnement. Alors, il n'est pas totalement inutile.

— Il faut de tout pour faire un monde, se contenta de commenter Mitford quand il rentra de son inspection.

— Mais Aarens ?

— Moi aussi, je n'en revenais pas, dit Mitford, les conduisant dans une petite grotte qui était son « bureau intérieur » depuis que les pluies avaient commencé. Pete vous a parlé de l'attaque ?

— On peut te débriefer, sergent ? demanda Kris en riant.

— Plus tard. Faites-moi d'abord votre rapport. Tout s'est bien passé ? interrogea-t-il, promenant son regard sur les autres.

— Très bien, sergent. On a été super, dit Lenny.

— Mais Coo s'affaiblit, sergent, ajouta Kris à voix basse, sans regarder le Deski. Est-ce qu'on a trouvé quelque chose pour eux ?

Mitford grimaça.

— Matt Dargle attribue leur état à des carences en vitamine C, et en potassium ou calcium. On cherche des sources de ces deux éléments, dit Mitford, lugubre. En ce moment, il n'y a que trois Deskis assez vigoureux pour sortir avec les ramasseurs. Tu as une idée ? ajouta-t-il, se tournant vers Zainal.

— Les Deskis ont toujours eu besoin de vivres spéciaux. On en faisait venir à Barevi. Mais je ne sais pas quoi. Braves gars, les Deskis, conclut-il en soupirant.

— Ouais, et je n'en dirais pas autant de certains, grommela Mitford. Vous me croirez si vous voulez, poursuivit-il avec plus d'entrain, mais Aarens est bien le mécanicien de génie qu'il se vantait d'être !

— Il paraît.

— Il a concocté un système d'alarmes avancées au cas où d'autres individus s'aviseraient d'attaquer Camp Ayres Rock...

Il eut un grand sourire en réalisant qu'ils connaissaient déjà le nom du camp.

— Lui et Spiller croient qu'on peut adapter les panneaux solaires pour produire de l'eau chaude, et peut-être même pour éclairer et chauffer nos grottes. Est-ce que tu te rappelles si le rapport disait quelque chose sur les hivers d'ici, Zainal ? Quelque chose sur la neige, les inondations ou autre chose ? dit-il, l'air inquiet.

Zainal baissa les yeux sur ses grandes mains, comme si elles recelaient la réponse. Puis il secoua la tête en soupirant.

— Mon peuple n'a pas bien exploré. Ils n'ont pas vu des tas de choses que nous connaissons maintenant. Mais cette planète a de l'air pour respirer, et produit de quoi nourrir la plupart, dit-il, d'un ton d'excuse tacite pour les lacunes de l'équipe d'exploration. On a le principal : l'air, l'eau, la nourriture pour survivre. Et on survit bien, grâce à toi.

Mitford hocha la tête en remerciement du compliment.

— Eh bien, puisque les machines agricoles semblent s'arrêter après les moissons, et que nos fermiers disent que tes vaches-leuh n'ont pas été rentrées pour l'hiver, on a des chances de survivre jusqu'au printemps.

— Sergent, puisque les machines ne fonctionnent plus, soit à cause de nous, soit à cause de leur programmation, on ne pourrait pas emménager dans les garages et les écuries ? On en a trouvé assez pour loger tout le monde, dit Kris.

— On y a pensé, dit Mitford. Certains ont peur d'autres attaques de maraudeurs, et se sentent plus en sécurité ici, à Camp Rock. Ils n'ont pas envie de partir. Mais ces bâtiments seraient tout aussi défendables. Bon, maintenant, je vais parler aux Doyle. Allez vous reposer, tous les deux.

Il continuait à pleuvoir à seaux quand Kris et Zainal s'arrêtèrent à la grotte-cuisine pour manger leur soupe et un gros morceau de pain, si bon que Kris ne cracha même pas les grumeaux.

Elle ne connaissait personne parmi les cuisiniers de service, alors elle mangea toute seule avec Zainal. Malgré ses efforts, elle ne put s'empêcher de remarquer les regards en coin qu'on leur jetait, soit pensifs, soit hostiles. Elle n'était pas surprise de cette animosité persistante envers Zainal. C'était peut-être pour ça que Mitford les envoyait tout le temps en mission loin du camp. Loin des yeux, loin du cœur. Elle soupira, et Zainal la regarda, interrogateur. Elle sourit, et cassa une bouchée de pain pour saucer les dernières gouttes de sa bonne soupe dans son bol d'argile un peu tordu, et Zainal l'imita, lui souriant à son tour. Ils lavèrent leur vaisselle et la remirent sur l'étagère.

— Je vais voir Coo, dit Zainal.

— Je viens aussi...

Mais quand Zainal refusa de la tête, elle se dit qu'un bon bain ne lui ferait pas de mal.

— Transmets-lui mes salutations.

— Salutations ?

— Mes amitiés.

— Ah ! Pas un mot « mon vieux » ?

— Non ! dit-elle avec un grand sourire.

— Un jour tu m'expliqueras « mon vieux » ?

— Quand tu voudras, mon ami, accepta Kris en riant. Ton anglais s'améliore à vue d'œil.

— A vue d'œil ? dit-il, s'efforçant de comprendre.

— Je t'expliquerai ça aussi. Bon, je vais prendre un bain, dit-elle en guise d'adieu.

L'eau du lac souterrain était assez froide pour décourager un bain prolongé. Elle ressortit presque immédiatement, et se séchait sous la lumière quand elle entendit des voix.

— Aarens n'a pas tort. Comment savoir si ce Cat n'est pas un espion ? Comment savoir s'il n'a pas transmis des messages par les machines des garages ?

— Laisse tomber, Barker — et Kris, se rhabillant à la hâte, reconnut la grosse voix de Joe Lattore. Qu'est-ce qu'il y a à espionner ici pour les Cats ? Et d'ailleurs, ce n'est pas un Cat ordinaire. J'en ai vu beaucoup de la classe supérieure, et il en fait partie.

— Alors, pourquoi il est ici avec nous ?

— Bjornsen m'a dit qu'il avait tué un chef de patrouille, et qu'il avait été arrêté avant la fin des vingt-quatre heures.

— Ouais, et qui se balade partout avec le Cat, hein ?

— Tu as entendu les frères Doyle aussi bien que moi, et ils disent qu'il n'y a rien entre eux.

— Ils sont discrets, c'est tout.

— Oh, ça va. Le Cat a risqué sa peau pour nous sauver, et je lui en serai reconnaissant jusqu'à ce que j'aie une sacrée bonne raison de changer. Et cet Aarens n'est pas net. Je connais le genre, et je vais te dire une chose : si j'avais à engager quelqu'un, ce serait pas lui. Pas question.

Kris se renfonça dans l'ombre aussi loin qu'elle put, frissonnant à l'idée du danger que courait Zainal. Mitford avait-il la moindre idée de cette hostilité envers le Catteni ? Sans doute, et c'est pourquoi il l'envoyait constamment en reconnaissance — pour réduire les occasions de représailles à son égard.

— Alors, quand est-ce que Mitford va le saquer ? Il disait qu'il le ferait quand il aurait appris tout ce que sait ce salopard. Pour moi, c'est fait maintenant.

— C'est peut-être pour ça qu'il l'expédie tout le temps en mission ? Pour que quelque chose se charge de le supprimer ?

— La prochaine fois, il reviendra peut-être pas, dit quelqu'un avec un rire mauvais. On n'a rien à faire de Cats ici.

— Ah, vous me dégoûtez, les gars. Il est seul, et il est utile. Personne n'est obligé d'aimer les gens utiles, mais on peut se servir d'eux. C'est ce que fait Mitford.

La conversation changea quand le premier entra dans l'eau.

— Bon sang, ce que c'est froid ! Ça va me geler les burettes, c'est sûr.

— Parce que tu en as ?

Kris grimaça et cessa d'écouter, les propos devenant plus personnels et salaces. Les hommes étaient encore plus cancaniers que les femmes. Elle resta dans l'ombre, plaquée contre la froide paroi de la grotte. Heureusement, les hommes n'eurent pas plus envie qu'elle de s'attarder dans l'eau glacée ; ils en ressortirent bientôt et se rhabillèrent. Elle attendit encore un bon moment pour leur donner le temps de regagner le couloir supérieur, puis elle remonta elle aussi.

Elle voulait s'arrêter au « bureau » de Mitford, mais il y avait foule autour de lui, tous les hommes parlant en même temps en se montrant des plans, alors elle regagna sa grotte-dortoir. Une bonne nuit de sommeil était à l'ordre du jour.

Pendant sa dernière mission, quelqu'un avait profité de son absence pour voler les touffes cotonneuses rembourrant son matelas, de sorte que la nuit ne fut pas aussi confortable qu'elle l'avait espéré. Elle était quand même bien reposée quand elle se réveilla avant l'aube. Quand elle arriva à la grotte-cuisine, les chasseurs buvaient leur tisane avant de sortir pour chasser ou vérifier leurs collets. Son quart à la main, elle erra à la recherche de Jay ou Sandy. Ils ne lui cacheraient rien de ce qui se disait sur Zainal. A ce stade, Mitford n'avait absolument aucune raison de le faire exécuter. Et il était impossible que Zainal ait été « infiltré » parmi les prisonniers. Il était là parce que d'autres Cattenis voulaient se venger de lui. Sandy était absente, comme tous ceux qu'elle connaissait.

Trouvant une pierre libre devant la caverne, elle s'assit, observant ceux qui venaient déjeuner en attendant Zainal. Elle se demanda ce que devenait Coo. Ils n'auraient pas dû le laisser monter détacher l'appareil aux fléchettes ; sa chute ne l'avait pas arrangé, même si elle et Lenny avaient amorti le choc à l'atterrissage.

Elle entendit en même temps un grondement sourd et le cri d'alarme des sentinelles. Et elle se précipita sur la corniche extérieure pour voir ce qui faisait ce bruit. Quoi que ce fût, c'était encore loin et ressemblait sacrément au vaisseau ramasseur : c'était gros ! Sauf que tout avait été ramassé, non ?

— Où est Mitford ? criait-on de toutes parts, et plusieurs chasseurs s'en allèrent le chercher.

Kris, quant à elle, partit à la recherche de Zainal.

Elle n'alla pas loin, car elle entra en collision avec lui, rebondissant contre ses muscles d'acier et se cognant la tête contre la paroi de pierre au rebond. Il lui saisit le bras pour l'empêcher de tomber.

— Encore un grand vaisseau, Zainal, dit-elle, montrant l'extérieur.

Sans lui lâcher le bras, le Catteni l'entraîna avec lui et les autres attirés par le tumulte général.

Une fois de plus, cette fois dans l'obscurité, ils montèrent tous sur les hauteurs, scrutant le ciel dans la direction du bruit.

— Ils viennent exercer des représailles, tu crois ? dit quelqu'un. Pour avoir bousillé leurs machines ?

— Zainal ! cria Mitford.

— Présent.

— Tu sais ce que c'est ?

Zainal penchait la tête et écoutait intensément.

— C'est le bruit d'un moteur catteni, dit-il, puis il tendit le doigt vers une masse qui sortit de la grisaille de l'aube, silhouettée par ses feux de position.

Même Kris réalisa la différence entre le premier immense astronef et celui-là, beaucoup moins grand si ses feux indiquaient son périmètre. Zainal l'observa encore un moment, puis tendit le bras en direction de l'abattoir.

— Par là, dit-il.

— Bon sang ! qu'est-ce qu'ils font ?

— Il y a une chance qu'ils débarquent d'autres prisonniers, Zainal ? demanda Mitford.

— Oui, une bonne chance, répondit Zainal, commençant à redescendre la pente. Qui vient avec moi ?

— Je ne t'ai pas dit d'y aller, mon gars, intervint Mitford d'une voix tendue.

— Seulement ceux qui courent vite, ajouta Zainal, ignorant Mitford. Ils doivent décharger.

— Ouais, mais tu pourrais arriver assez vite pour repartir avec eux, non ? dit Mitford d'une voix dure, sortant de l'ombre et saisissant le bras de Zainal.

Kris retint son souffle. Peut-être que Mitford n'avait rien contre une exécution sommaire du Catteni, après tout, et Kris ne voulait pas qu'il soit exécuté ; elle l'aimait trop !

— Pas de bêtise, sergent, dit-elle. J'irai avec lui.

— Naturellement, dit Mitford, énigmatique.

Ils durent s'arrêter de parler, parce que le fracas de l'astronef dominait toute conversation. Zainal suivit le vaisseau des yeux, puis hocha la tête.

— Transport. Gens débarqués. Il faut *essayer*. Il fait encore nuit, dit Zainal.

Et, prenant Kris par la main, il l'entraîna avec lui dans la descente.

— Essayer quoi ? cria Mitford en même temps que Kris, mais Zainal sprintait déjà dans le ravin dans la direction que l'astronef avait prise, traînant Kris derrière lui.

Elle entendit derrière eux des ordres confus et contradictoires. Au début, elle se demanda pourquoi il tenait tant à l'avoir avec lui, puis elle dut se concentrer sur la course pour rester à son niveau, et le fait qu'elle y parvint était déjà un exploit. Elle était plus en forme sur cette planète dingue qu'elle ne l'avait jamais été de sa vie. D'autres les suivirent, jurant contre l'obscurité et le terrain inégal, mais elle se concentra sur les mouvements de Zainal et le chemin devant eux.

Ils devançaient les autres d'assez loin quand Zainal fit une pause pour permettre à Kris de se reposer. Ils étaient au fond du ravin, les feux de l'astronef cachés par la configuration du terrain. Elle eut bientôt assez repris haleine pour demander :

— Ils vont les débarquer au même endroit que nous ?

— Ce serait bien, dit-il. Il n'y a rien là-bas.

Elle traduisit que le champ serait vide et favorable à un largage. Elle se demanda combien de temps prendrait le débarquement, à moins que les Cattenis n'aient un dispositif permettant de rouler les corps au-dehors sans intervention de personnel. Puis elle se rappela, trop nettement pour son goût, ce qui arrivait aux corps inconscients étendus la nuit dans les champs. Pas étonnant que Zainal soit si pressé. Arriveraient-ils à temps pour prévenir la boucherie ?

Il se remit en route, et elle suivit, réalisant qu'il leur avait fallu deux jours pour arriver aux grottes après avoir quitté ce champ. Même au train où courait Zainal, arriveraient-ils avant que l'astronef ne décolle ? Enfin, il *fallait* essayer quand même. Ou peut-être qu'il espérait attirer l'attention de ceux du vaisseau à partir d'une hauteur ? Ils étaient en train de gravir une pente, et Zainal s'arrêta si brusquement qu'elle se cogna contre lui.

— Eh ! préviens quand...

Elle laissa sa phrase en suspens, réalisant que les feux de position étaient trop hauts pour un vaisseau proche de l'atterrissage. Ils ne l'avaient pas vu reprendre de l'altitude. Zainal jura, pivota sur lui-même, mimant des bras et des mains la direction qu'avait dû suivre l'astronef, comme pour se l'imprimer dans la tête. Il remonta la pente qu'ils venaient de descendre, glissant dans sa hâte et se raccrochant à des prises.

Kris le suivit, branlant du chef, ne s'arrêtant que lorsque le tonnerre des moteurs lui apprit que l'astronef s'arrachait à la gravité de la planète. La flamme de ses tuyères était aussi brillante que celles vues à Cap Kennedy. Elle aurait aimé s'arrêter pour regarder, mais elle devait rester au niveau de Zainal.

Ils rencontrèrent les autres quelques instants plus tard, grâce au train qu'imposait Zainal.

— Le vaisseau a déjà déchargé sa cargaison, leur dit-elle, s'appuyant sur quelqu'un tout en haletant ses explications. On retourne par là. Il faut arriver avant que les charognards les bouffent tous.

— C'est pour ça que le Cat était si pressé ?

— Tu parles ! Il espérait les rattraper pour quitter cette saleté de planète, parvint à haleter un autre.

— Pensez ce que vous voulez, mais est-ce que vous allez nous aider ? leur cria Kris par-dessus son épaule en s'élançant derrière Zainal.

Ils trouvèrent d'autres renforts en retraversant le ravin. L'aube éclaircissait le ciel, de sorte qu'ils voyaient mieux où ils mettaient les pieds. A l'endroit où le sentier se séparait, tout droit pour descendre dans le ravin, à gauche pour continuer sur la crête, Zainal fit signe à Kris d'aller faire son rapport à Mitford, debout dans son « bureau », les poings sur les hanches, qui les regardait émerger sur la hauteur.

— Il faudrait Slav, ajouta Zainal qui repartit ventre à terre.

— Qu'est-ce qui se passe, bon Dieu ?

Kris s'arrêta, les mains sur les genoux pour reprendre un peu haleine.

— On a besoin de Slav. Le vaisseau a décollé. Il a déjà déchargé. Il faut tâcher d'arriver avant les charognards.

— Compris !

Et Mitford passa à l'action, appelant d'une voix tonitruante Slav, Pess, Tesco, Su et Dowdall tandis qu'elle repartait à la poursuite de Zainal.

Elle finit par le rattraper près d'un des nombreux ruisseaux où il s'était arrêté pour boire. Le soleil n'était pas encore levé, et il faisait frais, mais cette cavalcade l'avait mise en sueur, et elle se demanda si elle tiendrait la distance.

— Mitford nous envoie des renforts. C'est encore loin ?

Il secoua la tête.

— Le vaisseau monte. On a de la chance, ajouta-t-il, regardant le ciel qui s'éclaircissait.

Elle espérait qu'il avait raison, mais jusqu'à quelle heure ces charognards opéraient-ils ? Cette pénombre serait-elle suffisante pour les renvoyer dans les antres inconnus où ils passaient les heures de jour ? Ayant maintenant repris haleine, elle se mit à plat ventre et plongea son visage en feu dans l'eau fraîche, en fit tourner une gorgée dans sa bouche pour s'humecter la gorge, ne laissant couler qu'un mince filet dans son estomac. Elle fut debout en même temps que lui.

Et ils repartirent en courant.

En fait, ils allaient bon train, pensa-t-elle, maintenant qu'elle avait trouvé son second souffle. Elle s'efforça de ne pas penser à ce que pouvaient faire les charognards à tout un champ de corps tièdes et juteux. Ce n'était pas une pensée productive ! Au moins, tout le monde devait comprendre maintenant que Zainal était motivé par le désir de sauver des gens, et non de quitter la planète. Pourtant, elle l'aurait compris si tel avait été son but. L'aurait-il emmenée avec lui ? Ça non plus, ce n'était pas une pensée productive, mais elle commençait à réaliser ce que le grand Catteni signifiait pour elle. Elle n'avait jamais trouvé quelqu'un qui, comme lui, la traitait en égale compétente, et qui, pas une fois, n'avait eu un geste déplacé depuis le jour où elle l'avait étendu pour le compte dans le coucou. D'après les cancans entendus dans les cuisines de Barevi, elle savait que les Cattenis étaient équipés, pour parler décemment, à peu près comme les mâles humains, mais en plus grand, ainsi qu'avait remarqué une femme avec ironie, mais que les deux espèces étaient incompatibles dans le domaine de la procréation. Il n'y avait pas de métis Humaine-Catteni. Mais depuis qu'elle l'avait assommé à Barevi, Zainal ne l'avait jamais regardée avec concupiscence. Et elle connaissait bien ce genre de regard. Zainal ne la traitait pas tout à fait comme les hommes de la patrouille, mais avec une courtoisie qu'elle trouvait exceptionnelle et qu'il n'avait peut-être qu'envers elle. Et pourtant, il savait que c'était à cause d'elle qu'il était condamné à vivre avec cette bande disparate d'humanoïdes soupçonneux, ingrats et parfois intolérants. Curieusement, bien que les Cattenis fussent pour eux aussi la race « supérieure », les Deskis et les Rugariens ne semblaient pas ressentir d'animosité envers Zainal... en tout cas, pas autant que les humains.

Le terrain ne lui était pas familier, et Kris fut soulagée de voir le soleil se lever et dissiper les ombres, réduisant ses chances de tomber. C'est ce qu'elle craignait le plus — une blessure que leur équipement rudimentaire ne pourrait pas soigner. La lotion antiseptique des Cattenis n'était pas une panacée. Mais l'anesthésiant des fléchettes était un plus.

Zainal bondissait sur la pente, adoptant une trajectoire en zigzag dans les parties les plus pentues. Il l'attendit au sommet et tendit le bras devant lui. A deux champs de distance, elle vit les caisses cubiques des Cattenis, et des rangées de corps inertes, mais elle était trop loin pour distinguer s'ils étaient assaillis par les charognards.

Zainal mit ses mains en porte-voix et poussa un cri étrange, auquel répondit, pensa-t-elle, l'un des extraterrestres. Il hocha la tête avec satisfaction et s'élança dans la descente. La pente était couverte d'épineux qui s'accrochaient à leurs combinaisons avec ténacité, et elle se félicita de n'avoir pas la peau à nu. Empêtré dans une grosse branche, Zainal tira sa hachette et la sectionna. Mais même séparée de l'arbuste, les épines continuèrent à s'accrocher à lui.

— Attention, dit Zainal, levant sa main libre pour la retenir en arrière. Coupe d'abord, ajouta-t-il en lui montrant la pente.

— Je peux t'aider ?

— Continue. Vite, l'enjoignit-il, montrant la direction du champ, maintenant invisible derrière la colline suivante. Tape des pieds, hurle.

Elle hésita encore un instant, mais le regard qu'il lui lança, tout en s'efforçant d'arracher la branche épineuse à sa combinaison, suffit à la faire repartir.

Se taillant un passage à la hachette, elle parvint enfin en terrain découvert, où ne restait plus que le chaume de la moisson. Regardant par-dessus son épaule, elle vit qu'il s'était enfin débarrassé de la branche. Alors elle se remit à courir à travers champ, sautant par-dessus la haie basse de l'autre côté et continuant dans le champ suivant. Elle crut entendre des cris s'élevant dans le champ du largage. Elle accéléra sa course, hurlant, poussant les cris de cow-boy appris dans son enfance de garçon manqué. Elle s'arrêta à la dernière haie, le temps de ramasser une poignée de cailloux. Puis elle franchit la haie d'un bond, et faillit atterrir sur un visage. Un humain. En fait, tous les corps qui l'entouraient étaient humains. Certains avaient déjà été attaqués par les charognards.

Elle se mit à hurler en lançant des pierres aussi loin qu'elle pouvait. Puis elle remonta le champ en tapant des pieds, parfois courant et sautant aussi haut que possible pour retomber avec plus de force, sans cesser de hurler et de yodler, jusqu'à l'autre haie. Pas trace de charognards au centre du champ, alors elle continua à en parcourir le périmètre, toujours tapant des pieds et hurlant, ne s'arrêtant que pour reprendre haleine et s'humecter la gorge. Elle avait parcouru deux côtés du champ quand les autres arrivèrent, et, joignant le geste à la parole, elle leur cria de terminer le périmètre.

Puis elle repéra plusieurs personnes qui sortaient de leur sommeil drogué et elle s'approcha pour les assister. Une fois de plus, les Cattenis avaient largué les prisonniers à proximité d'un ruisseau, et elle prit des quarts de nourriture pour les aider à se remettre un peu de leur épreuve.

Dowdall ouvrait les caisses, cherchant d'abord les couvertures et les trousses de première urgence, tandis que d'autres faisaient de leur mieux pour ceux que les charognards avaient attaqués. Elle était si occupée qu'elle ne s'aperçut pas tout de suite de l'absence de Zainal.

— Tesco, où est Zainal ? demanda-t-elle quand elle remarqua qu'il n'était pas là.

— Je l'ai vu par là-bas, dit-il, montrant vaguement le terrain derrière lui avant de s'agenouiller pour donner de l'eau à une femme encore abrutie par la drogue.

Rassurée, Kris passa au groupe suivant, composé de Deskis. Regardant autour d'elle, elle constata avec irritation qu'aucun des sauveteurs ne faisait rien pour les extraterrestres, alors elle se concentra sur eux. Non qu'elle se sentît bien disposée envers les Turs, qui regardèrent son eau avec suspicion, jusqu'au moment où elle en but une gorgée avant de poser le quart près d'eux. Ils feraient à leur guise. Trois Ilginishs étaient vilainement mordus, mais avant qu'on ait pu intervenir, ils se suicidèrent, sans doute en avalant leur langue pour s'étouffer. Leur visage généralement vert foncé vira au noir. D'autres Ilginishs vinrent voir les morts, et les entassèrent près de la haie. Comme les « visages » des Ilginishs étaient parfaitement inexpressifs, Kris ne sut pas s'ils étaient bouleversés ou non, mais, aussi vite qu'elle le put, elle leur distribua des couvertures et des couteaux et leur montra les trousses de première urgence.

D'autres colons, dont Mitford, arrivèrent du camp. Elle s'étonna de le voir hors de son « bureau », mais fut contente de sa présence. Et elle réalisa alors qu'elle n'avait toujours pas vu Zainal.

— Sergent, tu as vu Zainal ?

— Non, dit Mitford, fronçant les sourcils en embrassant du regard le champ où de plus en plus de débarqués revenaient à eux.

— Vous n'avez pas pris la pente des épineux ?

— Non. Su était là pour nous dire de passer ailleurs. Pourquoi ?

Kris ne répondit pas, mais attrapant une trousse d'urgence et une brassée de couvertures dans la caisse la plus proche, elle partit au petit trot, contournant les groupes et sautant par-dessus les corps encore endormis. Elle traversa comme une flèche le champ suivant, maintenant bien visible dans la lumière matinale, sauta par-dessus la haie sans ralentir, et remonta la colline des épineux en courant. Ces épineux ne ressemblaient pas à ceux de Barevi, mais à l'endroit où elle était sûre de s'être taillé un passage à la hachette, la végétation s'était déjà reformée. Et pas trace de Zainal.

Craignant le pire, car si quelqu'un était capable de se tirer d'affaire tout seul, c'était bien lui, elle regarda anxieusement autour d'elle. Puisqu'il n'était pas en bas dans le champ, il devait être quelque part par là. Et si les épines étaient assez toxiques pour ralentir un Catteni, il aurait cherché de l'eau. Les buissons n'étaient pas assez grands pour cacher sa haute stature, et de toute façon elle aurait vu sa combinaison brun-gris au milieu du vert de la végétation. L'eau !

Il y avait toujours de l'eau en bordure de ces maudits champs mécaniquement cultivés. Ce champ avait été moissonné, mais l'eau ne devait pas être loin. Elle prêta l'oreille, et finit par distinguer un bruit d'eau courante. Au bas de la pente, il y avait un bouquet de ces arbres aux feuilles en forme de losanges. Ils semblaient pousser au bord des ruisseaux.

Elle entendit un gémissement sourd, comme s'échappant à regret de lèvres étroitement fermées. Réalisant que les arbustes de Botany pouvaient être dangereux, elle écarta les branches aux feuilles losanges, et vit Zainal, le corps à moitié dans une source jaillissant hors des rocs autour desquels poussaient les arbres. Il avait ôté une botte et roulé la jambe droite de sa combinaison au-dessus du genou, découvrant la blessure.

— Oh, mon Dieu ! dit-elle en un souffle à la vue de l'énorme inflammation du gros mollet musclé.

Les épineux de Barevi étaient plus gênants que dangereux, mais là, c'était du sérieux. Se penchant sur lui, elle chercha des signes d'empoisonnement du sang, mais comment les reconnaître sur la peau grise du Catteni ? Son sang, aussi rouge que celui des humains, s'était coagulé en longues coulées noires sur sa jambe. C'est alors qu'elle réalisa, à la taille de la blessure, qu'il s'était creusé la chair au couteau pour extraire l'épine.

— Aïe ! murmura-t-elle avec un frisson convulsif.

Elle fouilla dans la trousse, à la recherche de l'antiseptique catteni. Ça s'imposait. Ça lui ferait un mal de chien quand elle verserait lotion dans la blessure ouverte, mais que faire d'autre ? Elle prit une profonde inspiration et vida toute la fiole dans le cratère qu'il s'était fait à la jambe.

— Arrrrggggg ! gronda Zainal, s'asseyant tout d'une pièce, main droite levée pour frapper, bras gauche replié en un geste de défense.

Kris fit un bond en arrière.

— C'est Kris, Zainal. Je viens t'aider !

Il fixa sur elle des yeux hagards de souffrance et d'inquiétude, mais, en ce bref instant, il la reconnut.

— Tu es venue, dit-il d'une voix à peine audible avant de retomber en arrière.

Ses yeux se révulsèrent, les paupières palpitantes à faire pâlir d'envie une belle Sudiste, et il reperdit connaissance.

— Est-ce que j'ai fait ce qu'il fallait, Zainal ?

Elle secoua, ou plutôt essaya de secouer l'épaule massive pour le faire revenir à lui. Elle récupéra sa trousse d'urgence tombée par terre, se demandant ce qu'elle pouvait bien faire pour lui. Les tissus enflammés réagissaient parfois aux compresses froides. Avec tout l'antiseptique qu'elle avait versé dans la blessure, les germes de l'eau ne pourraient pas lui faire grand mal.

Il y avait quelques carrés d'étoffe dans la trousse, qu'elle mouilla et posa sur la blessure. Il gémit un peu mais il n'eut pas de contorsions, alors elle pensa pouvoir continuer sans danger. Elle lui fit un oreiller d'une couverture, enlevant les graviers et les feuilles de ses cheveux gris étonnamment fins et soyeux, et en étendit une autre sur son grand corps.

C'est Mitford en personne qui partit à sa recherche. Elle émergea du bosquet en réponse à ses appels. Derrière lui, elle vit les longues files des nouveaux débarqués s'ébranler en direction du camp. Il n'avait pas perdu de temps pour décider de les accueillir, même si quatre ou cinq cents nouvelles bouches à nourrir ne devaient pas faire partie de ses priorités.

— Qu'est-ce qui se passe, Kris ? demanda-t-il, courant vers elle à petites foulées souples.

Comment parvenait-il à rester en forme malgré ses activités sédentaires ? Elle n'en savait rien, mais il monta encore d'un cran dans son estime.

— Mets tout le monde en garde contre ces épineux, dit-elle d'abord d'un ton pressant en lui montrant les buissons.

Mais la procession semblait adopter l'itinéraire indirect qui contournait la pente inhospitalière.

— Zainal a été piqué par une branche, et il est hors de combat. Il a extrait l'épine avec son couteau, mais elle était assez toxique pour lui faire perdre connaissance. Il nous faut une litière pour le ramener au camp.

Mitford grimaça et se gratta la tête, se retournant pour regarder les nouveaux réfugiés.

— Je sais, il faut que tu ramènes d'abord tout ce monde, mais étant donné tout ce que Zainal a fait... dit-elle, s'étonnant elle-même de l'amertume de sa voix.

— Du calme, Bjornsen. Je n'ai pas l'intention de l'abandonner. Il est sacrément trop utile.

Le ton lui fit comprendre que Zainal était sans doute utile, mais pas vraiment populaire, et elle sut que certaines rumeurs circulant à son sujet étaient vraies.

— On est tous dans le même bateau, rappela Mitford avec un sourire ironique, sur la même planète, mais ce dernier largage ne va pas nous faciliter la vie ! soupira-t-il.

— Je n'ai pas l'intention d'ajouter à tes problèmes, sergent, dit Kris d'un ton d'excuse.

— Bon Dieu, Bjornsen, répliqua-t-il, furieux de cette remarque, ce n'est pas toi le problème, et je ne permettrai pas qu'il le devienne, *lui* ! Tu pourras tenir jusqu'à ce que j'aie installé les nouveaux ?

D'une main il lui saisit le bras pour renforcer ses paroles, et de l'autre, il lui donna sa couverture et un sac.

— Il y a de quoi manger, allumer du feu et d'autres trucs. Bon, maintenant, où est-il ?

Elle le conduisit jusqu'au corps prostré de Zainal. Mitford souleva la compresse, et il recula à la vue de la blessure, puis il remit le pansement dessus.

— Très moche. J'espère qu'il a extrait toute l'épine, mais il y a sans doute réussi, dit-il d'un ton qui approuvait le courage du Catteni. Mais bon sang ! il ne doit pas être bien, couché comme ça.

Alors, unissant leurs efforts, ils tirèrent Zainal hors de l'eau. Puis Kris déblaya un coin de terre, y étendit des couvertures, et ils le roulèrent dessus, maintenant couché plus confortablement en cet endroit plat que sur la pente de la berge.

Puis Mitford se releva, examina les environs en donnant des coups de pied dans les racines des épineux.

— Je me demande comment ils ont trouvé assez de terre pour s'enraciner. C'est assez rocheux pour que vous n'ayez rien à craindre des charognards.

— Ils ne sortent que la nuit, commença Kris, puis elle réalisa qu'il ferait sûrement nuit avant l'arrivée des secours.

— Dans le sac, il y a de quoi faire du feu, et des allumettes qu'a fabriquées Cumber. On a trouvé du soufre, tu sais.

— Non, je ne savais pas, dit-elle, se demandant si le soufre avait des propriétés médicinales.

— Bon, j'envoie une litière dès que possible. Tâche de trouver du bois pour le feu quand tu pourras. J'espère qu'il ne va pas se mettre à délirer ou autre chose, ajouta-t-il, considérant le grand corps du Catteni.

— Je me débrouillerai, sergent, dit-elle, serrant les dents.

— Oui, je sais ; tu es du genre à assumer, Bjornsen.

Kris le suivit des yeux hors du bouquet d'arbres, fortifiée par la confiance qu'il avait en elle. Mitford ne faisait pas souvent des compliments, et elle était fière qu'il crût en ses capacités.

Elle retourna près de son patient, résignée à une longue attente, sachant que personne ne serait pressé de venir au secours de Zainal. Elle renouvela les compresses, se félicitant de la qualité indestructible des tissus cattenis, puis elle lui humecta les lèvres.

En cas d'empoisonnement, il faut empêcher les malades de se déshydrater, non ? Il ouvrit les lèvres comme s'il avait besoin de liquide, alors elle lui versa de l'eau dans la bouche et il déglutit avidement. C'était bon signe. Ses joues et son front étaient chauds, mais pas fiévreux. D'après les rares contacts physiques qu'elle avait eus avec lui, elle ne se rappelait pas quelle était sa température habituelle. Et elle ne distinguait pas si sa peau avait changé de couleur, comme l'aurait fait celle d'un humain. Tout en se félicitant obscurément que les Cattenis ne fussent pas totalement inaccessibles aux dangers naturels, elle regrettait sacrément que Zainal eût été mis hors de combat par une misérable épine.

CHAPITRE 9

Jay Greene, Slav, les frères Doyle, un homme qu'elle ne connaissait pas, et — surprise ! — Coo, arrivèrent au lever de la deuxième lune. Entre-temps, Zainal s'était mis à transpirer à profusion, et elle s'efforçait de le rafraîchir avec les compresses. Mais il y avait tant de surface à rafraîchir ! Il s'agitait, mais pas au point qu'elle eût du mal à le faire rester couché. Pourtant, elle était de plus en plus inquiète. Des bruits furtifs de reptation lui avaient fait craindre que les charognards n'aient l'audace de percer la croûte rocheuse. De temps en temps, elle faisait le tour de la petite clairière en tapant des pieds dans l'espoir de les éloigner. Ils ne s'en prenaient qu'aux victimes passives, couards qu'ils étaient.

Mais elle faillit crier de soulagement en entendant appeler son nom. Elle empila des branches mortes sur son petit feu pour montrer le chemin aux sauveteurs.

— Je te présente le Dr Dane, Kris, dit Jay, poussant le médecin dans le bosquet. Il a même soigné des Cattenis sur la Terre.

— Dieu soit loué ! s'exclama Kris en un souffle, accompagnant vivement le docteur près de son patient et enlevant la compresse pour lui montrer la vilaine blessure — plus vilaine encore à la lueur tremblotante du feu.

— B'jour, dit Dane avec un fort accent australien, lui jetant un regard pénétrant avant de s'agenouiller près de son patient. Il s'est bien arrangé, hein ?

D'une main experte, il pressa les bords de la blessure béante.

— Il a tout extrait, on dirait. C'est des durs à cuire, ces Cattenis. Tu dis que tu as versé toute la fiole dedans ? demanda-t-il, la regardant maintenant avec un grand sourire. C'est bon.

— C'est tout ce que j'avais, et puis, c'est un produit catteni, dit-elle, réalisant qu'elle se tordait les mains.

— Tu as bien fait.

Il tâta la peau de Zainal, puis posa la main sur sa poitrine et ensuite sur la grosse veine du cou.

— Il n'est pas si amoché que ça. Bon, on va le ramener au camp. Tiens, qu'est-ce que c'est que ça ?

S'étant redressé après son examen, il vit Coo qui s'accroupissait près du feu pour inspecter quelque chose.

La main du Deski tremblait — de fatigue sans doute, se dit Kris, profondément reconnaissante à l'extraterrestre d'être venu porter secours au Catteni, étant donné sa faiblesse. Ce que Coo examinait, c'était l'efflorescence terminale d'un épineux, pousse récente d'un gris plus clair, vu que le développement de la végétation sur cette maudite planète semblait être en accord avec les lois botaniques observées sur les autres. Puis, avant qu'elle ait pu intervenir, Coo se fourra le bourgeon dans la bouche, et se mit à mastiquer avec tous les signes de l'enthousiasme et du soulagement. Puis il se releva, avec plus d'énergie qu'il n'en avait manifesté depuis des jours, et courut aux épineux.

— Qu'est-ce qui se passe ? demanda le docteur, étonné.

— Je crois que Coo vient de trouver le remède à ses carences alimentaires, dit Kris.

— Le malheur des uns fait le bonheur des autres, répliqua-t-il avec philosophie. Bon, on va ramener ce zozo à la civilisation. Drôle de planning qu'il a organisé, Mitford, ajouta-t-il avec approbation.

— Bon vieux savoir-faire yankee, confirma Jay avec un grand sourire.

— Et qu'est-ce que tu dis de l'improvisation irlandaise ? dit Lenny, feignant d'être vexé, tout en dénouant les sangles du brancard.

— Tu crois que ça sera assez solide pour sa grande carcasse ? demanda Nonante, comparant du regard la longueur de la civière au corps du Catteni.

— Ces couvertures sont indestructibles, dit Jay.

Ils durent s'y mettre à tous, Kris tenant les pieds, pour installer Zainal, toujours inconscient, sur la litière, l'attachant solidement avec des bandes de couverture pour le trajet de retour.

Kris écrasa du pied les dernières braises, mit le bois qui restait dans le sac de Mitford, et suivit les autres. A la vive clarté de la lune qui se levait, Coo cueillait rapidement, mais prudemment, les bourgeons des épineux, qu'il jetait dans le corsage de sa combinaison.

— C'est ça qu'il te faut, Coo ? demanda Kris. Je peux en cueillir aussi ?

— Nooon, dit Coo, secouant la tête avec force. Mauvais pour les oomans, ajouta-t-il, agitant une main pour l'écarter tout en continuant sa cueillette de l'autre.

Elle s'efforça de se rappeler combien il y avait de Deskis parmi les nouveaux débarqués, mais tout d'un coup, son esprit anxieux et épuisé n'eut plus la force de réfléchir. Elle suivit machinalement les brancardiers, contente que sa longue veille soit terminée.

Pendant son tour de portage — car elle avait insisté pour ne pas en être dispensée —, Leon Dane lui donna des nouvelles intéressantes et encourageantes : la Terre commençait à combattre les envahisseurs cattenis — réaction apparemment sans précédent.

Généralement, les Cattenis soumettaient une planète en s'emparant des grandes villes et en déportant leur population, méthode qui domptait une espèce, mais qui n'avait pas fonctionné sur la Terre. Malgré l'invasion, la résistance avait commencé presque dès que les grands astronefs cattenis s'étaient mis à déporter les otages. Leon Dane était resté à Sydney, se servant de sa position de médecin pour passer des informations importantes à une unité de résistance très active des Blue Mountains. Sur leur ordre, il s'était porté volontaire pour soigner les Cattenis, car, malgré leur robustesse, ils étaient victimes de nombreuses fractures et avaient des « accidents » auxquels les humains n'auraient pas survécu.

— Quand on connaît les faiblesses de l'ennemi, on est mieux placé pour le combattre, dit-il, souriant à Kris tandis qu'ils abordaient le second champ. C'était mon boulot. Malheureusement, il n'y a pas grand-chose qui affecte les Cattenis, et ils semblent immunisés contre toutes les substances toxiques que j'ai essayées sur eux — pour observer les réactions cliniques, bien sûr. Mais bon sang, ce qu'ils peuvent s'amocher pendant leurs petites vendettas de vingt-quatre heures ! ajouta-t-il, avec un sifflement admiratif. J'ai passé un temps fou à les recoudre. Ils ne se cassent pas facilement, mais pour les lacérations, il y a de quoi faire.

— Je te remercie d'accepter de soigner Zainal. Il a été la victime d'une de ces petites vendettas.

— Vraiment ? Et c'est pour ça qu'ils l'ont débarqué ici avec vous ?

Kris hocha la tête, trouvant que parler en portant un coin de la lourde litière était très fatigant.

— Comment as-tu été capturé ? demanda-t-elle au docteur.

— Ha ! On avait ordre de déclencher une émeute en un certain lieu à un certain moment, et mon hôpital m'a envoyé officier. J'ai été gazé avec les autres. Les Cats ne posent pas de questions. Pour ça, ils sont efficaces. Mais envoyer un des leurs pour coloniser...

Il branla du chef, puis ajouta :

— Qu'est-ce qu'il avait fait ?

— Il avait tué un chef de patrouille. J'ai observé la poursuite de ma cachette.

— Tu te cachais ?

— Sur Barevi, répondit-elle avec un grand sourire.

— Barevi ? On dirait un truc aborigène, observa-t-il avec un sourire matois.

— Oui, hein ? Aborigène catteni, au moins. Barevi est une des planètes qui leur servent de plaque tournante et de lieu de permission et de loisir. Le trafic d'esclaves est la plus grande industrie. Une seule grande cité et des astroports. Centre de ravitaillement pour les astronefs cattenis.

En observant mon « maître », j'ai appris à piloter son coucou et j'ai fini par m'enfuir avec. Je me suis bien débrouillée dans la jungle jusqu'à ce qu'il me tombe dessus, dit-elle, montrant Zainal. Je le ramenai chez les siens quand j'ai été gazée dans une émeute.

— Hum !

— Il savait certaines choses sur cette planète, assez pour nous éviter d'être dévorés par les charognards ou emportés par les monstres volants.

— En tout cas, les Cats ne nous ont pas laissé grand-chose pour nous mettre le pied à l'étrier.

— D'après Zainal, c'est comme ça qu'ils ont colonisé des tas de planètes. Un peu comme vous avez fait en Australie, dit-elle, le regardant pour voir si cette remarque le contrariait. Et on a voté pour appeler la planète Botany.

— Tu le savais ? dit-il, lui jetant un regard stupéfait, suivi d'un sourire. C'est vrai, l'Australie a été colonisée par des bagnards — enfin, au moins la région de Sydney.

— Et ils ont fait du bon boulot, non ?

— Je saisis l'analogie, Bjornsen. Et ils avaient aussi peu de choses que nous. Moins, peut-être. Nous, au moins, nous avons beaucoup de spécialistes.

— Il y a beaucoup d'extraterrestres dans votre groupe ? Deskis, Turs, Ilginishs, Rugariens ?

— J'ai surtout travaillé sur les blessés humains, mais j'ai remarqué d'étranges créatures dans la grotte-hôpital. Filiformes, comme celui qui est venu avec nous te chercher.

— Les Deskis. Ils ne vont pas bien. Il manque quelque chose d'essentiel dans leur alimentation.

— C'est pour ça qu'il cueillait des bourgeons d'épineux ?

— J'espère.

Puis Lenny et Nonante déclarèrent qu'ils étaient assez reposés pour prendre la relève. Kris leur passa volontiers ses manchons du brancard, même si elle en eut des remords jusqu'au retour au camp.

A la lumière de nombreuses torches, Mitford, Murph, Greene et Dowdall étaient encore en train d'interroger les nouveaux quand les sauveteurs arrivèrent au lever de la troisième lune. Malgré l'heure tardive — ou matinale ? —, il régnait une grande activité dans le camp et de bonnes odeurs de viandes rôties.

Mais, au lieu de se rendre à la grotte principale, les brancardiers se dirigèrent vers une caverne plus petite.

— A l'hôpital, répondit Lenny quand Kris lui demanda où ils allaient. C'est bien organisé maintenant, ajouta-t-il, mais sans la regarder, ce qui la tracassa un peu.

— Je vais rester avec lui, dit-elle fermement. Il aura besoin...

— Toi, tu as besoin de te reposer, observa Leon Dane, lui tapotant la poitrine de l'index.

A la lumière des torches, elle réalisa que c'était un bel homme d'environ trente-cinq ans, dégingandé comme tant d'Australiens.

— Je me reposerai mieux près de... mon copain, dit-elle, utilisant ce terme avec fierté, tout en restant sur la défensive, car Dane la regarda d'un drôle d'air.

— Ah, c'est comme ça entre vous ?

— NON ! Ce n'est pas comme ça, protesta-t-elle avec véhémence. Mais c'est à cause de moi qu'il est dans ce pétrin, et je ne l'abandonnerai pas.

— C'est tout à ton honneur, petite, dit-il, lui serrant le bras avec approbation. Mais je le soignerai pendant que tu dormiras.

La grotte était petite, et il fallait se baisser pour entrer sous peine de se cogner la tête. A l'intérieur, le plafond était assez haut pour que même Zainal puisse se tenir debout quand il serait guéri. Elle dit mentalement « quand », adoptant une attitude aussi positive que possible, bien qu'il fût toujours immobile quand on posa sa litière sur un lit de branchages recouvert d'une couverture. Il y avait un second lit de l'autre côté de la petite grotte, et elle le regarda avec envie. Puis elle se retourna et vit Dane qui examinait la blessure de Zainal et lui prenait le pouls.

— Il s'en tirera. C'est un dur à cuire, dit-il. Toi, ajouta-t-il en lui montrant le lit, tu dors. Je le surveillerai pendant la nuit. Je n'ai encore jamais perdu un patient catteni.

Comme elle hésitait encore, il la poussa vers le lit, la força à s'allonger, et étendit sur elle une couverture.

— Dors.

Elle dormit, se réveillant une ou deux fois en entendant des mouvements près d'elle, mais ce n'était que Dane qui surveillait son malade.

Elle se réveilla enfin et s'étira voluptueusement, sachant qu'elle avait dormi tout son soûl. Mais un gémissement sourd la mit immédiatement en alerte, et elle se précipita au chevet de Zainal. Sa jambe, nue à part la compresse posée sur la blessure, était enflée jusqu'à la cuisse et avait doublé de volume. Au toucher, la peau était brûlante. La compresse était sèche et collée par le pus quand elle voulut découvrir la blessure.

— Oh, mon Dieu, murmura-t-elle, et elle se cogna la tête en sortant de la caverne. Aïe !

— Sonnée, hein ? dit Lenny avec sympathie, se levant du siège où il était assis à l'entrée.

— Qu'est-ce que tu fais là ? demanda-t-elle prenant une profonde inspiration pour maîtriser la douleur.

Elle se passa la main sur le front et la ramena tachée de sang.

— Je fais attention de ne pas m'ouvrir le crâne comme tu viens de faire, dit-il avec un grand sourire, mais en détournant les yeux, ce qui lui donna à penser que ce n'était pas la vraie raison.

— Est-ce qu'il fallait que je le laisse mourir ? demanda-t-elle.

— Ne me saute pas dessus comme ça, Kris. J'aime bien ce grand mec, dit Lenny. C'est juste que Mitford ne veut pas avoir de problème.

— Les Mutinés de Botany, c'est ça ?

— Euh ? hésita Lenny, ahuri par cette remarque. Ecoute, ajouta-t-il vivement, Dane va arriver. Va déjeuner. Je monte la garde jusqu'à ton retour.

— C'est un peu fort que Zainal ait besoin d'un garde après tout ce qu'il a fait pour le camp.

— Ecoute, je ne suis pas là comme garde, mais plutôt

comme infirmier, au cas où il aurait besoin de quelque chose, dit Lenny, l'air gêné. Tu vois ce que je veux dire ?

— Je deviens parano, admit-elle, se détendant un peu. Dane a dit quelque chose de ses chances de s'en sortir ?

Lenny haussa les épaules.

— Je n'ai pas demandé. Je me suis juste porté volontaire. Je veille aussi sur eux, dit-il, regardant l'ouverture d'une autre caverne de l'autre côté du tunnel. On a des tas de blessés. Oh, j'oubliais : notre Madame Bollinger a accouché d'un beau garçon pendant notre absence.

Kris sourit.

— C'est une nouvelle bienvenue.

— T'en fais pas, Mitford a déjà tout organisé, dit Lenny avec un sourire malicieux.

Puis il la poussa vers l'entrée du tunnel.

— Va déjeuner. De toute façon, tu es de repos aujourd'hui, avec ton copain sur la liste des malades.

Kris ne perçut aucune nuance ironique dans le mot « copain », et elle se détendit. Elle pouvait laisser Zainal à la garde de Lenny en toute tranquillité.

— Va, dit-il avec un bon sourire en la tournant vers l'entrée. Mange. Le pain est bien meilleur depuis que les chimistes ont trouvé une bonne levure.

Elle prit son temps, visitant toutes les unités de cet « hôpital », remarquant beaucoup de visages inconnus, dont certains crispés de souffrance.

Elle vit Anna Bollinger, assise dans son « lit », en train d'allaiter son bébé, et elle allait passer quand Anna la vit et lui fit signe d'approcher.

— Comment va le Catteni ? Il paraît qu'il a été grièvement blessé, dit-elle. Comment ? ajouta-t-elle d'une voix dure en fronçant les sourcils.

Kris lui répondit de la « porte », se demandant la raison de ce changement de ton. Anna avait de bonnes raisons d'être reconnaissante envers Zainal. Elle dit d'un ton neutre :

— En marchant dans le noir pour aller chercher les nouveaux débarqués afin qu'ils ne se fassent pas dévorer par les charognards, il s'est piqué le mollet à un épineux, et il a dû extraire l'épine au couteau.

Anna frissonna.

— Oh, c'est mauvais. Transmets-lui mes amitiés. Je n'aurais jamais eu mon bébé s'il ne m'avait pas aidée à arriver ici, ajouta-t-elle, regardant avec adoration le petit paquet qu'elle serrait sur son cœur. Il guérira ?

— Oui, Anna, et merci de tes bons vœux. Je les lui transmettrai. Merci.

Kris sortit sur la corniche extérieure, se disant qu'après tout, elle s'était peut-être fait des idées.

Le cadran solaire indiquait une heure proche du midi de Botany, et, pour une fois, Mitford n'était pas à son « bureau », mais il y en avait d'autres diligemment penchés sur leur pierre-bureau. C'étaient des nouveaux, car elle ne reconnut aucun visage, apparemment assez remis de leur épreuve pour déjà prendre part aux activités du camp. D'autres se reposaient au soleil, les yeux clos. C'était un groupe disparate, car elle reconnut des Asiatiques, et la peau café au lait de quelques Antillais. Au-dessus de leurs têtes, des peaux de râblés recouvraient entièrement à la paroi du ravin faisant face au sud, attestant des exploits continus des chasseurs. Jusqu'où devraient-ils aller maintenant afin de trouver suffisamment de gibier pour nourrir cette multitude ?

Elle frissonna, non tant à cause de la fraîcheur de l'air malgré le soleil, que d'inquiétude pour le ravitaillement. Par exemple, l'hiver venu, y aurait-il assez de peaux pour faire à chacun un bon manteau ?

Et si un jour de Botany avait vingt-huit heures, combien de jours avaient les mois ? Les années ? Combien de mois jusqu'au printemps ? Combien de prisonniers les Cattenis débarqueraient-ils encore sur cette planète sans méfiance ? Et comment pourraient-ils intégrer cet afflux de nouveaux ? Elle avait faim, et cela lui inspirait toujours des idées négatives.

Sandy l'appela dès son entrée dans la grotte-cuisine.

— Eh, je viens de sortir du four quelque chose pour les filles comme toi !

— Les filles comme moi ? demanda Kris, s'asseyant près de Sandy.

Regardant autour d'elle, elle vit des sourires de bienvenue sur tous les visages qu'elle connaissait.

— Ouais, tu es une héroïne. Tu ne le savais pas ? dit Sandy avec un clin d'œil, levant son pichet et attendant que Kris détache son quart de sa ceinture. A l'avant-garde avec Mitford, descendant le ravin comme si tu avais le diable à tes trousses.

Sandy posa une assiette d'argile presque parfaitement ronde sur la pierre la plus proche de Kris : il y avait un morceau de râblé rôti, une belle tranche de pain grillé, et des rondelles frites.

— Ce n'est pas tout à fait des pommes de terre, mais ça y ressemble, lui dit Sandy, lui passant une fourchette en bois.

Kris sourit en regardant la fourchette qu'elle fit tourner dans sa main.

— Ce n'est pas de l'argent massif, mais c'est mieux que risquer de se couper la langue avec une pointe de couteau, dit Sandy, remplissant son quart et s'asseyant près de Kris. Comment va le Cat... excuse-moi... Zainal, ce matin ?

— Je ne sais pas. Sa jambe a doublé de volume.

— Les docteurs essayent un cataplasme au pain. Ce n'est pas aussi bien que la pénicilline, mais ma grand-mère s'en servait souvent en cas d'infection, dit Sandy, lui tapotant le genou d'un air encourageant. C'est des durs, les Cattenis. Tu te rends compte, se charcuter la jambe pour extraire l'épine !

Elle fit claquer sa langue à l'idée d'un tel courage.

— On a tout un tas de médecins, maintenant, gloussa-t-elle. Sans compter les nouveaux spécialistes. La plupart semblent avoir été capturés à Sydney. De Botany Bay à Botany ! remarqua-t-elle avec un nouveau gloussement.

— Dis donc, c'est bon, dit Kris, après avoir goûté un tubercule frit, qui ressemblait aux patates douces par le goût et la texture. Au fait, est-ce que ces bourgeons d'épineux font du bien aux Deskis ?

Sandy hocha la tête.

— Coo m'a expliqué qu'il fallait en faire une tisane, et on en a donné aux plus atteints.

Son visage s'attrista.

— On en a perdu trois, tu sais, pendant votre dernière patrouille.

— Non, je ne savais pas, dit Kris, s'arrêtant de manger. Ils ont l'air si frêles...

— Ils le sont, s'ils n'ont pas l'alimentation qu'il leur faut, dit Sandy, lugubre. Leurs os se cassent comme du verre au moindre contact un peu fort. Tu sais qui a aidé à les soigner ? Patti Sue !

Kris en fut étonnée.

— Elle n'est guère plus grosse qu'eux et elle a la main légère. Elle s'est portée volontaire. Elle se sent en sécurité avec les Deskis, et même avec les Rugariens, tu sais.

— Et Jay Greene ?

Sandy se remit à glousser.

— Il progresse lentement, mais c'est lui qui a suggéré qu'elle s'occupe des Deskis. Ce qu'elle a très bien fait, mais ça a failli la tuer d'en perdre un.

— Ils avaient les mêmes rations que nous sur Barevi. Je croyais que ça leur suffisait, observa Kris.

— Coo dit qu'on leur donnait aussi du « plursaw » et que ça leur est indispensable pour que leurs os ne se ramollissent pas. C'est un genre de supplément de calcium, je suppose. Il n'y a pas d'équivalent ici, à moins que ce truc des épineux ne le remplace. Il a déjà meilleure mine, mais il est jeune.

— Je ne savais pas, dit Kris avec remords. Je ne lui ai jamais demandé son âge.

— Allons, ne va pas te mettre martel en tête, maintenant. Ce n'est pas comme si tu avais du temps pour les mondanités, toujours par monts et par vaux comme tu es.

Sandy prit un pot couvert posé au bord des braises.

— J'ai fait ça pour Zainal. C'est une sorte de bouillon, ce que je peux faire de plus ressemblant à du consommé de poulet. C'est nourrissant et ça n'a pas trop mauvais goût. Tu pourras peut-être lui en faire boire un peu. Leon dit que les Cattenis blessés ont parfois des problèmes de déshydratation. C'est à peu près la seule chose qui peut les affaiblir.

Kris remercia Sandy, profondément touchée et grandement rassurée.

— Tu connais Aarens ?

— Oui, dit Sandy sans enthousiasme.

— Tu sais où il est ?

— Lui ! s'exclaffa Sandy avec un gloussement malicieux. Celui-là alors, il peut se vanter d'avoir de la veine. Il paraît qu'il y quand même un peu de bon en lui. C'est un génie pour concocter des gadgets. Ne t'inquiète pas pour lui.

— Je ne m'inquiète pas pour lui. Je m'inquiète de ses racontars.

— Ne t'en fais pas.

Kris remercia encore Sandy et retourna à l'hôpital. Elle s'arrêta brièvement devant la longue file des chasseurs rentrant au camp chargés de gibier. Elle sourit à la vue des pains et des poissons destinés à la multitude. Elle aurait dû demander à Sandy combien de personnes comprenait le dernier largage. Et sa patrouille avait trouvé un nouveau filon de granges vides.

Lenny n'était plus à son poste, et la petite grotte était encombrée de tous ceux qui soignaient Zainal, dont Leon, parmi d'autres médecins. Elle se fit toute petite et entra discrètement, se baissant pour franchir l'entrée et cherchant du regard un endroit sûr où poser son pichet, qui était chaud. A cet instant, Leon se releva.

— Ce n'est pas sophistiqué, mais c'est le mieux qu'on peut faire. Ah, Kris...

Elle vit alors comme il avait les traits tirés par la fatigue, même si ses yeux pétillaient de vie dans son visage taciturne.

— Nous venons d'appliquer un cataplasme au pain pour tirer le pus, maintenant que vous avez providentiellement redécouvert le pain sur cette maudite planète, dit-il en souriant. Il y a ici une bande d'improvisateurs extraordinaires. C'est elle qui a découvert le produit anesthésiant... il ne nous reste plus qu'à découvrir comment le diluer sans en atténuer l'efficacité, dit-il à l'adresse de ses confrères, qui la saluèrent de la tête en souriant. Tu es libre pour le veiller ? Lenny est de repos.

— Oui. Et Sandy m'a donné du bouillon pour lui.

— Je vous rejoins tout de suite, dit-il à certains qui sortaient en se baissant soigneusement. Parfait, le bouillon. Quand je soignais des Cattenis blessés à Sydney, la déshydratation était mon plus grand problème. Fais-le boire autant qu'il pourra avaler, même si ce n'est que de l'eau, ajouta-t-il, lui montrant un pichet couvert de gouttelettes de condensation posé à portée de Zainal. Mais le bouillon lui redonnera des forces. Les Cattenis sont grands, costauds et durs à cuire, mais ils ont besoin de faire tourner leur machinerie interne.

— Je vais m'occuper de ça.

— Parfait. Qui est le suivant? demanda-t-il, baissant les yeux sur une feuille de papier d'écorce.

— La fracture à la jambe, dit un autre, consultant sa liste.

Ils sortirent tous, et Kris examina la jambe de Zainal enveloppée du cataplasme. Penchée sur lui, elle sentit l'odeur de la levure du pain chaud. Il ne bougeait pas, la respiration lente et régulière, mais quand elle lui toucha la joue, sa peau était plus brûlante que jamais.

Elle rinça l'étoffe utilisée comme compresse et lui rafraîchit le visage. Puis, prenant une cuillère — assez profonde pour contenir une bonne quantité de liquide et au bord bien poli —, elle versa quelques gouttes de bouillon sur ses lèvres. Automatiquement, il les lécha et avala. Avec de la patience, elle parvint à lui faire boire environ un demi-quart, puis elle baigna son visage brûlant, descendant progressivement vers le torse et les bras. Entretemps, on lui avait ôté sa combinaison, et un bref regard sous la couverture lui apprit qu'on lui avait couvert le bas-ventre d'une espèce de pagne, de sorte que sa pudeur était sauve. Il n'avait pas des muscles aussi noueux qu'elle s'y attendait, sa volumineuse combinaison dissimulant un corps qui, selon tous les canons classiques, était beau. Elle secoua la tête à cette pensée involontaire. *Qu'est-ce qu'il y a de mal à admirer un beau corps? Rien, à moins que tu n'imagines ce corps couché près du tien! Attention, ma fille. Du calme!* s'exhorta-t-elle fermement. Elle s'autorisa à caresser sa peau, plus douce que ne le laissait supposer sa couleur grise. Et elle exhala lentement, s'efforçant de refouler l'émoi qu'elle ressentait. *Tu soupires après un Catteni, ma fille? C'est le bouquet!*

Néanmoins, l'occasion de le toucher autrement qu'en infirmière fut irrésistible. Elle rabattit en arrière ses fins cheveux gris, aussi soyeux que ceux d'un bébé. Au repos, ses traits étaient encore plus patriciens, quand elle le comparait à d'autres Cattenis qu'elle avait connus. Oui, il était plusieurs castes au-dessus du mercenaire ordinaire. Maintenant, elle avait tellement l'habitude de le voir qu'il ne lui paraissait plus extraterrestre. Hum ! Enfin, mieux valait cette attitude qu'une xénophobie larvée.

Elle l'abreuvait fréquemment — lui donnant aussi du bouillon, maintenant assez refroidi pour qu'elle puisse lui en verser dans la bouche — et entre deux séances, elle se reposait sur son lit, somnolant à l'occasion. Elle se demanda s'il savait qu'on faisait tout pour le sauver, parce qu'il restait parfaitement immobile, même quand on remplaçait son cataplasme froid par un très chaud. Sa seule réaction était d'avaler les liquides qu'elle lui offrait.

Ah, le moment était revenu de lui donner à boire.

Des bruits dehors, bien qu'étouffés, l'avertirent d'une activité accrue à l'hôpital. Lenny passa la tête par la « porte ».

— Il n'a peut-être pas besoin de manger, mais toi, si.

Jusqu'à ce qu'il en parle, elle n'avait pas réalisé qu'elle mourait de faim.

— Eh bien, qu'est-ce qu'il y a au menu? demanda-t-elle, facétieuse.

Il sourit et présenta une assiette qu'il cachait derrière son dos, recouverte d'un magnifique dôme de poterie.

— On se met bien ces temps-ci, dit-il, soulevant le couvercle.

— Ma parole, on dirait un vrai repas humain, observa-t-elle, agréablement surprise.

Car le repas consistait en tubercules bouillis, une part de volaille, à en juger sur la forme de l'aile, et deux portions de légumes.

— Ordre du docteur ! Je te laisse ! Oh, dit-il, repassant la tête par la « porte », assemblée générale ce soir au coup de gong !

— Coup de gong ? demanda-t-elle, mais il avait déjà disparu.

Elle mangea avec appétit, et tout était délicieux. Les rations et les vivres de voyage étaient nourrissants, mais un vrai repas avec des textures et des goûts différents, *ça*, c'était civilisé !

Leon entra en coup de vent, l'air reposé, comme elle terminait.

— Tu as dormi, j'espère. Alors ?

— Il a avalé de l'eau et du bouillon chaque fois que je lui en ai donné, et je l'ai rafraîchi dans les intervalles, mais il ne bouge toujours pas, termina-t-elle d'un ton découragé, le regardant avec espoir.

— Hum ! C'est normal. Ils croient tous dur comme fer qu'il faut serrer les dents et sourire. Ils souffrent en silence. Je le soupçonne d'être plus conscient que tu crois de ce qui se passe autour de lui. Zainal ?

Leon se pencha sur le Catteni, posa la main sur son front, puis sur la grosse artère, à gauche du cou. Enfin, sa main descendit progressivement, évaluant la température de la peau, et palpant les muscles de la cuisse.

— Hum !

— Tes « hum ! » s'allongent, dit Kris, sardonique.

— Dans le doute, un « hum ! » est rassurant.

— Pour qui ?

— Pour tout le monde.

Maintenant, Leon palpait délicatement le tour de la blessure après avoir ôté le cataplasme, qui avait viré à une vilaine couleur gris-orange-verdâtre.

— Ouais, ça marche.

— Tu crois ? dit Kris, se penchant pour voir ce qu'il trouvait encourageant.

L'affreux cratère qu'il s'était fait à la jambe avait l'air... sain, c'est le seul mot qu'elle trouva. D'un rouge propre au lieu d'un rouge enflammé, et l'enflure avait beaucoup diminué, de sorte que la rotule était redevenue visible.

— Je suis d'accord avec toi.

— Continue à lui donner à boire. Ah, tu es avec nous, ajouta soudain Leon, quand Zainal les surprit en ouvrant brusquement les yeux.

— J'ai besoin de rejeter de l'eau, dit Zainal d'une voix claire.

En riant, Leon prit un astucieux instrument en argile posé au bout du lit et que Kris n'avait pas remarqué, puis elle s'écarta pour laisser Leon assister son patient.

Leon revint en gloussant, l'ustensile à la main.

— Tout va bien. Très bien. N'oublie pas l'assemblée de ce soir.

— Depuis quand as-tu repris connaissance, Zainal? demanda-t-elle d'un ton différent.

— Par intermittence, dit-il, paupières closes en lui tendant la main, et quand elle la prit, il les rouvrit et la regarda d'un air qui lui fit monter les larmes aux yeux, la poitrine gonflée d'une émotion inconnue. Je savais que tu étais là, ajouta-t-il. Tu étais là près de l'eau aussi. Gentil. Très gentil.

— C'est normal, dit-elle, posant la main sur la sienne. On est... copains. On veille l'un sur l'autre.

Il ouvrit brusquement les yeux.

— Copains ?

— Faute d'un terme plus approprié, oui. Je ne te laisserai pas tomber.

— Ça, je sais.

Il lui lâcha la main, laissant retomber son bras à son côté, et referma les yeux.

— De l'eau ? Je me suis vidé. L'eau qui a bon goût, ajouta-t-il, ses lèvres s'étirant en un sourire.

— On appelle ça du bouillon.

— C'est bon.

Elle le fit boire et en fut rassérénée.

Tout le monde vint à l'assemblée, sauf quelques satellites habituels de Mitford, Deskis et Rugariens, et les Doyle. Tous les malades transportables avaient été sortis sur la corniche devant la grotte-hôpital — ceux qui avaient des fractures, Anna avec son bébé — tous, sauf Zainal.

Kris en fut contrariée, mais elle se raisonna — Zainal était encore trop faible pour être transporté, et elle pourrait lui communiquer ce qui s'était dit — et le défendre si nécessaire. Pourquoi ressentait-elle ce besoin de protéger le Catteni ?

Jay Greene était là, Patti Sue près de lui, et Kris les rejoignit, s'adossant à la paroi rocheuse à gauche de Jay.

— Qu'est-ce qu'il y a à l'ordre du jour ?

— Oh, un discours stimulant de Mitford, et les dernières nouvelles.

— Quelles dernières nouvelles ?

— Ceux que tu as trouvés avec Zainal n'étaient pas les seuls débarqués de la nuit. Mitford a envoyé une patrouille d'exploration pour savoir combien de champs avaient reçu des otages, en ce que nous croyons le modèle de largage des Cattenis.

— Encore des réfugiés ? dit Kris, regardant anxieusement les grottes, surpeuplées depuis l'arrivée du dernier groupe.

Comment allaient-ils assumer ? Puis le triangle d'alarme résonna, et les conversations s'assourdirent. Mitford se leva, et attendit le silence total.

— Bon, mes amis, écoutez-moi bien. Il y a eu d'autres largages...

Il s'interrompit jusqu'à ce que les murmures — hostiles parfois, se dit Kris, mais aussi étonnés et inquiets — se calment.

— Je trouve que c'est un bon présage, étant donné les nouvelles qui nous sont parvenues, gloussa-t-il. Notre bonne vieille Terre donne plus de fil à retordre aux Cattenis qu'ils ne s'y attendaient.

Des acclamations s'élevèrent.

— Et nous venons d'accroître notre contingent de spécialistes de quatre docteurs, dix-huit infirmières, neuf informaticiens, quatorze ingénieurs, sans compter tous les chasseurs australiens et autres individus très utiles, dont plusieurs cuisiniers professionnels, ce qui signifie que l'ordinaire devrait encore s'améliorer.

— Même avec tant de nouvelles bouches à nourrir, sergent ? cria une femme.

Mitford écarta l'objection d'un geste désinvolte.

— Nous avons toute une planète comme terrain de chasse, et d'abondantes réserves de blé.

— L'hiver approche...

— Noël aussi, et nous aurons bientôt le chauffage central grâce aux panneaux solaires recyclés. Reste le problème de la place. Ce que nous allons faire pour remédier à la surpopulation ici, c'est occuper les bâtiments que nous avons vidés et préparés pour nous.

— Mais toutes ces machines...

— Ont été démantelées, dit Mitford, élevant la voix comme à l'exercice. Le Hilton ou Sheraton de Botany est sûr, solide et spacieux. Nos décorateurs d'intérieur y ont apporté toutes les améliorations nécessaires, et vous serez surpris de son confort.

— Je ne suis pas sûr d'avoir envie de vivre avec des *machines*...

— Tu n'auras jamais eu des voisins plus tranquilles, je te le garantis, dit Mitford, suscitant des rires. Et maintenant que nous avons récupéré d'autres techniciens, nous avons de bonnes chances d'établir un système intercom. Toute la machinerie sera recyclée à *notre* profit.

— Ouais, mais qu'est-ce qui se passera quand les propriétaires s'en apercevront ? dit un homme, avec un léger accent que Kris ne parvint pas à situer.

— D'après ce que je sais, le Dr Who s'est toujours arrangé pour échapper aux mécaniques, et on fera pareil, dit Mitford avec humour, provoquant de nouveaux rires. Pour en revenir aux choses sérieuses, mes amis, notre population s'accroît, et chacun est le bienvenu. Nous sommes dans une situation où les chances sont égales pour tout le monde. J'insiste là-dessus. C'est clair ?

Il fit une pause pour attendre les réactions, et Kris fut rassurée par les acclamations générales.

— Pour commencer, la sécurité est dans le nombre, surtout quand on recrute des spécialistes qui peuvent améliorer nos conditions de vie. Et on les améliore. Bon sang ! on a été largués ici et rendus à la liberté voilà seulement seize jours, et on a déjà des cuillères et des fourchettes, et des rations bien meilleures qu'au débarquement. De plus, nous avons résolu un problème fondamental de nos alliés depuis que Bjornsen et Zainal ont découvert la plante qui semble faire du bien aux Deskis... même si Zainal a failli y laisser sa peau.

Applaudissements et rires bon enfant saluèrent cette déclaration, et Kris eut deux sujets de se réjouir : d'abord que les mérites de Zainal soient reconnus, et ensuite que l'état des Deskis soit en train de se stabiliser.

— Nous autres Yankees, nous avons la réputation de faire quelque chose avec rien. Et maintenant que nous avons des Australiens avec nous, ça ira encore mieux. Les listes d'affectation de travail et de logement seront demain matin au tableau d'affichage, dit-il en le montrant, à l'entrée de la caverne principale, alors, n'oubliez pas de le consulter. Nous allons faire de la place ici, au quartier général, pour le débriefing des nouveaux et l'hôpital. Tesco est chargé des affectations de logement, Dowdall des affectations de travail. Si vous avez besoin de me voir, demandez à Cumber. C'est tout pour le moment, mes amis. ROOOOM-pez.

Des rires bon enfant fusèrent à cette expression militaire, et Mitford disparut dans l'obscurité régnant derrière le feu de camp.

— Salut, Patti Sue, dit Kris, se penchant derrière Jay pour lui parler. Il paraît que tu as agi en vraie Florence Nightingale avec les Deskis.

Patti Sue passa son bras sous celui de Jay, d'un geste possessif indiquant son évolution de réfugiée terrifiée à jeune femme sûre d'elle.

— J'ai fait ce que j'ai pu.

— Tu as fait des merveilles et tu le sais, dit Jay, lui caressant la main.

— Vous savez si vous allez quitter Camp Rock ? demanda-t-elle à Patti, puis regardant Jay.

— Pas encore, dit-il, haussant les épaules. Les affectations seront affichées demain matin. Alors, on saura tous.

Kris fut réveillée au milieu de la nuit par un tapage considérable dans le couloir. Même Zainal fut tiré de son sommeil, et se souleva sur un coude, s'efforçant de voir ce qui se passait.

— Ne va pas t'aviser de mettre un pied par terre, dit-elle, le forçant à se rallonger.

Elle lui tâta la joue, beaucoup moins chaude que la dernière fois.

— Tu vas mieux, alors, pas d'imprudence. Je vais aux nouvelles.

Elle lui avait fait son rapport sur l'assemblée, sans oublier de mentionner que Mitford lui avait attribué tout le crédit de la découverte du remède pour les Deskis.

— Même si tu as failli y laisser ta peau, ajouta-t-elle avec quelque acrimonie.

— Comme ça, ils savent au moins que tous les Cattenis ne sont pas mauvais, dit-il avec un grognement de dérision.

Peut-être pas tous. Elle ne le dit pas, mais cette idée continua à la tracasser.

Elle enveloppa ses pieds dans ses chaussures cattenies, seule chose qu'elle enlevait avant de se coucher.

— Parfait, dit un des nouveaux médecins australiens, la saisissant par le bras. On a besoin de bras.

Les nouveaux arrivés n'avaient pas eu un Zainal ou une Kris pour taper des pieds par terre afin d'éloigner les charognards et beaucoup étaient mutilés aux bras et aux jambes. La plupart des victimes parlaient des idiomes qu'elle ne comprenait pas, mais qui sonnaient comme des langues slaves ou scandinaves. Seuls quelques-uns avaient des notions d'anglais.

Leon l'envoya chercher des fournitures et d'autres bonnes volontés, et elle vit alors que le ravin était couvert de corps allongés sous des couvertures, trop épuisés pour bouger. Mais la grotte-cuisine brillait de tous ses feux, Sandy, Bart et une demi-douzaine d'autres s'activant à leurs fourneaux, tandis qu'au « magasin », Jay et Patti Sue distribuaient des fournitures sans désemparer. Jay remplit aussitôt la commande de l'hôpital, et elle y retourna.

La troisième lune s'était couchée quand elle rentra dans la minuscule caverne qu'elle partageait avec Zainal, et elle dut enjamber trois corps qu'on y avait couchés en son absence. Heureusement, ils dormaient tous à poings fermés, mais elle vit les yeux de Zainal briller à la lueur des torches du couloir, attendant son retour.

A cause de ce nouvel afflux de réfugiés, personne ne put respecter à la lettre les affectations soigneusement détaillées au tableau d'affichage. Mitford envoya des patrouilles chasser, ramener du blé, et rechercher les réfugiés survivants. Jay se plaignit qu'ils devaient maintenant aller assez loin de Camp Rock pour trouver les branchages dont ils faisaient les « lits ».

A midi, tous les nouveaux avaient fait un repas normal et avaient un coin où étaler leur couverture.

Les Rugariens revinrent enfin, chargés des caisses cattenies du dernier largage. Mitford décida de leur donner l'appellation de Classe C. Il avait passé toute la matinée à extraire des informations de ceux qui parlaient un peu anglais parmi les Russes, Norvégiens, Suédois, Danois, Bulgares et Roumains composant le dernier arrivage. Le fait que tant de nationalités résistaient aux Cattenis sur la Terre remonta le moral de tous.

— Mais pourquoi les larguer ici alors qu'ils ne parlent même pas anglais ? gémit un homme.

— On leur a posé la question ? demanda un plaisantin. On se débrouillera. Bon sang ! je sais cinq phrases en deski et neuf en rugarien. J'arriverai bien à baragouiner un peu d'autres langues. Au moins jusqu'à ce qu'ils apprennent l'anglais.

Le soir, la population s'était accrue de mille cinquante-deux individus, beaucoup plus qu'on n'en pouvait loger, même en utilisant tous les coins et recoins du réseau de grottes.

Ceux de la Classe C qui savaient l'anglais et qui n'étaient pas blessés ou n'avaient que des écorchures partirent avec Sandy, Tesco et Joe Lattore pour organiser le logement à l'abattoir.

— Ils ne savent pas ce qui s'est passé là-bas, et je n'ai pas l'intention de le leur dire, dit Sandy à Kris quand elle vint l'aider à emballer ses marmites et ses ustensiles de cuisine. Je vais organiser l'intendance. Il y a vingt bâtiments, m'as-tu dit ?

Kris acquiesça de la tête.

— Alors, on pourra y mettre bien plus de personnes que nous n'allons en installer pour le moment, mais ça réduira la pression ici.

Il n'y avait plus de place pour s'asseoir dans la grotte-cuisine, et les fourneaux fonctionnaient à plein régime sans discontinuer. Pour le moment, les remugles de corps mal lavés et suants de peur masquaient les effluves plus appétissants des viandes grillées et du pain frais. Après le départ de Sandy et de sa troupe, Kris trouva les grottes aussi surpeuplées qu'avant, et retourna à l'hôpital avec le bouillon qu'elle était venue chercher pour Zainal. Il se montra plus avide de nouvelles que de nourriture, mais il mangea quand même d'assez bon appétit. Sa jambe avait presque repris sa taille normale, et la blessure se cicatrisait proprement. Mais le cratère n'était toujours pas rempli et Leon déclara sans ambiguïté qu'il ne devait pas bouger beaucoup.

Pourtant, Zainal bougea quand même, aidant à soulever les blessés quand il fallait changer leurs pansements ou qu'on les transportait ailleurs. Il s'activait plus qu'il n'aurait dû, mais Kris ne pouvait pas le surveiller sans discontinuer et il y avait beaucoup à faire pour donner autant de confort que possible aux malades, sans anesthésiques et avec pour tout antiseptique la puissante lotion des Cattenis. La moindre goutte du puissant anesthésiant endormait les patients pendant un jour complet. Médicalement, c'était imprudent, quel que fût le soulagement apporté à la douleur.

— Quelles que soient ces créatures charognardes, elles mordent proprement, dit Leon plus tard dans la journée, tandis que Kris l'aidait à panser le bras d'un blessé.

La chair avait été excisée aussi proprement qu'avec un scalpel, mais le patient avait perdu beaucoup de muscle, et Kris se demanda s'il retrouverait l'usage de son bras.

— Et elles mordent large aussi, murmura-t-elle, après s'être assuré que la victime était inconsciente.

Leon se contenta de soupirer tout en continuant sa chirurgie réparatrice. Kris s'étonna de sa propre capacité à supporter sans broncher la vue d'affreuses mutilations, avec une objectivité qu'elle s'ignorait. Contrairement à d'autres dans l'équipe médicale improvisée, elle n'avait pas eu la nausée une seule fois.

Le pansement terminé, elle et Leon finirent leur ronde

puis se rendirent à l'entrée de « l'hôpital ». La brise soufflant du dehors rafraîchissait l'air de la « salle des urgences » qui, pour la première fois depuis plusieurs jours, était vide.

— Tu as besoin de nourriture et de sommeil, dit-elle, prenant Leon par le bras. Pas nécessairement dans cet ordre, mais je vais veiller à ce que tu manges !

Elle huma la brise entrant dans la caverne.

— Et ça sent bon en plus.

L'entraînant par le bras, elle descendit avec lui à la grotte-cuisine.

— Je déteste les femelles autoritaires, protesta Leon, mais sans conviction, tandis qu'elle le manœuvrait sur la corniche pour contourner ceux qui y travaillaient.

En bas, dans son « bureau », Mitford continuait à interroger les valides du dernier sauvetage, mais à en juger sur sa tête et à celle d'Esker, ils avaient du mal avec deux Scandinaves blonds assis devant eux.

— La plupart des Scandinaves parlent anglais, remarqua Leon.

— Ceux que tu as rencontrés à Sydney. Mais ceux d'Oslo, Bergen ou Copenhague ?

Léon eut un rire de regret.

— J'ai toujours désiré prendre une année sabbatique pour voyager.

— Eh bien, devine ! Tu y es !

La présence de Sandy à son fourneau lui manquait déjà, mais il y avait Bart, qui, à l'évidence, avait pris sa relève.

— J'ai jamais eu un boulot si régulier, dit Bart, quand ils se présentèrent devant son gril.

Il leva les yeux au ciel et s'épongea le front avec une touffe de fibres qu'il jeta dans le feu où elle brûla en grésillant.

— Je cuisine à toutes les heures que le bon Dieu a faites sur cette foutue planète. Qu'est-ce qui vous ferait plaisir ? En entrée, je peux vous proposer de la soupe, puis, comme plat de résistance, de la soupe. On a même des crackers, dit-il, leur présentant de petits carrés de pâte sans levain, parce qu'on n'a plus de pain, et que la pâte pour la fournée suivante n'est pas encore levée.

— Eh bien, je crois que je vais choisir la soupe, dit Kris, prenant un bol sur une pile posée près du foyer.

— Je vais aussi me lancer dans l'aventure et essayer la soupe, dit Leon, et Bart remplit leurs bols avec un grand sourire.

— Surtout, me demandez pas ce qu'il y a dedans, ajouta-t-il en guise d'avertissement final comme ils sortaient sur la corniche avec leur repas.

— C'est juré, dit Kris en riant.

La soupe était savoureuse, avec un agréable petit goût piquant et de petits bouts de viande non identifiée, et sa chaleur revigora Kris. Enfin, jusqu'au moment où elle vit Zainal qui descendait avec précaution vers le bureau de Mitford.

— Mais qu'est-ce qu'il fait, bon sang ? dit Leon.

— Autre chose que de rester couché à ne rien faire, dit Kris.

Elle remua nerveusement les pieds, sachant qu'elle aurait dû suivre le grand Catteni pour être sûre qu'il n'allait pas rouvrir sa blessure. Mais comme il négociait prudemment la descente, elle se détendit. Question : quelle affaire urgente à discuter avec Mitford lui faisait prendre le risque de retarder sa guérison ? Il n'avait pas assez confiance en elle pour qu'ils en discutent ensemble ? *Du calme, ma fille,* se dit-elle avec fermeté. Elle était peut-être sa garde-malade, mais elle n'était pas sa conscience. En tout cas, quoi que ce fût qu'il dit à Mitford, le sergent écoutait avec la plus grande attention. Zainal était toujours dans le « bureau » quand, ayant fini leur soupe, elle et Leon retournèrent à leurs patients.

Le soir, tandis qu'elle installait d'autres blessés — dont aucun ne parlait un mot d'anglais — dans sa petite grotte, Esker se présenta.

— Mitford veut te parler, Kris, dit-il. Et à toi aussi, Zainal.

Il disparut avant que Kris ait pu lui demander de quoi il s'agissait, mais à son ton, elle ne ressentit aucune appréhension. Après tout, Zainal venait d'avoir une longue discussion avec Mitford. Le sergent avait-il pris sa décision ? Si toutefois une décision était nécessaire ?

Comme toujours à cette heure de sa longue journée de travail, Mitford était assis à son bureau, un pichet de poterie posé sur une pierre, un quart de tisane dans une main. De l'autre, il tenait une badine avec laquelle il repositionnait une bûche dans le feu.

— Zainal a une idée dingue : il voudrait envoyer un SOS à ses compatriotes la prochaine fois qu'ils nous survoleront, dit Mitford, regardant Kris en étrécissant les yeux. Il pense que les largages ne sont pas finis, soupira-t-il, à l'idée des problèmes que poserait un nouvel afflux de réfugiés. Pour commencer, je ne sais pas si j'ai envie de leur demander de l'aide, mais c'est vrai que nous manquons de médicaments et de vivres pour les Deskis. Ce truc des épineux ne sera pas suffisant, même si ça fait du bien à Coo. Et je n'aime pas perdre des effectifs, humains ou extraterrestres, termina-t-il en fronçant les sourcils.

— Mais comment pourrions-nous les contacter ? demanda Kris, se tournant vers Zainal.

— Faire un message dans un champ, dit Zainal, déroulant un morceau d'étoffe, sur lequel il avait écrit, ou plutôt dessiné, quatre hiéroglyphes très complexes.

— Comment ? Nous n'avons pas encore redécouvert la peinture...

Il lui adressa un petit sourire.

— Le sol est sombre sous... et il agita la main, cherchant le mot approprié.

— Sous le chaume ? L'herbe ? proposa-t-elle.

— Comme tu voudras. On enlève le dessus. C'est noir dessous.

C'était une bonne idée, sauf qu'elle partageait la répugnance de Mitford à contacter les Cattenis.

— On mettra le message à plusieurs champs d'ici, dit Zainal, montrant le nord. Ils savent qu'on vit. Alors ils en amènent d'autres qu'ils ne veulent pas.

— Ils savent qu'on est ici ? demanda Kris, plus perturbée qu'elle n'aurait voulu, mais elle vit à son air que Mitford était plus optimiste.

Zainal hocha la tête.

— Capteurs de chaleur. C'est pour ça qu'ils survolent, termina-t-il avec un sourire plein d'humour.

— Hum ! c'est bien ce que je pensais, dit Mitford. Salopards !

Le sourire humoristique devint un sourire amusé à cette acceptation tacite des faits, et Kris s'étonna une fois de plus du changement que ce sourire apportait à ses traits. Il lui donnait l'air presque humain, mis à part ses dents blanches qui ressortaient violemment sur sa peau grise.

— Ils savent qu'on vit, alors ils en envoient d'autres.

— Ouais, mais ils ignorent toujours l'existence des Mécanos !

Zainal secoua la tête.

— Les capteurs détectent les corps chauds, pas la machinerie.

— Hum ! fit Mitford, tisonnant le feu de sa badine.

— Coo faible mais jeune. Les plus vieux malades et de plus en plus, dit Zainal en anglais, puis, dans l'urgence, passa à la lingua barevi. Les Cattenis font des prisonniers partout, mais ils prennent bien soin d'eux, des Rugariens, des Deskis, des Turs, des Ilginishs et des Terriens. Des corps en bonne santé travaillent mieux. Demander des aliments appropriés est acceptable.

— Ils ne vont pas trouver étrange un message en symboles cattenis ? demanda Kris, montrant son message sur l'écorce.

De nouveau, Zainal eut un grand sourire.

— Ils savent que les humains sont astucieux, dit-il en anglais. Bien trop, et c'est pour ça qu'ils les larguent ici. Pour être tranquilles. Ils sont bien, Coo et Pess. Il ne faut pas les perdre. J'ai travaillé avec des Deskis et des Rugariens, dit-il, très grave, se tournant vers Mitford. Ils sont bien. On les sauve ?

— Tu peux te vanter d'apprendre l'anglais en vitesse, temporisa Mitford.

Puis il considéra Zainal un long moment.

— Et les Deskis méritent d'être sauvés. Tes compatriotes se contenteront de larguer des fournitures ?

Zainal hocha la tête.

— Ils ne débarqueront pas pour jeter un coup d'œil?

Zainal secoua la tête.

— Pourquoi pas?

Cette fois, Zainal éclata de rire.

— Vous provoquez des troubles. Ils...

Il fit une pause, et Kris comprit qu'il cherchait le mot juste.

— Ils joueront la sécurité. Moi aussi.

— Tu veux dire que tu ne profiteras pas de l'occasion pour quitter Botany? demanda Mitford avec tant de douceur que Kris espéra que Zainal reconnaîtrait un interrogatoire en règle.

— Ils ne reprennent jamais ce qu'ils ont débarqué, dit-il, haussant les épaules avec philosophie.

Mitford grimaça.

— Ainsi, nous n'avons aucune chance de nous emparer d'un de leurs astronefs?

Zainal réfléchit à la question, puis secoua la tête.

— Ils feront attention où ils atterrissent. Surtout avec des Terriens, ajouta-t-il avec un grand sourire.

— Comment le sais-tu?

Le feu fit briller les dents de Zainal qui sourit une fois de plus.

— Je le savais avant, sur Barevi. On en parlait beaucoup. Les nouveaux disent la même chose. Et ils ont raison. J'ai vu comment vous travaillez.

— Merci, mon gars, répliqua Mitford, sardonique, mais amusé par l'approbation de Zainal. Alors pourquoi nous feraient-ils une faveur?

— Je vais te dire pourquoi.

Zainal semblait tendu, et Kris trouva que Mitford le poussait trop dans ses retranchements, comme s'il ne croyait pas à sa sincérité.

— Pour vous garder en bonne santé... afin d'améliorer la planète.

Soudain, Zainal étala son morceau d'écorce, et expliqua les symboles en les suivant de l'index.

— Celui-là dit « larguez », et il montra un crochet compliqué à l'intérieur du premier hiéroglyphe. Ça, ça veut dire « vivres », dit-il, suivant du doigt la courbe suivante. Et ça, c'est « créatures deskis ». Celui-là, poursuivit-il, passant au symbole voisin, signifie « danger de mort », suivi de « urgent ». Le quatrième dit « médicaments pour infections ». Quatre signes seulement. Faciles à faire, faciles à lire de loin.

Le ton était ferme et froid.

— D'accord, d'accord, mon gars, dit Mitford. Il fallait seulement que je sois sûr.

— C'est mes amis aussi maintenant, dit Zainal, redressant ses larges épaules comme pour assumer une partie du fardeau de Mitford.

— Maintenant, nous ne faisons plus qu'un peuple, ou, par Dieu, il faudra qu'on me dise pourquoi ! dit Mitford avec une telle véhémence que Kris eut presque un mouvement de recul.

Le sergent vit sa réaction et se hâta de sourire.

— J'en viendrai même à aimer le commandement de cette bande disparate. Bon, Zainal, quand seras-tu en état de partir ?

— Au lever du soleil...

Kris voulut protester, mais Mitford la fit taire du geste.

— S'il dit qu'il peut, il peut. Les Deskis ont besoin de vivres adaptés à leur métabolisme. Et les capacités des Deskis nous sont très utiles. Tu iras avec lui, Kris. Il te faudra combien de personnes pour tracer ton message, Zainal ?

Zainal agita la main pour indiquer qu'il partirait seul.

— Pas question, mon gars, dit Mitford avec irritation. Il faudra tracer des symboles assez grands pour être vus en altitude. Je le sais. J'ai eu à le faire une fois au Viêtnam. Même un SOS, ça prend du temps.

Il se tourna vers Kris avec espoir.

— Tu ne saurais pas une langue scandinave, par hasard ?

Et comme elle secouait la tête, il soupira.

— Je ne peux vous donner que des nouveaux, que vous pourrez mettre au courant par la même occasion. Je vais en choisir un qui parle anglais et qui traduira pour les autres. D'accord ?

— D'accord, sergent ! admit Kris en se levant, reconnaissant un congé quand on le lui donnait.

Zainal tendit la main à Mitford, qui la serra sans réticence.

— Tu ne le regretteras pas, dit Zainal en se levant.

— J'espère sincèrement que non, répondit Mitford. Esker vous désignera une patrouille pour demain matin.

CHAPITRE 10

Le lendemain matin, Zainal marchait lentement, mais sans paraître favoriser sa jambe blessée. Pourtant, en quittant Camp Rock, Kris réalisa que la veille — peut-être involontairement — les deux hommes n'avaient pas parlé de ce qui se passerait si les Mécanos découvraient le message les premiers. Bien sûr, avec l'hiver qui approchait... mais elle trouvait irréaliste de penser que tout ce qui était mécanique s'arrêtait après les moissons. Il y avait sans doute un gouverneur, ou un surintendant, un surveillant quelconque sur cette planète, non ? Peut-être sur un autre continent ? Mais *quelque chose* devait assurer la surveillance. N'obtenant pas de réponse des garages maintenant que les panneaux solaires avaient été démontés, ce *quelque chose* enregistrerait cette absence de réaction. Et viendrait voir ce qui se passait.

Et une réaction, c'est ce qu'ils espéraient. A moins que l'objectif de Mitford n'ait changé, maintenant qu'il s'était habitué à être le grand chef sur Botany ?

Enfin, comme disait sa grand-mère, inutile de chercher les problèmes. Ils vous trouvent bien tout seuls.

Malgré un sommeil interrompu plusieurs fois — deux de leurs compagnons de dortoir étaient si agités qu'ils les réveillaient à tout bout de champ — Kris et Zainal étaient levés bien avant l'aube de Botany. Ils avaient mangé — Bart n'était pas là ; il dormait, leur avait dit en bâillant le cuisinier de service — et ils touchaient leurs rations de voyage quand Esker arriva avec six personnes, cinq hommes et une femme presque aussi grande que Kris, et qui eut l'air soulagé de voir un représentant de son sexe.

— Je parle anglais, annonça-t-elle. Je m'appelle Astrid. Et voilà Ole, Jan, Oskar, Bjorn et Peter. On vivait près d'Oslo. Esker nous a dit de venir avec vous pour creuser ?

— Oui, creuser, dit Kris, avec un sourire rassurant, parce que Astrid semblait trouver ce travail bizarre.

Elle serra les mains à la ronde.

— Et voilà Zainal, notre chef de patrouille.

— Vous avez un Catteni pour chef ? murmura Astrid, sidérée.

— Et un bon Catteni, en plus, sinon, vous auriez tous été dévorés.

— Pardon ?

— Les charognards. Ces choses qui sortent la nuit sur cette planète.

D'une main, Kris fit le geste de se mordre le bras. Astrid recula d'un bond.

— Je ne comprends pas toujours tout, dit Astrid d'un ton d'excuse. On est vivants. On garde les autres en vie ?

— Exactement ! Et pour garder les Deskis en vie, nous allons envoyer un message.

— Quelqu'un lira ? dit Astrid, stupéfaite.

L'un des hommes lui dit quelque chose dans la langue curieusement fluide de la Norvège. Elle lui répondit puis se retourna vers Kris.

— Je ne te crois pas.

— Crois-moi. Nous allons tracer les symboles sur le sol pour être vus en altitude, dit-elle, mimant ce qu'ils allaient faire.

— Oh, fit Astrid, qui expliqua à ses compagnons, lesquels approuvèrent vigoureusement de la tête.

— Kris ?

Elle reconnut la voix d'une infirmière australienne qui arriva, agitant un petit sac fait dans un morceau de ces couvertures qui servaient à tout, des tabliers aux tentes.

— Des touffes de fibres pour la jambe de Zainal, dit-elle, avec un regard accusateur au Catteni. Je savais que tu partirais sans, mais ta jambe a encore besoin de soins tous les jours. Tu es peut-être un genre de superman, mais tu saignes comme tout le monde ! Tiens !

Elle mit le sac dans la main de Zainal, puis tourna les talons et repartit en courant.

Avec un sourire embarrassé, Zainal fourra le petit sac dans le grand qu'il portait.

— Maintenant, on s'en va, dit-il.

Qu'il ait vu ou non le geste de Mitford lors de leur longue marche, il leva le bras comme lui, et l'abaissa, tendant le doigt devant lui pour leur indiquer la direction à suivre.

Rassurée par ses manières, Kris fit signe aux autres de lui emboîter le pas, et ils s'ébranlèrent. Ils faisaient une bonne patrouille, se dit-elle.

Zainal ne marchait pas aussi vite que lors de la première mission que Kris avait accomplie avec lui, mais il ne traînait pas non plus. Au premier arrêt, Kris savait que les Norvégiens ne les retarderaient pas. Chez eux, ils devaient skier tout l'hiver. En revanche, elle surveillait Zainal, guettant des boitillements éventuels. Puis elle s'aperçut qu'il la regardait le surveiller.

— Tu peux nous dire le nom des choses en marchant ? demanda Astrid.

— Nous n'en avons pas nommé beaucoup, Astrid, dit Kris, buvant une gorgée d'eau à sa gourde en poterie.

Le fourneau de Sandy avait été construit, et elle avait trouvé un émail, de sorte que, bien que toujours cassable, la gourde ne fuyait plus. Sandy avait même un étui fait exprès, maintenant accroché à sa ceinture.

— Il y a des botanistes qui explorent le pays à la recherche de plantes comestibles, mais je ne suis pas au courant de tout ce qu'ils ont fait.

— Tu es souvent en patrouille ?

— La plupart du temps.

— Qu'est-ce que c'est que ces machines ? demanda Astrid, l'air perplexe.

— Ah, ça ! dit Kris, lui donnant des explications, qu'Astrid traduisait pour ses compatriotes, jusqu'au moment où Zainal leur fit signe qu'il était temps de repartir.

— Vous avez fait beaucoup de choses, et bien, dit Astrid, quand Kris eut terminé sa brève histoire de Botany. Je suis contente de déposer ici.

— D'avoir été déposée ici, rectifia Kris machinalement. Oh, pardon. Zainal me demande de corriger son anglais.

— Corrige le mien aussi.

— Tu... nous... apprends ? demanda un autre — ce devait être Ole, pensa Kris, qui ne les distinguait pas encore très bien les uns des autres.

— Pourquoi pas ? Leçon d'anglais en marchant.

— Nous n'avons pas de Deskis pour prévenir de danger volant, dit Astrid, les yeux dilatés d'appréhension. On nous a dit qu'il y a un danger qui vole, ajouta-t-elle, quand Kris la regarda, étonnée qu'elle soit au courant.

— Les garages proches sont tous démantelés, alors je ne crois pas que les aviens nous attaqueront.

— Pardon ? interrogea Astrid, dont l'anglais n'était pas à la hauteur de ces commentaires.

Kris reformula sa remarque autrement.

— Explique « mon vieux », maintenant, dit brusquement Zainal, revenant en arrière pour être au niveau des deux femmes.

— Ah oui. Eh bien, temporisa Kris, un instant prise au dépourvu, « vieux » a plusieurs sens. Et même beaucoup de sens. Un « vieux », c'est une personne âgée, qui a beaucoup d'années. D'accord ?

— C'est tout ? dit Zainal, plissant le front, l'air perplexe.

— Mais nous avons ce que nous appelons en anglais l'argot, et qui dans d'autres langues peut s'appeler dialecte ou patois, poursuivit-elle résolument. Utilisé en argot, « mon vieux » exprime l'étonnement, l'amusement, le plaisir, selon le ton, dit-elle, prononçant l'expression de différentes façons.

— Et tout ça, c'est « mon vieux », dit Zainal. Je ne comprends pas comment un homme vieux peut exprimer la surprise, l'amusement, le plaisir.

— Je crois que tu comprends parfaitement, le félicita Kris, réalisant soudain qu'il la taquinait.

Astrid traduisit pour les autres, répétant « mon vieux » sur différents tons.

— Mon vieux, ça commence à aller trop loin, dit Kris, branlant du chef dans cette épreuve.

— Mon vieux, mon vieux, mon vieux, renchérit Zainal, et, accroissant encore sa surprise, il lui entoura les épaules de son bras en un geste affectueux.

— Toi, tu as parlé avec d'autres, dit Kris, repoussant son bras et passant devant lui avec raideur.

Puis elle réalisa que sa réaction était exagérée. Pourquoi diable avait-elle repoussé ce geste amical alors qu'elle aspirait à se blottir contre lui ? Regrettant son comportement, elle ralentit et lui donna la main pour marcher.

Après la seconde halte, Zainal partit vers le nord, montrant les grands champs couverts de chaume qui montaient jusqu'à une crête rocheuse. Si, comme le disait Zainal, les Cattenis suivaient toujours le même itinéraire pour faire leurs largages, ils survoleraient ces champs la prochaine fois qu'ils viendraient espionner Camp Rock.

Ils atteignirent leur objectif au milieu de l'après-midi. Zainal envoya Kris et deux hommes chasser les râblés qui se chauffaient au soleil sur les rochers. Oskar et Bjorn se montrèrent habiles au maniement des arcs qu'on leur avait donnés, et ils la complimentèrent tous deux quand elle abattit quatre bêtes avec sa fronde. Bien sûr, elle en avait manqué six, alors elle ne trouva pas que c'était un exploit.

A l'évidence, les hommes avaient l'habitude de chasser, car, dès qu'ils trouvèrent un ruisseau, ils écorchèrent et vidèrent leur gibier sans qu'elle ait à leur donner des instructions. Ils rincèrent soigneusement la viande et les peaux avant de les rapporter dans le champ de Zainal. Ils allaient enterrer les entrailles quand elle leur dit de les laisser.

Kris repéra des légumes dans les haies et les cueillit. Elle ouvrait l'œil également dans l'espoir de trouver des tubercules, qui poussaient aussi à l'état sauvage à la lisière des champs. Frits, ils compléteraient agréablement la viande rôtie et les rations de voyage.

Pendant ce temps, Zainal et les autres délimitaient avec des pierres le premier symbole qu'ils devraient creuser dans le sol. Puis Zainal attaqua le second tandis que les Norvégiens rassemblaient les pierres. Kris vit aussi, en haut du champ, un cercle de pierres au milieu duquel brûlait un feu, alimenté par les bouses de vaches-leuh ramassées en route. Ils n'étaient qu'à un pas de la sécurité de la crête, ce dont Kris se félicita. Les charognards officiaient dans les champs cultivés comme dans les pâturages, et seuls les piétinements des six pattes des vaches-leuh les empêchaient d'être dévorées. Est-ce pour ça qu'elles avaient six pattes ? Pour faire plus de bruit ? Mais c'est sans doute à cause des charognards que les vaches-leuh dormaient pendant le jour, ainsi que Kris l'avait remarqué. Ces vaches-leuh devaient sans doute piétiner toute la nuit pour rester en vie. Les chasseurs exhibèrent leurs prises, et Kris se mit à la recherche de pierres plates pour les faire cuire. On l'avait avertie de ne pas trop chauffer sa nouvelle marmite, qui n'était après tout que de l'argile vernie, mais Jay l'avait assurée qu'elle pourrait porter l'eau à une température proche de l'ébullition... et donc, elle pourrait faire cuire ses légumes. Elle alla à l'un des ruisseaux omniprésents pour les laver et remplir sa marmite, et bientôt, les pierres furent assez chaudes pour faire cuire les râblés.

Entre-temps, Zainal avait fini de délimiter les quatre immenses symboles. Après un bon dîner, il proposa de commencer à arracher le chaume pour dénuder le sol.

Le travail se révéla plus pénible qu'ils ne l'avaient prévu, car le chaume avait des racines traçantes, impossibles à arracher comme celles des bonnes vieilles céréales terrestres et il fallut les taillader et couper au couteau. Kris eut bientôt les épaules et les bras endoloris, et ne fut pas fâchée de s'interrompre pour faire chauffer l'eau de la tisane du soir.

Les médecins ayant décrété que ce breuvage contenait des sels minéraux utiles, chacun avait pris l'habitude d'en boire une tasse avant le coucher. C'était agréable et ça rappelait le pays, alors il n'y avait aucune raison de s'en priver dans le désert rocheux de Botany. Avec quelque chose de chaud dans l'estomac, on s'endormait plus facilement.

Les coupeurs de chaume s'installèrent aussi confortablement que possible sur les rochers, et ceux qui n'étaient pas de garde n'eurent aucun mal à s'endormir.

Il leur fallut cinq jours pour terminer le travail, cinq jours à se casser les reins et les ongles, les bras courbatus et les doigts couverts d'ampoules, car ils n'avaient que des couteaux et des hachettes, qu'on leur avait donnés en double à chacun, et ils en eurent besoin pour terminer leur tâche, les aiguisant tous les soirs. Puis pour être bien sûrs que ce message ne passerait pas inaperçu, Zainal leur fit délimiter les symboles avec des morceaux de la roche blanche scintillante constituant cet affleurement rocheux, et dont le mica qu'elle contenait scintillerait au soleil. Presque aussi bien que du néon. Malgré sa fatigue, Kris ne put s'empêcher d'admirer le résultat.

— Tous les Cattenis savent lire ? demanda-t-elle à Zainal.

— Au moins tous ceux qui sont de quart, dit-il.

Sa jambe était un peu enflée à cause de son activité incessante, mais les chairs se reformaient, comblant peu à peu le cratère, et il prenait un bain dans le ruisseau soir et matin.

L'eau était glacée, mais Kris aimait ces ablutions. Avec Astrid, elle se lavait en amont des hommes, se couchant dans le lit peu profond et laissant l'eau cascader sur elle en une douche horizontale. Le sable fin, bien que rude à la peau, les débarrassant efficacement des salissures. Et l'eau était si froide qu'elle ne sentait pas les abrasions. Du moins cherchait-elle à s'en persuader.

La hauteur rocheuse était — ou avait été — le territoire d'une immense colonie de râblés. La patrouille prit l'habitude de consacrer tous les jours quelques heures à la chasse, découpant les surplus en lanières qu'ils faisaient sécher sur les pierres chaudes pour le lendemain. Kris était très fière d'être si productive — surtout maintenant qu'il y avait tant de bouches supplémentaires à nourrir.

Mais tous les soirs, la fraîcheur leur rappelait que l'hiver approchait et Kris se demandait avec inquiétude si le froid deviendrait rigoureux. Heureusement, les couvertures thermiques cattenies conservaient efficacement la chaleur corporelle. Les averses du soir tombaient à heure fixe, mais n'étaient plus aussi violentes qu'au début, davantage arrosage modéré que pluie torrentielle.

Le sixième jour, ils repartirent pour le camp, chassant en cours de route car les protéines supplémentaires étaient toujours bienvenues. Cette fois, Zainal imposa un rythme plus rapide, pour compenser les intermèdes de chasse, et à leur retour, ils trouvèrent les cavernes aussi surpeuplées qu'à leur départ. Bart se confondit en remerciements quand ils lui donnèrent leur gibier, puis demanda à Kris si elle voulait le faire cuire. Elle ne put refuser devant son air hagard, car tous les cuisiniers semblaient poussés jusqu'aux limites de l'épuisement. Astrid s'attarda dans la cuisine, autant parce qu'elle ne savait pas où aller que parce que Kris était un visage familier. Jusqu'au moment où un messager vint dire à Kris que Mitford la demandait.

— Je vais surveiller ta viande. Je sais faire la cuisine, dit Astrid, lui prenant des mains la longue fourchette en bois avec laquelle elle retournait les morceaux.

Zainal et Ole, qui savait un peu d'anglais, étaient déjà au « bureau ». La pile de feuilles d'écorce était maintenant plus haute que la pierre lui servant de table de travail, avec pour presse-papiers ce qui semblait une pépite d'or, un bout de fer, et un truc verdâtre qui devait être du cuivre.

— Il y a de l'or dans ces montagnes ? demanda Kris quand il lui fit signe de s'asseoir.

— Oui, et bien d'autres choses. On n'a pas chômé ici pendant que vous creusiez votre SOS.

— Tu ne chômes jamais, sergent.

— Une patrouille a trouvé les restes d'un autre largage et ramené neuf survivants. Huit Deskis et un gars d'Atlanta, Georgie, qui a eu le bon sens de rester avec les extraterrestres. Bon sang ! dit Mitford, le visage congestionné de colère, j'aurais dû vous faire ajouter au message : faites le largages de jour. J'ai horreur de perdre des effectifs comme ça.

— Mais ils ne faisaient pas encore partie du camp, sergent, dit Kris, s'efforçant d'être conciliante.

Mitford la regarda de travers. *Oh, mais c'est qu'il commence à prendre son rôle de chef au sérieux ! Enfin, ce n'est pas comme si un autre s'était porté volontaire pour assumer les responsabilités — et les casse-tête. Et regarde tout ce que Mitford a* fait !

— Ils auraient pu en faire partie. Un nouveau garage a été découvert et démantelé. Vingt granges de plus à transformer en logements.

— C'est super. Et le ravitaillement ?

— On a tout entreposé dans les granges. C'est plus facile d'accès, mais j'aimerais aussi y loger des gens.

Pendant ce temps, Zainal dessinait un nouveau hiéroglyphe, qu'il examina ensuite à bout de bras. Il ajouta quelques corrections, puis il se tourna vers Mitford et Kris.

— Ça devrait faire l'affaire, commenta-t-il.

— Dis donc, tu apprends drôlement vite, remarqua Mitford, étonné de l'idiomatisme et de l'absence d'accent.

— Je suis bien forcé, dit Zainal. Ça prendra deux ou trois jours aller-retour.

Il se leva, consultant le cadran solaire.

— Il y a encore assez de lumière pour se mettre en route.

— Comment va ta jambe ? demanda Mitford, fronçant les sourcils comme pour voir à travers la combinaison.

Puis il saisit l'imperceptible signe de tête de Kris.

— Non, partez plutôt demain matin bien reposés. Les autres ne sont que de frêles Terriens, pas aussi costauds que vous autres Cattenis, dit-il, avec un petit grognement qui adoucit ce que sa remarque aurait pu avoir de vexant, levant les yeux sur Zainal qui le dominait de toute sa hauteur. Tu crois que tes compatriotes réagiront ?

Zainal hocha solennellement la tête.

— Ils ne connaissent pas les dangers d'ici. Ils ne connaissent pas les charognards. Ils veulent cette planète... co-lo-ni-sée. On a survécu, alors ils croient que tout le monde peut en faire autant, termina-t-il en haussant les épaules.

— Mais le rapport que tu as vu mentionnait des animaux dangereux, dit Mitford, fronçant un peu plus les sourcils.

De nouveau, Zainal haussa les épaules et eut un grand sourire.

— On a survécu. Il y a de l'air, de l'eau, du gibier, une faible gravité. C'est mieux que Catten ! dit-il, comme si cela expliquait tout.

Mitford émit un grognement, remuant des feuilles d'écorce sur on bureau.

— D'après nos déductions, ils ont fait trois largages cette fois. Nous, on était le quatrième et dernier de notre vaisseau. Et trois semaines entre les tournées. C'est ça ?

Zainal pencha pensivement la tête.

— Peut-être. J'étais spatio, pas co-lo-nie, dit-il ouvrant les mains en un geste d'ignorance très humain. Tu connais le problème des militaires : la main droite ignore ce que fait la main gauche.

— Ouais, soupira Mitford, parfaitement au courant par expérience.

Une femme, le visage congestionné, les cheveux en désordre, la combinaison ouverte jusqu'à la taille, fit irruption dans le bureau de Mitford.

— Mitford, tu coupes sa libido à la racine, ou je la lui coupe moi-même avec un couteau ébréché.

— Arnie ?

Mitford se leva, avec un signe impérieux à deux hommes qui faisaient une partie quelconque avec des cailloux.

— Pas de questions. Pas de réponses. Arrêtez-le. Remettez-le au pilori jusqu'à ce qu'il moisisse ou qu'on trouve quoi faire de lui.

— Attache-le dans un champ pour les charognards — et ça sera encore trop bon pour lui, dit la femme, refermant sa combinaison et lissant ses cheveux. C'est un salaud de pervers qui ne pense qu'à ça. Je te ferai un rapport complet sur ses dernières trouvailles dès que tu en auras fini avec eux, marmonna-t-elle, se mettant discrètement à l'écart pour que Mitford continue sa discussion.

— Au moins, le rapport mâles/femelles commence à s'égaliser un peu après le dernier largage. Mais je n'ai pas besoin de mecs comme Arnie, dit Mitford quand la femme fut hors de portée de sa voix. Il a été quatre fois au pilori pour harcèlement sexuel, et deux fois pour vol.

— Pour vol de quoi ?

— De la bouffe ! Des couvertures. Un couteau tranchant parce qu'il est trop feignant pour aiguiser le sien, dit Mitford, écœuré. J'ai besoin de lui comme d'un abcès à la fesse. N'aie plus de remords, Kris, qu'il ait été électrofouetté à cause de toi. Ce n'était qu'une avance.

— L'attacher pour les charognards, dit Zainal d'un ton narquois. C'est une bonne idée.

Mitford fit la grimace.

— Je ne peux pas, mais quand même... Tu vas aller manger et dormir, Kris, compris ?

Et comme elle hochait docilement la tête, il ajouta :

— Et veille à ce que Leon voie sa jambe.

C'est exactement ce qu'elle fit, passant un bon savon au Catteni qui n'était pas allé voir le docteur dès son retour. Sa tirade commença par l'amuser, puis il fronça les sourcils quand elle le prit par le bras pour l'amener à l'hôpital, car il ne tournait pas dans la bonne direction.

— Ecoute-moi bien, Seigneur Emassi Zainal, Mitford t'a donné un ordre, et tu vas l'exécuter ou tu ne partiras pas demain. Et personne ne viendra avec toi pour t'aider à tracer ce message.

— Alors, pas de message, dit-il, haussant les épaules avec indifférence.

— Oh, ce que tu peux m'énerver... dit-elle, s'efforçant de baisser la voix, consciente de parler comme une mégère. Ce n'est pas parce que tu es un Catteni que tu ne saignes pas comme nous autres, faibles Terriens, et que tu n'as pas failli mourir de cette toxine. Je ne veux pas revivre *ça*. Tu comptes trop à mes yeux pour négliger ta santé.

Il saisit le doigt qu'elle brandissait devant lui, regardant autour de lui car il avait remarqué que sa semonce attirait l'attention.

— J'y vais. Je vais voir Dane, dit-il, bien trop docile, de sorte qu'elle le suivit des yeux pour être sûre qu'il y allait.

Bon sang, un homme de l'âge de Zainal devrait avoir le bon sens de ménager sa santé, quand même! Et sa docilité lui parut suspecte. *Ça,* ça ne ressemblait pas à un comportement catteni.

Le cinquième symbole leur prit presque toute la journée, mais le travail fut plus facile car ils savaient maintenant comment procéder. Ils se mirent à dénuder le sol dès que Zainal eut commencé à en délimiter les contours, au lieu d'attendre qu'il ait fini, de sorte que le travail était déjà bien avancé quand il eut terminé le dessin. Ils n'eurent même pas à chercher des pierres de mica car il leur en restait de la dernière fois.

— Ce n'est pas digne de l'Homme de Shropshire, mes enfants, dit Kris, quand ils montèrent dans le champ supérieur pour inspecter le résultat de leurs efforts.

— Mes enfants? Encore un mot « mon vieux »? dit Zainal, haussant un sourcil amusé.

— Oui, si tu remplaces « vieux » par « enfant », selon l'humeur.

— C'est jeune ou âgé? Petit ou grand? demanda Zainal, les yeux pétillants de malice.

— Je crois que tu te moques de moi, dit-elle d'un ton sévère. Dis donc, c'est une patrouille linguistique?

— Pourquoi pas? demanda Zainal en souriant. Le travail est fait. Maintenant, on... joue?

— Ha! Je suis sûre que tu ne sais même pas jouer!

— Tu veux parier?

— Tu as trop écouté les frères Doyle, dit-elle, le menaçant de l'index.

Il lui saisit le doigt, qu'elle essaya de dégager, et ils se mirent à tirer chacun de leur côté, lutte qui se transforma bientôt en poursuite, sous les regards des Norvégiens qui observaient la scène avec une grande dignité.

Kris était plus agile que le Catteni, plus lourd, et elle l'esquivait en passant sous ses bras, le défiant de l'attraper. Et quand il la saisit enfin, il la serra contre sa poitrine. Elle pouvait à peine bouger, mais elle cacha ses mains derrière son dos pour qu'il ne puisse pas lui reprendre le doigt. C'était assez infantile, vu que sa force supérieure devait inévitablement l'emporter, mais elle s'aperçut qu'elle aimait beaucoup le côté joueur inattendu de Zainal. Inexorable, il s'empara de nouveau de sa main droite, et, avec une douceur étonnante étant donné la force qu'il déployait, il lui reprit le bras et l'embrassa. Puis il embrassa sa paume.

Un soudain émoi la fit frissonner au contact de ses lèvres sur la peau douce, bien que cloquée d'ampoules, de sa main. Sursautant, elle saisit son regard. Ses yeux pétillaient au succès de sa manœuvre, mais elle les vit s'assombrir d'une autre émotion qui lui coupa le souffle.

— Tu es content maintenant ? demanda-t-elle, acide.

— Oui, dit-il simplement en la lâchant.

Pendant le trajet de retour, la conversation allait bon train entre les Norvégiens, si bien que Kris demanda à Astrid ce qu'ils trouvaient de si intéressant.

— Le pays, dit Astrid, embrassant le paysage du geste. C'est une bonne terre pour la culture et l'élevage. Et bien organisé aussi. Oskar et Peter ont grandi à la ferme. Ils disent que tout est bien.

— C'est vrai, mais attendez de voir les fermiers, ajouta Kris.

— Pardon ?

Ils interrompirent brièvement la conversation, le temps de mettre de nouveaux râblés dans leurs sacs. Tout le reste de la journée, Kris n'entendit que compliments sur la façon écologiquement — le mot était identique en norvégien, mais avec une prononciation différente — saine dont l'agriculture était gérée, et qu'approbations sur le drainage, l'abondance de l'eau disponible partout, les lignes d'arbres utilisées comme brise-vent aux endroits où la terre n'était pas arable, et même les haies qui séparaient les champs. A tort ou à raison, Kris ne leur dit pas qui cultivait la terre. Mais elle commença à éprouver plus de respect pour l'habileté des maîtres invisibles, qui qu'ils fussent en plus d'être omnivores.

Le camp bourdonnait d'excitation à leur arrivée, et elle ne fit pas part de ces observations à Mitford. Le sergent, assis à son bureau, parlait dans ce qui semblait bien un téléphone portable. A moins que Mitford n'ait pété les plombs, et elle l'aurait compris, il parlait à un autre membre de l'Etablissement Colonial de Botany.

— C'est super, hein ? leur dit Bart quand ils apportèrent le produit de leurs chasses à la grotte-cuisine.

— Alors, on a le téléphone, maintenant ? dit Kris.

— Oui, mais le plus important, c'est que les technocrates ont découvert quelle puce fait quoi dans les machines. C'est une percée formidable.

Comme tout le monde avait l'air aux anges, Kris se récria d'admiration, tout en se disant qu'elle aurait dû être transportée vu que c'était un pas de plus vers le retour à la civilisation. Pourtant cette percée la tracassait vaguement, sans qu'elle sût pourquoi. Sans doute qu'elle avait pris plus de plaisir qu'elle n'aurait dû à cette existence atavique de chasseur-cueilleur — étant donné qu'elle comportait aussi beaucoup d'inconfort et d'incertitude. Sans compter suffisamment de dangers pour que l'adrénaline coule à flot presque sans discontinuer. Certaines commodités modernes profiteraient sans doute à Camp Rock. Mais des communications instantanées étaient-elles *vraiment* utiles ?

— Je vais ajouter une autre boucle à ma ceinture pour le portable, bougonna-t-elle. Dis donc, Bart, comment je peux savoir où je vais coucher ce soir ? ajouta-t-elle tout haut.

Bart montra l'ouverture irrégulière menant à la plupart des dortoirs et au lac.

— La liste est là-bas.

Il y avait un gros « P » majuscule près de son nom, et aussi de ceux de Zainal et des Norvégiens. « P », pour patrouille ?

— Bjornsen ? chantonna quelqu'un à l'entrée de la caverne.

— Présente !

— Le sergent te demande.

Maugréant qu'elle était maintenant SDF, Kris se rendit au « bureau ». Il y avait trois portables posés devant Mitford.

— Dernière production dans le recyclage des mécaniques, dit Mitford avec humour. Maintenant, nous pouvons rester en contact avec nos avant-postes et nos éclaireurs. Il vaut mieux être en hauteur pour renforcer le signal, ajouta-t-il, montrant la falaise derrière lui où une antenne se balançait maintenant au souffle de la brise. Mais la distance ne pose pas de problème. Comme ça, nous serons avertis plus tôt du prochain largage. On a établi un réseau de guetteurs — et pas seulement pour être avertis des mouvements des Cattenis.

Il fouilla dans les feuilles d'écorce couvrant son bureau, et en sortit une grande — non, c'étaient plusieurs petites feuilles collées ensemble. Après tout, les vaches-leuh avaient des sabots, et quelqu'un avait dû avoir l'idée de les faire bouillir pour obtenir de la colle. On avait commencé à tracer une carte sur la grande feuille — ou plutôt un embryon de carte, car seul le centre montrait les accidents de terrain, les ruisseaux, les champs et les bois. Kris en tira une meilleure idée de la configuration du terrain dans et autour du camp et de la position des divers complexes agricoles.

— Compliments, dit-elle.

— On a un vrai cartographe, dit fièrement Mitford, tapotant la carte. Pas mal, hein ? On a même les distances relatives.

— La Société géographique nationale en serait fière, acquiesça-t-elle avec un grand sourire. Tu ne perds pas de temps pour nous civiliser, hein, sergent ?

— Pas beaucoup, convint-il volontiers. Mais on profite à plein du fameux savoir-faire yankee — et australien.

Il remarqua son air désapprobateur et ses sourcils froncés, alors il s'éclaircit la gorge pour gagner du temps avant de continuer.

— Et aussi de celui de nos alliés extraterrestres, ajouta-t-il.

Puis, à sa surprise, il prit un portable et le posa devant elle, de nouveau tout service-service.

— Tu vas partir reconnaître cette région avec ta patrouille, dit-il, posant le doigt sur la partie orientale de la carte encore vide. Il faudra que je sois en contact avec vous au cas où j'aurais besoin de Zainal.

— Sergent ?

— Ouais ?

— Est-ce que tu as des raisons d'éloigner Zainal du camp ?

Il la regarda sans ciller, plongeant ses yeux gris dans ceux de Kris.

— Tu as des raisons de le croire, et c'est vrai. Il est trop précieux pour risquer de le perdre.

— Alors, je ne me trompais pas — il existe de l'hostilité envers lui ?

— Peux-tu vraiment blâmer les gens d'en vouloir à un Catteni ?

— Même s'il a été largué ici comme nous ? demanda-t-elle d'un ton plaintif.

— Même comme ça, et même étant un Catteni seul et sans autre arme qu'un couteau.

— Il n'est pas seul, dit Kris avec force.

— Je sais, Bjornsen. Mais certains pensent toujours qu'il y avait une autre raison pour le larguer que le meurtre d'un autre Cat... Catteni, dit Mitford, et comme elle voulait protester, il la fit taire de la main. Je sais tout sur leurs vendettas d'un jour, Bjornsen, et s'il n'y avait que le meurtre d'un chef de patrouille, il aurait été libéré le lendemain. En tout cas, il est drôlement différent de tous les Cattenis que j'ai connus, personnellement ou par ouï-dire.

— Et le dernier largage ? S'il n'avait pas été là...

— Kris ! dit-il d'un ton tranchant en lui serrant le bras, et elle se tut.

Il ne regarda pas autour de lui pour voir si quelqu'un pouvait les entendre, mais quelque chose dans son attitude fit comprendre à Kris qu'elle ne devait pas péter les plombs.

— Il y a des tas de gens qui devraient être reconnaissants envers Zainal. Mais ils ne le sont pas, un point, c'est tout. Je ne peux pas changer la nature humaine, dit-il d'un ton de regret sincère. Et je ne l'exilerai pas du camp.

Il cligna des yeux et ajouta :

— Il constitue une ressource trop précieuse. Et maintenant, voilà, ma fille.

Il plia soigneusement la carte, et la mit dans une enveloppe faite d'un bout de ces couvertures à tout faire, et pourvue d'une bretelle. Il la posa près du portable, y ajouta un « crayon », et les permuta jusqu'à ce qu'il soit satisfait de leur disposition.

— Tu vas partir avec Zainal et Astrid. Elle a choisi Oskar pour vous accompagner. Zainal dit qu'elle est compétente et bonne marcheuse. J'ai aussi deux Australiens qui jurent leurs grands dieux qu'ils pouvaient suivre le train des aborigènes, alors ils devraient pouvoir suivre le vôtre. Ils étaient dans le dernier largage et sont reconnaissants à Zainal. Même si la plupart du temps ils ont l'air de trouver que c'est une bonne blague. Ils ont peut-être raison.

Il s'interrompit, réfléchissant à cette théorie.

— L'un d'eux a fait des études médicales et de la botanique dans la brousse australienne. Avec ce portable, tu pourras rester en contact avec moi, Esker ou Dowdall. Et avec un nouveau du nom de Worrell, ancien commandant de l'ANZAC[1], qui a servi un temps comme gouverneur militaire, de sorte qu'il en sait plus que moi...

Il écarta du geste les protestations de Kris.

— Je suis content de l'avoir à bord. Tout le monde l'appelle « Worry[2] » et ça lui va comme un gant. Il se fait du mouron pour nous deux, et je n'ai plus à m'en faire. Il sera à l'autre bout du fil si je n'y suis pas. Compris ?

— En un sens, oui, dit-elle aussi poliment qu'elle le put, quoique bouillant d'indignation à l'idée qu'on puisse exiler Zainal, tout en étant soulagée de partir en mission avec lui. Reporter itinérant à tes ordres !

1. ANZAC : Australian and New Zealand Army Corps : Corps d'Armée d'Australie et de Nouvelle-Zélande *(N.d.T.)*.

2. Worry : souci, tracas *(N.d.T.)*.

— Bravo, Bjornsen, j'aime ton style. Il faut que je désamorce la situation, tu comprends ?

— Oui, je suppose. Mais pourquoi est-ce qu'on le tolère, lui, dit-elle, portant son regard sur Arnie, mis au pilori une fois de plus, et pas Zainal ?

Mitford émit un grognement dédaigneux.

— Il faut de tout pour faire un monde, et il est... censément... humain. Quand même, une plainte de plus et il faudra prendre des mesures punitives qui ne lui plairont pas. Surtout sans anesthésie.

Puis il regarda vers la caverne principale.

— Voilà ta patrouille, Bjornsen. J'ai aussi donné mes instructions à Zainal. Fais-moi un rapport quotidien. Ne serait-ce que pour vérifier que l'équipement marche toujours. Le code régional d'ici, c'est 369, dit-il avec un sourire jusqu'aux oreilles.

— A vos ordres ! répondit-elle, tapant les pieds par terre l'un après l'autre, se mettant au garde-à-vous et saluant à la manière des soldats britanniques.

Il lui fit signe de s'en aller, et trois personnes rivalisèrent pour prendre sa place, lorgnant son étui à cartes et son portable. Elle s'éloigna, tête haute, sans regarder à droite ni à gauche.

Zainal la regardait approcher, bras croisés, appuyé contre la paroi. Les quatre autres membres de la patrouille bavardaient tranquillement. Elle salua de la tête Astrid et Oskar, puis regarda les deux nouveaux. Elle tendit la main à la femme, qui lui plut tout de suite : corps presque maigre mais nerveux, visage buriné par les brûlants étés australiens, cheveux courts et bouclés d'un roux passé strié de gris. Mais elle avait l'air très compétent, trait caractéristique de bien des Australiens. A ses pieds, à côté de son sac personnel, une trousse médicale d'urgence, un arc et un faisceau de flèches.

— Je m'appelle Sarah McDouall, dit-elle, avec une vigoureuse poignée de main à Kris. Et voilà Francis Marley. Nous faisions une bonne équipe dans la résistance avant notre capture. Je suis votre toubib.

— Appelle-moi Joe. N'importe quoi plutôt que Francis, dit-il, feignant de foudroyer Sarah pour ses présentations.

Il avait une voix de ténor légèrement nasillarde, d'une tonalité chantante et enjouée. Il était grand et mince, avec des pattes d'oie causées par le soleil, un visage ouvert et souriant, et des cheveux noirs grisonnant aux tempes. Il portait sans cesse sa main à sa tête comme pour ajuster un chapeau inexistant. Puis il transformait ce geste et se grattait le crâne.

— J'étais éleveur — j'en connais un rayon sur les plantes.

Il avait une fronde passée à sa ceinture, et une poche en tissu de couverture gonflée de cailloux. Il s'appuyait légèrement sur trois lances qu'il tenait à la main. Kris remarqua qu'elles avaient maintenant des pointes en fer. *Eh bien, l'Arsenal fait des progrès, lui aussi*, pensa Kris.

— Quelqu'un sait où on couche ? demanda Kris.

— Zainal sait.

— Je guide, vous suivez, dit Zainal, se redressant et passant devant la grotte-hôpital.

Kris se demanda s'il était contrarié que Mitford lui eût confié le portable. Son expression était indéchiffrable.

C'était plus un abri creusé à flanc de ravin qu'une grotte, mais ils y seraient à l'abri de la pluie et du vent froid qui soufflait maintenant la nuit. La place était tout juste suffisante pour six corps allongés, mais il y avait des crochets pour suspendre leurs affaires, et même une corniche-étagère.

— Quel luxe ! dit Kris. Zainal vous a parlé de notre mission ?

— Plus ou moins, sourit Joe.

— Vous n'avez rien contre un chef catteni ?

Joe haussa légèrement les sourcils, et Sarah lui lança un regard pénétrant.

— Enfin...

— C'est Zainal qui commande, dit Kris avec fermeté. Moi, j'assure les communications, précisa-t-elle en tapotant son portable.

— Compris !

— J'ai besoin d'un bain, reprit Kris, posant soigneusement son portable et son étui à carte sur la corniche. Tu viens ? ajouta-t-elle en se tournant vers Astrid.

— Me laver ?

— C'est comme ça que ça s'appelle, dit Kris en souriant, plus détendue maintenant qu'elle avait mis les choses au point, puis se tournant vers Sarah.

— J'ai pris un bain tout à l'heure. Je vais aller nous chercher à manger. Ça sent bon. Joe, Oskar, venez. Ne soyez pas trop longues, dit-elle aux baigneuses.

— T'en fais pas, répondit Kris.

Puis, Astrid sur les talons, elle revint à la grotte-cuisine et descendit le tunnel menant au lac.

L'eau glacée n'effraya pas Astrid, mais, étant Norvégienne, elle devait avoir l'habitude des saunas. Malgré tout, la température n'encourageait pas à lambiner, et elles furent lavées, séchées et rhabillées et de retour à leurs quartiers le temps que les autres rapportent le repas.

— Ce que j'aimerais une bonne bière, dit Joe d'un ton plaintif, sauçant son assiette avec un morceau de pain.

— Et moi une cigarette, renchérit Sarah.

— Moi aussi, dit Astrid en souriant, puis elle traduisit pour Oskar, qui leva les deux mains en un geste nostalgique.

— Tu t'y connais en plantes ? demanda Astrid à Joe. Alors, trouve-nous-en une qui remplace le tabac.

— Bonne idée, répondit Joe. Je te garantis que je vais m'y mettre.

CHAPITRE 11

Kris appelait le bureau tous les matins pour faire son rapport, et tombait généralement sur Mitford. Tous les soirs, elle rassemblait les autres autour du feu pour porter sur la carte le terrain couvert dans la journée. Le quatrième jour, ils découvrirent un nouveau garage et passèrent la journée à le démanteler. Kris ajouta ce détail à la carte avec un certain plaisir.

A la vue des premières machines qu'il voyait, Joe repoussa en arrière son chapeau inexistant et se gratta la tête. Oskar, examinant la première grande moissonneuse, débita une longue phrase à Astrid.

— Il voudrait la voir fonctionner, dit-elle, lorgnant la grosse mécanique avec méfiance.

— Peut-être l'année prochaine, répondit Kris d'un ton dégagé, si nous décidons de les remettre en service. Et s'il en reste qui ne sont pas cannibalisées d'ici là.

Zainal avait déjà démonté les panneaux solaires du garage. Puis il s'attaqua au distributeur de fléchettes. Leon leur avait bien recommandé de rapporter ceux qu'ils trouveraient pour le produit anesthésique.

— Oskar demande comment ma machine avance sans roues, dit Astrid, regardant sous la jupe de la plus grande pour vérifier cette absence.

— Sur coussin d'air, dit Kris, mimant le son et la méthode.

Oskar hocha la tête avec approbation, sans cesser de tourner autour du monstre mécanique. Il examina aussi le mécanisme lanceur de fléchettes, avec prudence, car Kris l'avait mis en garde contre les piqûres des minuscules flèches alignées le long des ailes. Puis, du geste, il imita le mouvement d'une chenille de foire et dit quelque chose à Astrid.

— Sa ferme est sur une colline. Cette chose, ajouta-t-elle donnant un coup de pied sur le rebord, se renverserait.

Joe était parti vers l'aire de stockage, à la recherche de quelque chose.

— Ils n'ont pas laissé d'outils derrière eux. Ces machines se réparent elles-mêmes ?

— On a vu des machines qui en réparaient d'autres, dit Zainal, se plaçant devant la moissonneuse pour démonter les panneaux solaires.

— Mon Dieu, ce que cette planète est bizarre ! dit Sarah.

— Tu peux le dire, acquiesça Kris. Ils ont besoin des panneaux et des batteries, au camp ou ailleurs. Il y a de quoi faire ici, ajouta-t-elle, regardant toutes les formes noires parquées dans la pénombre du garage.

— On pourrait dormir ici ce soir ? demanda Sarah, d'un ton si inexpressif que Kris sourit.

— Je crois, dit-elle. J'aimerais assez ne pas coucher en plein vent pour une fois.

— Il y a des râblés pas loin, remarqua Sarah, prenant son arc.

— Kris, va avec elle, dit Zainal, la voyant partir toute seule.

— Je suis assez grande pour chasser toute seule, protesta Sarah avec indignation.

— Tu vas avec Kris, dit Zainal. La planète a des dangers. Kris les connaît.

— Oui, mais je n'ai pas l'oreille de Coo, observa Kris, posant soigneusement son portable et son étui à cartes.

— Il est toujours comme ça ? demanda Sarah quand il ne put plus les entendre.

— Comme quoi ?

— Ne te hérisse pas, sourit Sarah. Il est pas mal pour un Catteni. Non que j'en aie rencontré beaucoup. Mais d'après ce qu'on m'a dit...

Elle laissa sa voix monter dans l'aigu, poussant subtilement Kris à s'expliquer.

— Pour un Catteni, il est plutôt bien, dit-elle d'un ton détaché. Et il a sauvé beaucoup de vies...

— Ma parole, tu n'as pas besoin de le défendre avec moi. J'ai été larguée à l'extérieur de ce maudit champ, et mon voisin a été mutilé sous mes yeux. J'y serais passée ensuite si vous n'aviez pas tapé des pieds comme des dingues. D'ailleurs, c'est plus prudent de sortir *avec* quelqu'un. Crois-moi, c'est ce qu'on fait là d'où je viens !

Elles revinrent avec des râblés, quelques petits aviens à la chair tendre, du bois et une pile de bouses ramassées dans le champ voisin. Elles avaient repéré quelques monstres aériens, mais ils étaient loin, et Kris apprit à Sarah la méthode permettant de ne pas finir dans leur estomac.

— Ils poursuivent quelqu'un en ce moment ? demanda Sarah, clignant des yeux pour suivre leur vol.

— Qui sait ? dit Kris qui n'avait pas très envie de le savoir. Maintenant, si tu étais sur la Terre, tu sauterais dans ton 4x4 pour aller enquêter.

— Sans doute, mais nous ne sommes pas sur la Terre, non ? rappela-t-elle d'un ton plein de regret.

— Désolée, dit Kris d'un ton d'excuse.

Elle détourna les yeux de la lointaine menace aérienne, et elles marchèrent un moment en silence.

Elles arrivèrent en haut d'une crête, et Sarah s'arrêta pour contempler l'alignement géométrique des champs entourés de haies.

— Oh-là-là, mon père deviendrait fou ! Et personne n'habite sur cette planète ?

— Nous n'avons trouvé *personne* pour le moment. Et c'est pourquoi nous démantelons les garages. Pour attirer l'attention.

Les yeux de Sarah s'exorbitèrent.

— Tu veux dire que vous *voulez* savoir qui a construit ces... machines ?

— On t'a parlé de l'astronef ramasseur de récoltes ?

Kris sourit en regardant sa compagne, avec ses couples de râblés se balançant au bout du bâton qu'elle portait sur l'épaule.

— J'ai entendu quelque chose — un vaisseau grand comme une ville, c'est ça ?

— Comme une petite ville, dit Kris en riant.

— Et tu voudrais embarquer dedans ? demanda Sarah, les yeux dilatés de respect.

— Pas moi personnellement, dit Kris.

Pourtant, si Zainal était impliqué dans l'aventure, elle serait sans doute près de lui. Et il serait sans doute dans l'équipe d'abordage.

— Ce serait intéressant de connaître ceux qui ont organisé cette planète, l'ont rendue autosuffisante, autoréparatrice, et tellement productive en *vivres*...

— En *vivres*...

Sarah déglutit avec effort, et, dans un bref moment de panique, faillit lâcher son bâton.

— C'est le rôle de cette planète — elle fabrique des vivres — et nous ne savons pas pour qui. Ou pour quoi. Sauf que ce sont sans doute des omnivores comme nous.

Sarah déglutit de nouveau.

— Je n'avais pas pensé à cet aspect de la question.

— Pour le moment, c'est plus facile de vivre au jour le jour, acquiesça Kris.

— Oui, c'est sûr, dit Sarah, comme elles contournaient le dôme rocheux abritant le garage.

Les autres avaient démonté tout ce qui pouvait être rapporté au camp pour recyclage. Oskar s'était montré particulièrement habile au démontage, et les autres commençaient à se référer à lui. Tout en travaillant, il demandait les noms anglais des différentes pièces, et les marmonnait joyeusement entre ses dents pour les mémoriser. Joe l'égalait presque, mais, disait-il, dès qu'il avait été assez grand pour soulever un tournevis, son père lui avait appris à faire les réparations dans son élevage de moutons.

— Vous contemplez en ce moment des tas de futurs portables et autres gadgets très utiles, dit Joe, montrant les piles de pièces détachées soigneusement rangées les unes à côté des autres. Un vrai coffre au trésor.

— Tu saurais faire quelque chose de tout ça ? demanda Kris.

— Tout dépend de ce qu'il faudrait, répondit joyeusement Joe.

Zainal arriva alors, portable en main.

— On te demande d'appeler le camp.

— C'est E.T. ? demanda Kris avec un grand sourire, mais seuls Sarah et Joe comprirent l'allusion.

Elle haussa les épaules, tapa 369 et une voix inconnue lui répondit.

— Ici Worry.

— Worry ?

— Et je voudrais parler à Kris.

— Tu lui parles. Et toi, tu dois être Worrell.

— Depuis que j'ai été débarqué, je suis Worry, ne t'en déplaise. Ton rapport ?

Elle le lui fit, et il exprima sa satisfaction de la découverte d'un nouveau garage et de ses pièces réutilisables.

— Mitford va bien, au moins ? demanda-t-elle avant de couper la communication.

— On ne peut mieux, dit Worry, d'un ton légèrement sardonique malgré la distance. C'est un homme étonnant.

— Il y a des signes de survol ?

— Vous seriez rappelés au trot s'il y en avait !

— Je le crois sans peine !

Il y eut un rire à l'autre bout, puis Worrell coupa la communication, après lui avoir rappelé de porter la position du nouveau garage sur la carte. Zainal l'aida, lui donnant les distances relatives à partir de leur précédent campement, et ce qu'il appelait une bonne approximation de la configuration du terrain couvert pendant la journée. Kris savait que ses jambes pouvaient témoigner du chemin parcouru, mais elles savaient seulement qu'elles avaient beaucoup marché, et ignoraient le nombre des montées et des descentes.

Le lendemain à midi, arrivant en haut d'une crête, ils aperçurent le scintillement bien connu du soleil sur une grande étendue d'eau. Assez grande pour que le rivage opposé ne soit pas visible de leur perchoir. Et, à droite au bord du rivage, la masse carrée d'une construction artificielle.

— Un hangar à bateaux ? Ils pêchent aussi ? demanda Astrid, mettant la main en visière sur son front.

— C'est possible. Ils ne laisseraient sans doute pas les richesses de la mer inexploitées, dit Kris.

— C'est sûr, murmura Sarah, regardant aussi devant elle. C'est une mer salée ?

— On va aller voir, dit Joe.

— Zainal ? dit Kris, car le Catteni n'avait encore rien dit, toute son attention concentrée sur le bâtiment.

— On va être prudents. La pêche, ça se pratique toute l'année.

— C'est vrai. Mais comment une machine pourrait-elle pêcher ? Je veux dire : la mer n'est pas programmable, non ? Il y a des tempêtes et tout ça... à moins qu'ils contrôlent les marées comme ils contrôlent la pluie. Remarque, je les en croirais bien capables, dit Kris, avec un peu d'amertume.

— Nous, ils ne nous contrôlent pas, répliqua Zainal à sa surprise. Préviens les autres.

— A propos des fléchettes et autres ?

Ce qu'elle fit, puis elle se retourna vers Zainal.

— Pourtant, s'il y a des machines, elles sont sûrement faites pour fonctionner dans l'eau. Ce bâtiment est juste au bord de la mer. A mon avis, elles ne vont pas nous charger sur la terre ferme.

— Ce sont tes dernières paroles destinées à la célébrité ? sourit Joe en lui donnant un coup de coude.

— J'espère bien que non. Un séjour à l'abattoir m'a suffi.

— Une conserverie, voilà ce que ça doit être, dit Joe, toujours taquin.

— Hum ! pouffa Kris. Tu l'imagines dans une boîte de sardines, demanda-t-elle, montrant malicieusement de la tête leur chef de patrouille, qui continuait à observer le bâtiment.

— On va lentement. On n'approche pas avant le lever de la deuxième lune.

— Si tu le dis, chef ! répondit Kris avec impudence.

Il y avait des marées sur ce monde, à en juger par les marques des hautes eaux et les détritus déposés sur le rivage.

— Avec tant de lunes, les marées doivent être complexes, remarqua Joe.

— On nage ? demanda Astrid à Kris, mais en quêtant du regard l'autorisation de Zainal.

Ils approchèrent de la plage, à environ un kilomètre du bâtiment. La marche dans le sable était pénible, car il s'enfonçait sous leurs pas, même s'il était fixé çà et là par des touffes herbacées, et, à un endroit, par une plantation de roseaux. Joe prit des échantillons de toutes les plantes, au cas où l'une d'elles contiendrait des éléments utiles aux Deskis. Cette mer était à plusieurs journées de marche du camp principal, mais elle n'était pas inaccessible. Un arbre rabougri, qui rappela à Kris les cèdres dont le vent a arrêté la croissance, portait un fruit dur. Joe fourra la récolte de deux arbustes dans son sac.

Zainal reporta son regard sur la bâtisse, qui semblait maintenant flotter au-dessus du sol — illusion d'optique, sans aucun doute, se dit Kris. Puis, pendant un bon moment, il observa la mer elle-même et enfin, haussa les épaules.

Il serait ironique, pensa Kris, d'avoir échappé à tous les dangers de ce pays pour finir noyés par une créature marine. Mais elle ne distinguait à la surface aucune perturbation annonçant la présence d'un monstre aquatique. Puis Zainal alla jusqu'au bord de la mer, prit de l'eau dans sa main, la renifla, puis y plongea la langue.

— C'est salé. Vous nagez d'abord, dit-il, montrant Kris, Sarah et Astrid. Nous, on surveille.

— Tu nous surveilles, nous ? demanda malicieusement Sarah, mais elle courait déjà vers l'eau en ouvrant sa combinaison.

Kris avait perdu beaucoup de son conditionnement à la pudeur au cours des dernières semaines, et elle suivit Sarah, Astrid trottant devant elles et se dépouillant en hâte de sa combinaison, manquant trébucher sur la jambe droite du pantalon. Elle jeta son vêtement sur le sable sec, puis courut jusqu'à l'eau.

— N'allez pas trop loin, leur cria Joe, s'asseyant sur la plage avec Oskar.

Zainal resta debout, scrutant la mer sans discontinuer.

Cette mer n'était pas aussi salée que l'océan Atlantique que Kris se rappelait de ses dernières vacances sur la côte est, mais assez pour bien soutenir le corps quand elle se mit à crawler. Sarah se contenta de patauger.

— Hé, c'est super ! Une mer où je peux nager sans m'inquiéter des requins !

— Ne va pas si loin, cria Kris, trop consciente que Botany pouvait leur réserver quelques surprises marines.

D'ailleurs, elle s'étonnait que Zainal leur ait permis de nager.

— Restons près du rivage pour sortir en vitesse s'il y a du danger.

— Tu as raison, ma fille, dit Sarah, revenant vers le bord.

Astrid nageait avec une grande économie de mouvement, presque sans éclaboussures, remarqua Kris, contrairement à Sarah qui se démenait comme une débutante. Elles ne restèrent pas longtemps dans l'eau, par déférence pour les hommes qui avaient sans doute autant envie qu'elles de se baigner. Mais Kris se sentit mieux après cette courte baignade, et fit signe aux hommes qu'elles sortaient. Zainal surveillait toujours, mais pas les trois femmes nues émergeant de l'océan. Joe et Oskar avaient poliment tourné la tête pour ménager leur pudeur.

— C'est bon, les gars, leur cria Kris quand elles se furent rhabillées. A votre tour. Je vais monter la garde, ajouta-t-elle à l'adresse de Zainal.

Il secoua la tête, puis, d'un large geste du bras, fit signe à Joe et Oskar de se baigner sans lui.

— Tu ne nages pas ? demanda Kris, amusée.

— Trop calme, dit-il, énigmatique, continuant à scruter les lieux, non pas seulement l'horizon, mais la plage s'étendant à leur droite et à leur gauche.

— Sur la Terre, les pêcheurs sortent généralement le matin, avec la marée, dit-elle avec naturel. De sorte que les machines, s'il y en a, doivent être au repos à cette heure, à mon avis.

— C'est la première fois que je vois la mer, répondit Zainal du même ton.

— Pourtant, tu as l'air d'un phare, pouffa-t-elle, debout comme ça au bord de l'eau.

— Un phare ?

Il fronça les sourcils sans cesser sa surveillance.

— Dites donc, je crois qu'il y a des clams sur cette planète, cria Sarah.

Elle se mit à genoux et commença à creuser avec sa hachette. Une vaguelette lui recouvrit les jambes.

— Je ne savais pas qu'il y avait des clams en Australie, dit Kris, la rejoignant.

— Le plus grand banc de clams est autour de Sydney. Et d'huîtres.

Pendant ses uniques vacances à la mer, Kris avait pêché des couteaux à Cape Cod, et elle reconnut les petits trous que ces mollusques laissaient dans le sable pour respirer. Elle se mit à creuser aussi.

— Qu'est-ce que vous faites ? demanda Astrid en les rejoignant.

— On creuse et... oh...

Sarah referma ses doigts sur quelque chose qu'elle sortit du sable humide.

— Qu'est-ce que ça peut bien être ?

Elle rinça la créature et la montra aux autres. C'était oblong, avec une coquille à l'évidence « construite » autour, rugueuse comme une huître, pas lisse comme une clam.

— Ça ressemble à la fois à une clam et à une huître, dit Kris. Et ça n'a pas de pinces, donc ce n'est pas un crabe. Les huîtres sont bonnes pour la santé, et les clams aussi. Ça contient peut-être des traces d'éléments indispensables aux Deskis. Les fruits de mer sont pleins de sels minéraux et de vitamines.

— Ouais, je sais, dit Sarah, levant les yeux au ciel. J'ai bu assez d'huile de foie de morue quand j'étais petite. Hé, Joe, viens voir une minute !

Joe, parfaitement à l'aise dans sa nudité, les rejoignit et prit la « clam » de Sarah.

— Il va falloir adopter la manière empirique, je suppose, dit-il sans véritable enthousiasme. Au moins, ce truc ne va pas chercher à nous manger le premier.

Il prit la hachette de Sarah, tendit la main à Kris pour qu'elle lui donne la sienne, et, posant le mollusque sur l'une, le frappa avec l'autre.

— Aïe, j'ai cogné trop fort, dit-il, regardant la bouillie giclant sur la lame. Donnez-m'en un autre.

Après la pêche et la dissection de trois autres mollusques, Joe décida que la « chair » pouvait effectivement être mangeable. Il se rhabilla, et ils partirent ensemble chercher du combustible, car aucun n'avait le courage de manger le mollusque cru, même s'ils lui trouvaient une odeur normale de fruit de mer. Joe fut assez crâne pour accepter de servir de cobaye quand le premier fut doré et que la pointe d'un couteau s'enfonça facilement dans la chair.

— Plutôt coriace, mais assez savoureux, mes amis. Plutôt savoureux.

Oskar, goûtant un autre morceau, en tomba d'accord, et partit immédiatement en chercher d'autres. Zainal se contenta de sourire, et, même s'il en mit un morceau dans sa bouche, il n'avala pas et secoua la tête.

— Vous n'avez pas ces choses comme ça sur Catten ? lui demanda Kris, taquine.

Il secoua la tête.

— On mange seulement les animaux terrestres.

— Le poisson a une meilleure teneur en protéines et moins de lipides, dit Kris, amusée de sa réaction.

Zainal reprit sa surveillance.

Etablissant leur camp dans les dunes, hors de vue du bâtiment et à l'abri du vent qui s'était levé, ils firent un repas de mollusques grillés dans une demi-coquille et de râblé froid. Avant de se gorger de fruits de mer, Joe suggéra d'attendre pour voir si l'un d'eux y réagissait mal. Curieusement, ils avaient tous envie d'en manger davantage.

— Ils contiennent sans doute des éléments que notre régime actuel ne nous fournit pas, remarqua Joe. Parfois, notre corps sait mieux ce qu'il nous faut que notre tête. Mais laissons passer la nuit. Si demain matin personne n'a la diarrhée, des vomissements, des nausées et si personne n'est mort, c'est qu'on pourra les manger sans danger.

— Crus, ajouta Kris.

— Au bord de la mer, de la grande bleue, chantonna Joe.

Puis la conversation dériva sur les charognards : vivaient-ils ou non dans les dunes ?

— Ou peut-être quelque chose d'encore pire, suggéra Sarah en frissonnant.

— Moi qui rêvais d'avance de me faire un lit dans le sable, dit Kris avec regret. Au moins, il prend les formes du corps, et on ne peut pas en dire autant du rocher.

Joe émit un sifflement admiratif.

— Et quelles formes ! dit-il affectant un sourire lubrique.

Kris lui pinça la cuisse pour le rappeler à l'ordre.

— Un bon matelas me manque, soupira Kris. Franchement, c'est pratiquement la seule chose que je regrette. Enfin, la plupart du temps. Mais je donnerais bien une dent de l'œil pour en avoir un, même un matelas pneumatique de camping, dit-elle, entourant ses genoux de ses bras.

Elle saisit le regard amusé de Zainal, assis en face d'elle, et dont les yeux brillaient à la lueur du feu.

— Une dent de l'œil ?

Kris retroussa la lèvre et lui montra une canine.

— Et elle pourrait servir à quelqu'un ?

— Non, c'est juste une façon de parler.

Le reste de la soirée fut consacré à une leçon d'anglais. Oskar apprenait de plus en plus de mots, et Astrid parlait plus couramment. Elle adoptait aussi de plus en plus les expressions favorites de Kris, que cette flatterie inconsciente gênait un peu.

Quand la fatigue provoqua des pauses de plus en plus longues dans la conversation, Zainal annonça les tours de garde. Il suggéra que la sentinelle fasse de temps en temps le tour du camp en tapant des pieds, au cas où le sable abriterait une variété de charognard. Les autres devraient dormir autour du feu, que la sentinelle entretiendrait.

— Entre les piétinements ? demanda l'incorrigible Sarah.

— Comme tu dis, approuva Zainal en hochant la tête.

La longue nuit passa sans alerte, et Kris, confortablement installée dans le sable, dormit bien et profondément. Comme d'habitude, ils se réveillèrent avant l'aube de Botany, et, personne n'ayant eu de réaction aux clams, ils décidèrent d'aller en pêcher. Dans la grisaille du petit jour, ils creusèrent avec ardeur, et quand ils eurent assez de coquillages, ils firent un rapide plongeon dans la mer pour se débarrasser du sable du rivage.

Suivit un plantureux déjeuner de fête. Puis Zainal proposa de s'approcher du bâtiment tant que le jour n'était pas levé. Personne ne savait encore combien de temps durait l'énergie solaire stockée dans les collecteurs, les mécaniques étant inactives la nuit.

Le bâtiment était plus grand qu'ils ne l'avaient d'abord pensé, et semblait grandir à mesure qu'ils en approchaient. Zainal, dont la vision nocturne était supérieure à celle des autres, discerna de curieuses superstructures sur le devant de la bâtisse, et des rails qui descendaient jusqu'à l'eau.

— Un site de lancement ? proposa Joe.

— Sur Terra, on pêche toujours suivant les anciennes méthodes, dit Astrid, approuvée par Joe et Sarah.

— Alors, ils auraient un bateau automatisé ? demanda Kris.

— Ils n'ont peut-être qu'à siffler pour que les poissons se précipitent dans leurs filets, murmura Joe.

— Je n'ai jamais entendu une mécanique faire un bruit quelconque, à part « broum-clic », dit Kris, facétieuse.

La machinerie n'avait pas non plus besoin de fenêtres, et le bâtiment n'en avait pas, et donnait l'impression que toute sa façade s'ouvrait pour laisser sortir les machines, quelles qu'elles fussent, parquées à l'intérieur. Le toit était revêtu des plus grands panneaux solaires qu'ils aient vus jusque-là, montés sur d'épaisses tiges, indiquant qu'ils étaient mobiles, et suivaient le soleil pour accumuler le maximum d'énergie. C'était un nouvel aspect de la technologie des Mécanos.

Zainal ne découvrit pas la moindre fente ou serrure permettant d'accéder à l'intérieur. Il fit même monter Joe sur ses épaules, pour palper la façade aussi haut qu'il le put.

Ils attendirent donc à bonne distance pour voir si, le jour venu, le bâtiment s'ouvrirait, et cela, jusqu'à ce que le soleil ait atteint son zénith, s'occupant à pêcher dans l'intervalle, avec de minces lanières de couvertures attachées au bout d'un bâton, des bouts de fil de fer recourbé en guise d'hameçons et des bribes de clams comme appâts. Ne prenant rien du rivage, ils entrèrent dans l'eau aussi loin qu'ils avaient pied, et finirent par ramener quelques poissons plats. Ils les grillèrent pour le déjeuner, les goûtant d'abord avec prudence.

— Qu'est-ce que je ne donnerais pas pour un kit de laboratoire ! soupira Joe. Ton matelas te manque, Kris. Moi, je donnerais bien ma dent de l'œil pour une loupe.

Il fit une pause et ajouta :

— Et quelques bons vieux produits chimiques pour tester la toxicité des comestibles éventuels. Je ne rêve même pas d'un microscope...

— Surtout pas... dit Sarah.

— Pourquoi partir du principe que ces outils dépassent la compétence de nos talentueux spécialistes ? Etant donné les miracles qu'ils ont faits jusque-là, dit Kris, tapotant son portable.

Comme il ne s'était toujours rien passé à midi plein, Zainal décida qu'ils allaient mesurer cette installation, la plus grande qu'ils aient encore rencontrée.

— Peut-être que ces machines ne pêchent que des variétés qui ne sont pas là en ce moment, supposa Joe.

— Ou peut-être qu'il y a un satellite là-haut, dit Sarah, montrant le ciel, qui leur indique quand elles doivent aller pêcher.

Zainal secoua la tête.

— Pas de satellite, ou les Cattenis n'explorent pas.

— Est-ce que tu réalises qu'il y aurait donc d'autres espèces sentientes qui voyagent dans l'espace ? dit Kris, stupéfaite par ce concept.

Zainal lui lança un regard légèrement condescendant.

— L'espace est très grand. Beaucoup de planètes peuvent être colonisées. Mais pas toujours de cette façon, ajouta-t-il, avec un de ses sourires désarmants. C'est un honneur, pas un non-honneur...

— Déshonneur, rectifia Kris.

— D'y être transporté.

— Je me passerais bien de cet honneur, dit Sarah d'un ton cocasse. Mais alors, ajouta-t-elle vivement, serrant brièvement le bras de Zainal, je ne t'aurais pas rencontré, et je ne saurais toujours pas que nous sommes super, nous autres Terriens.

— Vous l'êtes, dit Zainal hochant la tête avec conviction. C'est un honneur pour moi d'être ici.

— Merci, répondit Joe, manifestement flatté.

— Bon, maintenant, on va encore chercher, dit-il, levant le bras pour donner le signal du départ..

Kris aussi fut contente de ces propos. Contente également que Sarah ait touché le bras de Zainal. Jusque-là, personne n'avait eu un contact physique avec le Catteni — sauf elle. Et Leon, mais dans un but médical. *Touchez-le. Il est fait de chair et de sang comme nous,* pensa-t-elle, acide, tandis qu'ils le suivaient tous au petit trot, patrouille disciplinée, en pleine possession de ses moyens, et capable d'affronter tout ce que leur avait réservé Botany jusque-là.

Joe s'arrêta plusieurs fois pour ramasser des noix ou des baies, qu'ils goûtaient à tour de rôle. Avec prudence, bien entendu. Certaines baies étaient si âcres qu'elles emportaient les muqueuses, et qu'ils devaient longuement se rincer la bouche pour en dissiper l'effet. L'une d'elles, d'un beau vert foncé, était assez sucrée pour encourager le goûteur à en manger davantage. Ils en cueillirent une belle provision, mais sans la consommer, décidant d'attendre pour voir s'ils n'avaient pas de réactions.

Ils passèrent le reste de la journée sur la grève, observant les détritus rejetés par la marée, essentiellement des algues. Pensant qu'elles pouvaient avoir une valeur nutritionnelle, Joe en prit des échantillons. Ils notèrent aussi l'abondance des mollusques aux trous laissés dans le sable. Vers le soir, ils en ramassèrent une grande quantité, qui, avec un râblé rebondi, quelques tubercules et légumes qui poussaient en abondance, composèrent un ragoût appétissant, auquel ils ajoutèrent des algues pour suppléer au sel qui leur manquait cruellement.

Ils trouvèrent un nouveau site de campement sur une hauteur dominant la plage, qui s'étendait à perte de vue dans les deux directions. A peine visibles dans la lumière crépusculaire, ils aperçurent les taches lavande d'un petit archipel, qui les poussa à se demander, autour du feu de camp, s'ils se trouvaient devant une mer intérieure. Certains proposèrent de suivre la grève aussi loin qu'ils pourraient aller.

— On reviendra. Mitford évaluera d'abord la situation, dit Zainal.

— Dites donc, écoutez-moi ça ! releva Sarah avec un grand sourire. « Évaluer » ! C'est un mot à cinquante dollars, mon ami.

— J'écoute, j'apprends, dit Zainal, lui rendant son sourire.

Mitford lui-même contacta la patrouille le lendemain matin à l'aide de son portable.

— On approche du moment où les Cattenis pourraient revenir, dit-il. Rentrez par un chemin différent, mais mettez-vous en route immédiatement.

Zainal adopta un itinéraire oblique, et ils découvrirent un abattoir et deux nouveaux garages agricoles, vides et les machines en attente. Ils les démontèrent toutes, empilant les pièces détachées selon leur nature en vue d'un transport ultérieur. Joe considéra ce matériel en se grattant la tête.

— Je me demande si quelqu'un a réinventé la roue pendant notre absence, dit-il. Ce serait mieux que de transporter tout ça à dos d'hommes.

— Avec la propulsion sur coussin d'air qui permet de sauter les obstacles, la roue serait une régression, dit Kris. Elle nécessite des routes et gaspille beaucoup de bonnes terres arables, si vous voulez mon avis.

Oskar hocha la tête avec approbation. Il comprenait de mieux en mieux, et n'avait presque plus besoin des traductions d'Astrid.

— Tant que je n'ai pas à porter le chapeau quand les

patrons s'apercevront de ce que nous avons fait à leurs installations, dit Joe, faisant le geste de se laver les mains pour rejeter la responsabilité des démantèlements.

— Et si les patrons sont aussi des machines ? demanda Kris, qui avait envisagé à cette éventualité. Au moins, les machines ne se mettent pas en colère.

— Et elles ne mangent pas non plus de la viande et du pain, dit Sarah avec conviction. Il faut que les patrons soient humanoïdes, sinon, pourquoi faire de l'agriculture et de l'élevage ?

— Ouais, mais ils doivent utiliser des machines pour tous les durs travaux, remarqua pensivement Joe. La technologie que suppose la conception et la fabrication de ces mécaniques est phénoménale. Nous n'avons rien d'approchant, pas même vous, les Yankees, avec vos grosses moissonneuses-batteuses du Midwest.

— Mais les machines doivent être conçues par... autre chose. Elles sont peut-être capables de s'autoréparer, mais... s'autoconcevoir ?

Elle secoua la tête.

— Il y a forcément des êtres intelligents et sentients à l'autre bout de la chaîne.

Sarah et Joe grognèrent en chœur.

— Tant qu'elles restent bienveillantes envers la Terre, remarqua Joe.

— Elles sont bienveillantes envers la Terre, affirma Astrid.

— Tu trouves ? C'est bien là la question, dit Joe.

— Cette planète me plaît, dit Oskar. Maintenant, c'est nous qui la gouvernons, pas les machines. Pas de bureaucrates, pas de technocrates qui ne comprennent rien à l'agriculture.

— Quelque chose de différent dans ce lot ? demanda Zainal, posant devant le jeune Norvégien un rouleau de fil et une poignée de raccords.

Il secoua la tête, mais, pour confirmation, il regarda Joe qui fit non lui aussi.

— Non, Zainal. Rien qui ne puisse pas attendre, pour autant que je peux en juger. Et j'ai les flèches anesthésiantes bien enveloppées dans mon sac.

— Parfait !

Ils s'installèrent dans une grange pour la nuit.

— Pour que Kris ait un bon matelas de paille, commenta Zainal avec un sourire malicieux.

— Et comment ! dit-elle.

Les femmes se retirèrent d'abord dans une autre étable, pour se baigner dans les abreuvoirs. A leur retour, elles trouvèrent d'énormes monceaux de paille pour se coucher.

— Ce sera assez haut pour toi, Kris ? dit Zainal.

Elle fit tout un cinéma pour étaler sa couverture, puis hésita, ne sachant comment monter dans son « lit ». Zainal la prit dans ses bras, et, d'un geste net et précis, la déposa, poussant un petit cri d'étonnement, au centre de son « matelas ».

— Oooh ! dit-elle, remuant les épaules et les hanches pour s'enfoncer dans la masse molle. C'est divin.

— Et je ne te demande pas ta dent de l'œil, remarqua Zainal, prenant son élan pour sauter lui-même sur son tas de paille.

— Je me demande, dit-elle, déjà somnolente, ce que diront les mécaniques en trouvant six tas de paille endommagée.

— Elles vérifieront leur programmation, sans doute, dit Sarah d'une voix endormie.

Elle fut la dernière à parler.

Ils arrivèrent au Camp Rock le lendemain en fin d'après-midi. Kris et Zainal firent leur rapport à Worrell, Mitford étant allé inspecter les derniers gadgets fabriqués « avec toutes ces pièces que vous rapportez sans arrêt ». Worrell, qui commençait à se déplumer, était un homme trapu, plus en torse qu'en jambes, au visage rouge et couperosé. Affligé d'un tic, il remontait sans cesse la partie inférieure de sa combinaison, serrée par une ceinture en peau de râblé, comme s'il avait peur qu'elle lui tombe sur les talons. Kris se demanda s'il avait eu autrefois une panse de buveur de bière, bien qu'il fût assez mince maintenant, conséquence du long séjour sur le vaisseau de transport des Cattenis.

— Tous ceux ayant les moindres connaissances en mécanique ont été réquisitionnés, dit-il avec un grand sourire.

Puis, reprenant son sérieux, il regarda le pilori et ajouta :

— Cet Aarens a organisé une vraie chaîne de production à l'Abattoir Cinq.

Worry cligna des yeux devant leurs exclamations.

— Publiquement on l'appelle le Camp de l'Echappée Belle, en souvenir de l'évasion de certains d'entre vous. Bon — et Worry remonta une fois de plus son pantalon avant d'inviter Kris et Zainal à s'asseoir.

Le confort des sièges de pierre avait été amélioré par l'adjonction de coussins en roseaux tressés, sans doute remplis de fibres cotonneuses. *Ma parole, je vais me ramollir avec tous ces coussins, ces matelas de paille pour rembourrer mon postérieur!* pensa Kris.

Worrell regarda Kris, mais ce fut Zainal qui fit le rapport, en un anglais presque aussi bon que celui de Kris. Il parvint même à imiter son grasseyement habituel. Elle sortit la carte, et montra à Worrell la distance qu'ils avaient parcourue — qui suscita un sifflement admiratif — et la position des nouveaux garages.

Le bâtiment de la mer l'intéressa tout spécialement.

— Je suppose que Mitford voudra qu'on l'inspecte et qu'on le visite.

— Quoi de neuf ici? demanda Kris, remarquant que le camp n'était pas aussi surpeuplé qu'à leur départ.

— Eh bien, on a installé deux camps en plus de Camp Rock, dit-il, souriant à Kris qui gloussa. Camp Barricade, dans un garage que vous avez trouvé à votre dernière patrouille, et Camp Bella Vista de l'autre côté, trouvé par Cumber, dit-il, agitant la main en direction de l'est. Les mineurs se sont installés dans leur galerie, Camp Blindé.

— Combien de patrouilles sont sorties? demanda Kris.

— Pour le moment, quatre en plus de la vôtre.

Worry sortit une feuille de sous une belle agate servant de presse-papiers, vérifia que c'était bien celle qu'il cherchait avant de la montrer à Kris, pointant les lignes indiquant les directions des patrouilles.

— Maintenant, on connaît le coin aussi bien que les mécaniques, dit Worry.

— Il y a quelque chose qui brûle ? demanda Kris, percevant une âcre odeur métallique dans la brise soufflant sur le « bureau ».

— Ah oui, on a une forge maintenant. Et une autre à Camp Blindé. On a trouvé un minerai de fer de qualité supérieure, plus du cuivre, du zinc, de l'étain, de la bauxite et de l'or. Tu remarqueras que l'or est le dernier de la liste, dit-il avec un clin d'œil. Les mines sont de ce côté, dit-il agitant la main vers le nord, puis vers le nord-est. Avec deux maréchaux-ferrants, neuf soudeurs et un ferronnier d'art. Maintenant, on a toutes sortes d'outils, des tournevis et des vis, des clous et des pitons ; bientôt peut-être des aiguilles et des épingles et je ne sais quoi d'autre. La poterie fabrique tous les jours des pots, des casseroles et des marmites. Pas mal, vu qu'il a fallu tout réinventer.

Kris sourit, amusée.

— Les mécaniques n'ont pas extrait de minerais ?

— A première vue, pas une pépite. Et pourtant, certains gisements sont à ciel ouvert, il n'y a qu'à ramasser.

— Alors, ils importent tous leurs équipements, dit Zainal, se tripotant pensivement la lèvre.

— On dirait. On n'a pas trouvé d'entrepôt, de bâtisse ou de galerie de mine pouvant faire penser que les machines sont fabriquées avec des alliages indigènes. Mais certains de nos ingénieurs donneraient leur dent de l'œil (Zainal lança à Kris un regard amusé) pour connaître la composition de ces alliages.

De nouveau, Worry siffla entre ses dents.

Kris se demanda si c'était une habitude des antipodes, de siffler pour exprimer la surprise ou l'admiration. Joe Marley sifflait souvent, lui aussi. En tout cas, ça changeait agréablement des jurons.

— Et les informaticiens ne sont pas en reste. Ils voudraient bien savoir d'où viennent les cristaux utilisés dans les processeurs.

— Alors, personne n'a encore réinventé la roue ? demanda Zainal, à la surprise de Worrell.

— Je croyais que tu ne parlais presque pas anglais, Zainal, dit-il, lançant à Kris un regard soupçonneux.

— J'apprends facilement les langues, répondit Zainal. J'en sais — il s'interrompit brièvement pour compter — quinze en comptant l'anglais.

— Certains ont vraiment un don pour ça, c'est sûr. Moi, j'ai encore des problèmes avec l'anglais d'Angleterre, dit Worry avec un grand sourire. Tu parlais de la roue, mais j'ai le plaisir de t'annoncer qu'on n'a plus besoin d'un instrument aussi primitif.

— Vraiment ? dit Kris

— Un des ingénieurs a trouvé le moyen de faire marcher une machine sur coussin d'air. Mais maintenant il faut qu'ils arrivent à la reprogrammer pour qu'elle marche quand ils en auront besoin, *eux*.

— Eh ben mon vieux ! dit Zainal, et Worrell en resta bouche bée. On n'aura plus à transporter tout ce matériel sur le dos.

— Tu l'as dit ! s'écria Worrell avec fierté, fouillant dans une autre pile de papiers. Ah, voilà. Votre patrouille loge à Mitchelville. Vous êtes de repos demain, et après je crois qu'on veut vous garder ici quelques jours.

— Mitchelville ? fit Kris.

— On a commencé à baptiser les grottes. Ça fait plus chez-soi. Alors, la grotte-cuisine s'appelle maintenant Cheddar. On a même apposé des plaques pour qu'on ne se trompe pas. Mitchelville est assez spacieuse. Deuxième tournant à gauche après Cheddar. Et près des latrines, en plus.

— Où est le Deski Coo ? demanda Zainal, à la confusion de Kris qui se reprocha de ne pas avoir demandé des nouvelles de leur camarade.

L'air de Worry justifia son sobriquet.

— Il ne va pas bien. Leon dit que les fleurs d'épineux lui permettent de tenir le coup, mais elles ne suffisent pas. Il espère que ton message sera lu avant longtemps.

— On a trouvé des tas de trucs au cours de cette dernière patrouille, dont certains comestibles qui pourraient être bons pour les Deskis, dit Kris. Noix, baies, clams...

— Des clams ? Pas d'huîtres ?

Kris secoua la tête.

— J'*adorais* les huîtres ! s'exclama Worry avec force. Puis il se claqua les genoux des deux mains, se leva, serra la main à Kris et Zainal, et se tourna vers Joe Marley.

— Et maintenant, Marley, approche-toi une pierre et montre-moi ce que vous avez rapporté, dit-il, lui faisant signe d'approcher, et incluant dans son geste Sarah et les deux Norvégiens.

Cheddar était à peine reconnaissable tant la caverne avait subi d'améliorations — dont la moindre n'était pas les panneaux solaires au-dessus de l'entrée. Il y avait maintenant des tables et des tabourets, des foyers en brique avaient remplacé les cercles de pierre, et toute une paroi était occupée par des fours. Sur des claies était disposée la production de pain journalière, qui ne se limitait plus aux grosses miches de ménage, mais comportait aussi des petits pains. Le magasin avait maintenant un comptoir de distribution, avec, derrière, des étagères où les produits étaient exposés. L'ingéniosité était partout. Une porte en bois avait été posée dans l'ouverture menant à la grotte-entrepôt, mais elle était fermée. Terminé pour la journée !

Quelqu'un était aussi parvenu à faire du verre soufflé, réalisa Kris, remarquant que les lumières du couloir avaient maintenant des abat-jour ; le verre était un peu trouble et grumeleux, mais c'était du verre quand même. Mitchelville non seulement s'enorgueillissait d'une plaque d'identité, aux lettres tracées en noir sur la pierre plus claire, mais aussi de sommiers et de matelas rudimentaires, recouverts des couvertures à tout faire, et sans doute remplis de fibres cotonneuses. Au moins, ce n'était plus la pierre ou la terre nue. De petites alcôves avaient été taillées dans la pierre pour faire des étagères, et on avait planté dans la paroi de grosses chevilles de bois pour leurs affaires. Comme s'ils avaient quelque chose à y suspendre ! Mais Kris avait maintenant deux choses à y accrocher — l'étui à cartes que Worrell lui avait dit de garder pour sa prochaine patrouille, et le portable, qu'elle pendit avec soin à une cheville.

— Eh bien, dit Kris, s'asseyant sur le premier lit venu, tout le confort du foyer. Quoi ?

— Et tu n'as pas donné ta dent de l'œil, Kris, remarqua Zainal, les yeux pétillants de malice.

— Je n'en ai pas eu besoin, dit-elle, s'allongeant de tout son long, puis se redressant si vite que Zainal regarda autour de lui ce qui avait provoqué cette réaction. Mes bottes sont pleines de boue, dit-elle en les ôtant. Absolument le confort de la maison, ajouta-t-elle en se rallongeant.

— Comment était ta maison sur Terra, Kris ? demanda Zainal, détachant tous ses ustensiles de sa ceinture et les posant avec soin sur l'étagère, au-dessus du lit voisin de Kris.

— Ce n'était pas une grotte, ça c'est sûr, dit-elle, curieusement irritée de cette question.

Soudain, elle comprit pourquoi les autres pouvaient ne pas aimer Zainal simplement parce qu'il était catteni : sa présence leur rappelait ce qu'ils avaient perdu. Elle réprima son irritation, et, aussi civilement qu'elle put, elle lui décrivit la maison de style ranch qu'elle habitait avec ses parents, son frère et ses deux sœurs, le voisinage et ses amis. Et elle continua à débiter ses souvenirs, incapable de s'arrêter, parlant de son chat noir et blanc, du dortoir où elle vivait à l'université, jusqu'au moment où Sarah et Joe se présentèrent à l'entrée de leur grotte, Astrid et Oskar sur les talons.

— Ainsi, c'est notre maison loin de la maison ? demanda Joe avec entrain.

— Oui, dit Kris, soudain contrainte de se lever.

Quittant son lit, elle remit ses bottes à la hâte, sortit, traversa en courant la grotte-cuisine et se retrouva sur la corniche, marchant aussi vite que possible sans prendre de précautions, traversa le ravin et le bureau, continua après le pilori, monta sur la hauteur, redescendit et grimpa la colline suivante où elle se trouva isolée de tous.

Elle s'assit, et, enfouissant son visage dans ses mains, elle pleura. Elle ignorait la raison de cette réaction infantile ; c'était peut-être la perte de sa famille qu'elle réalisait enfin. Jusqu'au moment où Zainal lui avait posé la question, elle ne s'était pas permis de seulement penser à sa famille, à sa maison, et à tout ce qui lui était cher et familier. Elle s'était forcée à se concentrer sur la survie, puis sur le défi que représentaient les patrouilles avec Zainal, pour prouver qu'elle était utile sur cette dingue de planète. Elle avait tenu le coup, elle avait fait tout ce qu'on lui avait demandé, mais ça ne remplaçait pas — en cet instant — l'avenir qu'elle avait envisagé.

Elle sentit, plus qu'elle n'entendit, que quelqu'un approchait. Se retournant tout d'une pièce, elle vit Zainal.

— C'est de ta faute...

Ces mots à peine échappés de sa bouche, elle s'écria :

— Non ! Ce n'est pas ce que je voulais dire, Zainal ! Ne t'en va pas !

Il s'immobilisa où il était, solide comme un roc et raide comme la justice, mais apparemment assez inquiet pour s'assurer qu'elle n'attentait pas à ses jours.

— Sarah dit que ça fait du bien de pleurer.

— Comme sait-elle que j'ai pleuré ?

Zainal haussa une épaule.

— Elle est femme et terrienne comme toi. Elle avait raison, hein ? Tu as pleuré.

— Ne va pas le crier sur tous les toits, bon sang ! dit-elle, se tamponnant les joues pour avoir une raison de baisser la tête.

Elle ne voulait pas que Zainal la voie pleurer, absolument pas.

— Les femmes cattenies pleurent ?

— Oui, affirma-t-il, si fermement qu'elle sut qu'il mentait.

— Tu mens comme un arracheur de dents, dit-elle, réconfortée à l'idée qu'il altérait la vérité..

— Un arracheur de dent de l'œil ? interrogea-t-il, sa voix grave frémissant d'un rire contenu.

— Tu te moques de moi... dit-elle d'un ton menaçant.

— Je ris à l'idée d'un œil qui a une dent, comme si c'était possible.

— Oui, c'est un concept bizarre, hein ?

Zainal s'était un peu rapproché, et sa proximité était réconfortante. Son odeur corporelle était différente de celle des mâles humains, réalisa-t-elle. Il ne sentait pas l'oignon comme tant d'hommes, mais elle n'arrivait pas à situer cette odeur, qui pourtant lui plaisait.

— C'est rare que j'agisse si bêtement, dit-elle avec entrain.

Elle ne voulait pas qu'une sentinelle la trouve avec Zainal ; il pourrait se méprendre sur la situation, et il circulait déjà assez de rumeurs sur lui dans le camp.

— A quoi ressemble ta maison ? Sauf si ça peut t'attrister assez pour pleurer.

L'idée d'un Catteni en pleurs la fit pouffer.

— Tu vas mieux maintenant, dit Zainal, lui relevant le menton.

Kris fut presque renversée par la tendresse inattendue qu'elle vit dans ses yeux jaunes. Pourquoi trouvait-elle leur couleur bizarre jusque-là ?

Puis il lui entoura les épaules de son bras.

— Ça va mieux, maintenant ? Le repas est prêt. Tu n'as pas faim ? La faim amène les larmes, aussi.

Elle lui lança un regard perçant.

— Ce n'est pas la faim qui m'a fait pleurer. J'avais le mal du pays.

— Le mal du pays ? dit-il, perplexe.

— Oui. On est malade de l'absence des gens qu'on aime et des choses familières.

— Je crois que les Cattenis ne comprendraient pas « mal du pays », dit-il d'un ton cocasse, la ramenant doucement vers la grotte. Pourquoi ils ont appelé ça le Camp Ayres Rock ? Ça a fait rire Joe.

Kris retrouva son sourire.

— Ayres Rock est un site très connu en Australie. Un immense roc dans le désert, plus grand que ça, dit-elle en regardant autour d'elle, mais de contours similaires. Les Australiens ont dû bourrer les urnes... s'ils ont voté.

— Ça ne leur donne pas le mal du pays ?

— Pas *ça*, dit-elle. Tu ne regrettes jamais ta maison ?

— Pas mon monde natal, en tout cas, répondit-il avec force, et elle se demanda si cette aversion était provoquée par la planète elle-même ou par sa population. On va voir Coo et Pess. Leur parler des nouvelles plantes.

— Oui, tu as raison, dit-elle, honteuse de sa faiblesse alors que ses amis étaient dans un état désespéré.

Coo, Pess et les autres malades de leur espèce avaient été regroupés dans une même grotte-hôpital. Très affaiblis, leur peau avait viré à un vert pâle et maladif. Ils étaient allongés sur des paillasses rebondies, mais Kris eut l'impression que même respirer leur demandait un effort. Pess, le plus vieux des Deskis, était presque transparent. C'étaient leurs os, non pas leurs poumons, qui étaient atteints ?

Tous les Deskis semblèrent contents d'avoir des visiteurs, et ils se mirent à jacasser entre eux dans leur langue quand Zainal et Kris leur parlèrent des nouveaux végétaux qu'ils avaient rapportés.

— Vous pensez bien, vous agissez bien, dit Coo, hochant la tête avec approbation. Coo marcher bientôt avec vous.

— Et ton anglais s'améliore aussi, dit Kris, remuant avec gêne devant cette maladie de langueur.

Elle se rappela comme Coo et Pess étaient infatigables lors de leurs premières patrouilles. Les voir dans un tel état lui serrait le cœur. Si elle ne faisait pas attention, elle allait se remettre à pleurer.

— Il y a des mers sur votre planète ? demanda-t-elle à Coo.

— Des mers ?

— De grandes étendues d'eau. Salée.

Les Deskis échangèrent entre eux des commentaires, et Coo, agissant en porte-parole, secoua tristement la tête. Puis Kris tapota la gourde d'eau.

— Beaucoup d'eau. On ne voit pas l'autre côté.

— Oh, firent en chœur Coo et Pess, hochant vigoureusement la tête. Grande eau, bonne.

— Bonne pour les Deskis ? dit-elle, de nouveau récompensée par un hochement de tête. Peut-être que les clams vous feront du bien.

Puis Leon passa la tête par l'ouverture.

— Ne les fatiguez pas. Mais il paraît que vous avez

rapporté de nouveaux végétaux de votre dernière patrouille ?

Soulagés d'avoir une excuse pour partir, Kris lui décrivit volontiers les trouvailles de Joe.

— J'irai le voir plus tard.

— Comment vont-ils, Leon ?

— Ils tiennent le coup, et la femelle est enceinte.

Kris regarda par-dessus son épaule.

— Laquelle c'est ?

— Celle à côté de Pess. Sa compagne. On espère qu'il tiendra jusqu'à la naissance, mais j'en doute. Son âge joue contre lui. Il n'est pas aussi résistant que les autres. S'ils étaient humains, je dirais qu'ils font du rachitisme et qu'il leur faut des vitamines C. J'ai commandé un microscope, ajouta-t-il avec un grand sourire, à tous ces ingénieurs qui se vantent de pouvoir tout faire à partir de rien. J'espère qu'ils vont aller vite.

A ce stade, Zainal les rejoignit dans le couloir, mais il n'avait pas besoin du diagnostic de Leon pour savoir que l'état des Deskis était grave.

Ils firent un bon repas ce soir-là, dont le point d'orgue fut la nouvelle bière fabriquée à Camp Rock. Elle était forte, mais elle avait un goût bizarre.

— On finira par l'améliorer, dit Worry, qui les avait rejoints à leur table, avec son quart, et le pichet de poterie contenant sa ration de bière. Ce n'est pas de la Castelmaine XXXX ou de la Foster, mais d'ici l'hiver, on pourra boire une pinte respectable. On en aura besoin.

— Ah oui ?

— Le gars de la météo pense que les hivers sont mauvais, ici. Il voit des signes sur les arbres et tout ça. On fera de bonnes affaires avec les peaux de râblés.

— Des affaires ? dit Kris, qui semblait soudain poser beaucoup de questions.

— Sûr — les bons travailleurs ont droit à leurs privilèges. Mitford ne veut pas permettre l'usage de l'or pour le troc, sinon il n'y aurait plus moyen de les tenir à leur boulot. Tout le monde partirait creuser. On travaille aussi à mettre un vin au point, avec vos baies vertes. C'est plutôt bon. Et remontant pour ceux qui n'aiment pas la bière.

— Il y en a ? dit Kris, impassible. Qu'est-ce que tu en dis ? demanda-t-elle à Zainal qui goûtait sa bière avec méfiance. Il y a quelque chose qui y ressemble sur Catten ou Barevi ?

— Oui ! Mais pas aussi bon que ça, dit Zainal, remarque qui ne fit pas de mal à sa réputation.

La bière avait peut-être un goût bizarre, mais elle avait le même effet que celle de la bonne vieille Terra. Deux quarts, et Kris était bonne pour aller se coucher. Zainal resta en arrière avec Joe et Oskar qui, sans doute imprudemment, remplissait trop souvent son quart.

De bonne heure le lendemain, il fut clair qu'il s'était effectivement montré imprudent. Astrid, avec l'aide de Joe et Zainal, le descendit au lac pour un bain thérapeutique. N'ayant rien de mieux à faire, Kris et Sarah les suivirent. Ils avaient le lac à eux tout seuls à cette heure, car il faisait encore noir dehors. Ils étaient donc tous réunis quand le portable de Kris bippa.

— Les sentinelles signalent l'approche de quelque chose de grand, dit Worry. Amenez-vous au trot !

— Mais il fait encore nuit. Ils ne verront pas le message, se lamenta Kris, qui sentait encore dans ses muscles les courbatures de ce travail épuisant.

— Je reste avec Oskar, dit Astrid, prenant son bras flasque des mains de Zainal.

Ils remontèrent en courant tous les cinq, se félicitant des lampes à abat-jour de verre qui éclairaient les marches, limitant les risques de chute. Ils enfilèrent les couloirs au pas de course, traversant Cheddar où les boulangers leur firent joyeusement bonjour, puis ils surgirent sur la corniche.

— Les feux de position passent juste au-dessus de nous, dit une voix, que Kris reconnut pour celle de Worry. J'ai prévenu Mitford. Il alerte les sentinelles locales. C'est Zainal ? ajouta-t-il, levant une lanterne. Tu pourrais nous dire...

— Il ralentit pour atterrir, dit Zainal.

— Il n'y a pas moyen de savoir *où* il va se poser, je suppose ?

— Non, dit Zainal, secouant la tête. Peut-être là où il a atterri avant, ajouta-t-il, tendant le bras dans cette direction.

— Bon sang, on n'y arrivera jamais avant l'atterrissage !

— On y arrivera avant qu'ils décollent, dit Zainal, pivotant sur lui-même et s'élançant vers l'escalier.

Kris s'élança à sa suite, faisant signe aux autres de les suivre. Elle fit un bref détour par Cheddar. Souriant aux boulangers, elle tendit les mains vers des pains tout juste sortis du four.

— On s'en va en vitesse, mais on peut avoir un peu de pain ?

— Sûr...

Elle jeta un pain à Joe et à Sarah qui s'étaient arrêtés pour voir ce qu'elle faisait. Puis ils se lancèrent à la poursuite de Zainal. Les vrombissements s'amplifiaient, sonnant maintenant comme un essaim d'abeilles géantes en fureur.

Une fois arrivé en haut du Rock, Zainal imposa un train d'enfer. Quand ils s'arrêtèrent pour reprendre haleine, l'astronef passait au-dessus d'eux.

— Transport, dit Zainal, levant les yeux sur la masse sombre délimitée par ses feux de position.

Kris avait un point de côté, mais quand Zainal repartit, elle s'élança sur ses talons, les autres lui emboîtant le pas. Malgré l'obscurité, ils couraient presque sans trébucher, et personne ne tomba. Quelque chose dans le vrombissement de l'astronef les stimulait. L'image des blessures que les charognards infligeaient à des corps sans résistance lui permit d'ignorer son point de côté. Si seulement elle arrêtait de trébucher...

Zainal bondit par-dessus la première haie, ignorant pour une fois ses compagnons. Mais ce n'était pas pour afficher sa supériorité physique, alors Kris, de plus en plus distancée, réprima son mouvement d'humeur. Elle s'arrêta devant la haie, trop haute pour qu'elle la saute, bientôt rejointe par Joe et Sarah.

— On va emprunter un petit truc à l'armée, dit Joe.

Et il se laissa tomber à plat ventre dans la végétation, aplatissant les branches et créant ainsi un passage. Kris et Sarah, avec mille précautions, lui passèrent sur le corps, et l'aidèrent à se relever quand elles furent de l'autre côté, puis ils repartirent à la poursuite de Zainal, déjà à l'autre bout du champ.

— Maudit Cat, bougonna Kris entre ses dents, tout en s'efforçant de réduire l'avance de Zainal.

Maintenant, l'astronef les avait largement dépassés, et Kris comprit, au déplacement de ses feux arrière, qu'il effectuait un mouvement tournant. Atterrissait-il sur la queue ? Comment dégorgeait-il ses passagers inconscients ? Sa masse disparut derrière la colline qu'ils descendaient en courant, plus vite qu'il n'était sage étant donné l'éclairement et l'état du terrain. Dans la grisaille de l'aube qui se levait, ils virent Zainal franchir la haie par une trouée, et obliquèrent dans cette direction pour passer dans le champ suivant.

Etait-ce le champ où ils s'étaient réveillés, inconscients des dangers souterrains ? se demanda Kris, mais tous ces champs se ressemblaient. Pourtant, même si le vaisseau atterrissait à plusieurs champs de là, ils seraient à pied d'œuvre pour prévenir les morts et les blessures, et c'était le principal. Le ciel s'éclaircissait. Mais, enfer et damnation, les Cats n'atterrissaient pas sous le bon angle pour voir leur message — même avec les pierres scintillantes qui cernaient les symboles.

Et — elle faillit perdre l'équilibre à cette pensée — et si Zainal partait avec eux ? Elle gémit une fois, deux fois, puis dut économiser son souffle pour continuer à faire fonctionner ses jambes fatiguées et ne plus perdre de terrain.

Chaque fois qu'elle posait un pied par terre, elle sentait les vibrations de l'astronef qui se posait. *Ses puissants moteurs vrombissant*, pensa-t-elle avec impudence. Oh mon Dieu, et si les Cats allaient les refaire prisonniers ? Cette pensée faillit l'arrêter dans la course folle qui les lançait au secours d'inconnus. Mais, pensant à Coo qui se consumait de langueur, à ceux de son espèce qui étaient déjà morts, au bébé à naître, elle repartit de plus belle. *Ce que tu peux être altruiste!* Mais ces considérations lui avaient donné de nouvelles forces. Joe et Sarah faillirent la renverser quand elle s'arrêta devant la haie suivante, stupéfaite de la masse qui venait d'atterrir. Pas étonnant qu'ils soient obligés de choisir un grand champ.

Le vaisseau s'était posé dans le tiers supérieur de l'espace disponible. Soudain, des projecteurs s'allumèrent, illuminant le champ d'une lumière si vive qu'elle dut s'abriter les yeux.

— Ils... ne font pas... les choses... à moitié, hein? haleta Sarah près d'elle, regardant à travers ses doigts, mais d'un ton à la fois impressionné et joyeux.

Kris se serait bien reposée un moment, mais elle vit Zainal, nettement silhouetté dans la lumière, qui montait la pente, courant vers l'astronef. Cela l'alarma à lui couper le souffle, et sa vue se brouilla. Elle s'obligea à prendre lentement quelques profondes inspirations. Maintenant, une large rampe émergeait d'une soute.

— Maudit Cat, marmonna-t-elle, traversant la haie sans se soucier des épines qui lui écorchaient le visage et les mains, et tirant brutalement sur sa combinaison accrochée à une branche.

A cet instant, les Cattenis se mirent à débarquer leur chargement, trois ou quatre corps inconscients à la fois, deux corps flasques jetés sur leurs larges épaules, et deux autres corps tout aussi flasques traînés par leur combinaison. Puis ils les alignaient soigneusement en rangées bien nettes, ce qui paraissait curieusement incongru. Il y avait beaucoup de Cattenis, et, malgré son désir d'être proche de Zainal, Kris ralentit son allure.

— Oh mon Dieu... est-ce que je sais... ce que je fais?

— Si... tu le sais... préviens-nous, dit Joe arrivant à sa hauteur.

Il s'arrêta, haletant, et se plia en deux, mains sur les genoux, pour reprendre haleine.

Deux Cattenis interrompirent leur tâche à l'approche de Zainal, braquant leurs armes sur lui. Avec la vapeur qui fusait et les moteurs qui cliquetaient encore, Kris n'entendit pas ce qu'ils dirent, même si elle avait compris le catteni, mais Zainal parlait manifestement avec autorité, et les deux Cattenis eurent un mouvement de recul. Ils rentrèrent vivement dans le vaisseau, mais maintenant que la soute était béante, Kris vit l'un d'eux continuer droit devant lui, tandis que l'autre reprenait le déchargement.

Les Cattenis travaillaient si vite qu'il y avait déjà deux rangées de corps inconscients allongés dans le champ. Une caisse, contenant sans doute les couvertures, hachettes et couteaux habituels, était posée en tête de chaque file.

Pas tout à fait assez braves pour une confrontation rapprochée avec des soldats cattenis, Kris, Joe et Sarah, toujours hors d'haleine, s'arrêtèrent d'un commun accord, juste avant les deux caisses, à demi cachés dans l'ombre malgré la lumière des projecteurs. Zainal se tourna légèrement vers la gauche, les approuva de la tête, puis reprit sa position première. Les autres Cattenis l'ignorèrent et continuèrent à décharger.

Soudain, ceux qui retournaient au vaisseau se mirent au garde-à-vous à l'apparition de trois officiers. Deux s'arrêtèrent au pied de la rampe, tandis que le troisième continuait jusqu'à Zainal. Ils avaient à peu près la même taille, mais Kris trouva loyalement que Zainal était un peu plus grand, un peu plus large, un peu plus fier.

Elle entendit des bribes de leur conversation dans la langue saccadée des Cattenis ; l'officier se mit à faire des gestes d'impatience, pensa-t-elle. Puis, avec moins de vigueur, il tourna la tête de droite et de gauche. Le langage corporel n'était pas très différent, se dit-elle. Ce qu'il avait entendu ne lui plaisait pas, ou bien il ne savait pas s'il pouvait accéder aux demandes de Zainal. Alors, Zainal parut grandir encore, et se croisa les bras comme s'il venait de lancer un ultimatum.

Maintenant, l'indécision de l'officier était évidente. Soudain, il hocha sèchement la tête, et, pivotant tout d'une pièce, retourna vers la rampe, où ses deux gardes lui emboîtèrent le pas. Zainal attendit sans bouger, bras croisés, obligeant les soldats déchargeurs à le contourner.

— Pourquoi n'est-il pas monté à bord ? dit Joe.

— Il n'a pas l'air d'avoir reçu une invitation, remarqua Kris. Et en plus, il a dit, poursuivit-elle, se remémorant les paroles de Zainal, qu'ils ne reprennent jamais ce qu'ils ont débarqué.

— Il parlait de lui ? Je veux dire : il se comporte comme s'il était plus gradé que le capitaine, dit Sarah, surprise. Et je crois qu'il va obtenir ce qu'il a demandé. Ils n'ont pas eu l'air étonné de voir un autre Catteni sortir de la nuit — elle fit claquer ses doigts — comme ça.

— Non que j'aie jamais vu des soldats cattenis — et Kris fit une pause, pour bien marquer qu'elle ne mettait pas Zainal dans cette catégorie — exprimer la surprise ou quoi que ce soit d'autre.

— Je fais juste mon boulot, mec, murmura Joe.

— Puisqu'on dit que Zainal est un emassi, remarqua Sarah, il ne doit pas fraterniser avec les simples troufions.

— C'était un spatio, tous azimuts, ajouta Joe, pas un fantassin.

— Vous avez entendu des ragots sur Zainal ?

— Ne t'énerve pas, Kris, sourit Sarah, lui tapotant l'épaule d'un geste conciliant. On *aime bien* Zainal. C'est de la bonne graine.

— Nous autres Australiens, on apprécie un gars comme Zainal, intervint Joe. Nom de Dieu, on est sur le même bateau. Opération Nouveau Départ, ma belle.

Le déchargement continua inexorablement tandis que le ciel s'éclaircissait.

— Est-ce qu'on ne devrait pas... dit Joe, montrant la haie de la tête.

— Pas question. Je ne me cache pas de ces gens-là.

— Bravo ma belle, dit Sarah.

— Et en plus, ils ne peuvent pas me faire pire que ce qu'ils m'ont déjà fait en me larguant ici, dit Kris d'un ton ferme.

Elle s'humecta les lèvres et s'efforça de saliver car elle avait la gorge sèche. Il devait bien y avoir un ruisseau pas loin... mais il fallait attendre que les Cattenis décollent. Elle ne bougerait pas tant qu'ils seraient là. Au cas où ils décideraient de rembarquer Zainal avec eux.

Continuant tous les trois à regarder la scène, ils

entendirent soudain, stupéfaits, maugréer et jurer derrière eux. Ils se retournèrent, et virent des silhouettes sombres se frayer un chemin dans la haie, puis Kris retrouva un Mitford haletant à sa gauche. Et il amenait pas mal de gens avec lui, à en juger sur le nombre des visages clairs se détachant dans la pénombre du champ qu'ils traversaient en ordre dispersé. Mais que pouvaient faire des hommes et des femmes, armés de simple couteaux, contre un astronef catteni ? A la moindre résistance, les électro-fouets entreraient en action, et elle frissonnait encore au souvenir de ce moyen de dissuasion.

— Qu'est-ce qui se passe ? Qu'est-ce qu'a fait Zainal ? demanda Mitford entre deux halètements.

— Je crois qu'il a demandé des trucs pour les Deskis. C'est bien ça qu'il nous faut, non ? répondit Kris.

— Il est entré ? cria une voix anonyme dans la foule.

— Non, et je crois qu'on ne l'y a pas invité.

Quelqu'un émit un grognement incrédule.

— Regardez-moi comment ils déchargent ces pauvres diables, dit un autre, sans doute l'un des frères Doyle, jugea Kris à l'accent.

— Mais ils auront un comité d'accueil, non ? dit Mitford avec force.

— Sûr, sergent, sûr.

Au tour de Mitford de grogner, ayant remis les choses au point.

D'autres caisses furent déchargées, et les deux Cattenis, avisant leur public, se mirent à rire en échangeant des commentaires.

— Pas flatteurs je parie, lança la voix amusée de Lenny. Vous en êtes un autre, les mecs ! dit-il plus haut, mais ses voisins lui imposèrent aussitôt le silence.

Les Cattenis les regardèrent, et l'un fit un pas vers eux pour voir leur réaction. Ils ne bronchèrent pas, mais Kris en vit certains encocher une flèche, et des lances se lever. Les Cattenis eurent l'air étonné, mais un ordre crié du vaisseau les fit rentrer précipitamment.

L'attente s'éternisait, mais le soleil s'était levé, et il n'y avait plus urgence. Pourtant, les Cattenis faisaient plusieurs largages à chaque voyage, non ? se dit Kris, soudain paniquée. Avaient-ils atterri avant Camp Rock? Non, Zainal avait dit qu'ils étaient en approche d'atterrissage. Ce largage était-il le premier de la journée? *Zainal pourrait-il leur demander de larguer tout le monde ici, pour nous épargner la peine de parcourir toute la planète à la recherche des survivants?* pensa Kris avec irritation. Elle tenta de nouveau de saliver, puis sentit que Mitford lui mettait quelque chose dans la main — sa gourde. Il avait démarré au quart de tour, comme elle, mais il n'avait pas perdu les pédales et avait eu le bon sens d'emporter des fournitures.

Elle fit longuement tourner la première gorgée dans sa bouche, puis but une bonne rasade avant de passer la gourde à Sarah.

Et ils attendirent. Zainal n'avait pas bougé un muscle depuis que le capitaine, ou autre chose, l'avait quitté. Baigné dans la lumière aveuglante des projecteurs, on aurait dit une statue, autour de laquelle le trafic circulait. Kris finit par trouver ça comique et gloussa.

— J'aimerais pouvoir rigoler aussi, marmonna Mitford.

— On dirait un terre-plein au milieu de la circulation. Il les oblige à le contourner, mais lui, il ne bouge pas d'un pouce. Regarde, dit-elle, lui montrant deux soldats obligés de dévier leur marche. Etant des Cattenis, tu ne crois pas qu'ils pourraient le pousser? S'ils pouvaient? S'ils osaient?

— Ouais, tu as raison, répondit Mitford d'un ton pensif. Ouais, notre Zainal leur tient la dragée haute, c'est sûr, ajouta-t-il, élevant la voix pour que toute sa troupe l'entende.

Kris trouva cette remarque très astucieuse. Et si Zainal faisait vraiment...

Deux Cattenis parurent avec une grande caisse qu'ils posèrent à côté de Zainal. Quatre autres les suivirent, avec des caisses plus petites. A ce stade, Zainal leva le bras, faisant signe à ses compagnons d'approcher.

— C'est bon, allons chercher nos cadeaux, dit Mitford, et il cria cinq noms.

— Je viens aussi, dit Kris, avançant avec Mitford, suivie de Joe et Sarah.

Comme le sergent les regardait en fronçant les sourcils, elle ajouta :

— Nous faisons partie de *sa* patrouille.

Mitford répondit d'un grognement, puis, en bon ordre, ils approchèrent du vaisseau, le sergent à l'avant-garde. Kris se surprit à trembler, plus à cause de la proximité de l'astronef que de celle des Cattenis. Deux les croisèrent, avec leurs chargements de corps. Elle avait déjà remarqué que ce groupe était très disparate, avec beaucoup de Deskis, Rugariens, encore des Turs, et de bizarres individus à l'aspect de troglodytes qu'elle n'avait jamais vus sur Barevi.

A l'approche de la soute, elle perçut la puanteur qui s'en échappait : sueur, excréments, tous les remugles rances de corps trop longtemps renfermés dans un espace trop exigu, à quoi s'ajoutait l'odeur âcre du produit qui les maintenait en stase pendant le long voyage.

— Quelle infection ! dit Sarah, s'éventant de la main.

Ils ne traînèrent donc pas pour ramasser leurs caisses. Il fallut quatre hommes pour transporter la plus grande, et les Cattenis les regardèrent en rigolant batailler avec cette masse pesante, de sorte que c'était une bonne chose que la patrouille de Zainal soit là. Même les petites caisses étaient lourdes, et Kris sentit ses muscles dorsaux protester quand elle souleva la sienne.

— Tu viens ? murmura-t-elle en passant près de Zainal, qui, bras croisés, avait repris sa pose.

— Bientôt. Je n'ai pas tout ce que je veux.

— Tu restes avec nous ?

Il était très important pour elle qu'il ne reparte pas. Elle était paniquée à l'idée de le perdre, maintenant qu'elle avait pris conscience de ce qu'il représentait pour elle.

— Je reste.

Retournant près de la haie, elle s'obligea à marcher lentement et dignement, pour ne pas susciter les rires des Cattenis.

— Bon sang de bonsoir, qu'est-ce qu'ils ont mis là-dedans ? s'écria Lenny, aidant les autres à poser en douceur la grande caisse. Attention, il y a peut-être des trucs qui se cassent.

— Mais oui, Lenny, on fait attention, dit Nonante, se redressant et se frictionnant les reins avec ostentation.

— Il revient avec nous ? questionna Lenny, montrant Zainal.

— Il dit que oui. Il n'a pas encore tout ce qu'il a demandé.

— Espérons qu'ils vont lui donner ce qu'il mérite, dit quelqu'un, et, dans un brusque accès de fureur, Kris reconnut la voix de Dick Aarens.

— Pourquoi l'avoir amené, bon sang ? demanda-t-elle aux Doyle.

— Pour être sûrs qu'il met la main à la pâte. Il commence à devenir trop arrogant, à se vanter partout d'être le seul à comprendre les mécaniques et à savoir quelles pièces peuvent nous servir. Tu ne crois pas que les Cattenis le reprendraient ?

— Ne compte pas dessus... Oh, mon Dieu, regardez-moi ces tas de gens ! dit-elle, car les rangées bien nettes avaient fait place à un empilement désordonné de corps.

— C'est plus qu'il n'y avait de captifs dans notre groupe, remarqua Mitford, qui comptait. Bien plus. Ils nous font peut-être une fleur en débarquant tout le monde ici ?

— Oui, sergent, mais où on va les mettre quand ils seront réveillés ?

— On leur trouvera de la place. Beaucoup sont des nôtres ! gronda le sergent avec conviction.

— Oui, mais trop c'est trop. On commence juste à vivre confortablement et maintenant...

— On partagera. On se rappelle ce que c'était, non ? Alors on *partagera*, nom de Dieu !

Cela mit fin aux protestations tandis que le débarquement continuait.

— Et j'aime mieux les avoir avec nous, où on saura ce qu'ils font, que lâchés dans la nature pour attaquer nos camps.

La fatigue de la course pour arriver à l'astronef et du portage de sa caisse commença à se faire sentir, et, très lasse, Kris s'assit dessus

— J'ai un pain à partager, annonça-t-elle, se rappelant soudain sa présence et le sortant de son étui à cartes.

Elle en cassa un morceau et tendit le reste à Mitford.

— Bonne idée, dit Mitford. Repos, les gars... et les filles. Admirons les gros-gras Cattenis au travail.

Ils s'assirent tous, par terre ou sur les caisses. Joe et Sarah partagèrent leurs pains, et ceux du groupe de Mitford qui avaient aussi pensé à emporter des provisions les distribuèrent.

— « Lift that bale, tote that barge[1] », chantonna doucement Lenny de sa voix de ténor.

— Je n'aurais rien contre boire un coup de trop et atterrir en taule, dit un autre, terminant d'une voix de basse.

Tous éclatèrent de rire et les Cattenis entendirent.

— Ils s'énervent.

— Ne les asticotons pas trop.

— Ah, sergent !

— Du calme. Vous n'avez pas oublié les électro-fouets, non ?

— Ils n'en ont pas.

— Juste parce que tout le monde est inconscient.

— Tu comptes, Tesco ? demanda Mitford.

— Je compterais si tu... huit cent vingt et un, deux, trois... ne m'interrompais pas tout le temps.

— Ne les excitons pas trop, les gars ; ils se vengent sur les débarqués.

Tout le monde se tut, Joe ayant attiré leur attention sur la façon de plus en plus rude dont les Cattenis jetaient les prisonniers. Presque en les flanquant par terre.

— Zainal, tu peux leur dire de ne pas trop abîmer la cargaison ? dit Mitford, adoptant sa voix de parade.

Zainal fit pivoter ses épaules, et, devant la brutalité d'un Catteni, aboya sauvagement un ordre. Le coupable déposa alors son fardeau avec un soin exagéré. Les autres, sous le regard vigilant de Zainal, agirent avec plus de circonspection.

— Zainal va rester comme ça jusqu'à ce qu'ils aient fini ? demanda Lenny, se penchant anxieusement vers Kris.

1. « Soulève cette balle, bouge ce chaland » (*Old Man River*) (*N.d.T.*).

— Je crois. Au moins il peut refréner leurs mauvaises habitudes infantiles.

— Pourquoi ils acceptent tout ça de lui ? demanda Lenny.

— Parce qu'il sait donner des ordres, dit Mitford, admiratif.

Ils continuèrent à bavarder à bâtons rompus, mais en supprimant les rires qui énervaient les Cattenis. Tesco avait compté jusqu'à mille quand Mitford fit signe à Dowdall de prendre la relève. Puis les soldats empilèrent les dernières caisses à l'autre bout du champ, en une sorte d'adieu vengeur. Et Zainal attendait toujours.

Tous les soldats avaient disparu dans l'astronef, et on n'entendait plus que les bruits du vaisseau, gémissements métalliques et émissions de fluides et de vapeur. Soudain, retentirent des bruits de bottes claquant sur le métal, et une deuxième délégation, composée de cinq Cattenis cette fois, apparut dans le sas. Deux restèrent à l'intérieur, trois descendirent, dont deux s'arrêtèrent à mi-chemin. Le dernier, en uniforme rutilant et qui avait une tête de moins que Zainal, marcha droit sur lui, lui remettant d'abord une feuille qui devait être un organigramme, pensa Kris, puis une chemise, le tout de façon très cérémonieuse. Kris eut l'impression que cet officier allait claquer les talons et se casser en deux à la teutonne devant Zainal.

Zainal accepta ces dons, presque avec hésitation, dit quelques mots à voix basse puis s'éloigna nonchalamment. Les projecteurs aveuglants s'éteignirent, et ils entendirent les moteurs vrombir.

Un instant, Kris craignit que les gaz d'échappement ne rôtissent les débarqués les plus proches. Mais, dans des sifflements stridents qui leur firent se boucher les oreilles, l'astronef décolla lentement à la verticale, basculant peu à peu vers l'horizontale. Quand il fut à plusieurs champs de distance, les moteurs arrière passèrent du jaune au blanc puis à un bleu spectral qui les obligea à se voiler la vue.

Le vent de son passage en renversa plusieurs ; heureusement, les corps des dernières victimes étaient couchés et n'eurent pas à souffrir de l'onde de choc.

Incapable de se contenir davantage, Kris s'élança vers Zainal qui avait accéléré le pas, indifférent au vent du décollage.

— Tu as eu ce que tu demandais ? Qu'est-ce que tu voulais qui a pris si longtemps ? cria-t-elle en approchant.

— J'ai le rapport d'exploration, dit-il, lui montrant la chemise, et des médicaments pour les Deskis.

Il agita l'organigramme.

— Ça, c'est le traitement pour les Deskis. Et des médicaments pour les humains et les Rugariens, ajouta-t-il, montrant le carton qu'elle avait porté. Et des kits de labo, conclut-il, montrant les autres caisses.

— Comment ça se fait qu'ils t'aient obéi, Zainal ? demanda Joe.

— Je suis peut-être tombé mais pas KO, dit Zainal avec un grand sourire.

Kris pouffa à cette remarque argotique. *C'est le premier de la classe*, se dit-elle.

— Je suis encore emassi, et ils le savent, ajouta-t-il, soulignant le « savent ».

— Mais qu'est-ce que c'est qu'un « emassi », chez toi ? demanda Joe, penchant la tête.

— Un rang... de naissance, dit Zainal, haussant les épaules.

— Un rang héréditaire, rectifia Kris machinalement.

Elle voulait qu'il parle anglais correctement.

— J'avais compris, dit Joe, tacitement réprobateur.

Kris ravala une réponse caustique. Ce n'était pas le moment de se chamailler.

— Considérez les choses de la façon suivante, mes enfants : nous venons de presque doubler notre population — sans fatigue, dit Mitford après avoir sauté sur une caisse.

— Tu reviens à ton premier perchoir, sergent ? cria quelqu'un.

— Ouais, et on suivra le même topo. Sauf que cette fois on a une longueur d'avance. On connaît la musique. Dowdall, retourne à l'Echappée Belle et organise la bouffe et le coucher. Envoie-moi au moins vingt personnes. Avec des seaux et des pichets pour les réhydrater.

On commencera à renvoyer des réfugiés au camp dès qu'ils seront capables de marcher. Toi, toi, toi et toi, commencez à circuler parmi eux pour repérer les blessés — ceux que les Cats ont déchargés trop rudement — et les morts à l'arrivée. Lenny, Nonante, ouvrez ces caisses. Su, Jay, commencez la distribution. Après, Jay, amène le premier groupe de cinquante à l'Echappée Belle.

Mitford sauta à bas de sa caisse, près de Zainal.

— J'ai l'impression qu'ils ont débarqué toute leur cargaison ici, non ?

Zainal acquiesça de la tête.

— Il est lisible, ce rapport ? demanda Mitford, regardant les hiéroglyphes qui ressemblaient à ceux que Kris avait aidé à creuser dans la colline.

— Oui. Je leur ai aussi dit que cette planète est occupée par une autre espèce high-tech.

— Ils t'ont cru ?

— Non, dit Zainal avec un sourire amusé. Mais ils le diront à ceux qui comptent.

Mitford attacha sur lui un regard perçant.

— Pourquoi ils ne t'ont pas cru ? Ils ont pensé que tu mentais ou autre chose pour quitter la planète ?

Zainal secoua la tête.

— Je leur ai dit d'abord : moi largué, moi rester.

Il ne regarda pas Kris, mais elle comprit qu'il disait cela pour elle, et son cœur bondit dans sa poitrine. *Idiote !* Mais elle était tellement contente qu'il ne soit pas parti.

— Ils croient le rapport qui explique que cette planète est... vide.

— Bon sang ! grogna Joe Marley, comment ont-ils pu rater les garages ?

— Les garages n'ont pas de sang chaud, dit Zainal avec un grand sourire.

Un gémissement émis par l'un des plus proches débarqués interrompit la conversation, et ils passèrent à l'action. En fait, pensa Kris, allant remplir la gourde de Mitford au ruisseau, Zainal, elle et les autres n'auraient pas eu besoin de courir au risque de se casser le cou pour arriver ici. Les Cattenis avaient mis plusieurs heures pour décharger. Ils auraient pu venir en marchant tranquillement, ou déjeuner avant de partir, mais elle était drôlement contente quand même d'être venue. Sinon, elle n'aurait pas vu Zainal debout devant le vaisseau comme le Roc de Gibraltar. Serait-il resté là toute la journée si les Cattenis n'avaient pas accédé à ses requêtes ? Ou à ses exigences ? Le fait d'être emassi comportait des privilèges, même s'il avait été largué.

CHAPITRE 12

Ils étaient si bien organisés et Mitford les harangua si efficacement que tout le « personnel indigène », ainsi qu'il les appelait, put manger un repas chaud et boire des boissons reconstituantes, préparés dans une cuisine de campagne, avant le milieu de la matinée, et des sandwichs à midi. Ils conseillèrent doucement à ceux qui se réveillaient de s'en tenir d'abord à l'eau, puis de mastiquer lentement un tiers de ration. Surmener un estomac vide provoquait des réactions désagréables.

Mitford avait immédiatement envoyé toutes les caisses médicales — moins les kits de labo — à Camp Rock, chargeant ses messagers d'annoncer ce nouvel arrivage, et de demander à Worry de lui envoyer Leon et du personnel médical. Les Cattenis avaient cassé quelques os chez ceux qu'ils avaient si brutalement jetés par terre. Certains des nouveaux devraient être logés au Rock, comme on commençait à appeler le camp-caverne, presque avec attendrissement. Kris ressentit une grande satisfaction à l'idée qu'ils pourraient maintenant soigner Coo, Pess et sa femme enceinte, et maintenir les autres Deskis en bonne santé.

Le temps que le premier groupe de cinquante s'ébranle vers le Camp de l'Echappée Belle, Mitford avait déchargé Kris de l'assistance aux arrivants et l'avait mise au débriefing : nom, profession, origine, et, pas moins important, ce qu'ils savaient des événements récents — récents pour eux — sur la Terre. Le fait que tant de peuples continuaient à résister aux Cattenis était excellent pour le moral. Et la rencontre du jour avec les Cattenis constituait aussi un plus énorme.

— On a obtenu quelque chose des Cats sans rien donner en échange, ainsi résumaient-ils joyeusement l'événement.

Quand elle s'arrêta quelques minutes pour manger, Mitford s'approcha pour un résumé de ses informations.

— Jusque-là, les humains que j'ai vus sont originaires des États-Unis et du Canada. Il y a aussi une tripotée d'Anglais, de Français et d'Allemands. La résistance s'étend, dit-elle avec un grand sourire, et les Cattenis ont dû demander des renforts pour mater les arrêts de travail, les sit-in et toutes les autres formes de résistance passive. Il y a aussi des sabotages actifs : destruction de fournitures catteníes ou de cargaisons destinées à Catten ou Barevi.

— Des cargaisons ? D'objets d'art ?

— Pas à ma connaissance. D'ailleurs, sergent, je ne pense pas que nos goûts artistiques soient ceux des Cattenis.

— Hum ! sans doute. Il y a des métiers utiles ?

— Deux dentistes canadiens, dix-neuf enseignantes — on dirait que les Cattenis ont vidé une école privée par représailles. Ils ont violé toutes les filles, dit-elle avec répugnance. Certaines des enseignantes sont des religieuses. Elles ont résisté. L'une dit qu'elle a eu le bras cassé. Il est un peu tordu, mais je sens le bourrelet de calcium à l'endroit de la fracture, et elle est guérie.

— Ils ont donc mis longtemps pour arriver ici. Qu'est-ce qu'ils utilisent pour les maintenir en stase ?

Kris haussa les épaules, feuilletant ses notes pour lui signaler les métiers les plus intéressants.

— Cinq coiffeurs, deux masseurs, un réflexologiste...

— Un quoi ?

— Quelqu'un qui te fait sentir bien dans ta peau.

— Rrrgh !

— Tu devrais essayer, sergent. Ça détend vraiment bien !

— J'ai dit métiers *utiles !*

— Que penses-tu de deux chimistes, cinq pharmaciens, un ingénieur structurel, dix-neuf ménagères, dont trois avec enfants et... tu sais, il n'y a pas une seule personne de plus de cinquante ans parmi ceux que j'ai vus.

— Ne me donne pas de cauchemars, dit Mitford.

— Deux bijoutiers, trois ex-soldats et un inspecteur-détective.

Ainsi termina-t-elle son rapport sur les interviews de la matinée. Il fallut tout le reste du long jour de Botany pour répartir les arrivants. Zainal parla aux nouveaux Deskis et en envoya plusieurs guetter les monstres volants, mais Mitford pensait qu'avec le démantèlement des garages la machine qui appelait les monstres avait été démontée ; malgré tout, il accepta de poster des sentinelles, « juste en cas ».

Trois cent deux morts restèrent dans le champ. Certains purent être identifiés par d'autres capturés en même temps qu'eux, et l'on put ainsi relever leurs noms. Kris n'eut pas le courge de regarder les petits corps d'enfants. Ceux au-dessous de cinq ans n'avaient pas supporté la stase. Leur mort, si inutile, si terrible, la désola.

— Tu ne les as pas connus, dit doucement Zainal, voyant des larmes dans ses yeux.

— Et maintenant, personne ne les connaîtra.

Elle se détourna, bataillant avec l'idée que Zainal était aussi un Catteni, membre de l'espèce qui avait provoqué ces morts. Puis elle se dit fermement que, catteni ou pas, Zainal avait fait tout ce qu'il pouvait pour les aider, et qu'il avait sans doute beaucoup réduit le nombre des blessés. Ils pouvaient aussi le remercier d'avoir obtenu un seul largage. Même les talents d'organisateur de Mitford auraient été mis à rude épreuve s'il avait dû monter plusieurs opérations de sauvetage, et mettre tout le monde à couvert avant que les charognards nocturnes émergent du sol à la nuit.

Zainal lui toucha doucement le bras.

— Partons maintenant. La nuit tombe.

— Oui, partons, soupira-t-elle, épuisée par cette longue journée durant laquelle elle avait sans interruption fonctionné à plein régime.

Les réfugiés furent réconfortés par le repas chaud qui les attendait à l'Echappée Belle. Le fait d'avoir tant de granges à leur disposition — car la population d'origine n'excédait pas quelques centaines — fit la différence entre la simple confusion et le chaos total. Beaucoup de nouveaux firent de leur mieux pour aider, soit en s'occupant des éclopés, soit en aidant à nourrir la multitude. Leon et son équipe improvisèrent une infirmerie pour les blessés et les malades. Zainal et Leon examinèrent le contenu des kits de labo, Zainal traduisant au docteur les propriétés des différentes fioles.

Il y avait beaucoup d'extraterrestres totalement terrorisés, et Leon demanda à Zainal de rester pour communiquer avec eux. Slav put au moins rassurer les membres de sa propre espèce, qui, remarqua Kris en mangeant, avaient l'air plutôt joyeux. En tout cas, ils inspectaient les armes de Slav, essayant même de lui prendre son arc, en émettant les sifflements qui sont le rire des Rugariens. Plusieurs étaient des femelles, ce qui expliquait sans doute pourquoi Slav plastronnait tellement. Elle n'avait pas encore vraiment réfléchi à la façon dont les autres espèces régleraient les problèmes posés par les rapports amoureux et la procréation. Si ceux qui étaient débarqués sur une planète devaient y rester définitivement, les cinq espèces pourraient au moins copuler. Mais pas Zainal. Elle repoussa cette pensée au tréfonds de son esprit.

Mitford était partout, encourageant, expliquant le travail, s'efforçant — sembla-t-il à Kris qui l'observait du coin de la grange où elle s'était affalée, épuisée — de se faire connaître de tous les Terriens. A sa surprise, elle l'entendit même dire quelques mots en allemand et en français aux représentants de ces nationalités. Elle savait assez de français pour réaliser que ses notions de cette langue étaient rudimentaires, mais il faisait ce qu'il pouvait. Et, à en juger sur leur attitude, cela redonnait un peu d'espoir à ces gens. Puis elle vit Aarens accroupi devant une fille ravissante, et qui parlait couramment le français. A l'évidence, la fille était flattée et se remettait rapidement du choc du largage. Aarens, arborant un gilet muni d'une infinité de poches, et une ceinture à outils, dont pointait tout un assortiment de tournevis, la faisait rire.

— Viens, dit Zainal en lui tendant la main. Tu dors. Demain est un autre jour.

Souriant à cette reprise inconsciente de la célèbre phrase de Scarlett O'Hara, elle lui tendit aussi la main et se laissa remettre sur ses pieds. Elle ne put s'empêcher de remarquer les nombreux regards qui les suivirent jusqu'à la sortie de la grange. Elle devrait peut-être lui peindre sur le front la mention « Bon Catteni » ? Puis elle se mordit les lèvres au souvenir de ses pensées récentes et moins que charitables. Mais elle était fatiguée et bouleversée quand elle les avait eues, et elle avait eu le bon sens de ne pas les exprimer. Elle était encore plus fatiguée maintenant, et où diable Zainal l'emmenait-il ? Il la fit entrer dans la dernière grange, relativement peu peuplée, et où les occupants dormaient déjà.

— Lit doux, dit Zainal quand il l'eut conduite devant un énorme tas de paille au fond de la salle.

— Oh, merci, merci, merci, s'écria-t-elle, se laissant tomber dessus à la renverse.

Elle eut vaguement conscience qu'il étendait sur elle une couverture, puis elle s'effondra pour le compte.

Zainal et elle continuèrent le débriefing le lendemain, elle avec les humains, lui avec les divers extraterrestres. Comme ils travaillaient dans la même grange, elle vit comment il s'y prenait avec les différentes espèces : il traita les quarante Deskis avec dignité, les vingt-neuf Ilginishs avec une froideur distante, et les trente-huit Turs avec une brutalité toute cattenie. Slav assurait les communications avec les membres de sa propre espèce, au nombre de soixante. Comme il y avait plus de huit cents humains, cinq autres, en plus de Kris, étaient de service de débriefing, dont trois parlant des langues autres que l'anglais : allemand, français et italien.

En fin d'après-midi, Mitford réunit ses assistants dans le garage du Comité d'accueil, pour organiser la répartition de cet énorme afflux de population sur Botany. Worry et Esker étaient venus du Rock; Tesco et les

Doyle, qui dirigeaient l'Echappée Belle, étaient présents ; Aarens brillait par son absence. La dernière fois qu'elle l'avait vu, il déjeunait en compagnie d'une demi-douzaine de filles.

Kris nota avec amusement que des pièces de machines servaient de tabourets, tandis que les carrosseries, à divers stades de cannibalisation, avaient été poussées contre les murs pour faire de la place. Et elle remarqua l'abondance des sketches, diagrammes et dessins punaisés au tableau d'affichage et au-dessus des divers établis où les pièces des mécaniques étaient recyclées.

Mitford se fit un devoir d'asseoir Zainal à sa droite, et Slav à sa gauche.

— Mes enfants, je tiens à vous dire pour commencer que nous devons bien plus à Zainal que nous ne pourrons jamais lui rembourser. Il nous a obtenu des produits nutritifs qui garderont nos Deskis en vie, et des kits de labo qui nous éviteront de risquer l'empoisonnement pour découvrir des comestibles. Il nous a également obtenu — et Mitford leur montra la chemise que le capitaine de l'astronef catteni lui avait remise — le rapport d'exploration « officiel » — il fit une pause, avec un sourire sardonique — de cette planète. Vous serez contents de savoir que nous nous trouvons sur le plus grand des quatre continents de Botany, qui est de climat tempéré. Zainal a traduit ce rapport, et, franchement, je n'ai pas grande estime pour l'équipe qui a atterri sur cette planète. Zainal non plus.

— Ça fait quand même plaisir de savoir que les Cattenis ne sont pas aussi parfaits qu'ils le pensent, dit l'un des assistants. Excuse-moi, Zainal.

— Tu es tout excusé, dit Zainal avec un geste désinvolte.

— Zainal va vous résumer ce rapport. Tu as la parole, dit Mitford, se rasseyant en lui faisant signe de se lever.

— Le rapport dit que la planète a de l'air bon à respirer, de l'eau bonne à boire, et les... plantes vertes... poussent... alors les plantes d'autres mondes peuvent... pousser aussi. C'est vrai. Le rapport dit que deux... Cats... — l'emploi de ce sobriquet d'un ton péjoratif suscita des sourires dans l'assistance — ont disparu un soir. Le garde a remarqué un mouvement, mais il n'est pas allé voir. Il croyait de les hommes allaient pisser.

Zainal ne cherchait peut-être pas consciemment à se faire bien voir, mais il s'exprimait de façon très astucieuse.

— On ne les a pas retrouvés. Les gardes ont parlé de mouvements étranges. Cette planète renferme des dangers. Deux autres disparus. Alors tout le monde couche dans le vaisseau.

— Allons donc, Zainal, comment ont-ils fait pour ne pas voir les garages et tout le reste ? s'enquit Esker.

— Les capteurs cherchent des corps chauds, et le vaisseau a atterri à saison froide, dit Zainal, haussant les épaules. Les capteurs ont trouvé des minerais, mais pas beaucoup pour... ceux qui travaillent sous la terre...

— Les mineurs.

— Les mineurs. Et pas des métaux qui servent aux Cattenis.

— Certains alliages des mécaniques sont effectivement spéciaux. Très spéciaux, dit Lenny Doyle.

— Je suis d'accord, confirma Zainal, mais les idiots du survol ne savaient pas. Ils ont pris des échantillons de terre, d'air, de roches, de râblé, d'aviens, de vaches-leuh et de créatures qu'on trouve sur d'autres mondes, mais... l'arbre leur a caché la forêt.

— Bravo, Zainal, dit Nonante en riant.

Kris observait les réactions, et, de tous les assistants, seuls Dowdall et Tesco restaient insensibles à l'humour de Zainal, impassibles, les yeux braqués sur lui. Kris se demanda s'ils croyaient seulement ce qu'il disait.

— Et les hivers, Zainal ? demanda Lenny.

— Le rapport parle de...— il fronça les sourcils et se tourna vers Kris — ce qui tombe du ciel, humide, froid, solide mais... qui coule comme l'eau au soleil...

— La neige.

— Ah oui, la neige.

— Il en tombe beaucoup ? demanda Lenny.

— Pas quand ils étaient là. Une main, dit Zainal, étendant son énorme main à plat, pouce vers le bas, pour indiquer l'épaisseur.

— Ça fait quand même pas mal.

— Jour plus long qu'à Catten. Année plus longue.

— De combien ?

— Le rapport dit...

Il leva quatre doigts, puis cinq, et enfin deux.

— Oh-là-là, ça fait l'équivalent de trois mois de plus. Comment nourrir plus de deux mille cinq cents personnes pendant tout l'hiver ?

— On trouvera d'autres silos et on se mettra à l'élevage des râblés, dit Mitford. Il y a des volontaires pour l'élevage de ces bestioles ?

— Hé ! sergent, ne prive pas les chasseurs de leur plus grand plaisir, dit Worry d'un ton plaintif.

— Dis donc, Zainal, elle est restée combien de temps sur Botany, cette équipe d'exploration ?

Zainal consulta le rapport.

— Vingt jours.

— Bon sang, on a fait mieux qu'eux ! dit Nonante en riant.

Zainal tapota ses feuilles de l'index.

— Il y a des analyses utiles pour Leon et Joe Marley. Très utiles. Certaines plantes sont mortelles...

— Apprends-nous quelque chose qu'on n'a pas encore trouvé nous-mêmes à la dure, marmonna Tesco.

— Même à ce stade, c'est toujours bon à savoir, dit Mitford. Maintenant, peux-tu nous parler de ta conversation avec le capitaine catteni ?

Les lèvres charnues de Zainal frémirent avec dédain.

— Pas capitaine. Au-dessous. Un cran.

— Son ordonnance ? suggéra Mitford.

Zainal haussa les épaules.

— Un emassi commande même quand il est débarqué. Ils obéissent. Bonne habitude. Ils ne croient pas pour les machines. Ils ne *veulent* pas croire parce que ce n'est pas dans le rapport. Mais ils croiront, dit-il en un grognement amusé. Eux aussi ils font le débriefing, ajouta-t-il, avec un regard à Mitford. On verra.

— Oui, mais s'ils font un survol maintenant, ils ne verront pas de machines vu qu'on les a toutes démantelées, dit Nonante, d'un ton presque querelleur.

— Et alors ? dit Zainal. On *est* là. On peut utiliser les mécaniques. Prochain largage catteni, ce sera une autre histoire. Je ne me contenterai pas d'attendre en croisant les bras, dit-il, reprenant la même posture qu'au bas de la rampe du vaisseau.

— Tu attaquerais un vaisseau de tes compatriotes ? demanda Nonante, étonné.

— Pourquoi pas ? dit Zainal, regardant Nonante avec une condescendance amusée. Un astronef sera utile quand le vaisseau de ramassage des Mécanos reviendra l'année prochaine.

— Tu veux dire que tu monterais une expédition pour les suivre jusqu'à leur système natal ? demanda Kris, stupéfaite.

Zainal hocha la tête.

— Ça serait bien de savoir qui cultive une planète entière.

— Bon sang ! j'aurais une peur bleue, dit Dowdall, regardant Zainal avec intérêt. Mais tu n'aurais pas affaire à trop forte partie pour toi tout seul ?

— Tu viendrais avec moi ?

— Moi ? fit Dowdall, étonné.

Puis, souriant, plutôt nerveusement, au Catteni, il ajouta :

— Si tu as le courage d'y aller, mon vieux, je suppose que je pourrais aller voir aussi.

— Nous avons maintenant six pilotes de ligne, plus deux spécialistes de la NASA, dit Kris avec entrain. Peut-être qu'on pourrait... Bon sang ! je donnerais bien ma dent de l'œil pour assister à ce premier contact.

— Il ne te reste plus de dent de l'œil, lui dit Zainal avec un grand sourire.

Un silence plutôt bizarre suivit cette remarque, qui fit rougir Kris bien que personne ne la regardât.

— On serait beaucoup dans ton cas, et pas seulement ces mecs de la NASA, dit Worry, rompant le silence. Mais je crois que ce n'est pas pour demain. Ils ne t'auraient pas dit, par hasard, s'ils ont l'intention de continuer les largages ? demanda-t-il avec espoir.

— Zainal secoua la tête.

— Pas question à poser. Capitaine reçoit des ordres. Capitaine inférieur. Pas génial, dit-il levant sa grande main et la balançant comme il l'avait vu faire à Nonante. Vous Terriens, vous faites des problèmes, vous êtes largués ici. Simple, expliqua-t-il avec un grand sourire que Kris trouva approbateur. Les Terriens font beaucoup de problèmes pour les Cattenis.

Son sourire s'élargit encore.

— Et ça te *plaît* ? dit Tesco, plus tranchant que nécessaire.

— Oui, ça me plaît à moi, dit-il se frappant la poitrine du pouce, mais pas aux autres Cattenis !

Il branla du chef.

— C'est bon de faire des problèmes, ajouta-t-il. Ça oblige les Cattenis à réfléchir.

Worrell s'esclaffa bruyamment.

— Bon pour toi aussi, Zainal. On n'aurait pas pu être largués avec un mec plus sympa.

— Alors, on peut s'attendre à d'autres arrivages ? dit Mitford, pas vraiment heureux à cette perspective.

— Je crois. Mais... dit Zainal, levant la main, le rapport changera peut-être les esprits. Peut-être...

— Mais il vaut mieux ne pas y compter, c'est ça ?

— Et les Cats nous laisseraient porter le chapeau devant les créatures qui possèdent cette planète ? demanda quelqu'un du fond du garage.

— La propriété est les neuf dixièmes de la loi, dit Kris avec force, devant les murmures hostiles parcourant l'assistance. Nous sommes là, et nous y resterons.

— Les Cattenis ne sont pas les plus hauts. On reçoit des ordres nous aussi, dit Zainal stupéfiant tout le monde.

— De ces Eosis dont tu nous parlais ? demanda Mitford, tendu, fronçant les sourcils.

— Nous travaillons pour les Eosis, qui possèdent la plupart des planètes bonnes pour les humains, les Cattenis et d'autres. Et vous n'avez pas envie de les connaître ? dit Zainal, branlant du chef.

— Oh si, si ce sont les responsables de ce merdier, s'empressa Mitford, plissant le front.

— En tout cas, c'est ce qu'on disait sur la Terre,

ajouta Worrell. Non qu'on y ait vu des Eosis. Juste leurs mercenaires. On a rendu la planète un peu trop dangereuse même pour les forces d'occupation, commenta-t-il avec un grand sourire.

— Et moi qui ai toujours pensé que l'ennemi, c'étaient les Cattenis, dit Dowdall, s'efforçant de digérer l'information. Alors que ce sont juste des mercenaires.

— Eh bien maintenant, tu sais, dit sombrement Mitford.

— Comment ça se fait que tu ne nous as pas parlé plus tôt de ces Eosis ? demanda Dowdall, lançant un regard accusateur à Zainal.

C'était un homme qui n'aimait pas les surprises.

Zainal sourit jusqu'aux oreilles.

— Un, je n'avais pas les mots, et deux, vous n'avez pas demandé. Moi, je n'ai pas eu de débriefing.

Les Doyle et Worrell éclatèrent de rire, et Dowdall, moins hostile maintenant à l'égard de Zainal, sourit.

— Les Eosis se servent très bien de tous les peuples, dit Zainal. Espèce très intelligente.

— Alors, il faut dédouaner Zainal, dit Kris, donner le rôle des méchants aux Eosis et le faire savoir à tous.

Une autre idée la frappa et elle ajouta vivement :

— Tu parles l'eosi, au cas où ils viendraient enquêter ici ?

Zainal réfléchit à la question.

— Si le rapport monte assez haut, je crois qu'ils enverront quelqu'un, mais pas un Eosi. Un Catteni haut gradé. Mais je peux parler avec les Eosis.

Et il n'avait pas l'air d'apprécier, se dit Kirs, à en juger sur son expression.

— Alors, on va attendre jusqu'à ce qu'un grand manitou lise ce rapport d'ici la fin du siècle ou quoi ? demanda Tesco.

Zainal lança un regard interrogateur à Mitford, qui hocha la tête et se chargea de répondre.

— On va continuer à faire comme jusqu'à présent, ce qu'on peut avec ce qu'on a. Si un astronef des Mécanos vient inspecter Botany, on l'investira si on peut.

— Et où on ira avec ? demanda Tesco, sardonique. Même la NASA n'a jamais dépassé Jupiter.

— Je piloterai, dit Zainal. Je suis capitaine astronaute. Mais j'aurai besoin d'un équipage.

— Très joli, mais comment tu feras ? Si les Cats ne savent rien de l'espèce qui cultive cette planète, comment sauras-tu piloter un de leurs vaisseaux ?

— Si le vaisseau a un pilote vivant, on l'obligera à nous amener chez lui, dit Zainal, pas du tout déconcerté par cette remarque fielleuse. Si c'est une machine qui pilote, elle reviendra toute seule à son point de départ. Elle est programmée pour ça. On voyagera avec.

— Et après ? demanda Tesco, hargneux.

Zainal haussa les épaules.

— D'abord, vaisseau doit venir ici. Où il y a beaucoup... de Yankees in-gé-nieux.

Kris approuva d'un joyeux éclat de rire, imitée par les Américains présents.

— Et nous autres des antipodes, on n'est pas mal non plus question débrouillardise, dit Worry avec conviction.

— Parfait, Zainal, tu as mis dans le mille. Bon, mes amis, il faut installer les dernières recrues, et les mettre au parfum. Worry, convoque une réunion au Rock dès ton retour, et informe tout le monde des derniers événements. Le logement doit être la priorité de toutes les patrouilles, alors tâchez de trouver d'autres garages. Il faut nous préparer pour le prochain largage. Je me charge de prévenir l'Echappée Belle et Bella Vista, dit-il, baissant les yeux, presque avec tendresse, sur le portable attaché à sa ceinture. On pourra peut-être même revendiquer la *possession* de Botany. Et au diable les Eosis et les autres !

— Vive le roi Mitford, dit Lenny Doyle, facétieux.

Instantanément contrarié, Mitford brandit un doigt furieux à son adresse.

— Arrête tes conneries, Doyle. Je ne suis pas roi et je n'ai pas envie de l'être. Si quelqu'un veut ma place, grand bien lui fasse ! dit-il, foudroyant l'assistance, et personne ne douta de la sincérité de ses paroles, mais personne non plus ne se porta volontaire pour le remplacer.

— Ah, je blaguais, sergent, se ravisa Lenny d'un ton contrit. Tu fais un boulot super.

— C'est aussi mon avis, dit Worry, levant les deux

mains pour encourager les acclamations, qui furent unanimes.

— Bon, coupa Mitford, s'adoucissant un peu. Je n'ai pas recherché le poste, mais il fallait bien quelqu'un pour organiser votre triste collection d'individus disparates.

— Ce que tu as fait admirablement, renchérit Kris. Personne n'aurait fait mieux ! Relaxe, sergent !

— Ahhh, fit-il, feignant de lui taper sur la main pour la faire taire, puis son visage s'éclaircit tout à fait. Il reste encore de la bière ?

A l'instant où il prononça le mot « bière », la tension diminua dans la salle. Kris elle-même n'aurait pas dédaigné une ou deux pintes, mais elle vit Zainal se diriger vers la porte, et à la faveur du mouvement général, elle s'éclipsa discrètement à sa suite.

Aucune lune n'était encore levée, et il faisait nuit noire. Elle vit Zainal se diriger vers la lumière émanant de la porte entrouverte de la grange voisine.

— Zainal ! appela-t-elle doucement, sachant qu'il entendrait même un murmure.

Elle le vit s'arrêter, repartir, puis elle courut pour le rattraper et le saisit par le bras.

— Ne va pas te défiler avec moi, mon copain !

Il continua, l'obligeant presque à courir pour rester à son niveau.

— Ils ne comprennent toujours pas ? Les Cattenis ne sont pas leurs propres maîtres... non plus.

— Non, je ne crois pas qu'ils comprennent. En tout cas, moi, je ne comprends pas.

— Nous faisons tout le sale travail pour les Eosis. On explore pour les Eosis, on se bat pour les Eosis, on police pour les Eosis, on *tue*... — et le mot sortit violemment, avec une grande répugnance — pour les Eosis quand il faut tuer. Les gens haïssent les Cattenis. Ils feraient mieux de haïr les Eosis !

Donnant libre cours à l'indignation contenue jusque-là, il avait largement dépassé les granges, et était arrivé maintenant sur l'aire vide où se trouvaient autrefois les caisses de viande.

— Je ne le savais pas, Zainal. Je crois que la vie sera plus facile pour toi quand tout le monde sera au courant.

— Je n'aime pas demander, dit-il, se tournant vers elle avec colère, silhouette sombre que sa peau grise rendait encore plus invisible dans la nuit.

— Oui, mais il ne faut pas qu'on te haïsse. Et il faut bien dire qu'il y a une couple de gens...

— Couple ? Plus que couple. Couple, c'est seulement deux, non ?

— Oui, peut-être, mais ce sont des imbéciles qui détestent tous ceux qui ne sont pas exactement comme eux. Alors, il faut leur faire haïr les vrais méchants, les Eosis. Les Cattenis obéissent aux ordres, mais je dois dire qu'il ne m'était jamais venu à l'idée que vous receviez des ordres de qui que ce soit.

Elle fit une pause, essayant de discerner si elle choisissait les mots justes.

— Alors, à quoi ressemblent ces Eosis s'ils peuvent commander aux grands, vaillants Cattenis ?

— Ils...

La pause n'était pas seulement provoquée par la recherche du mot juste. Pour la première fois, elle sentit en lui de la peur.

— Ce sont des cerveaux, dit-il en se frappant le front, qui savent... tout.

— Des intellos je-sais-tout, éclata-t-elle avec un rire impertinent, et il lui saisit les mains.

— Ne ris pas des Eosis tant que tu n'en as pas rencontré un.

Elle sentit que sa main tremblait et perçut le même tremblement dans sa voix.

— Tu en as rencontré, toi ?

— Oui, quand j'étais petit. Je suis allé avec mon père pour... être examiné par les Eosis.

Par inadvertance, il lui serra les mains si fort qu'elle dut faire un gros effort pour ne pas crier. L'examen avait dû être douloureux si sa réaction au souvenir était encore si violente.

— Tu as passé ? demanda-t-elle, davantage curieuse qu'impudente.

Zainal se redressa de toute sa taille. Il n'avait sans doute pas remarqué qu'il s'était tassé sur lui-même.

— Je suis emassi. Je parle aux Eosis.

Puis elle vit ses dents briller dans l'ombre. Et il ne souriait pas.

Kris pensa aux Cabot et aux Lodge du vieux dicton bostonien[1]. Ça lui permit de dissiper la tension que sa peur des Eosis avait mise dans l'atmosphère. Mais cette chaîne de commandement n'expliquait toujours pas pourquoi le capitaine catteni n'avait pas osé ignorer Zainal.

— Peut-être que personne ne viendra sur Botany, et que nous n'aurons pas à nous inquiéter des Eosis, des Cattenis ou des Mécanos, dit-elle, conciliante.

— Non, grogna Zainal, ils viendront. Les Eosis enverront un haut Catteni.

Il se tut un moment, réfléchissant manifestement à ce qu'il venait de dire.

— Et les Mécanos enverront leurs représentants, ils se battront entre eux et nous laisseront tranquilles.

Elle écarta les mains, serra les poings et les cogna l'un contre l'autre.

— Boum ! Ils disparaissent tous dans un nuage de fumée, et on n'en entend plus parler !

Posant ses grandes mains sur sa taille, il la souleva du sol, pour que leurs yeux soient au même niveau. Et maintenant, il souriait.

— C'est ce que tu voudrais ?

— Bien sûr. Pourquoi pas ? Les rouages de l'univers sont impénétrables, dit-elle, déformant le fameux dicton à son usage. Les Terriens causeront tellement de problèmes que les Eosis renonceront à notre planète. Ou encore mieux : les Cattenis cesseront de se conduire en imbéciles, s'allieront avec les forces irrésistibles de la Terre,

1. Référence aux grandes familles patriciennes des Cabot et des Lodge, et au dicton :
Boston, home of the beans and the cod,
Where the Cabots speak only to Lodges
And the Lodges speak only to God.

(Boston, patrie des haricots et de la morue,
Où les Cabot ne parlent qu'aux Lodge
Et où les Lodge ne parlent qu'à Dieu) *(N.d.T.)*.

combattront la domination des Eosis et libéreront toute la galaxie ! Vous venez bien de cette galaxie, non ?

— Oui, dit-il, retrouvant sa bonne humeur.

Puis il baissa les yeux sur elle et son expression s'altéra.

— Tu aimes ce Catteni ? demanda-t-il. Cet emassi, qui parle aux Eosis ?

Elle déglutit, car elle perçut en lui une hésitation soudaine.

— Oui, dit-elle, s'efforçant de contrôler son ardeur.

Les Cattenis ne doivent pas se décourager facilement, non ? Mais est-ce bien sûr ? Un baiser, quelques caresses affectueuses sur les cheveux.

— Je vais lentement, comme Jay, dit-il avec un grand sourire. Tu n'es pas comme Patti Sue...

— J'espère bien !

— Mais tu as entendu de mauvaises choses sur les Cattenis...

— Je te connais, toi, Catteni emassi Zainal, dit-elle lui frappant ma poitrine de l'index si fort qu'elle faillit se meurtrir le doigt. Tu es le seul pour lequel je m'inquiète.

— Tu t'inquiètes pour moi ? interrogea-t-il, l'air à la fois charmé et amusé.

— Bon sang ! ils auraient pu te tirer dessus hier, immobile comme une souche. J'avais le cœur dans la gorge.

— Tu t'inquiètes pour moi ? répéta-t-il.

Puis il la prit par les bras, la souleva au-dessus du sol comme si elle ne pesait pas plus... qu'un Deski, les jambes ballottant dans le vide.

— Tu es un grand nigaud. Et avec moi, tu n'as pas besoin d'aller lentement. J'attends que tu fasses quelque chose depuis je ne sais pas combien...

Alors il l'embrassa, et le simple contact de ses lèvres sur les siennes déchaîna dans tout son corps une tempête d'émotions et de sensations, si bien qu'elle dut lui jeter les bras autour du cou pour ne pas chanceler.

Mais les Cattenis n'embrassent pas, pensa-t-elle irrationnellement au milieu d'observations plus sensuelles. Il avait les lèvres fermes et embrassait avec beaucoup d'efficacité. Mais bien sûr ! Il avait vu Joe et Sarah échanger de tendres baisers le soir, pendant les patrouilles. *En tout cas, on peut dire qu'il apprend vite !*

La serrant d'un bras contre lui, il se livra de l'autre main à un examen court mais précis de son corps. Pourtant, il avait dit dans le coucou — il y avait une éternité — qu'il n'avait encore jamais essayé une Terrienne. C'est alors qu'elle avait dû l'allonger pour le compte. Maintenant, elle avait envie de s'allonger *avec* lui.

— Les Cattenis sont de bons amants, lui avait dit quelqu'un récemment.

Eh bien, elle allait le savoir, et bientôt. Elle se contorsionna un peu pour s'écarter et passer la main dans sa combinaison, caressant la peau douce et lisse qu'elle avait tant admirée pendant sa maladie. Il murmura quelque chose contre ses lèvres, puis l'entraîna à grands pas. Où l'emmenait-il ? Il y avait très peu d'intimité dans tous le camp, et Kris ne voyait pas où il pourrait trouver un endroit discret dans les granges pleines à craquer, mais il semblait savoir où il allait. Avait-il prévu tout ça ? Puis il modifia son allure, grogna en grimpant sur quelque chose et en entrant enfin dans une enceinte métallique.

A l'odeur, elle sut qu'elle devait être dans l'une des machines sur coussin d'air reconverties, et qu'il la couchait sur la plate-forme de chargement, sur une pile de couvertures. Ils étaient dans l'un des véhicules qui avaient rapporté au camp les caisses du dernier largage.

Elle ne pensa plus guère après ça, parce que les mains de Zainal, très douces malgré leur taille et leur force, la dépouillaient de sa combinaison, et qu'elle essayait de lui ôter la sienne, sauf que leurs mouvements se gênaient mutuellement.

— Tu dois aider, dit-il d'un ton rieur.

— Alors, débrouille-toi, répliqua-t-elle, levant les bras au-dessus de sa tête.

Et il ne perdit pas de temps. Il l'eut débarrassée de ses bottes et de sa combinaison en quelques secondes. Puis elle le vit, tache grise au-dessus d'elle, dont les mains repoussaient ses cheveux en arrière et caressaient les contours de son visage avec tant de douceur et de tendresse que son émoi redoubla. Qui aurait cru qu'un Catteni puisse se comporter ainsi ?

Puis elle le sentit se pencher sur elle, prudemment, comme s'il avait peur de l'écraser de sa masse. Et un autre fait lui revint à l'esprit : les Cattenis avaient un sexe énorme ! Elle le sentit également, et eut un mouvement de frayeur.

— Je ne te ferai pas mal, murmura-t-il. Pas à toi, Kris. Tu me crois ? Je vais doucement, doucement, doucement...

Et elle sentit à la pression qu'il procédait lentement... beaucoup trop lentement. Elle se contorsionna, s'efforçant de le faire pénétrer en elle.

Elle l'entendit ravaler son air, mais il n'accepta pas ce qu'elle lui murmurait, et il continua sa lente pénétration jusqu'à ce qu'elle gémisse d'anticipation impatiente.

Elle n'avait fait jusqu'alors qu'assez peu d'expériences, mais jamais elle n'avait été aussi prête à accepter d'un homme tout ce qu'il pouvait donner. Pas même avec Brace Tenneman, qu'elle trouvait pourtant le plus beau de l'équipe de football lors de sa deuxième année d'université.

— Tu vas trop lentement, Zainal, s'écria-t-elle, essayant de l'attirer aussi près que le permettaient ses bras tendus de chaque côté d'elle, embrassant toutes les parties de son corps accessibles à ses lèvres et caressant sensuellement sa peau merveilleuse.

— Lentement, c'est meilleur, dit-il, la voix frissonnante de rire contenu, et peut-être de plaisir, devant son impatience. Lentement, c'est meilleur aussi pour moi.

Et il poursuivit la lente séduction d'une Kris consentante, jusqu'au moment où elle fut si excitée par les incroyables sensations qu'il provoquait en elle qu'elle se demanda comment elle survivrait à l'orgasme. Ils l'atteignirent en même temps, et crièrent ensemble, de joie et d'extase indicible. Juste comme elle se disait qu'elle ne pourrait pas supporter plus longtemps l'exquise sensation, elle commença à se calmer, et elle sentit le corps de Zainal parcouru de frissons. Ils étaient tous deux hors d'haleine, et il s'abattit à son côté, vidé de ses forces.

— Si tu vas aussi lentement la prochaine fois, Zainal, je te tue, murmura-t-elle.

— Lentement, c'est mieux pour toi, et très, très bon pour moi, dit-il, presque avec suffisance, mais sa main, qui la caressait doucement, exprimait son tendre intérêt.

— On sera partenaires à égalité, mon vieux, rectifia-t-elle. Il faudra que tu me laisses choisir le rythme de temps en temps.

— Ah oui ?

Et à sa totale stupéfaction, il se rallongea sur elle.

— Mon Dieu !

Où trouvait-il l'énergie de recommencer si vite ?

Il gloussa à son oreille :

— Comme les épineux de Barevi, les Cattenis ne mettent pas longtemps à réarmer.

— Oh, mon Dieu !

— Pas mon vieux, mon vieux ? dit-il, taquin.

— Non, plutôt mon grand, mon grand.

Elle fit une pause, avalant une grande goulée d'air.

— Je crois que... nous allons faire... à ta façon. S'il te plaît !

Emassi Zainal ne fut que trop heureux de l'obliger.

Pendant la nuit, Zainal la rhabilla et la ramena à sa couche assignée. Se réveillant, elle sourit de se voir en combinaison, ses bottes près d'elle sur son tas de paille. Zainal, il est vrai, était allongé près d'elle, mais à côté de lui il y avait Joe et Sarah, toujours ensemble comme ils l'avaient été pendant la patrouille. Très attentionné de la part de Zainal de penser à sa réputation, si toutefois il y avait accordé une seconde d'attention pendant les ardeurs de la veille. Elle s'étira, constatant qu'elle était moulue, malgré sa politique de lenteur, et elle comprit pourquoi la plupart des femelles humaines se sentaient terriblement violées dans leurs rapports avec les envahisseurs. *Mais tout dépend du mâle ! Qu'il soit humain ou catteni !*

Quelqu'un circulait dehors dans l'allée, secouant chaque porte à mesure pour réveiller les dormeurs. Un nouveau jour commençait sur Botany.

Celui-là fut essentiellement consacré à la répartition

des nouveaux entre Bella Vista, l'Echappée Belle et le Rock. On avait décidé de regrouper le recyclage des machines à l'Echappée Belle, de sorte que tous ceux qui avaient des dons de mécaniciens ou une formation technique y furent affectés. Maintenant qu'ils avaient deux véhicules, ils pouvaient aller chercher ce dont ils avaient besoin dans les autres garages, y compris les pièces de carrosserie permettant de faire d'autres véhicules utilitaires. On fabriquait aussi d'autres portables, et d'autres transporteurs à partir des châssis existants.

— Ils ne vont pas vite, mais ils sautent drôlement bien les obstacles, lui dit Lenny au déjeuner. On a des gars vraiment ficelle, poursuivit-il avec enthousiasme. Ils ont trouvé le moyen de court-circuiter ou autre chose les putes de programmation...

— Les puces, rectifia Kris.

— Les puces, si tu veux, pour en conserver la souplesse et l'universalité, tout en donnant le contrôle au conducteur. Fi-celle !

— En effet.

— La vitesse n'est pas terrible, mais les gars essayent de l'améliorer.

— Personnellement, j'aime mieux ne pas parcourir ce terrain à grande vitesse, dit Kris.

— Ça ne t'est jamais arrivé, dit Lenny avec un grand sourire.

Kris retourna à son débriefing, mais on l'appela pour aider Mitford et ses assistants à décider où il valait mieux envoyer les nouveaux.

— Combien de temps faut-il pour devenir « personnel indigène » ? demanda-t-elle à Mitford à un certain moment.

Elle changeait souvent de position pour soulager ses courbatures, mais elle ne les regrettait pas. Zainal sourit beaucoup ce jour-là, vaquant d'un groupe d'extra-terrestres à un autre.

— Euh ? Oh, fit Mitford en souriant, et se renversant en arrière et s'étirant pour détendre les muscles de ses épaules. Disons le temps qu'ils puissent à nous aider à accueillir un nouvel arrivage. Au fait, parle-moi un peu de ce bâtiment que vous avez trouvé au bord de la mer.

— Il n'y a pas grand-chose à en dire. Il était hermétiquement fermé, et pourtant Zainal a essayé toutes les façons de pénétrer à l'intérieur. Peut-être qu'il n'y a pas de poisson en ce moment.

— J'aime les produits de la mer. La soupe aux clams aussi, dit Mitford, un peu nostalgique pour une fois.

Kris se sentit flattée d'être témoin de cette humeur.

— Avec un véhicule sur coussin d'air, on pourrait partir le matin et revenir le soir avec un sac de clams, suggéra Kris.

— Ce serait possible.

Si Dowdall ne les avait pas interrompus à cet instant, Kris était sûre qu'ils auraient eu le feu vert pour cette expédition de luxe. Mais on avait besoin des véhicules pour des tâches plus pressantes.

Le troisième jour, elle, Zainal, Joe et Sarah partirent dans l'un de ces véhicules pour escorter les recrues les plus mal en point à Bella Vista, via le Rock. Worry accueillit Zainal et les autres avec effusion dans son « bureau ».

— Votre patrouille va devoir chasser pour nous, leur annonça-t-il. Et il faudra aussi mettre au travail la bande disparate des nouveaux gars et nanas. Le Rock servira d'entrepôt général pour la viande, l'épicerie et les légumes.

— Bande disparate ? interrogea Kris.

— Exact, parce que vous avez Zainal, et il peut parler aux Deskis, aux Rugariens et aux Turs.

— Oh, ce genre de bande disparate, dit Kris.

S'ils avaient des Turs à entraîner au travail, Zainal était le professeur rêvé.

— On aura aussi besoin de vous pour les courts trajets, dit Worry d'un ton plus confidentiel. Au cas où... tu sais quoi, ajouta-t-il, montrant le ciel du menton.

— Ah, au cas où on serait encore survolés, traduisit Kris à Zainal, qui maintenant arborait aussi un portable.

Mitford pensait être de retour au Rock le lendemain, mais il avait eu un mot en particulier avec Kris avant le départ.

— Ne t'éloigne pas de Zainal, tu veux ?

— Pourquoi ? demanda-t-elle, foudroyant Mitford.

— Je ne veux pas perdre notre allié le plus précieux.

— On ne le perdra pas.

— Pas de sa propre initiative, je ne crois pas, dit Mitford, attachant sur elle un regard pénétrant qu'elle supporta sans rougir.

Il hocha la tête, comme s'il en savait plus qu'il ne voulait bien le dire.

— Il est emassi et peut traiter avec les Eosis... Je suppose qu'ils permettent aux emassis cattenis de leur parler. On aura peut-être grand besoin de lui, pour parlementer avec ces Eosis. Enfin, si l'un d'entre eux voit jamais un rapport sur cette planète.

— Zainal est sûr qu'ils enverront un emassi quelconque, de rang plus élevé que le sien. Eventuellement.

Et Kris réalisa qu'elle venait de rassurer Mitford sur le point qui le tracassait le plus.

— Il se passe bien plus de choses sur Terra, Catten et Barevi qu'on ne s'en doutait jusque-là, poursuivit-il.

— Ça, c'est sûr, dit-elle.

— Juste pour mémoire, je compte sur toi, Bjornsen.

Elle le regarda avec assurance, notant ses nouvelles rides autour des yeux, et le flou du regard, provoqués par tous les problèmes qu'il avait à régler.

— Tu peux compter sur moi, sergent, dit-elle, et cette fois, elle salua dans les règles.

Il lui rendit son salut avec un grand sourire.

Ils étaient toujours logés à Mitchelville, et les affaires qu'ils y avaient laissées s'y trouvaient encore. On avait mis des combinaisons et des bottes neuves sur leur étagère. Ce que voyant, Kris et Sarah décidèrent d'aller faire un petit plongeon dans le lac, pour se laver et laver leur combinaison, vu qu'elles en avaient maintenant une de rechange. Non que le dur traitement auxquelles elles étaient soumises depuis cinq semaines se vît sur les anciennes.

Un jeune garçon, mais pas un des nouveaux, vint à leur rencontre comme elles sortaient de leur dortoir.

— Kris Bjornsen ? questionna-t-il, les regardant tour à tour.

— C'est moi, Kris.

— Le Dr Dane te demande de venir le voir quand tu pourras. Ce n'est pas urgent, il a dit.

— Dis-lui que j'ai bien reçu son message et que je viendrai bientôt. Comment t'appelles-tu ?

— Buzz[1], sourit-il, découvrant deux incisives manquantes, parce que je bourdonne tout le temps comme un frelon. M'man dit que je suis trop bruyant pour être une abeille, et de toute façon, il n'y a pas d'abeilles sur Botany. Mon vrai nom, c'est Parker, mais je ne l'aime pas.

— Buzz est un nom très bien pour un garçon actif comme toi, dit-elle en souriant. A bientôt. On se reverra.

— Tu peux en être sûr, lança-t-il joyeusement pardessus son épaule, déjà parti en bourdonnant.

Leon voulait lui communiquer certains des résultats obtenus grâce aux kits de labo. Ces informations seraient inappréciables pour les chasseurs, car Leon et ses assistants avaient identifié d'autres plantes, baies et noix comestibles.

— On a chargé les jeunes du Rock de chercher ça, dit-il, tapotant des noix. J'en ai vu des quantités dans les parages. Et aussi de ces baies, riches en vitamines A et C, ajouta-t-il, montrant les boules vertes dont Joe avait pensé qu'elles seraient mangeables. Nous essayons de les sécher pour les conserver. Je sais que les chasseurs préfèrent rapporter de la viande, mais ces végétaux sont aussi importants pour un régime équilibré.

— On peut voir Coo ? demanda Kris.

— Si tu arrives à lui mettre la main dessus, dit Leon avec ironie. Le truc des Cattenis a eu un effet magique sur tous les Deskis. Je surveille de près Murn, la femelle. Même Pess a repris du service. Grâce à Zainal, dit Leon, lui serrant amicalement le bras. Tu leur as sauvé la vie, tu sais.

1. Buzz : bourdonnement. To buzz : bourdonner (*N.d.T.*).

Zainal se contenta de hausser les sourcils, mais Kris vit qu'il n'était pas aussi indifférent qu'il en avait l'air. Et à l'évidence, Leon était du même avis.

De nouveau, le Rock était bondé. Kris trouva cela normal. De plus, bien des membres du « personnel indigène » firent des bonjours et des sourires à Zainal en le croisant.

Ils chassèrent le lendemain, et revinrent à la maison chargés de râblés, et d'une vache-leuh, vu que Pete et Bart voulaient en rôtir une entière, pour montrer aux bleus que c'était possible et que la viande en était savoureuse.

Ils chassèrent encore les deux jours suivants, dans des directions différentes, consacrant quand même une partie de leurs journées à cueillir des noix et des baies sur tous les arbres et arbustes qu'ils rencontraient.

— On aurait pu en rapporter plus, dit Sarah, avec un regard contrarié à Joe Marley, s'il y en avait eu davantage à finir dans le sac !

Joe se contenta d'écarquiller les yeux d'un air innocent. Oskar s'esclaffa bruyamment en tendant aux cuisiniers un sac plus lourd que celui de Joe.

Pourtant, ils ne chassèrent pas le jour d'après comme prévu. Juste après le lever de la troisième lune, une sentinelle surexcitée fit irruption à Mitchelville en appelant Zainal.

— Oui ?

— Faut que tu viennes. Il y a quelque chose qui va atterrir. Pas aussi grand que les autres fois, mais grand quand même.

Sur quoi, l'homme repartit en courant.

— Réveille Worrell, lui cria Zainal.

— C'est là que je vais, cria-t-il par-dessus son épaule, tandis que ceux qu'il réveillait dans sa course lui criaient de la fermer, bon Dieu !

— On y va tous, dit Zainal, enfilant ses grands pieds dans ses bottes.

L'arrivée de la sentinelle les avait tous réveillés, pourtant ils n'avaient pas bougé. Maintenant, ils se levaient et s'habillairent à la hâte. Mais quand Joe et Oskar tendirent la main vers leurs lances, Zainal les arrêta.

— Les armes de jet sont inutiles contre les Cattenis, et sont une marque d'hostilité.

— Qu'est-ce qui arrive, à ton avis, Zainal? demanda Joe avant que Kris ait eu le temps d'ouvrir la bouche.

— Un vaisseau catteni. Et ils ont fait vite, même pour eux.

Dans le ciel, deux lunes illuminaient la nuit. Quand ils montèrent sur la hauteur, Worrell sur les talons, ils virent l'astronef en approche, ses feux de position clignotant.

— Petit vaisseau rapide, dit Zainal. Il se dirige vers le même champ, je crois, ajouta-t-il, tendant le bras dans la direction du site, à une vingtaine de minutes de marche du Rock.

— Ils savent où on est? demanda Worrell, l'air bouleversé.

— Capteurs de chaleur corporelle, dit Zainal, laconique. Ils savent où le transport a atterri. Ils voient beaucoup de monde au Rock.

— Pas bêtes. Enfin, *ces Cattenis-là,* au moins. Oh, excuse-moi, Zainal.

— Tu es tout excusé, répondit Zainal avec aisance.

— On devrait peut-être les laisser poireauter le temps qu'ils découvrent les charognards, suggéra sournoisement Joe.

Zainal grogna, et Kris eut l'impression que l'idée n'était pas sans charme pour lui aussi. Ils ne furent donc pas surpris quand Zainal abattit un râblé avec son lance-pierres et l'emporta avec lui dans sa marche.

Le vaisseau avait atterri bien avant leur arrivée, et une vive lumière, jaillissant du sas ouvert, illuminait le chaume du champ. Or les charognards n'étaient pas attirés, mais repoussés par la lumière, et c'est pourquoi Zainal jeta le râblé juste au-delà du cercle éclairé.

— Ça prend combien de temps d'habitude? marmonna Joe.

— Plus longtemps près de la lumière, dit Zainal, continuant à avancer vers le vaisseau.

Il était profilé pour la vitesse et la manœuvrabilité, constata Kris, avec ses ailes delta et son nez effilé. Et il était grand. Pas autant que l'avaient été le *Challenger* ou l'*Enterprise*, mais de bonne taille quand même — trois ou quatre fois la hauteur de Zainal, et à peu près la longueur d'un Bœing 727, mais beaucoup plus large.

Zainal s'arrêta juste devant le sas, et aboya quelques mots en catteni.

Instantanément, trois soldats apparurent, dont l'un descendit la rampe vers lui. Observant son visage, Kris vit ses yeux se dilater, de surprise pensa-t-elle, et son poing droit se fermer. Puis il parut faire un effort pour se détendre et écouter ce qu'on lui disait.

— Mon rapport a causé des problèmes, dit-il aux autres en un bref aparté, avant de lâcher d'autres phrases crépitantes dans sa langue.

Kris décida que le Catteni était un officier, de haut rang sans doute à en juger sur l'excellente coupe de sa vareuse et les insignes compliqués qu'il portait au col et aux poignets. Zainal ne semblait pas impressionné, ni même respectueux, à moins que les Cattenis ne se parlent toujours sur ce ton ; un peu comme les Anglais, d'une politesse scrupuleuse avec les gens qu'ils n'aiment pas, et souvent insultants avec leurs amis intimes. La langue des Cattenis semblait composée de grondements et grognements, de gutturales et de fricatives, sans une seule voyelle pour adoucir l'ensemble. Mais ce ton furibond n'était peut-être qu'une impression. Comme les Chinois, dont on pense qu'ils se maudissent jusqu'au moment où ils se saluent en souriant.

— Il y a d'autres problèmes, dit Zainal, après une nouvelle rafale de bruits saccadés. Avec les Terriens et avec les Eosis, termina-t-il avec un sourire malveillant... du moins sa bouche avait-elle pris un pli malveillant de profil.

— Et... s'enquit Worry.

— Moi largué, moi rester. Il dit que c'est mon devoir de rentrer avec lui. Je répète : moi largué, moi rester. Il perd, vous gagnez.

Puis il tourna son sourire sur Worry, et Kris le trouva aussi malicieux que s'il avait en main une quinte royale dans une partie de poker aux enjeux mirobolants.

— Beurk ! dit soudain Sarah, se rapprochant de Joe.

Zainal regarda par-dessus son épaule, imitée par Kris, et ils virent un premier tentacule de charognard sortir de terre et tâtonner sur le sol avant d'encercler le cadavre du râblé. Zainal dit quelque chose et s'écarta pour que le capitaine puisse profiter du spectacle. Les tentacules évitaient les parties éclairées de l'animal, et paraissaient visqueux dans la pénombre. Des lanières de l'animal disparurent à un rythme accéléré quand le charognard décida que sa victime était savoureuse.

Puis Zainal tendit son portable, montrant ses différents éléments, preuves patentes de l'existence de matériaux indigènes recyclés. Le capitaine et les deux autres se récrièrent d'étonnement, et ils se penchèrent sur l'appareil pour l'examiner. Un instant, Kris eut peur que Zainal le leur donne.

C'est alors que Zainal commença à détailler ses propres exigences, car le capitaine secoua la tête, d'abord vigoureusement, puis, quand Zainal insista, avec moins de conviction, et il posa deux questions auxquelles Zainal répondit par un signe de dénégation et un hochement de tête affirmatif. Puis le capitaine dit quelque chose à l'un des deux autres, qui remonta la rampe et disparut dans les entrailles du vaisseau.

Le capitaine poursuivit ses questions. Zainal répondit à certaines. Il en écarta d'autres d'un haussement d'épaules, impatienté ou irrité, ou d'un air supérieur et amusé.

Le messager revint avec une poignée de feuilles, dont certaines froissées. Le capitaine aboya, et, l'air étonné et contrit, l'homme les lissa et les remit en bon ordre avant de les donner au capitaine, qui jeta un coup d'œil sur la première avant de passer le tout à Zainal, qui transmit immédiatement à Worrell.

— Cartes de ce monde vu de l'espace, murmura Zainal. Elles montrent les montagnes, les gisements de minerais et autres détails. Il ne veut pas les donner.

Kris vit que Worry devait se contrôler d'une main de fer pour ne pas examiner avidement ces documents.

Zainal s'écarta alors du sas ouvert, mais le capitaine le suivit, jetant des regards pénétrants sur le « personnel indigène », comme déterminé à enregistrer leurs traits pour usage ultérieur. Cet examen déplut à Kris, mais il lui donna l'occasion de constater que ce Catteni était un emassi comme Zainal, avec des traits fins et patriciens. Le regard toujours posé sur Kris, le capitaine posa une question à Zainal qui y répondit d'un air pincé. Le capitaine parut choqué, il regarda Kris avec stupéfaction.

— Je leur dis que vous êtes des Terriens très intelligents, tous, et que je suis fier d'être dans ta patrouille, Kris.

— Merci du compliment, Zainal.

Si cet individu débarquait jamais sur Botany, et se mettait à sa recherche, elle aurait soin de ne pas rester dans le secteur. C'est sans doute *elle* qu'il blâmerait pour le refus de Zainal de « faire son devoir ».

Puis, prenant l'air rusé et goguenard, il prononça deux mots.

Si rapide qu'ils ne virent pas son mouvement, Zainal lança le poing et l'étendit pour le compte, ignorant les armes que les deux autres pointèrent sur lui. Il recula, bras croisés, visage de pierre, tandis que le capitaine, écartant ses gardes du geste, se relevait en se frictionnant le menton.

— Ça fait plaisir qu'il reçoive la monnaie de sa pièce, pour une fois, murmura Worry à Kris. Qu'est-ce qu'il avait dit ?

— Comment veux-tu que je le sache ? répondit-elle sans bouger les lèvres.

Puis, devant la tête que faisait le capitaine, elle décida d'entrer en action. Après tout, Zainal lui avait donné une indication : *elle* était le chef de patrouille, et *il* était son subordonné. Elle fixa sur lui un regard sévère.

— Que signifie cette sottise alors que nous n'avons que des frondes pour nous défendre ? dit-elle, du ton le plus impérieux qu'elle put.

Elle était sincère, d'ailleurs, car les armes braquées sur Zainal lui avaient fait une peur bleue. Elle les avait vues en action, et leur charge faisait tressauter tous les nerfs, provoquant des douleurs atroces, sauf si la victime avait la chance de s'évanouir immédiatement.

— Ça valait la peine, dit Zainal, mais il hocha docilement la tête, et recula, se plaçant légèrement derrière elle, bras croisés.

Toujours se frictionnant la mâchoire, le capitaine posa une question de plus.

Zainal haussa les épaules, l'air de dire : « ça, c'est impossible ».

Le capitaine dit autre chose, d'un ton plus énergique, avec un geste à ses deux subordonnés qui rentrèrent dans l'astronef. Avec un salut respectueux, à Zainal, et un autre, plus sec, mais tout aussi respectueux, à Kris, le capitaine disparut dans le sas, et la lumière s'éteignit, les plongeant dans une obscurité que n'éclairait plus que la clarté de la seule lune restant dans le ciel.

— Dis donc, ils ne pourraient pas laisser la lumière jusqu'à ce qu'on s'en aille ? s'écria Sarah.

— Tape du pied en marchant, dit Zainal, se retournant et s'éloignant du vaisseau au petit trot, frappant énergiquement le sol tous les trois pas.

— Tu vas nous dire ce qu'on n'a pas compris ? demanda Worry, courant presque pour rester au niveau de Zainal, mais trahi par ses courtes jambes.

— Oui.

Ils étaient à bonne distance quand l'astronef s'éleva à la verticale, comme le vaisseau de transport, puis prit de la vitesse en basculant à l'oblique.

— VTOL [1] ! Ouah ! s'écria Joe. Tous vos vaisseaux ont cette capacité, Zainal ? s'extasia-t-il, mimant l'action.

— Ceux qui atterrissent, oui. Les plus grands restent en orbite, dit Zainal, sans s'arrêter de marcher.

Taper du pied tous les trois ou quatre pas lui ébranlait tous les os, mais chaque fois que Kris se sentait faiblir, elle n'avait qu'à penser aux tentacules visqueux des charognards pour retrouver des forces. Ils arrivèrent enfin en terrain rocheux et, comme un seul homme, s'appuyèrent contre les rocs pour se reposer.

— Traduis-nous ce qu'il a dit juste avant que tu le boxes, dit Kris.

1. Vertical Take Off and Landing : atterrissage et décollage vertical.

— Boxe ? fit Zainal.

Il ne temporisait pas, parce qu'elle réalisa que « frapper » et ses synonymes n'avaient pas encore paru dans la conversation. Elle mima son geste.

— Sur Catten, les femmes ne commandent qu'à d'autres femmes, dit Zainal. Mais femmes... euh... de rang spécial commandent même à emassi.

— Pourquoi l'as-tu frappé ?

Les lèvres de Zainal se retroussèrent en un rictus.

— Il t'a donné un vilain nom. Pas respectueux.

— Merci. Mais tu n'as pas pris un trop grand risque ? Ils auraient pu nous tirer dessus parce que tu avais attaqué leur chef. Ce genre de chose t'a déjà mis en difficulté, si tu te rappelles.

Zainal se tapota la poitrine du pouce en souriant.

— Le problème était juste pour moi. Je ne « boxe » pas pour tuer, alors les autres ne tirent pas. Ils n'ont fait ça, dit-il, se mettant en posture de tir, que par... euh...

— Action réflexe ? proposa Joe.

— Oui, dit Zainal, bien qu'il n'ait manifestement pas compris l'expression.

— Bon, laissons de côté l'honneur de Kris et parlons d'autre chose, dit Worry. Pourquoi voulais-tu ces trucs ? poursuivit-il, montrant la liasse de feuilles. On ne voit même pas ce que ça représente dans le noir.

— Les photos prises de l'espace nous diront où on est. Où...

Il s'interrompit, fronçant les sourcils, incapable de trouver ses mots.

— Où il y a le plus grand garage, termina-t-il enfin.

— Vraiment ? Tes compatriotes avaient déterminé sa position ?

Il secoua la tête.

— Ça nous montre où il y a du métal. Où il y a... bizarrerie ? Non, pas bizarrerie.

Il se tourna vers Kris pour trouver de l'aide.

— Une anomalie ?

— Comment veux-tu qu'il comprenne « anomalie » ? demanda Worry.

— Tais-toi, je vais lui expliquer. Une anomalie, c'est

quelque chose qui ne devrait pas être là. Une déviation de la normale. Une différence bizarre.

— Ah oui, dit Zainal, donnant des signes d'agitation. C'est ça. Plus de métal que c'est normal. En beaucoup d'endroits. Trop de métal. Et pas le bon métal. Anomalie... hum ! fit-il, savourant le mot. Quelque chose qui est différent.

— Ils ne *voulaient* pas te donner ces photos ? demanda Sarah, s'efforçant aussi de discerner des détails sur les copies.

— Non.

— Ils voulaient que tu repartes avec eux, non? demanda Kris.

— Oui. Ils ont dit que tout était arrangé, dit-il avec un sourire malicieux. Que je pouvais rentrer. Plus d'un jour a passé. Mais moi largué, moi rester. Ils ne peuvent pas faire une loi pour moi parce que je suis utile, et une loi différente pour les autres Cattenis.

— Mais c'est qu'il a le sens de l'honneur ! admit Joe, étonné.

— Pourquoi pas ? répondit Kris d'un ton sec.

— Pourquoi pas en effet ? admit Joe, conciliant.

— Alors, pourquoi n'es-tu pas parti puisque tu le pouvais ? Et quel était ce devoir dont il parlait ?

— Devoir d'emassi, dit Zainal d'un ton inflexible. Trop tard pour ça maintenant. Autrefois, je voulais ce devoir. Plus maintenant. Trop de choses sont arrivées. Moi largué, moi rester.

— Donc, résuma Worry, ils voulaient que tu repartes avec eux pour accomplir un devoir dont tu ne veux plus ?

— Exact. Personne ne croit ce que j'ai dit aux hommes du transport sur les Mécanos.

— C'est donc pour ça que tu leur as montré le portable, intervint Sarah, parce qu'ils savent quel matériel ils nous ont donné au départ, et que ça n'en faisait pas partie.

— Exact, dit Zainal.

— Et maintenant que tu leur as montré le portable, ils sont forcés de te croire, poursuivit Sarah. Mais pourquoi ne te croyaient-ils pas ?

— Moi largué.

— Et maintenant, qu'est-ce qui va se passer ? dit Kris, inquiète.

— On attend. On voit.

— Et si les Eosis se pointent avant les Mécanos ?

— Pas Eosis, mais quelqu'un de plus haut... dit Zainal, montrant le ciel du pouce pour faire comprendre qu'il parlait du capitaine. On attend. On voit.

— Ça ne me plaît pas du tout, dit Worry.

Puis le portable qu'il portait à la ceinture se mit à bipper, curieuse intrusion dans la nuit.

— Ici Worrell... Ah, Mitford. Oui. Zainal a établi le contact avec l'astronef. Ici.

Worry lui passa le portable en remarquant :

— Il aurait dû t'appeler sur le tien.

Ce fut une conversation unilatérale, mais comme tous savaient ce qui s'était passé, certaines réponses de Zainal étaient amusantes. Peut-être pas pour Mitford, mais pour eux ; en plein milieu d'une nuit glaciale, elles avaient un certain côté humoristique. Finalement, Zainal émit une série de « OK » en réponse aux instructions de Mitford, coupa la communication et rendit l'appareil à Worry.

— Il sait. Nous savons. On ne dit rien à personne, les informa Zainal.

— Ne rien dire ? s'exclama Worry. Cette maudite sentinelle a réveillé tout le camp en venant nous chercher. Ils vont demander ce qui se passe !

Zainal haussa les épaules et couvrit le dernier tiers de la montée.

— Fausse alerte, c'est ce qu'on leur dira. Que c'était une fausse alerte. Que le vaisseau a juste survolé sans atterrir, ajouta Worry.

— Mais ce n'était pas le bon moment pour un survol, remarqua Joe. Les lunes se sont couchées de bonne heure.

— Pas question de mentir, dit Kris, suivant les autres. Il faut leur dire la vérité, sinon, comment pourront-ils continuer à nous faire confiance ?

— C'est vrai, approuva Sarah, poursuivant la montée. Il faut renforcer la confiance, pas la détruire.

— On ne dit rien, leur cria Zainal du haut de la pente. On sourit et on dit rien. Le sergent dira ce qu'ils ont besoin de savoir.

— Bonne idée, remarqua Worry.

— Ce qui m'intrigue, dit Joe, espaçant ses mots dans l'ascension, c'est que l'équipe d'exploration n'ait pas remarqué que ce monde — enfin, au moins ce continent — était découpé en champs bien réguliers. Ils ont bien dû constater cette anomalie... preuve flagrante que cette planète était, ou avait été, cultivée.

— Vaches-leuh et râblés pas intelligents, alors la planète n'est pas habitée ! répondit Zainal. Ils ne « voient » pas la machinerie.

Il ajouta une phrase manifestement désobligeante dans la langue dure et saccadée des Cattenis.

Puis ils durent réserver leur souffle pour l'ascension. Quand ils arrivèrent au Rock, seules les sentinelles étaient réveillées, comme elles le devaient, et Worry écarta leurs questions en disant :

— Rien d'inquiétant. On vous parlera de ça au matin. Je suis crevé.

CHAPITRE 13

Le lendemain matin, Mitford arriva dans un tracteur recyclé, modifié pour transporter six personnes. Il avait avec lui deux spécialistes de la NASA, tous les deux entraînés, disaient-ils, à interpréter les photos prises de l'espace. Kris, Zainal et les autres avaient déjà déjeuné et étaient prêts pour le débriefing. Les spécialistes de la NASA — un homme et une femme que rien ne distinguait des autres, si ce n'est qu'ils étaient allés dans l'espace — se mirent à examiner les photos à un bout du bureau que Worry avait précipitamment restitué au sergent.

— Pourquoi n'es-tu pas reparti avec eux ?

Telle fut la première question que Mitford posa à Zainal, qui sourit.

— Ça me plaît mieux ici, dit-il, sans regarder Kris.

Mais Mitford, lui, la regarda, et elle lui retourna son regard, l'air de dire : « pas tes oignons ».

— Moi largué, moi rester, répéta-t-il une fois de plus.

Elle ne pensait pas vraiment qu'il n'était resté que pour elle : il avait dit au capitaine qu'il se sentait lié par quelque obscur point d'honneur, mais ce n'était peut-être qu'un prétexte, pensa-t-elle. Quand même, ils devaient vraiment avoir envie qu'il revienne pour envoyer un courrier spécial le chercher. Ignoraient-ils donc jusque-là où était passé l'emassi Zainal, étant donné sa capture *avant* la fin du délai de vingt-quatre heures ? Le capitaine avait paru désagréablement surpris de le voir. Il ne savait sans doute pas qui il allait rencontrer sur cette planète.

Elle avait du mal à croire que Zainal l'aimait au point de ne pouvoir vivre sans elle. Kris branla du chef en signe de dénégation, mais ne put réprimer un sourire. Humains et Cattenis étaient incompatibles sur le plan de la procréation, même s'ils pouvaient éprouver du plaisir dans les rapports sexuels, et « plaisir » était un mot bien faible pour des ébats aussi passionnés. Elle espérait qu'il continuerait à solliciter ses faveurs, même s'ils n'avaient guère de temps à consacrer à... ce divertissement. Elle ne se trouvait pas spécialement sexy — enfin, jusqu'au moment où Zainal avait éveillé sa sensualité. Mais abstraction faite de l'aspect sexuel, Zainal lui plaisait. C'était un homme complexe. *O combien!* Et il s'était conduit avec tact et respect envers les autres pendant les premières semaines si difficiles. Sur Barevi, aucune femme ne souhaitait qu'un Catteni « s'intéresse » à elle. Mais Zainal était différent à tous les égards.

Elle se força à retourner à la conversation. Le duo de la NASA s'excitait sur un certain aspect des symboles. Zainal traduisait les légendes. S'étirant le cou, elle vit qu'il n'y avait pas seulement des vues générales de chaque hémisphère, mais aussi des gros plans — si toutefois on pouvait appeler gros plans des vues de continents entiers — montrant les contours des terres, les montagnes et les vallées. Il y avait même des vues des fonds océaniques, avec leurs dorsales et leurs abysses. Tout! Puis elle concentra son attention sur la conversation.

— La situation est parfaite pour un poste de commandement, sergent, disait l'homme — Bert Put —, tapotant un point en altitude, presque au centre exact de la photo. Pas facile d'accès, mais ce n'est qu'une précaution raisonnable. Et là, poursuivit-il, posant le doigt sur un autre point, il y a des symboles semblables à ceux indiquant la position de l'abattoir que nous avons déjà découvert. C'est sans doute un garage, situé sous l'installation principale. Tout est télécommandé, alors peu importe que le garage soit situé au-dessous du poste de commandement.

— Ce n'est pas très loin... dit Mitford, se tripotant

pensivement la lèvre inférieure. Hum... une bonne semaine de marche quand même, ajouta-t-il, suivant du doigt la distance les séparant du point indiqué.

— Plus maintenant que nous avons des véhicules, dit Worry avec enthousiasme.

— Nous n'en avons encore qu'un grand qui soit opérationnel... commença Mitford. Mais bon sang ! il fera l'aller-retour plus vite qu'à pied. Bon, Zainal, Kris, Bert, Sarah comme toubib et Joe comme chasseur. Et il vous faudra un bon mécanicien. Je sais que c'est un emmerdeur, mes enfants, ajouta-t-il en faisant la grimace, mais notre meilleur mécanicien, c'est Dick Aarens.

— Ah non, sergent ! protesta Kris.

— Mais, poursuivit Mitford, levant une main conciliante et lui faisant baisser les yeux sous son regard, il ne t'embêtera pas avec Zainal dans le groupe.

— Il déteste les extraterrestres, gémit Kris.

— Peut-être, mais il a prouvé qu'il pouvait lire les plans des machines et les modifier aussi facilement que s'il jouait avec une boîte de Lego. Ce n'est pas une partie de plaisir ! C'est une patrouille ! En partant, vous passerez par l'Echappée Belle pour le prendre, et j'irai avec vous pour l'engueuler préventivement. Vous, dit-il, se tournant vers Zainal, Joe et Sarah, je vous charge de le discipliner, aussi souvent et aussi sévèrement qu'il le faudra. Peut-être même que ça lui fera du bien.

— On y veillera, dit Kris, caustique, mais toujours contrariée de l'inclusion d'Aarens dans ce qui aurait dû être une excursion agréable avec des gens qu'elle aimait bien. Même si elle ne connaissait pas encore Bert, son visage franc et ouvert lui plaisait, de même que son enthousiasme, et l'ardeur avec laquelle il examinait les photos spatiales, comme un gosse devant un jouet qu'il n'avait jamais espéré posséder un jour.

Un examen méthodique du terrain leur fit conclure qu'il leur faudrait trois jours, peut-être quatre, pour arriver à pied d'œuvre, étant donné la lenteur du tracteur modifié.

— On irait plus vite en courant, grogna Zainal.

— Pas étant donné le terrain, dit Mitford, montrant des

points qui semblaient être des hauteurs considérables et de larges rivières. Le tracteur saute par-dessus les obstacles comme une gazelle, et vous évitera les détours. On a testé ses possibilités sur tous les genres de terrains, et il est mieux qu'un tank. Il ne peut pas se renverser parce qu'en cas de déséquilibre, il se soulève simplement sur ses coussins d'air. Et c'est plus confortable que les tracteurs de ma jeunesse.

— Sergent, tu n'as jamais été jeune ! dit Kris, taquine.

— Je commence à le croire, Bjornsen, admit-il, glissant les photos à Dowdall. Dow va vous en faire une copie pour le voyage. Je garde les originaux. Maintenant, réfléchissez aux provisions dont vous aurez besoin. Et il faudra aussi emporter des fourrures. Vous serez en altitude et il pourrait faire froid à cette époque de l'année.

Zainal avait l'air encore plus grand et plus large dans la veste de fourrure qu'on lui avait confectionnée sur mesure. Et il la portait comme si c'était de l'hermine royale.

— C'est bien le plus grand râblé que j'aie jamais vu, dit Sarah, souriant jusqu'aux oreilles.

— Je suis comique ? dit Zainal, feignant l'indignation. Il remua les épaules.

— Je suis bien dedans. Et c'est chaud.

Il ôta la veste, la plia soigneusement et lia le paquet d'un cordon.

Chaque membre de l'expédition reçut une veste et un tapis de fourrure, y compris Aarens, que Kris voyait toujours d'un mauvais œil.

— Je sais que c'est un emmerdeur, Kris, mais il a participé au recyclage de ce tracteur, et il sait comment en tirer le meilleur parti. Vous aurez besoin de lui dans l'équipe.

— Mais ça ne me plaît pas plus pour ça, sergent, et s'il ose seulement...

— Dérouillez-le, ou assommez-le. Mais pas trop fort. Vous pourriez avoir besoin de lui en un seul morceau, dit Mitford, lui serrant fermement, mais amicalement le bras pour renforcer ses conseils.

La présence de Bert Put leur fut d'un grand secours, même s'il n'avait qu'à suivre leur avance sur la portion de la carte que Dowdall avait reproduite avec compétence. Ils se séparèrent de Mitford à l'Echappée Belle, chargèrent à contrecœur un Aarens goguenard, toujours festonné de sa ceinture d'outils et vêtu de son gilet aux poches pleines à craquer.

— Je suis prêt quand vous le serez, dit-il avec désinvolture, s'installant entre Joe et Sarah, à la place que Mitford venait de libérer.

— Ne va pas te faire des idées, mon pote, lui dit Kris, le foudroyant parce qu'il commençait à lui faire du genou.

— Simple manifestation d'amitié, dit Aarens, presque pleurnichard. Je devrais sans doute conduire. Je connais ce petit bijou comme ma poche.

— Je conduis, dit Zainal, d'un ton sans réplique.

Mitford lui avait passé les commandes en chemin, et ce n'était pas le premier véhicule terrestre qu'il conduisait.

Zainal tourna la manette de démarrage, et la Sauterelle s'ébranla — ainsi baptisée pendant le trajet, parce qu'elle « sautait » chaque fois que l'angle de la pente dépassait celui programmé dans ses mémoires. Ils avaient appris à se raccrocher à quelque chose lors de manœuvres inattendues. Mais dans l'ensemble la progression sur coussin d'air se faisait sans à-coups.

Aarens tenta de draguer Sarah, mais elle lui signifia qu'elle n'était pas intéressée en passant ostensiblement son bras sous celui de Joe. Aarens bouda, mais l'étonnement de Bert Put devant cette attitude infantile piqua son amour-propre, et il se rasséréna.

La Sauterelle était peut-être plus rapide que le tank tout venant, mais ce n'était pas une McLaren ni une formule I. En revanche, elle « vola » sans problème par-dessus un large fleuve sinueux et trois rivières qu'ils rencontrèrent le premier jour. Ils campèrent le soir sur une crête dominant une petite cataracte tombant dans un petit lac, et Zainal et Bert estimèrent qu'ils avaient parcouru une centaine de kilomètres.

Ils dînèrent de râblés et de savoureux petits poissons

pêchés dans le ruisseau. Après son rapport à Mitford, Zainal assigna les tours de garde, attribuant la dernière à Aarens. Mais en se réveillant le lendemain matin, Kris constata qu'il dormait.

— Qu'est-ce qu'il y a à surveiller ? demanda-t-il avec indignation quand Zainal le secoua rudement. Hé ! vas-y mou. Les charognards n'attaquent pas sur le rocher, et personne n'a jamais vu des monstres volants la nuit.

— Il pourrait y avoir des largués encore dans la nature, dit Kris, et tu sais aussi bien que moi qu'ils nous voleraient la Sauterelle.

— On n'a vu personne, protesta-t-il.

— Tu crois qu'ils seraient assez bêtes pour se faire voir avant d'attaquer ? poursuivit Kris, livide de rage devant tant d'arrogance et de bêtise, et croisant les mains pour s'empêcher de le rosser.

Même compte tenu de la joie qu'elle aurait à l'assommer, elle réalisa que ce serait malavisé. Peut-être auraient-ils effectivement besoin d'Aarens si la machine tombait en panne.

— Mais personne ne nous a attaqués, répondit-il, boudeur.

Le soir, on l'envoya ramasser du bois et des crottes de râblés en guise de punition. Et la nuit, Kris se réveilla nerveusement plusieurs fois pendant le quart d'Aarens, pour être sûre qu'il ne dormait pas. Et, à l'évidence, Zainal fit de même. Une fois, quand ils se réveillèrent ensemble, Zainal la serra contre lui, et l'embrassa tendrement dans le cou, mais malheureusement, pensa Kris, ses ardeurs amoureuses s'arrêtèrent là. Elle fut cependant contente, même si elle en aurait voulu davantage.

Il leur fallut six jours pour arriver à destination, mais ils virent le garage à des miles de distance, à travers l'étendue plate et désolée qui les en séparait.

— Endroit bizarre pour un garage, remarqua Joe Marley, s'efforçant d'évaluer la hauteur des portes.

— Le poste de commandement est juste au-dessus, non ? dit Kris, regardant la carte par-dessus l'épaule de Bert.

— Oui, on dirait bien qu'il est... là-haut, soupira Bert,

leur montrant le sommet de la falaise abrupte. Seuls les panneaux solaires, de forme trop régulière pour être une formation naturelle, indiquaient sa position.

— Je me demande si on pourrait y arriver avec la Sauterelle d'un autre côté... s'interrogea-t-il, regardant vers l'est.

— Non, on a des cordes, dit Zainal, en sortant un rouleau du coffre du véhicule.

— Et des pitons, ajouta Joe avec satisfaction, ayant vu Jay inclure cet article récemment manufacturé dans leur fourniment.

— Si vous amenez la Sauterelle contre la paroi, je pourrai commencer à démonter les panneaux solaires, dit Aarens, parlant pour la première fois ce jour-là. Il ne faudrait pas qu'il vous tombe quelque chose sur le crâne pendant que vous grimperez, les gars, ajouta-t-il en ricanant.

— Tu as raison, dit Joe. Je vais t'aider. On peut faire ça sans grimper.

Zainal regarda le soleil, déjà bas sur l'horizon.

— On ne grimpe pas aujourd'hui. Demain. Aujourd'hui, on enlève seulement les panneaux. Et aussi, on entre là-dedans, dit-il, bien qu'examinant les immenses portes métalliques sans enthousiasme. Pas une fissure.

Quand ils firent leur rapport à Mitford, il fut content qu'ils soient arrivés à bon port, mais il leur conseilla de procéder avec prudence, s'ils jugeaient que ces installations étaient totalement différentes de celles qu'ils connaissaient. Comme c'était sans doute le poste de contrôle de toute la planète, les Mécanos pouvaient l'avoir équipé de dispositifs de sécurité.

Aarens démonta les panneaux solaires.

— C'est pour ça que je suis là, non? dit-il d'un air mauvais. C'est mon boulot. Vous, ça vous prendrait jusqu'à demain, et vous risqueriez de les endommager, ajouta-t-il, avec un regard accusateur sur les gros doigts de Zainal. Il y en a de tellement abîmés qu'ils sont inutilisables. Vous ne respectez pas la technologie comme vous devriez.

Sachant comment sa patrouille avait dû batailler pour démonter les premiers panneaux solaires, Kris dut reconnaître à contrecœur qu'Aarens faisait le travail plus vite et sans doute mieux que personne. Chose qui ne contribua en rien à le faire bien voir des autres, et la nuit suivante, il dut monter la garde comme les autres, malgré ses protestations.

— J'ai des grandes mains, dit Zainal, levant un énorme poing et l'examinant comme s'il le voyait pour la première fois.

Il sourit et se tourna vers Aarens, ses intentions évidentes.

— Grosses mains, gros dégâts.

— Tu n'oserais pas, dit Aarens, contournant le feu pour se placer près de Sarah, qui s'écarta vivement, l'isolant de nouveau. Vous avez besoin de moi comme mécanicien. Pour vous dire ce qu'il y a là-haut.

— Peut-être, dit Zâinal, mais je suis pilote spatial depuis des années. Je connais une ou deux petites choses sur les circuits, et encore plus sur les astronefs.

Aarens se réfugia dans un silence buté, les foudroyant par-dessus le feu de camp.

— Réveille-moi pour la dernière garde, murmura Joe à Zainal. Il ne m'inspire pas confiance.

— Où il irait ? dit Zainal, haussant les épaules.

— Ce n'est pas où il irait mais ce qu'il ferait qui m'inquiète. Comme démanteler la Sauterelle par dépit ou nous mettre des feuilles empoisonnées dans la tisane du matin. Bon sang ! je le crois capable de laisser passer des rôdeurs et de rigoler en les regardant nous égorger.

Aarens ne dit rien le lendemain matin quand on le réveilla à l'aube avec les autres, mais il avait un petit air suffisant, comme s'il avait marqué des points en ne veillant pas comme tout le monde. Ce qui était vrai d'ailleurs, se dit Kris avec humeur.

Malgré leurs efforts, et Aarens faisait pourtant tout ce qu'il pouvait, ils ne parvinrent pas à ouvrir la porte, et c'était la seule entrée.

Après cette matinée infructueuse, Zainal proposa de consacrer l'après-midi à l'ascension.

— Pourquoi ne pas attendre demain, dès le point du jour ? dit Aarens, soudain nerveux. On pourrait se reposer entre-temps. Et chasser.

— Non, on grimpe, dit Zainal, passant un rouleau de corde en bandoulière. Moi, Kris et Bert. Aarens, tu iras cueillir des légumes près de la rivière. Joe et Sarah, vous surveillez. Kris, donne ton portable à Joe.

Cela fait, Zainal s'approcha de la falaise à côté du garage, où quelques aspérités offraient des prises pour les mains et les pieds. Du moins, sur les vingt premiers mètres.

L'ascension ne fut pas aussi difficile qu'elle le paraissait d'en bas. En fait, la paroi était presque facile, même si elle présentait à mi-parcours un renflement un peu délicat à négocier. Puis ils débouchèrent sur une aire de pierres bien rabotées et taillées, qui devait être le poste de contrôle. Vingt pieds plus haut, facilement escaladés, ils arrivèrent devant la forêt de panneaux solaires couronnant la falaise. Mais, une fois de plus, pas d'entrée visible dans les installations qu'ils savaient se trouver dans la roche. Enfin, jusqu'au moment où, exaspérée par la situation, Kris grimpa au-dessus des panneaux solaires et découvrit les bouches d'aération.

— Il fallait bien aérer quelque part, non ? dit-elle après avoir appelé Zainal et Bert pour inspecter sa trouvaille.

Les deux hommes la regardèrent avec intérêt, et, se retournant vers les évents, elle réalisa qu'elle était la plus mince des trois.

— Je savais qu'on aurait dû emmener Lenny.

Il leur fallut deux bonnes heures pour soulever la grille de l'évent, à l'aide du plus gros ciseau parmi ceux que Zainal avait « empruntés » à un Aarens récalcitrant, qui l'avait menacé de mille morts s'il ébréchait l'une de ses lames. Quand Zainal eut suffisamment soulevé la grille pour passer les doigts dessous, il donna une puisante secousse et elle lui resta dans la main.

Ils attachèrent une corde sous les bras de Kris, et, non sans de nombreuses écorchures, elle s'introduisit en force dans l'ouverture, et ils la descendirent dans le long boyau noir et humide.

Puis, dès qu'elle posa les pieds par terre, des lumières s'allumèrent, de nuance orangée, et non du bleu-blanc des Cattenis. Elle vit les panneaux alignés à « l'avant » de l'installation, et les rectangles massifs rangés au fond. Il n'y avait rien qui ressemblât à des sièges, rien qui ressemblât à des objets familiers, à part les panneaux de contrôle inclinés avec leurs indentations régulières. Il y avait six rectangles d'un matériau opaque qui pouvaient être des écrans, disposés haut sur les murs, et un plus grand, placé devant, comme un baie panoramique.

— Je crois que Bert ferait bien de descendre, ou toi, Zainal, dit-elle. Je ne sais absolument pas quoi faire.

La tête de Bert apparut en haut de la cheminée.

— Décris-moi ce que tu as devant toi, Kris. Je pourrai peut-être te dire ce que c'est.

— Ha !

Elle passa légèrement les doigts sur le groupe gauche des indentations, et, l'instant suivant, tout s'alluma.

— Oh, mon Dieu, j'ai démarré quelque chose. Dis donc, il y a des sortes de pictogrammes que je ne comprends pas. Et l'un ressemble à une porte.

Elle posa le doigt dessus, tremblante, se sentant totalement dépassée par cette technologie. Elle sentit un bourdonnement sourd sous ses semelles, grave mais pas menaçant. Elle leur communiqua la nouvelle.

— On entend aussi, dit Zainal d'un ton encourageant.

— Il y a combien de pictogrammes de portes ?

— Cinq.

— Ils diffèrent d'une façon ou d'une autre ?

— Tu veux dire par la taille ? Oui.

— Essaye le plus petit. On verra bien ce qui se passe.

A contrecœur, elle posa le doigt dans le creux correspondant à la petite porte. Elle entendit comme un souffle derrière elle, et, se retournant, vit une porte s'ouvrir.

— J'ai accès à l'intérieur.

— Alors, va jeter un coup d'œil.

Ce qu'elle fit, et elle trouva un couloir aveugle, large et haut de plafond, taillé dans la roche. Elle les avertit.

— Essaye l'icône de porte suivante.

Elle s'exécuta, et elle entendit rugir les deux hommes, puis Bert s'exclama :

— Sésame, ouvre-toi !

Elle sentit une bouffée d'air frais avant de réaliser qu'elle venait, sans le vouloir, d'ouvrir la porte extérieure. Elle fut quand même immensément soulagée quand Zainal et Bert la rejoignirent.

Bert, penché sur le panneau de contrôle, faisait penser à un gosse, le matin de la Nativité, impatient de vérifier si tous les jouets commandés au Père Noël sont bien là. Zainal s'intéressait davantage aux rectangles du mur intérieur, cherchant un moyen d'accéder à leurs entrailles.

— Attention, voilà le Gros Ours qui arrive, dit Bert d'un ton décidé, posant le doigt sur la dernière « porte » de la rangée d'icônes.

Immédiatement, le portable de Zainal bippa.

— Eh les gars, vous avez réussi ! cria Joe d'un ton triomphant qu'ils entendirent tous les trois. La porte glisse dans la falaise, douce comme un cul de bébé. Et... ouah !

— Qu'est-ce qu'il y a à l'intérieur ?

— Un avion d'un genre quelconque. Non, deux, parqués en tandem. Ailes tronquées, et ils doivent décoller sur coussin d'air parce que je ne vois pas de roues. Mais je dirais quand même que ce sont des avions atmosphériques. Peut-être pour l'inspecteur général, quand il vient faire sa tournée pour voir si toutes les mécaniques font bien leur boulot. Hé, une seconde... attends, Aarens...

La communication fut coupée brusquement. Zainal se rua vers la porte. Bert et Kris faillirent se renverser dans leur hâte à le suivre.

A cause du renflement de la falaise, ils ne virent pas ce qui se passait en bas, au garage, mais le portable de Zainal bippa une fois de plus.

— Tout va bien, les rassura Joe. Désolé d'avoir paniqué, mais cet idiot était monté dans un avion et je ne savais pas ce qu'il allait faire.

— On a besoin de cet idiot ici, dit Zainal, fronçant les sourcils.

Kris regretta qu'Aarens ne puisse pas voir la tête de Zainal, car Aarens ferait moins le mariole s'il avait à lui rendre compte de ses actes.

Pendant qu'ils attendaient Aarens, Bert étudia les icônes du panneau, s'efforçant de deviner quoi faisait quoi. Seules quelques images étaient parlantes, dont les portes. Et une rangée dc six dépressions, avec l'image d'un objet tronqué, sans doute un projectile quelconque. Un espace n'était pas allumé.

— On aurait pu en lancer un, dit Bert. Sonde ? Capsule spatiale quelconque ?

— Ou torpille, proposa Kris.

— Oui, l'un des trois.

— Zainal ?

Le Catteni vint étudier la rangée de six images identiques, branlant du chef au bout de quelques instants. Le portable bippa.

— Il refuse de venir, dit Joe, écœuré.

— Il refuse ? répéta Zainal, battant des paupières.

— Il ne veut pas grimper. On dirait qu'il a peur du vide.

— Peur du vide ? répéta Zainal en écho, comme s'il n'en croyait pas ses oreilles ou craignait d'avoir mal compris.

— Ça t'étonne ? dit Kris.

— Il va monter, trancha Zainal d'un ton sans réplique, d'un air n'annonçant rien de bon pour Aarens.

— Je vais t'aider, proposa Kris avec entrain, réjouie d'avance à l'idée de voir la tête d'Aarens quand il s'apercevrait qu'il ne pouvait pas faire ce genre de cinéma avec un Catteni.

Ils descendirent en rappel, Kris se régalant de la manœuvre, car elle avait toujours aimé cet exercice pendant son cours de survie. Joe et Sarah avaient coincé Aarens au fond du garage, derrière les deux avions parqués nez dans queue. Le garage était bien plus haut que nécessaire pour recevoir seulement deux appareils. Et il était éclairé, ce qui indiquait que toutes ses fonctions étaient contrôlées d'en haut. Kris se demanda si les avions étaient également télécommandés. C'était peut-être la fonction des écrans surmontant le panneau de contrôle : la surveillance à distance. Maintenant arrivé devant Aarens, Zainal l'attrapa par sa combinaison, le souleva de terre, et, d'une seule main, le porta hors du garage.

— Non, non, je te dis que je n'irai pas. J'ai peur du vide. Je vais m'évanouir. Vous vomir dessus... protestait Aarens, tapant faiblement sur la main qui le transportait.

— On a besoin de toi. Tu monteras ! ordonna Zainal, puis il fit signe à Joe d'apporter la corde de réserve.

Sans même lâcher le mécanicien qui se débattait, Zainal confectionna une sorte de harnais, avec des boucles pour passer les bras afin de le hisser. Puis Zainal attacha à sa taille les extrémités du harnais, et se mit à grimper la falaise, traînant Aarens après lui, qui agitait les bras et les jambes pour gêner son ascension.

— Tu ferais mieux de te servir de tes jambes pour ne pas te cogner contre la paroi, suggéra Sarah, avec une objectivité indifférente.

— Ah, je ne peux pas, j'ai peur du vide. Ooh, mon Dieu, mon Dieu ! et il continua cette litanie tandis que Zainal, inexorable, continuait à le hisser, ballottant et cognant contre la falaise. Oh, mon Dieu, mon Dieu !

Kris monta derrière lui, non qu'elle ait pu sauver Aarens au besoin ou qu'elle en eût envie, ni même parce que c'était nécessaire, car Zainal contrôlait parfaitement la situation.

— Oh, mon Dieu, mon Dieu, mon Dieu ! glapit Aarens, frisant l'hystérie.

— Ferme donc les yeux, imbécile, lui conseilla Kris. Ne regarde pas. Ne regarde pas en bas...

Aarens ne vomit pas, mais il eut une crise d'incontinence. Kris put s'écarter, et ce fut aussi bien, car l'urine laissa des traces sur la falaise.

Les « Oh, mon Dieu, mon Dieu » devinrent de plus en plus pitoyables et enroués, mais Zainal les ignora, puis Bert l'aida à hisser un Aarens terrifié sur la corniche, et de là dans la salle de contrôle de l'installation.

— Ressaisis-toi, voyons, dit Bert écœuré, au mécanicien tout tremblant en le débarrassant de son harnais, tandis que Zainal ôtait le sien. Ce complexe s'enfonce loin dans la montagne, Zainal. Tu veux jeter un coup d'œil ?

— Non, je reste ici, dit Zainal, baissant les yeux sur le

triste spectacle que lui offrait Aarens. Il doit faire du travail.

Kris ne fut pas fâchée de quitter la salle, car l'accident d'Aarens empuantissait l'atmosphère. Elle ne comprenait pas comment Zainal pouvait le supporter, mais la porte était ouverte, et peut-être que le vent des hauteurs allait chasser cette odeur et purifier l'air.

Bert la précéda hors de la salle, puis descendit une courte volée de marches larges et basses. Des lumières s'allumèrent, s'avivant lentement, comme fatiguées par le manque d'usage, de la même teinte orange que celles de la salle de contrôle. Ils entrèrent dans la première pièce, vide, à part une longue table montée sur une sorte de piédestal, mais sans rien pour s'asseoir ou se reposer. La table semblait avoir servi, car ses angles étaient arrondis par les frottements, et sa surface présentait des éraflures. Mais des éraflures faites par quoi ? Bert la fit passer dans la pièce suivante.

— Je ne sais pas si ce sont des lits ou autre chose, dit-il, montrant de larges plates-formes carrées, construites à un pied du sol. Et ça, je sais encore moins, ajouta-t-il, lui montrant une pièce aussi grande, avec une dépression carrée en son centre, et, au milieu, ce qui semblait être un trou d'écoulement. Je n'ai pas trouvé de robinets, ou de tuyaux. Rien.

Ils continuèrent à errer dans les pièces, et décidèrent que celles qui avaient le même équipement encastré devaient être des chambres à coucher. La fonction des autres n'était pas aussi évidente. Certaines avaient de grands coffres rectangulaires qui défièrent toutes leurs tentatives pour les ouvrir. Les étagères murales étaient largement au-dessus de l'épaule de Kris.

— Créatures de haute taille ? Appendices à ce niveau ? questionna-t-elle, mimant le geste de prendre quelque chose sur l'une d'elles.

— Personne n'est venu depuis une éternité, remarqua Bert, remuant la poussière par terre.

— Je ne sais pas ce que c'est, dit la voix d'Aarens, sortant de quelque part près du plafond. Aucune réaction nulle part.

Bert et Kris se sourirent.

— On devrait peut-être leur dire qu'ils sont sur intercom, proposa Kris.

— Pourquoi ? fit Bert, haussant les épaules.

— Pourquoi tu touches les balles ? demanda Zainal, sa voix grave teintée d'inquiétude.

— C'est les commandes pour les torpilles rangées sur un râtelier dans le garage, disait Aarens d'un ton doucereux. On pourrait peut-être...

— Non ! crépita la voix de Zainal.

Au même instant, ils entendirent un grondement en bas. D'un même élan, ils se ruèrent vers la salle de contrôle.

Zainal était debout, au-dessus du corps inconscient d'Aarens, le poing droit encore fermé. Dans la main gauche, il tenait son portable qui bippait.

— Je l'ai sonné, dit Zainal.

Puis il montra la console où une lumière rouge brillait dans la dépression correspondant à une « balle ».

Le rouge était-il partout la couleur de l'alerte ?

— Il a pressé. C'est parti.

— Merci, Zainal, dit la voix de Joe dans le portable. Heureusement qu'on s'était déplacés du bon côté. Sinon, on aurait été rôtis par les gaz d'échappement. Attends que je mette la main sur cet Aarens !

— Il faudra que tu fasses la queue, dit Kris, prenant le portable pour établir sa priorité. Enfin, quand il reviendra à lui.

Elle poussa le corps inconscient du bout de sa botte.

— Qu'est-ce qu'il croyait faire, Zainal ?

— Des problèmes, dit Zainal.

— Oh !

L'exclamation venait de Bert, car Kris s'était pétrifiée à l'idée qu'Aarens avait appelé délibérément les Mécanos, et d'avoir à affronter des créatures qui dormaient sur le roc, mangeaient à une table sans sièges, et avaient des étagères plus hautes que son épaule.

— Oh, mon Dieu ! dit-elle finalement, défaillante, et s'appuyant contre Zainal.

— C'est peut-être une bonne idée, admit-il enfin,

hochant la tête. Alors, on saura. Pour le meilleur ou pour le pire.

— Comment est-ce que ça pourrait être pour le meilleur ? interrogea Kris, très contente quand Zainal la soutint par la taille, après lui avoir brièvement serré l'épaule pour la réconforter.

— Un, c'est mieux de savoir. Deux, ça serait amusant de connaître ceux qui fabriquent les Meccanos.

Il sourit devant ses protestations.

— Si on peut en juger par l'état de ces installations, rien ni personne n'est venu ici depuis longtemps, Zainal, dit Bert, branlant du chef. Je voudrais bien avoir vu partir cette torpille, ajouta-t-il d'un ton chagrin.

— Demande à Joe quand on redescendra.

— Et qu'est-ce qu'on va faire de notre Belle au Bois Dormant ? demanda Kris, poussant du pied l'épaule d'Aarens.

Zainal prit une profonde inspiration puis expira lentement.

— Ce serait plus drôle de le descendre quand il sera réveillé, grinça Bert, un sourire vengeur sur son visage généralement aimable.

— Et d'entendre ses « Oh, mon Dieu, mon Dieu » pendant des heures ? dit Kris.

— Bon, et si je promets de ne toucher à rien, est-ce que je pourrai rester ici pour voir si j'arrive à déchiffrer autre chose de ce panneau de contrôle ? demanda Bert.

Zainal haussa les épaules et regarda Kris.

— Pourquoi non, homme de la NASA, dit-elle avec un grand sourire.

— D'abord, on va faire le rapport à Mitford, intervint Zainal.

— Ça ne va pas lui plaire, dit Kris, secouant la tête. D'autant moins qu'on était sans doute censés empêcher ce genre d'accident.

A sa surprise, Mitford adopta à peu près la même attitude que Zainal : il n'aurait pas autorisé l'envoi d'un message, si c'était ce qu'Aarens avait fait, mais, en un certain sens, il semblait plutôt soulagé que ce soit fait.

— Et si tes compatriotes surveillent cette planète, Zainal, ça va leur faire un choc.

— C'est sûr, répondit Zainal.

— On revient au Rock, sergent ? demanda Kris.

— Autant revenir. Mais en route, jetez donc un coup d'œil sur les autres sites marqués sur la carte de Bert.

Puis Mitford coupa la communication.

A la fin, Zainal descendit un Aarens inconscient le long de la falaise, Kris guidant son corps ligoté. Elle aurait préféré lui taper dessus, mais alors elle se serait abaissée à son niveau. Sarah et Joe préparèrent un sac de vivres, de l'eau et des fourrures, que Zainal hissa avec plus de précautions jusqu'à Bert, à qui il laisserait aussi son portable pour qu'il puisse garder le contact.

— Dis à Bert qu'il ne se presse pas pour redescendre, proposa Joe à Zainal par le portable, avec un clin d'œil complice à Sarah.

Ils décidèrent de délier Aarens, toujours sans connaissance, mais ils le mirent dans la Sauterelle, entre les sièges, et Sarah lui jeta dessus sa couverture de fourrure.

— Peut-être qu'elle sentira mauvais demain matin, mais c'est son problème, dit-elle. Il y a du ragoût pour le dîner, ajouta-t-elle. Juste nous quatre.

Puis elle eut un sourire entendu. Kris comprit immédiatement, et hocha la tête en lui rendant son sourire.

— On pourrait monter la garde deux par deux, ce soir, proposa-t-elle. Commode.

— Bonne idée, dit Kris, cherchant du regard un endroit où elle pourrait étendre sa couverture et ses fourrures et celles de Zainal.

En tout cas, assez loin d'Aarens, pour ne pas entendre ses jérémiades quand il reviendrait à lui, et assez loin de Joe et Sarah pour ne pas gêner leur intimité.

— Il paraît que les Cattenis sont des amants formidables, dit Sarah avec naturel.

— Vraiment ?

— Ouais. Sur la Terre, je connaissais deux filles qui avaient une liaison avec des Cattenis... à dessein, pour découvrir ce qu'elles pouvaient, ajouta vivement Sarah.

— Par devoir, renchérit Kris.

— D'après ce que je sais, le sacrifice de leur vertu n'était pas le plus dur de leur travail.

Sarah fit un clin d'œil à Kris, s'intéressant à l'évidence à sa réaction.

— En fait, elles rentraient toujours chez elles en souriant. Oh, je sais qu'il y a eu beaucoup de viols, je connais l'histoire de Patti Sue, et la plupart des soldats étaient brutaux. Mais Zainal est différent. Oui, vraiment différent, et si je n'avais pas rencontré Joe...

Sarah eut un sourire de regret et d'envie. Puis son visage changea et reprit son air franc et direct.

— Ce que je veux dire, Kris, c'est : n'aie pas honte d'éprouver de l'attirance pour Zainal. Parce que c'est le cas, non ?

— Je crois que oui. Merci, Sarah.

Puis, tandis que Sarah retournait près du feu pour remuer son ragoût, Kris regarda Zainal descendre la falaise en rappel, avec des mouvements précis et gracieux. Mais maintenant elle était habituée à sa taille, et elle n'allait pas se soucier de ce que les gens pensaient d'elle. C'était quand même gentil de la part de Sarah d'avoir parlé comme elle avait fait. Surtout que beaucoup de gens de Botany les avaient appariés mentalement depuis longtemps. Elle l'observa pendant qu'il se détachait, roulait soigneusement la corde pour un usage ultérieur, puis entrait dans le garage. Elle le vit examiner le lanceur qui avait fonctionné, et les quatre autres capsules encore dans leurs tubes. Des ventilateurs s'étaient mis en route quand le missile était sorti du garage, de sorte que ses gaz s'étaient dissipés, mais il renifla, s'efforçant de déterminer quel carburant avait été utilisé, se dit-elle. Puis il inspecta le reste des placards, panneaux et appareils. Il s'assit sur une aile du dernier avion et sortit une feuille d'écorce et un crayon d'une poche de cuisse. Et elle le rejoignit quand il se mit à en dessiner l'intérieur.

— Bert fait la même chose, là-haut ?

— Oui, on dessine tout pour le sergent. Pour le rapport.

Kris aimait regarder Zainal dessiner, l'agilité de ses doigts, épais mais pas gauches. Elle pensa à la façon dont ils la caresseraient, bientôt, pendant leur double garde, et elle frissonna d'anticipation.

Il était très bon dessinateur, parce qu'il lui suffisait de jeter un coup d'œil sur son modèle pour reproduire toute une section avec précision, puis, fronçant les sourcils, il tenait son dessin à bout de bras pour vérifier que tout était exact.

— Tu es un homme aux multiples talents, Zainal, remarqua-t-elle quand il eut terminé.

— Pas si multiples, dit-il distraitement.

Puis il posa sa feuille et son crayon, et, la prenant par le bras, l'attira contre lui, toute son attention concentrée sur elle.

— Que dirais-tu de monter la garde avec moi ce soir ? demanda-t-elle, minaudant presque.

Elle n'aimait pas cette idée de « minauder », parce que les filles d'un mètre soixante-quinze minaudent mal, mais Zainal avait modifié bien de ses attitudes.

Il ébouriffa ses cheveux, qui commençaient à être longs et qu'elle devrait bientôt natter si elle ne voulait pas les avoir dans les yeux.

— C'est une possibilité, admit-il d'un ton aimable.

— Parfois, Zainal, dit-elle en faisant claquer sa langue, tu sonnes plus américain que moi.

— C'est bon ?

— Je veux dire que c'est extraordinaire que tu aies appris l'anglais si bien et si vite.

— J'aime apprendre les choses vite et bien, dit-il, enfouissant la tête dans son cou et lui mordillant l'oreille.

— Les morsures amoureuses font partie des conduites de séduction chez les Cattenis ?

— Séduction ? murmura-t-il dans son cou.

— Faire l'amour.

— Je crois. Je n'ai jamais aimé une Cattenie.

La formulation lui coupa le souffle. S'il n'avait jamais aimé une Cattenie, est-ce qu'il l'aimait, elle ? *Ne sois pas idiote, ma fille. Chez lui, c'est un emassi et il a rencontré un Eosi. Il est trop haut placé pour une fille comme toi, issue d'un trou arriéré de la galaxie qui s'appelle la Terre.* Mais son bras, agissant indépendamment de sa volonté, se resserra autour du cou de Zainal, et elle embrassa sa joue. Sa joue si lisse.

— Est-ce que les Cattenis n'ont jamais besoin de se raser ?

Qu'est-ce qui lui prenait de poser une question pareille ? Enfin, c'était bien d'elle.

Il baissa les yeux sur elle en riant.

— Raser ? Ah, enlever les poils sur le visage. Pas de poils sur le visage des Cattenis, dit-il, frottant sa joue contre celle de Kris.

— HÉ, LES AMOUREUX ! intervint Sarah, qui ignorait le sujet de leur conversation. À TABLE !

Zainal la prit par la taille et l'entraîna vers le feu et le dîner.

— Quand nous monterons la garde cette nuit, je ne crois pas que nous resterons debout longtemps, murmura-t-il pour qu'elle soit seule à l'entendre, bien que ça puisse se faire debout aussi.

— Comme tu voudras, répondit-elle, fascinée par cette idée.

Mangeant son ragoût, Joe ne cessa de spéculer sur les réactions à la capsule d'alarme.

— Peut-être qu'elle ne retourne pas sur la planète des Mécanos, dit Zainal.

— Qu'est-ce que ça pourrait être d'autre ? répondit Joe. Si c'était une torpille, quelque chose aurait sauté, et Mitford nous aurait prévenus. Et puis, ces trucs sont sacrément gros et complexes. Et elle avait du carburant, d'après la puanteur qu'elle a laissée derrière elle. Alors ce pourrait être une capsule d'alarme qui rentre à la maison.

— C'est vrai.

— Et maintenant qu'on est arrivés à entrer là-dedans, dit Joe, montrant la porte béante du garage et la lumière orange, si faible qu'ils ne voyaient même pas la queue du premier avion, on pourra peut-être trouver le moyen d'entrer dans le bâtiment de la plage.

— Pas s'il faut emmener Aarens avec nous pour l'ouvrir, coupa Kris d'un ton ferme.

— Bert viendra, dit Zainal.

— Si nous avons le temps d'y retourner avant que les

Mécanos nous tombent dessus, s'inquiéta sombrement Joe.

— Ça pourrait prendre une décennie avant que la capsule arrive à destination.

— Alors, à quoi elle servirait? demanda Joe. Non, pour être efficace — et ces Mécanos sont des ingénieurs sacrément efficaces —, une capsule d'alarme doit atteindre sa destination en un laps de temps relativement court.

Et il n'avait pas l'air heureux à l'idée de la réaction qu'elle pourrait provoquer.

— Pourquoi aller te mettre martel en tête, Joe? demanda Kris.

— Parce que c'est toujours mieux de réfléchir à l'avance, de prévoir les problèmes.

— C'est le boulot de Mitford, dit Kris avec désinvolture. Et de Worry. Laisse-les se tracasser pour nous.

Elle avait bien dîné, et ça lui semblait bon de bavarder autour du feu, allongée tout contre Zainal, et de savoir qu'ils seraient encore plus proches quand Joe et Sarah iraient se coucher.

— Franchement, Zainal, tu crois qu'il y aura une réaction ou non?

— La réponse viendra d'abord des Cattenis, je dirais, répondit Zainal, les mains croisées derrière la tête, les yeux dorés à la lueur du feu.

— Pourquoi? Ils ont un satellite en orbite ou autre chose?

Ils durent lui expliquer ce qu'était un satellite, et il convint que les Cattenis disposaient de ce genre d'équipement.

— Pourtant, ils ne croient pas à l'existence des Mécanos. Mais peut-être que depuis...

Il fit une pause, plissant le front.

— Depuis que ce capitaine est venu? suggéra Kris.

Zainal lui sourit.

— Il a cru, et il peut agir sans ordres.

— C'est donc sur ordre des Eosis qu'il était là?

Zainal secoua la tête.

— Il est venu pour me chercher.

— Mais tu es largué et tu restes, dit Sarah, taquine.

Kris, consciente que la venue du capitaine avait une portée dépassant tout ce que croyaient les autres, regarda Zainal pour voir sa réaction.

— Je reste, confirma-t-il, puis il sourit.

— Mais il a peut-être activé un dispositif d'alarme ? dit Joe, voulant en avoir le cœur net.

— C'est possible.

— Alors, ils devraient savoir que quelque chose a été lancé.

Zainal acquiesça de la tête.

— Peut-être qu'ils vont cesser de nous débarquer des prisonniers récalcitrants, s'interrogea Sarah avec espoir.

Zainal gloussa.

— Ils avaient d'autres Terriens à débarquer sur planète sans danger. Beaucoup plus.

— Oh, mon Dieu, comment on va faire ? s'écria Sarah.

— On s'est bien débrouillés jusque-là, jeta Kris, un peu acide.

Sarah et Joe venaient d'arriver, et ils parlaient comme s'ils étaient là depuis le début. *Et quel mal à ça ?* se reprocha Kris. *Au moins, ils ont envie de s'intégrer à cette dingue de colonie.*

— C'est vrai, dit Zainal en s'asseyant. On prend la première garde, ajouta-t-il avec naturel.

— Non. Tu t'endormirais après toutes tes ascensions pour monter et descendre des corps, objecta Joe, tout aussi naturel.

— On devrait faire manger Aarens, proposa Sarah, sans enthousiasme pour cette tâche. Et le changer, sinon la Sauterelle va empester demain.

— Il dort, dit Zainal, haussant les épaules.

— Tu ne l'as pas frappé trop fort au moins, Zainal ? demanda Kris.

— Non, la rassura Joe. J'ai été le voir plusieurs fois. Zainal l'a sonné comme il faut, c'est tout. Chose qu'on avait tous envie de faire, en plus.

— Oh, mon Dieu, mon Dieu, s'écria Kris avec malice.

Tous éclatèrent de rire.

Le portable bippa et Joe répondit.

— Bert au rapport... Non, on ne te laisserait pas tout seul pour t'expliquer avec les Mécanos. On allait se pieuter. On n'a rien trouvé de nouveau... Oh... Eh bien, ça nous fait une journée pleine de surprises. Tu veux prendre le premier tour de garde ? Gentil de ta part, mon vieux. Mais faut dire que tu es bien placé pour surveiller, là-haut. Terminé.

Puis il sourit à Zainal.

— Il prend le premier tour de garde. Il me réveillera. Je te réveillerai. Je vais retourner voir Aarens avant de dormir.

— Appelle-moi, c'est tout, dit Zainal.

Il tendit la main à Kris, qu'il releva et prit dans ses bras tandis que Sarah disparaissait dans la nuit derrière Joe. A la lueur du feu, ses yeux paraissaient dorés.

— Je ne sais pas ce que tu en penses, Bjornsen, dit-il, mais je trouve que j'ai eu de la chance que tu te trouves dans les épineux de Barevi.

— Tu trouves que tu as eu de la chance ? Après tout ce qui s'est passé depuis ?

Toujours serrée dans ses bras, elle rejeta la tête en arrière pour le regarder dans les yeux.

— Tu changes ma vie. Pas beaucoup changent un Catteni.

— Non, je ne crois pas, dit-elle du fond du cœur.

— Maintenant, il y a beaucoup de temps avant *notre* garde, lui rappela-t-il, les yeux pétillants de malice. Qu'est-ce qu'on va faire tout seuls si longtemps ?

— Oh, on trouvera bien quelque chose pour s'occuper.

Et, naturellement, ils trouvèrent.

ENVOI

Le sergent Chuck Mitford garda pour lui la nouvelle du lancement par Aarens de ce qui était sans doute une capsule d'alarme en route pour le monde des Mécanos. Qu'il aille au diable ! Ça lui ressemblait bien, cette malveillance ! Avant d'apprendre qui était le chef de la patrouille, il était tout feu, tout flamme pour aller voir ce qu'on croyait être le centre de commandement. Nouvelle occasion de montrer à tout le monde le supériorité de Dick Aarens. Et il avait vraiment le don de la mécanique. Tous les experts en convenaient. Mais ça ne l'empêchait pas d'être un fameux emmerdeur ! Et il avait mis tout autant d'ardeur à essayer de se défiler en apprenant qu'il devrait obéir à Zainal. Et que la fille Bjornsen faisait partie de l'équipe.

— Tu sais ce qu'on dit d'eux ? avait-il tempêté. Tu sais qu'ils *couchent* ensemble ?

— Si c'est le cas, c'est elle que ça regarde, Aarens, et ce n'est pas à toi à faire le vertueux, avait répondu Mitford. Tu es pas mal dragueur toi-même, non ? Mais je vais te dire une chose : encore une plainte de harcèlement, et non seulement je te mets au pilori toutes les nuits pour être sûr de savoir où tu es, mais je te fais castrer par Dane. Compris ?

— Tu n'oserais pas ?

Pourtant, le mécanicien de génie avait été secoué, sachant trop bien que Mitford n'était pas homme à lancer de vaines menaces.

Ainsi, Aarens avait pris l'initiative à la première occasion. Mais il *n'y avait pas* de message dans la capsule d'alarme, si c'en était bien une. Alors, peut-être que les Mécanos ignoreraient son retour. Fausse alerte.

Mitford soupira et croisa les mains sous sa nuque. Ça lui ferait mal au cœur de voir partir en eau de boudin tout ce qu'il avait construit ici à partir de rien. Il était plutôt fier de son organisation. Et c'était divin d'agir sans avoir tous ces snobs de lieutenants et de capitaines sur le dos, avec leurs études snobs à West Point, pour lui dire que la moitié de ce qu'il faisait n'était pas dans le Règlement. Et c'était vrai, parce qu'il faisait le Règlement lui-même.

Il n'avait pas recherché ce poste, mais il s'était mis à l'aimer. Partir de zéro, et construire un monde tel qu'il devrait être. Peu d'hommes ont cette chance.

Dès demain matin, il faudrait établir un plan d'urgence. Une chose était sûre, les Mécanos seraient furax qu'ils aient bousillé leurs machines. Ils seraient sans doute obligés d'évacuer les granges et les garages, alors il fallait rechercher d'autres grottes où ils pourraient se cacher et continuer à se développer malgré les propriétaires légaux.

Et puis, il y avait les Cattenis. Avaient-ils placé un satellite espion en orbite ? Pour voir s'il y avait un contact avec une espèce techniquement avancée qui avait des droits antérieurs sur la planète ? Il faudrait qu'il en parle à Zainal. Mitford avait l'impression qu'il s'en était dit plus que Zainal ne lui en avait répété dans cette conversation matinale avec le capitaine emassi. Mais il respectait trop Zainal pour le soumettre à un interrogatoire en règle. C'était un être honorable, et tout le monde commençait à le voir sous ce jour. Ce qui était un fardeau de moins pour les épaules de Mitford. Si l'emassi mijotait quelque chose pouvant affecter Botany, Mitford était pratiquement sûr que Zainal le préviendrait.

Mitford grogna et marmonna entre ses dents :

— Moi largué, moi rester.

Et il gloussa. Heureusement qu'il n'avait pas écouté ceux qui voulaient l'éliminer, le premier matin dans le champ.

Quand même, il regrettait que Kris Bjornsen se soit entichée de lui. Il n'aurait pas dit non lui-même. Un chef n'avait que peu de privilèges. Diablement peu.

Il soupçonnait que rien ne ferait changer les plans des Cattenis pour Botany. C'était une décharge si commode pour tous les fauteurs de troubles que les Cattenis n'arrivaient pas à dompter sur la Terre... et sur Barevi.

Enfin, la propriété est les neuf dixièmes de la loi. Mais quelle loi s'appliquait sur Botany ? La sienne, s'il le pouvait. Il commençait à s'y connaître en gouvernement. Et il se débrouillait même mieux que les Démocrates ou les Républicains n'avaient jamais fait.

A moins qu'ils ne se retrouvent pris entre le marteau et l'enclume — entre les deux races de maîtres : les Eosis, et les Mécanos, encore plus mystérieux ? Ce pourrait être intéressant. Et ce pourrait être fatal. Enfin, inutile de se tracasser à l'avance. Ce continent était vaste.

Il ne devait pas oublier de commander des feuilles d'écorce, ou de mettre en train la fabrication du papier. Il leur fallait d'autres copies des cartes, géographiques et spatiales. Parmi tous ces nouveaux, il devait bien y en avoir un capable de faire un papier convenable ! Il fouilla dans sa poche poitrine, en sortit un bout de papier d'écorce et l'un des nouveaux crayons profilés, et griffonna une note. Voilà ! Demain, il commencerait à faire des plans pour tenir tête à des invasions. En tant que chef planétaire, aurait-il l'occasion de parlementer avec les représentants de l'une ou l'autre faction ? Hum ! Peut-être parviendrait-il à leur faire accepter un compromis ? Accepter de lui livrer la planète. Compte là-dessus, se dit-il, mais il gloussa à cette idée présomptueuse. ASSUME, s'intima-t-il, pensant au vieil axiome sur les inconvénients d'une trop grande présomption. Enfin !

Il fallait d'abord dormir six heures, et laisser son esprit se reposer avant les tâches du lendemain. L'Opération Nouveau Départ, ainsi qu'il l'avait facétieusement baptisée le matin où il avait « assumé » le commandement de cette bande d'individus disparates, entrait dans une nouvelle phase, et il valait mieux s'y préparer. Il se retourna, tapota son oreiller rempli de fibres cotonneuses, et s'endormit.

***

Le lancement avait été observé, la direction spatiale de la capsule notée, et le rapport envoyé à qui de droit.

FIN

Achevé d'imprimer en mars 1999
sur les presses de l'Imprimerie Bussière
à Saint-Amand (Cher)

POCKET - 12, avenue d'Italie - 75627 Paris Cedex 13
Tél. : 01-44-16-05-00

— N° d'imp. 709. —
Dépôt légal : avril 1999.

Imprimé en France

POCKET - 12, avenue d'Italie - 75627 Paris Cedex 13
Tél. : 01-44-16-05-00

— N° d'imp. 709. —
Dépôt légal : avril 1999

Imprimé en France